3

4

5

6

7

Henry de Monfreid

Die Geheimnisse des Roten Meeres

Henry de Monfreid

Die Geheimnisse des Roten Meeres

Roman

Aus dem Französischen
von Gerhard Meier

Unionsverlag

Die Originalausgabe erschien 1931
unter dem Titel *Les Secrets de la mer Rouge*
im Verlag Grasset, Paris.
Deutsche Erstausgabe

Im Internet
Aktuelle Informationen,
Dokumente, Materialien
www.unionsverlag.com

Rieterstrasse 18, CH-8027 Zürich
Telefon +41 44 283 20 00, Fax +41 44 283 20 01
mail@unionsverlag.ch

Umschlaggestaltung: Martina Heuer, Zürich
Umschlagbild: Henry de Monfreid, eigenhändig auf der Glasplatte aquarellierte Fotografie
Satz: Greiner & Reichel, Köln
Druck und Bindung: CPI – Clausen & Bosse, Leck
ISBN 978-3-293-00464-1

Inhalt

Erste Begegnung mit dem Roten Meer

Nein, Monsieur, Sie fahren nicht nach Tadschura!«

»Aber Herr Gouverneur, die arabischen Händler dürfen doch auch hin?«

»Keine Diskussion, verstanden? Sie sind nun mal Franzose und kein Araber. Kein halbes Jahr sind Sie in Dschibuti, aber alles muss nach Ihrem Kopf gehen. Wenn erfahrene Menschen Ihnen Ratschläge erteilen, dann sollten Sie die auch beherzigen. Aber Sie, Sie hören ja auf niemanden. Ihnen mag es ja Spaß machen, in der prallen Sonne und ohne Tropenhelm herumzualbern und in somalischen Cafés herumzuhocken. Sagen Sie mal, schämen Sie sich nicht, wenn hergelaufene Kulis Sie mit einem hiesigen Namen anreden?«

»Nein, ganz im Gegenteil. Wenn ich aber mit anhören muss, was diese Leute von Europäern halten, dann schmerzt mich das, und ich tue mein Möglichstes, um nicht als solcher zu gelten.«

»Die Meinung dieser Wilden interessiert Sie also mehr als die unsere?«

»Das mag wohl sein.«

»Wissen Sie was, für Revoluzzer von Ihrem Schlag habe ich nichts übrig. Sollte die Kolonie Ihre Moral verletzen, dann bitte schön: In drei Tagen legt ein Schiff nach Frankreich ab.«

»Herr Gouverneur, ich habe Sie lediglich darum gebeten, nach Tadschura fahren zu dürfen.«

»Und ich sage Ihnen nochmals, dass Sie dort nicht hinfahren.«

»Auch nicht ohne Ihre Zustimmung?«

»Wie meinen Sie das?«

»Ich verstehe sehr wohl, wenn Sie nicht verantworten möchten, dass ich in ein Land fahre, das sich Ihrer Autorität entzieht. Also fahre ich wohl besser ohne Ihr Wissen.«

»An Dreistheit mangelt es Ihnen definitiv nicht.«

»Tun wir einfach so, als hätte ich nichts gesagt, da meine Präsenz in Tadschura Sie derart beunruhigen würde …«

»Wie bitte? Beunruhigen? Meinen Sie etwa im Ernst, um ein Individuum wie Sie mache ich mir Sorgen? Wenn Sie Lust haben, sich massakrieren zu lassen, können Sie das gerne tun, verdient haben Sie es.«

»Ergebensten Dank, Herr Gouverneur. Ich empfehle mich.«

Unter solchen Vorzeichen trat ich meine erste Reise nach Tadschura an.

Vor vierzig Jahren war Dschibuti nichts weiter als eine sandige Halbinsel, die auf ein Inselchen aus toten Korallen auslief. Bei stürmischem Wetter suchten manchmal Fischer dort Zuflucht. Durch das Küstenriff zieht sich eine breite Fahrrinne, die in ein großes natürliches Becken mündet. Eine sechs Kilometer landeinwärts gelegene Oase deutet auf unterirdische Wasservorkommen hin.

Heute hat man eine gänzlich weiße Stadt mit lauter Flachdächern vor sich. Sieht man sie vom herannahenden Schiff aus am Horizont erscheinen, so meint man, sie schwebte über dem Meer, doch nach und nach zeichnen sich metallene Tanks ab, Kranarme, Kohlehaufen, kurz all die Scheußlichkeiten, die die westliche Zivilisation unweigerlich überall mit sich hinschleppt.

Zur Rechten, auf der anderen Seite des Golfs von Tadschura, erheben sich wie eine riesenhafte Mauer große dunkle Berge. Trutzig ragen die Basaltfelsen vor dem geheimnisvollen, unerforschten Land der Danakil empor, der Heimat rebellischer Stämme.

Hinter der Stadt erstreckt sich über dreihundert Kilometer, bis hin zur Hochebene von Harar, in unerbittlicher Einöde eine mit dornigem Gebüsch bewachsene schwarze Lavawüste. Die Zivilisation macht halt vor dieser abweisenden Natur, die dem

Leben ihrer Geschöpfe nichts gewähren will. Nur die wilden, grausamen Issa leben hier als Nomaden, stets bereit, dem weißen Reisenden, den nicht schon die Sonne verdörrt hat, mit Lanze oder Dolch den Garaus zu machen.

Durch diese glühend heiße Landschaft zieht sich jedoch ein schmales eisernes Band: die Eisenbahnlinie von Dschibuti nach Addis Abeba. Die tapferen Männer, die bei ihrem Bau ihr Leben ließen, sind längst vergessen. Chefneux, der Urheber dieser französischen Unternehmung, ist in Armut und Elend verstorben.

*

Wovon lebte Dschibuti zur Zeit meiner Ankunft?

Von etwas Transitverkehr, wegen der Eisenbahn, die bis nach Äthiopien führt. Die Millionen aber, die sich in den Zollkassen anhäuften, stammten aus einer anderen Art von Handel.

Dschibuti lebte vom Waffenschmuggel.

Waffenausfuhr war dort problemlos möglich, sofern man an den Zoll die entsprechenden Gebühren abführte. Zielort der Waffen hatte im Prinzip Maskat im Golf von Oman zu sein, doch in Wirklichkeit fuhren die Schiffe überallhin. Ich habe gesehen, wie arabische Dhaus innerhalb eines Monats drei Fahrten bewältigten, ohne dass sich irgendjemand überrascht zeigte, obwohl man für eine Hin- und Rückfahrt nach Maskat die Umkehr des Monsuns abwarten musste, also mindestens ein halbes Jahr.

In Maskat gab es die französische Faktorei von Monsieur Dieu, der mit dem unabhängigen Sultan einen Handelsvertrag geschlossen hatte. Monsieur Dieu importierte Waffen aus Belgien und verschaffte damit den Exporten aus Dschibuti einen Anschein von Legalität.

Die Engländer ließen sich dadurch nicht täuschen. Sie kauften die Faktorei auf und schlossen sie kurzerhand.

Gouverneur Pascal gab sich nicht geschlagen. Er ließ weiterhin Exporte zu, jedoch mit Zielrichtung Meer. Die Verwaltung gab auslaufenden Schiffen keine Bordpapiere mehr, und der Zoll keine Ladeliste.

Ein vom Zoll angeheuerter arabischer Tischler hobelte von den Kisten alles Verräterische sorgfältig ab.

Die Engländer konnten die Kisten zwar beschlagnahmen, doch nichts verwies auf den Ursprung der Waffen, die von rebellischen Stämmen oft genug gegen sie gerichtet wurden.

Kein Wunder also, dass ich höchst unerwünscht war, als ich wie die Einheimischen aufs Meer hinausfahren wollte. Meine Anwesenheit auf einem Waffenschmugglerboot würden die Engländer als Provokation auffassen.

Als Absatzmarkt gab es da noch Abessinien, ein freies Land, das Waffen kaufen durfte, ohne die Engländer um Erlaubnis zu fragen, und somit ein ausgezeichneter Vorwand für Exporte in Richtung Meer. Man schickte die Waffen nach Tadschura, einen ehemals wichtigen Handelshafen, von dem aus früher, vor dem Bau der Eisenbahnlinie, viele Karawanen loszogen.

Und hier kam Ato Joseph ins Spiel.

Er war ein alter, dicklippiger Schwarzer, mit syphilitischen Gebrechen behaftet, die er unablässig dem Herrn darbot, denn er war Katholik, aber so, wie ein Mann dieser Sorte es eben sein konnte, nach Art eines Tartuffe.

Ato blickte auf eine außerordentliche Karriere zurück. Der auf einer Missionsstation erzogene einstige Sklave stand eine Zeit lang im Dienst des Dichters Rimbaud, eines der ersten Pioniere in Abessinien. Danach gehörte er einem Russen namens Leontief, einem genialen Abenteurer, der sich einen einträglichen Schwindel ausdachte.

Er kündigte am Zarenhof die Ankunft eines äthiopischen Botschafters an und stellte als solchen seinen Domestiken vor.

Ato Joseph war damals jung und schön. Er wurde in Sankt Petersburg wie der Abgesandte eines großen Königs empfangen und im intimeren Kreis für die stattliche Erscheinung seines bronzenen Körpers gefeiert. Leontief seinerseits kassierte die Geschenke. Doch lange konnte das nicht gut gehen. Bei seiner Rückkehr nach Abessinien wurde Ato Joseph ins Gefängnis geworfen und meinte schon, sein letztes Stündlein habe geschlagen.

Der Negus Menelik indes mit seinem politischen Spürsinn wusste sogleich, wie aus einem derart intriganten und mit den Sitten der Europäer vertrauten Manne Nutzen zu ziehen war. Er begnadigte Ato Joseph und schickte ihn nach Dschibuti, als angeblichen Transithändler im Dienste Seiner Majestät.

Vor allem sollte jener dort Augen und Ohren offen halten.

Bald schon galt Ato Joseph den Europäern als veritabler abessinischer Beamter, eine Art Konsul gewissermaßen. Der Gouverneur von Dschibuti leistete dieser Legende ganz bewusst Vorschub, indem er vorgab, Ato Joseph wie einen Botschafter zu behandeln.

In dieser privilegierten Situation kamen die Talente von Ato Joseph so richtig zur Geltung. Er besorgte sich eine Anzahl Stempel und wurde zum König des Waffenschmuggels. Gegen Gebühr versah er jedes Schiffspapier mit dem entsprechenden Stempelaufdruck. Das verschaffte der Sache etwas Reguläres, und es ist ja bekannt, wie sehr die Engländer auf die »Formen« achten.

Der Gouverneur von Dschibuti begriff, wie sehr es in seinem Interesse lag, mit diesem Individuum zu kooperieren, dessen Fantasie-Genehmigungen dem lukrativen Handel von Französisch-Somaliland einen willkommenen legalen Anstrich verliehen.

Ato Joseph war Vertreter eines freien Staates und somit am Kauf von Waffen nicht zu hindern. Bald ging der Großteil des Geschäfts durch seine Hände. Die Ware wurde nach Tadschura geschickt, und was dort damit geschah, kümmerte niemanden. Man galt dafür nicht verantwortlich, denn Tadschura war von den Franzosen nicht besetzt.

Die Gouverneure rieten von jeglicher Intervention in der Stadt ab, die sie in ihren Berichten als regelrechtes Schreckgespenst darstellten.

Tadschura musste frei bleiben, damit die Schiebereien dort sich ohne jede Kontrolle vollzogen. Den Finanzen der Kolonie kamen die Machenschaften von Ato Joseph mehr als zugute.

Als ich in meinem jugendlichen Leichtsinn beschloss, meinerseits im Roten Meer Waffen zu schmuggeln, und zwar ohne Ato Joseph einen Tribut zu entrichten, geriet ich in arge Schwierigkeiten.

Auf einen Schlag zog ich mir die Feindschaft sowohl der französischen Verwaltung der Somaliküste als auch die von Ato Joseph zu, dessen geheime Macht nicht die ungefährlichere war.

Die französische Verwaltung verfügte über ein Kanonenboot und die schier unendlichen Ressourcen ihrer bürokratischen Mühlen. Ato Joseph besaß eine richtige Flotte und zahllose Spitzel.

Ich dagegen hatte nichts weiter als eine Dhau, eines jener kleinen Segelschiffe, wie Perlenfischer im Roten Meer sie benützen. Doch war ich jung und steckte voller Illusionen.

Für die Dhau, die ich von einem einheimischen Kapitän erworben hatte, waren meine gesamten Ersparnisse draufgegangen. Meine frühe Jugend am Cap Leucate und später das Segeln auf dem Boot meines Vaters hatten in meinem Herzen eine Sehnsucht nach dem Meer geweckt, der zuliebe ich die verheißungsvollsten Stellungen aufgab. Der Ruf des Meeres bewirkte schließlich, dass ich mich ins Abenteuer stürzte.

Bald hatte ich eine solide kleine Mannschaft beisammen: die beiden somalischen Matrosen Ahmed und Abdi und den winzigen Schiffsjungen Fara.

Mit recht bescheidenen Mitteln trat ich meine Karriere als Seebär an.

Einige Monate lang lernte ich das Perlenfischen und betrieb ein wenig Schifffahrt vor der Somaliküste.

Dann widerfuhr mir das erste Erlebnis, das einer Erzählung wert ist.

I

Cheik Saïd

Nach einer unerfreulichen Aussprache trete ich aus dem Büro meines Chefs, der mich, flankiert von seinem Prokuristen, wegen meines mangelnden Interesses für den Leder- und Kaffee-Handel mit Vorwürfen nur so überschüttet hat. Ich bin noch immer schweißgebadet, saß ich doch nicht unter dem wohltuenden Ventilator, der mit seinem friedlichen Rhythmus die donnernde Flut der berechtigten Tadel unterlegte. Als da wären: Missstände in der Buchhaltung, Fehlbestände im Lager, weil ich die Wareneingänge zu lasch kontrolliert habe, und das alles nur wegen der Fahrten auf der verfluchten Dhau, die ich erst kürzlich erstanden habe.

Im Wissen um den vertrauten Umgang, den Gouverneur Pascal mit meinem Chef pflegt, ist mir klar, dass Letzterer obrigerseits in die Pflicht genommen wurde und hinter der Suada gegen meine Nachlässigkeit nichts weiter als der Versuch steckt, mich von meinen Meeresabenteuern abzubringen.

Ich gehe zu meinem Boot, um mich von der unerquicklichen Szene zu erholen und jenes Joch abzuschütteln, das ich immer schwerer auf mir lasten fühle, das unerbittliche Joch nämlich, das jeder trägt, der sich einiges Ansehen in der Welt des Kolonialwarenhandels verschaffen will, wo das System der Dokumentenwechsel herrscht, eine Art Finanzakrobatik, ein stetes Balancieren zwischen Konkurs und Strafkammer.

Es ist Ebbe, und mein Schiffchen liegt auf dem vom ablaufenden Wasser bloßgelegten, feuchten Sand. Ahmed und Abdi schlafen selig im Schatten des Rumpfes, von der Meeresbrise gewiegt.

Das bis zur steil abfallenden Riffkante zurückgezogene Meer erfüllt die helle Luft mit seinem Rauschen. Es scheint die Stimme des weißen Schaums zu sein, der das tiefe Blau des alterslosen Ozeans in alle Ewigkeiten krönt.

Ich setze mich unter den Bauch des Schiffes. Tiefe Abscheu überkommt mich beim Gedanken an das dunkle Büro, in dem sich die Angestellten im Mief von Naphthalin und grünem Leder umtriebig geben.

Was soll ich mich zu einem Leben zwingen, das mir zum Zuchthaus wird? Warum nicht der Verlockung des blauen Horizonts erliegen, dahin fahren, wohin der Monsun mich treibt, den kleinen weißen Segeln folgen, die ich Tag für Tag im geheimnisvollen Roten Meer verschwinden sehe? Wozu mir eine Zukunft als guter Kaufmann erhoffen, wenn ich ein solcher doch niemals werden kann?

Mein Entschluss ist gefasst: Ich werde kündigen.

Da ich mir ein Hotel nicht leisten kann, ziehe ich zusammen mit meiner Mannschaft auf die Dhau.

Zunächst werde ich es mit dem Perlenfischen versuchen, denn zum Kauf von Waffen fehlt mir das Geld.

Cheik Saïd beherrscht das Tagesgespräch. Ein Journalist ist eingetroffen, um eine Reportage über dieses kleine Territorium zu schreiben, das der Foncin-Atlas meiner Kindheit in Rosa markierte, der Farbe der französischen Besitzungen.

Der Journalist kommt zu mir und sagt, er finde keine Dhau, die ihn nach Cheik Saïd hinüberfahre.

Mich überrascht das nicht. Ich begreife sehr wohl, warum kein *nacouda* es auf sich nehmen will, diesen gestiefelten, behelmten und in kompletter Forscherkluft ausstaffierten Pariser an Bord zu haben.

»Sie möchten also unbedingt dorthin?«, frage ich.

»Ganz gewiss.«

»Dann lassen Sie die Stiefel, den Helm und den anderen Kram lieber weg. Gehen Sie in die Sonne, bis Sie von akzeptabler Hautfarbe sind, und laufen Sie dabei barfuß herum, auf dem

Schotter am Bahngleis, so gewöhnen Sie sich daran, auf Kieseln zu marschieren. Dann können Sie in Cheik Saïd an Land gehen, ohne Furcht, dort Ihr Leben zu lassen. Und vor allem finden Sie vielleicht einen *nacouda*, der Sie hinüberbringt.«

»Der Gouverneur hat mich in der Hoffnung gewiegt, Sie selbst könnten dies tun.«

»Mit Vergnügen, aber nur unter den genannten Bedingungen.«

Am Tag darauf verkündet mir der Journalist, er besteige lieber das Postschiff aus China; so werde er Cheik Saïd im Vorbeifahren sehen, wie schon auf der Herfahrt, doch nun in umgekehrter Richtung, und er werde die Richtigkeit seiner zuvorigen Beobachtungen überprüfen können.

Der Gouverneur bestellt mich zu sich. Der furchtbare Pascal ist zurück nach Frankreich, in den Ruhestand. Noch sehnt sich keiner nach ihm zurück, denn mit seinen Nachfolgern hat man ihn noch nicht vergleichen können, und die Auswirkungen seiner energischen, ja despotischen Politik sind noch nicht in Erscheinung getreten. Trotz der Behandlung, die er mir hat angedeihen lassen, muss ich zugeben, dass er Dschibuti zu neuem Antrieb verholfen hat. Er war ein intelligenter, tatkräftiger Mann, der sich nicht scheute, Verantwortung zu übernehmen.

Sein unmittelbarer Nachfolger entstammt nicht dem Kolonialdienst, sondern ist Präfekt gewesen. Er neigt dazu, erst einmal jenen Gunst zu erweisen, die zuvor in Ungnade waren, und diese ausgleichende Gerechtigkeit kommt auch mir zugute.

Klein, soigniert, Monokel, weißer Spitzbart, ganz Mann von Welt, in jener besonderen Spielart, wie sie hochrangigen Beamten eigen ist, Diplomaten, kurzum allen, deren Höflichkeit nicht mehr als liebliche Maske ist.

Seine Stimme ist sanft, sein Reden dezent, stets eingeschränkt und nuanciert durch ein »vielleicht« und »es mag wohl sein«.

Was für ein vornehmer Mensch im Vergleich zu dem polternden Pascal, der den Helm, den ein »Untertan« auf seinem heiligen Mahagoni-Schreibtisch abzulegen sich erfrechte, wütend zertrampelte.

»Ich vernehme, Sie hätten die Absicht, aufs Rote Meer hinauszufahren, mit einer Dhau, so wie die Einheimischen. Ein interessantes Unterfangen, möchte ich meinen. Was haben Sie unterwegs so vor?«

Ich erkläre.

»Sagen Sie mal, dann kommen Sie doch an Cheik Saïd vorbei. Davon ist derzeit viel die Rede. Vielleicht waren Sie ja schon dort? Noch nicht? Dann mag es Sie doch reizen, dieses Fleckchen Erde, das eigentlich französisch sein sollte, einmal näher in Augenschein zu nehmen? Es würde mich außerordentlich freuen, bei Ihrer Rückkehr von Ihren Eindrücken zu hören. Dieser Journalist, Monsieur X…, hat mir davon berichtet, doch recht vage, wie mir scheint, denn seine Untersuchungen mögen wohl etwas zu oberflächlich gewesen sein … Sehen Sie das bitte nicht als Verpflichtung an … Nicht das geringste Risiko sollen Sie eingehen, nur damit ein Amateurgeograf seine Neugier befriedigen kann. Ich wäre untröstlich, sollte das harmlose Steckenpferd eines alten Beamten Sie ungewollt in ein fatales oder auch nur bedauerliches Abenteuer hineinziehen … Was mich interessiert? Ach Gott, dieses und jenes … Der Zauber der Sonnenuntergänge über dem Bab el-Mandeb gewissermaßen … Und ansonsten … Was taugt wohl dieses Gebiet, im Vergleich zu Perim? Würde es unsere Nachbarn in Aden empfindlich stören, wenn wir uns dort niederließen? … Es heißt, die Türken unterhielten dort eine Garnison. Ich wäre entzückt, wenn Sie ein paar Fotos machen könnten, denn Ansichtskarten werden Sie wohl keine bekommen …«

Eine Stunde lang bekomme ich sehr genaue Anweisungen, und ich begreife, dass doch mehr auf dem Spiel steht als nur die Grille eines alten Beamten.

Diese halb offizielle Mission bewegt mich dazu, schon früher ins Land der Perlen aufzubrechen. Ich heuere drei weitere Somalier an, sodass ich über fünf Mann Besatzung verfüge.

Es ist zehn Uhr morgens. Unter strahlendem Himmel und

bei frischer Meeresbrise stechen wir in See. Mein Freund Lavigne steht an der Mole und blickt mir nach. Dem guten Jungen stehen Tränen in den Augen, und er verlegt sich aufs Scherzen, um seine Trauer zu verbergen. Er wird in sein Handelshaus zurückkehren, das gleichfalls in Kaffee und Leder macht, aber viel hat nicht gefehlt, und er hätte alles liegen und stehen lassen und wäre mitgekommen.

In einer Lagune der Musha-Inseln habe ich Kisten zurückgelassen, in denen ich an Perlenaustern, den *sadaf*, mit der sogenannten japanischen Perlenzucht experimentiere. Nun will ich diesen Inseln einen Besuch abstatten und meine Zucht begutachten.

Unsere Route führt uns aufs hohe Meer hinaus. Dschibuti ist nur noch eine Ansammlung weißer Flecken entlang der Flachküste. Weithin dominiert das violette Massiv der Danakil-Berge mit seinen hoch aufragenden Basalttafeln. In der Ferne umgeben die Rundgipfel des Mabla-Gebirges den wie ein einsamer Riese dastehenden Goda-Berg.

Querab liegt als dünne gelbe Linie die Insel Musha im Meer. Darauf sitzt wie eine Möwe auf einem Stück Treibholz der weiße Fleck ihres Leuchtturms. Wir halsen und segeln auf Steuerbordbug das kleine Stück Land an. Von grünen Sandbänken glänzt es smaragden herauf, und unter der nun sehr frischen Brise fliegt die *Sahala* bald über Korallenriffe hinweg.

Es ist mir eine Freude, diese Unterwasserwelt zu betrachten, die im glasklaren Wasser von der Sonne gebadet wird. Dort unten liegen all die Schätze, für die ich mich aufs Meer gemacht habe!

Aus der blauen Tiefe tauchen ab und an Felsenkuppeln auf wie unwirkliche Kathedralen, und Myriaden bunt gestreifter Fische schwärmen gleich Traumvögeln um sie herum.

Diese gefährlichen Korallenanhäufungen – man nimmt sie als gelbe oder violette Flecken wahr – gilt es zu umfahren. Je näher wir der Insel kommen, desto enger wird das Labyrinth. Bei Nacht oder Gegenlicht wäre ein Navigieren unmöglich.

Vor der Insel Musha ankern wir in weißem Sand. Durch das Spiel des Lichts schimmert das Meer so grün wie reiner Smaragd. Die flache, simsartig geschnittene Insel bildet dort einen kleinen, schneeweißen Strand.

Der Leuchtturmwärter kommt uns entgegen, gefolgt von einer nackten Kinderschar, die in Freiheit und Licht munter herumtollt.

Der Mann ist ein Dankali namens Burhan. Ich habe ihn beauftragt, in meiner Abwesenheit über meine Austernkisten zu wachen. Seit fünfundzwanzig Jahren ist er hier im Dienst der Verwaltung tätig, mit zwei Gehilfen, ebenfalls Dankalis. Er verdient zwölf Francs im Monat, doch ist er über diese verbrannte Insel Herr und Gebieter. Eine Ziegenherde schafft es, dort zu überleben, indem sie sich von spärlichem Gras und Mangrovenblättern nährt. Jede Woche fährt Burhan mit einer kleinen Dhau nach Dschibuti und holt für die Seinen Wasser. Tagsüber ist er mit Fischfang beschäftigt, nachts mit Vermehrung, denn er hat drei Frauen. Sie haben ihm an die zwölf, fünfzehn Kinder geschenkt, die zwischen ein und zwanzig Jahren alt sind.

Das Inselinnere umfasst eine große Lagune, an der Mangroven mit dunklem Blattwerk gedeihen. Unter der Wölbung dieser Wasserpflanzen verschlaufen sich gewundene Kanäle in einem undurchdringlichen Wald, der sich auf die bizarren Bögen der roten Wurzeln stützt. Die Luft ist vom Vanilleduft der Mangroven erfüllt, und die grüne Landschaft, in der sich nur das Meeresleben regt, hüllt sich in geheimnisvolles Schweigen.

Als wir vorbeigehen, laufen große braune Krabben über die krummen Stämme und lassen sich geräuschvoll ins schwarze Wasser plumpsen. Aus Schattenlöchern zwischen den Bögen der Luftwurzeln tönt es seltsam schnalzend heraus: Das ist das geheimnisvolle Werk der Seegurken, die im feuchten Sand wühlen, sobald das Meer sich zurückzieht.

Hinter einer Biegung tut sich eine Art Lichtung vor uns auf, wie ein Wasserspiegel, und flatternd und zeternd fliegt ein Schwarm Seidenreiher auf.

Zur Nacht kehre ich an Bord zurück. Es ist Vollmond. Das große rote Rund steht über ruhigem Meer, denn der Monsun hat sich gelegt. Die um die Insel laufende Riffbank ragt nun teilweise aus dem Wasser. Weit draußen hört man das Meer an der Riffkante grollen, und sachte bläst eine laue Brise Algengeruch heran.

Von der großen flachen Insel, deren Strände im Mondlicht glänzen, steigt der durchdringende Laut der erst abends wach werdenden Sandgrillen auf. Sanft schlägt die Brandung an den Strand, in langen Abständen, wie die Atmung all der Dinge, die hier schlafen.

Während langsam die Sterne über mich hinwegziehen, denke ich an all das Unbekannte, zu dem ich aufbreche …

Allmählich steigt der Meeresspiegel wieder an. Der Mond im Zenit leuchtet den Korallenboden bestürzend deutlich aus. Es ist Zeit, in See zu stechen.

Mit dem Bootshaken verholen wir uns aus dem Riff, dann geht es bei frischer Südbrise in das schwarze Wasser der hohen See.

Bei Tagesanbruch ist backbord der gelbe Sporn von Ras Bir zu sehen. Um die Landbrisen auszunützen, fahren wir die Danakil-Küste entlang. Schließlich kommt der Monsun auf, und wir segeln raumschots in Richtung Bab el-Mandeb.

Gegen neun Uhr taucht Perim auf, das wie ein gewaltiger Lurch quer in der Meerenge liegt; dahinter wirkt der Bergkegel von Cheik Saïd wie eine Insel.

Perim teilt die Meerenge in zwei Fahrrinnen, eine große, etwa zehn Seemeilen breite auf der afrikanischen Seite, bei Ras Syan, und eine kleine, kaum zwei Seemeilen breite auf der arabischen Seite, bei Cheik Saïd. Die große Fahrrinne wird von Schiffen zur Durchfahrt ins Rote Meer benutzt, die kleine nur von Fischerbooten und von den *zaroug* der Tabakschmuggler. Um an den Strand von Cheik Saïd zu gelangen, entscheide ich mich für die kleine.

Sie gilt als gefährlich, wegen der starken Strömungen, die dort je nach Tide in der einen oder anderen Richtung herrschen. Ich weiß nicht, was gerade für eine Strömung vorliegt, doch scheint mir der Wind, den wir im Rücken haben, stark genug, dass wir uns nicht sorgen müssen. Etwas unwohl ist mir nur bei dem Gedanken, dass Bab el-Mandeb »Tor der Tränen« bedeutet.

Die südliche Einfahrt in die Rinne ist relativ breit. Zur Rechten ragen die Lavasäulen von Cheik Saïd direkt aus dem Meer empor, ohne jegliche Küste, auf die man einen Fuß setzen könnte.

Die Wellen, die der Monsun von Indien herangetrieben hat, brechen gegen diese schwarzen Felsen, die immer wieder aus dem wilden Geschäume herausragen, wie ewig Gemarterte.

Der Wind wird heftiger, und die tosenden Wellen scheinen gegen die Strömung zu prallen, die nun aus der Fahrrinne herausdrängt.

Für einen Kurswechsel ist es zu spät; ein derartiger Wind lässt kein Manöver zu.

Unvorsichtigerweise habe ich mein Großsegel quer zur Schiffsachse auf seiner schweren Lateinerrute entfaltet gelassen. Unmöglich, es jetzt bei der entfesselten See hinter uns einzuholen. Wir dürfen unsere Fahrt nicht verlangsamen, da die fast senkrecht aufsteigenden Wellen sonst von hinten über uns hereinbrechen.

Lieber alles auf eine Karte setzen. Hält die Takelage, sind wir gerettet. So rasen wir in das Chaos hinein, nur wenige Kabellängen von der umtosten Felsküste entfernt. Abdi, der auf dem Vorschiff kauert, ruft plötzlich etwas, was ich nicht verstehe, und deutet in Fahrrichtung.

Da sehe ich auf dem Meer lauter Wasserkegel hochschießen und wieder zusammenfallen. Schaumgekrönte, zerzauste Wellen drehen sich wild im Kreis: Die vom Wind zurückgedrängten Strömungswirbel bilden eine Art Strudel. Zwischen diesem und der Küste entdecke ich in einer halben Kabellänge eine ruhigere Zone, doch auch dort winden und bäumen sich schnelle Strömungswulste wie furchterregende Echsen.

Auf die Gefahr hin, an die Felsen geschleudert zu werden, steuere ich jene Zone an.

Da dreht das Schiff sich auf einmal, so mächtig zerren die entfesselten Kräfte daran. Ahmed stürzt sich an den Segelhals, damit das Schiff nicht halst, denn sonst würden wir unweigerlich kentern. Während er und Abdi sich in die Leinen hängen, treibt die Dhau in den Strudel hinein, und eine mächtige Welle geht auf unserem Hinterschiff nieder und schwemmt alles von Bord. Selbst das wild flatternde Segel wird fortgerissen. Da gellt ein Schrei durch den Tumult, und eine dunkle Gestalt treibt längsseits im Meeresgewühl. Es ist Ahmed, der von Bord gespült wurde. Ich werfe eine Rolle Tau ins Wasser, die das Schiff hinter sich herzieht, dann denke ich nur noch ans Steuern, um die fürchterlichen Wellen, die nun schneller dahinrasen als wir, hinter unserem Heck zu lassen. Das Großsegel wurde zum Glück weggerissen. Abdi schafft es, einen Fetzen Tuch als Sturmsegel zu setzen. So können wir weiter steuern und gegen die Strömung halten. Doch drohen wir zu sinken, denn das Schiff ist halb voller Wasser. Noch eine Sturzwelle, und wir gehen auf Grund! Ich drehe mich um und sehe, wie Ahmed sich an dem Tau festklammert. Mühevoll hangelt er sich vor, bis wir ihn wie einen geangelten Fisch an Bord hieven. Ohne zu lamentieren, macht er sich sofort ans Wasserschöpfen.

Da sind wir über die gefährliche Zone, wo Strömung, Wellen und Wind aufeinanderprallten, plötzlich hinaus. Das Meer beruhigt sich. Wir sind gerettet …

Ich verspüre auf einmal das Bedürfnis, einer überirdischen Macht zu danken, die geruht hat, mich nicht zu vernichten. Das Dankgebet entspringt vielleicht den Jahren jugendlicher Frömmigkeit, oder fetischistischem Atavismus aus der Zeit des ersten Menschenentwurfs. Unsere christlichen Matrosen haben in ihren Seesäcken Madonnen versteckt, und selbst die rauesten Gesellen legen in der Stunde der Gefahr ein Gelübde ab.

Die Muslime dagegen schicken sich in ihr Los, wissen sie doch, dass Allah allmächtig und so groß ist, dass er seine Meinung nicht ändern wird. Was geschehen muss, steht schon geschrieben, und wenn Allah seine Geschöpfe rettet, dann nur, weil es ihm so gefällt. So gilt es ihm auch nicht zu danken. Um aber einen Menschen für sich zu gewinnen, kann auch Allah Wunder tun. Den kleinen Zwischenfall und die Angst, die uns danach noch in den Knochen steckt, nehme ich zum Anlass, um meinen Leuten zu verkünden, dass ich in dem Augenblick, in dem ich dachte, das Schiff werde kentern, gelobt habe, Muslim zu werden, sollte ich denn überleben. Augenblicklich hatte eine geheimnisvolle Kraft uns aus dem Strudel befreit. Das war das Wunder.

So war es also wundersamen Umständen zu verdanken, dass ich den muslimischen Glauben und den Namen Abd el-Haï annahm.

Dem Vorhof zur Hölle entronnen, sehen wir uns an und können kaum glauben, dass wir noch leben. Der winzige Schiffsjunge ist auch noch da. Ich weiß nicht, wo er sich während des kurzen Sturmes verkrochen hat. Unsere Vorräte sind völlig durchnässt. Das in den Augen der Somalier wertvollste Gut, der Zucker nämlich, hat sich als Sirup davongestohlen. Übrig ist nur noch ein klebriger Sack, den wir bestürzt anstarren. Einzig die Tasche mit den Datteln hat überlebt; diese Wüstenfrucht hält alles aus. Der Trinkwasserkanister ist noch immer voll, allerdings nun mit Salzwasser.

Wir liegen vor Cheik Saïd, geschützt vor der schweren See, die durch die Passage hereindrängt, doch der Wind pfeift böenartig ins Mastwerk. Der Abend bricht herein, aber es kommt mir nicht in den Sinn, an Land zu gehen. Ich verzehre ein paar Datteln und gebe mich der Glückseligkeit eines sicheren Ankerplatzes hin, denke an das Wetter draußen und an all jene, die dort mit Wind und Wellen kämpfen.

Trotz unserer Müdigkeit hält immer einer Wache, denn die Küste genießt einen höchst schlechten Ruf. Ich habe keine Kette, sondern nur eine Ankerleine aus Kokosfaser.

Ein paar Stunden vor Sonnenaufgang weckt Ahmed mich behutsam auf. Er zeigt mir, in etwa einer Kabellänge Entfernung, einen vagen Schemen, der eine große Piroge sein könnte. Mit dem Fernglas mache ich tatsächlich einen *zaroug* mit umgelegtem Mast aus, auf dem Männer bedachtsam paddeln. Ich halte ihn für ein Fischerboot, das sich zum Ablegen anschickt, und die Furcht meiner Somalier scheint mir übertrieben. Dennoch ist das Manöver etwas seltsam. Plötzlich drückt Abdi meinen Arm, und ich sehe, wie sich etwa zwanzig Meter vor uns in der Achse des Schiffs ein schwarzer Punkt in phosphoreszierenden Kreisen lautlos auf uns zubewegt. Es ist ein vorsichtig schwimmender Mann. Da fällt mir auf, dass sich unser Schiff durch die von der Strömung bewirkten Strudel um den Anker dreht und mit dem Heck auf die Riffspitze zutreibt, die den Ankerplatz vor dem Wind schützt. Sollte unsere Ankerleine reißen, würde die Strömung uns innerhalb weniger Minuten auf das Riff befördern. Nun wird mir klar, was der leise Schwimmer bezweckt: Da er uns im gefährlichen Schlaf der frühen Morgenstunden wähnt, will er die Leine zerschneiden und unser Schiff zerschellen lassen. Aus einem ersten Antrieb heraus würde ich den Kerl am liebsten mit einer Kugel auf den Meeresboden schicken, doch scheint es mir im Hinblick auf unsere morgige Expedition nicht ratsam, Aufsehen zu erregen. So richte ich mich auf und rufe: »Wer da?« Augenblicklich taucht der Mann unter und lässt im Mondenschein nur einen kleinen Strudel zurück. Erst an die fünfzig Meter weiter kommt er zum Vorschein, verschwindet wieder und wird von der Nacht verschluckt. Kein Laut hat seine unterseeische Flucht verraten.

Als der Tag anbricht, ist am Horizont kein Boot zu sehen, und mir ist, als hätte ich geträumt.

Nun gilt es, an Land zu gehen. Ich habe einen Steilstrand vor mir, eine Art Sandböschung entlang der Küste. Hinter einem Einschnitt lässt sich eine Bucht vermuten; jenseits des natürlichen Walls sieht man gerade noch die Spitzen einiger Rundhütten. Aufgrund der schweren See, die in die Meerenge drückt, ist die Brandung sehr stark und gefährlich, und in einem *houri*, wie man hier die kleinen, als Beiboote benutzten Pirogen nennt, schafft man es kaum an Land, ohne dass die Wellen über einen hereinbrechen. Daher sorge ich mich um meinen Fotoapparat, den ich unbedingt mitnehmen möchte. Da kommt mir der Gedanke, ihn in einer *tanika* zu verstauen, einem Wasserbehälter. Ich schicke einen Mann mit der kostbaren Fracht los. Er wird zwar von einer Woge erfasst, doch sehe ich, dass er die *tanika* noch immer über dem Kopf trägt. Schließlich schafft er es durch die Brandung und erreicht den Strand. Zusammen mit Abdi gehe nun auch ich an Land; Ahmed und den Rest der Besatzung lasse ich an Bord. Die Piroge muss in Strandnähe bleiben, damit wir uns schnell davonmachen können. Ahmed, ein guter Schütze, bekommt von mir den Auftrag, auf jeden zu schießen, der sich ihm in unserer Abwesenheit nähern sollte.

Ich trage nichts weiter als einen Lendenschurz. Das Gewehr nach Einheimischenart geschultert, gehen wir den Strand entlang.

Nur wenige Meter vom Ufer liegt das Grabmal des Scheichs, von dem die Gegend ihren Namen hat. Ein Gürtel räudigen Gestrüpps umfasst einen aus Steinen geformten Kreis, in dessen Mitte auf einem irdenen Teller noch die Kohle liegt, auf der Weihrauch verbrannt wurde. Ein roter Stofffetzen flattert im Wind und scheint diesem einsamen Fleck übernatürliches Leben einzuhauchen. Was das Meer an Wrackteilen an Land wirft, wird von den seltenen Besuchern dieses verlassenen Strandes als Gabe hierhergeschafft.

Abdi wirft sich nieder und rezitiert die Fatiha. Windböen blasen Sand über die reglosen Wellen des makellos geriffelten Strands. Inmitten all der verbleichten Wrackstücke, die ihre Geschichte längst vergessen haben, knattert in rotem Glanze die kleine Fahne.

Als die religiösen Pflichten erfüllt sind, erkunden wir den oberen Teil der Nehrung. Da sehe ich die Bucht von Cheik Saïd vor mir. Es ist ein großes Becken von etwa vier- bis fünfhundert Metern Durchmesser, das durch eine schmale, seichte Fahrrinne mit dem Meer verbunden ist. In dem kleinen, von ein paar

Stroh- und Schilfhütten umstandenen Naturhafen liegen zahlreiche Fischerboote.

Drei Eingeborene kommen auf uns zu. Es sind Fischer, Zaranig-Araber, prächtige Burschen. Sie tragen einen sehr kurzen Lendenschurz, Oberkörper und Beine sind nackt, die Körper von schöner kupferner Farbe, und ihre langen schwarzen Haare fallen ihnen lockig auf die Schultern. Ihre Gesichtszüge sind bewundernswert fein und regelmäßig, die Augen schwarz und schmal. Auf Fischjagd gehen sie mit einem Wurfnetz, das sie anmutig in den Wind schleudern. Ihre bevorzugte Beute sind *arabi* genannte barschartige Fische. Diese beißen sie jeweils tot und fädeln sie mit einer Holznadel durch die Augen auf eine Schnur, die sie im Wasser hinter sich herziehen.

Ich kaufe ihnen Fisch ab und gebe ihnen ein paar Patronen dafür. Im Sand kauernd, kitzle ich aus ihnen heraus, was mich interessiert. Sie zeigen auf den Berg, auf dem das türkische Fort steht, das nur auf einem Ziegenpfad zu erreichen ist. Hundertzwanzig Mann seien dort stationiert, die jeden Monat abgelöst würden.

Dann besichtige ich die Ruinen der französischen Faktorei Rabaud, die 1885 im Hinblick auf die Öffnung der Meerenge von Sues eröffnet wurde. Rabaud, ein Marseiller Händler, hatte die Konzession für das gesamte Gebiet erstanden, und so hätten wir dort die französische Fahne hissen können. Nichts dergleichen geschah aber. Rabaud wurde durch den Siebziger Krieg ruiniert, seine Faktorei wurde aufgegeben und verfiel. Daraufhin besetzten die Türken den Berg von Cheik Saïd.

Das Fort ist über eine Telegrafenleitung mit Mokka verbunden. An einigen Masten hängt der Eisendraht noch in der Luft, meist aber schleift er durch den Sand. Dennoch scheint die Leitung zu funktionieren.

Ich nehme ein paar Bilder auf und skizziere einen Plan, der den Zugang zum Fort darstellt.

Man erzählt mir auch vom Sklavenhandel, für den die Bucht von Cheik Saïd zu manchen Jahreszeiten ein Anlaufpunkt sei.

Ähnlich verhalte es sich mit Waffen aus Dschibuti. Die Türken versuchten diesen Handel in keiner Weise zu unterbinden, veranstalteten aber ab und an einträgliche Razzien. Sie würden von den Arabern nicht geliebt, sondern nur geduldet, wie Schmarotzer. So kann ich nun dem Gouverneur doch einiges berichten. Ich erachte meine Mission für beendet und gedenke, ein wenig einzukaufen, um meine abgesoffenen Vorräte zu ersetzen. Ich betrete eine Hütte, in der ein schmutziger Araber Reis, Salz und andere Grundnahrungsmittel verkauft.

Da eilt Abdi herbei, der draußen geblieben war, und meldet, dass türkische Soldaten den Berg herunterkommen.

Ich lasse meine Einkäufe liegen, und wir laufen zu unserer Piroge. Die türkische Patrouille kommt im Laufschritt auf uns zu. Zweifellos sollen wir näher begutachtet und gegebenenfalls festgenommen werden. Wir springen in die Piroge. Ahmed an Bord der Dhau hat alles gesehen und bemüht sich, den Anker zu hieven. Gerade als die Patrouille den Strand erreicht, steigen wir an Bord. Die Soldaten scheinen sich zu besprechen und winken herüber, was wir als den Befehl deuten, wieder an Land zu kommen. Ich bin darauf gefasst, dass sie auf uns schießen. Für alle Fälle hisse ich unsere Flagge, ziehe aber auch schon den Anker hoch.

Ich hatte die Lateinerrute mit dem eingerollten, nur von ein paar Bastschnüren festgehaltenen Segel oben gelassen. Ein kurzer Ruck an der Schot, und das Segel entfaltet sich. Es ist zwar nur unser Sturmsegel, das kleiner ist als das im Bab el-Mandeb verlorene Großsegel, doch bei dem starken Wind kommen wir gut voran. Bald ist der Strand von Cheik Saïd verschwunden.

Draußen herrscht schlechtes Wetter, der Monsun weht mit einer steifen Brise, und die See ist sehr grob. Zum Glück segeln wir vor dem Wind.

Ich bin mit Süßem übersättigt, da ich nur noch Datteln habe, und nichts, um Durrabrot zu backen. Am besten, ich steuere Mokka an, wo ich bestimmt Vorräte bekomme. Die Nachricht von unserer Expedition nach Cheik Saïd kann noch nicht bis dorthin gedrungen sein, falls sie die Türken überhaupt beunruhigt haben sollte.

So segle ich also die arabische Küste entlang und sehe immer wieder vereinzelte Palmenhaine oder den hellgrünen Teppich eines Durrafelds. Manchmal liegen weiße *zaroug* auf dem Strand. In diesen kleinen, über die Küste zwischen Dubab und Al-Hudaida verteilten Dörfern wohnen Zaranig. Diese Gelegenheitspiraten betreiben Fischfang und das Dörren von Fisch. Auch der Tabakschmuggel gehört zu ihren zahlreichen Einkommensquellen, neben dem Transport von Sklavenkonvois von einem Ufer zum anderen. Bei dieser letzten und einträglichsten Art von Handel sind sie mit ihren lang gezogenen, leichten Booten kaum zu erwischen.

Und so gehen sie vor. Sie fischen an der afrikanischen Küste an einem zuvor mit dem *nagadi*, dem Karawanenleiter, verabredeten Ort, in der Regel zwischen Syan und Baheita. Ein Riffeinschnitt genügt, um sie vor dem heftigen Südwind zu schützen, dem die Gegend ein halbes Jahr lang, von Oktober bis März, ausgesetzt ist. Die *zaroug* wird mit umgelegtem Mast auf den Strand gezogen, dann fischen die Leute in aller Seelenruhe, trocknen ihren Fang und bauen sich eine Behelfshütte, indem sie ihr Segel auf Spieren ausbreiten. Die für die Versorgung der menschlichen Ladung nötigen Vorräte an Nahrung und Trinkwasser vergraben sie vorsichtshalber im Sand. Bei Leuten, die von Muscheln und gegrilltem Fisch leben, würde so viel Proviant nämlich verdächtig wirken und den Neid anderer Fischer hervorrufen, deren Schweigen dann erkauft werden müsste. Die Patrouillen und die braven Küstenwächter können nicht erahnen, was das friedliche Fischerboot, das so vielen anderen gleicht, in Wahrheit für Absichten hat.

Wenn die Karawane aus dem Landesinneren eintrifft, verbleibt sie zunächst in den Bergen, etwa fünf, sechs Stunden Fußmarsch entfernt, und nur ein Mann wird an die Küste geschickt. Schließlich zieht die Karawane los, um gegen neun Uhr abends am Meer zu sein. An jenem Tag holen die vermeintlichen Fischer die Fässer mit dem Trinkwasser aus dem Sand, denn die Sklaven werden durstig sein, und sie machen ihre Barke flott. Bei Sonnenuntergang beobachten sie von einer Erhöhung aus das Meer und die Umgegend; ist nichts Verdächtiges auszumachen und keine Patrouille in Sicht, so ist die Nacht ihnen günstig. Dann wird ein großes Feuer angezündet, als wollte man das Abendessen zubereiten. Irgendwo in den Bergen gibt ein zweites Feuer Antwort. Bald danach tritt ein leiser Trupp aus dem Schatten. Es sind die Sklaven, begleitet von einigen Askaris, abessinischen Soldaten des *nagadi*. Die restlichen Askaris haben an zwei Stellen entlang der Küste Posten bezogen, um nicht doch von einer Patrouille überrascht zu werden, was im Übrigen höchst unwahrscheinlich wäre. Wer unseligerweise in jenem Moment dort aufkreuzte, würde augenblicklich erschossen, ohne den Hauch einer Chance, sich zu verteidigen, denn jene nächtens im Gestrüpp ausgestreckten erdfarbenen Männer sind absolut unsichtbar.

Innerhalb weniger Minuten ist der meist fünfundzwanzig- bis dreißigköpfige Trupp an Bord. Die Leute werden auf dem Boden der *zaroug* zusammengepfercht, und man breitet ein Segel über sie. Der Südwind, der fast immer stürmisch weht, lässt das leichte Boot raumschots dahinschießen, während die gesamte Besatzung auf der Windseite in den Wanten hängt, um der Krängung entgegenzuwirken. Bei solcher Geschwindigkeit ist das Rote Meer, an jener Stelle kaum fünfzehn Seemeilen breit, in weniger als zwei Stunden überquert. Wie sollte ein Boot, das in einsamer Nacht durchs aufgewühlte Meer schießt, je von einer Patrouille aufgebracht werden? Viele Sklaven erinnern sich auf der Arabischen Halbinsel nicht einmal, das Meer gesehen zu haben, so rasch war die nächtliche Überfahrt.

Aber lassen wir nun die Sklaven, von denen ich noch berichten werde, und kommen wir zu meiner eigenen Fahrt zurück.

Gegen Abend sehe ich am Horizont die hohe Säule des Leuchtturms von Mokka, und später erscheint der Sandstreifen, auf dem sie steht. Dahinter die Stadt Mokka, eine Masse weißer Häuser, zwischen denen grazile Minarette aufragen.

Mokka! Ruhmreicher Name, einem Kaffee verliehen wie ein Adelstitel; endlich habe ich die imponierende Stadt vor mir.

Ich sehe mehrstöckige Häuser im arabischen Stil, die Fassaden von Muscharabie durchsetzt. Ob sich wohl hinter den gedrechselten Holzgittern laszive Frauen räkeln?

Hohe, von Bastionen flankierte Mauern verteidigen stolz die Stadt. Als ich näher heranfahre, sehe ich auf einmal, dass in die Anlage große Breschen geschlagen sind. Sie wirkt wie eine Ruine … Es ist eine Ruine.

Da kommt auf einmal auch den hohen Häusern ihr nobles Aussehen abhanden. Wo ich reich geschnitzte Muscharabie gewähnt hatte, gähnen in Wahrheit nur Löcher wie leere Augen. Nur die Fassaden stehen noch der Meeresfront gegenüber und vermitteln dem in der Ferne vorbeiziehenden Reisenden die Illusion längst erloschenen Glanzes.

Die Nacht bricht herein, und im Schutze der Halbinsel gehe ich außerhalb der Reede vor Anker. Am Morgen fahren wir so weit wie möglich an Land heran.

Wir ankern vor einer Ansammlung jämmerlicher Ruinen. Es ist eine Geisterstadt, und ich erwarte fast das Erscheinen fantastischer Wesen, von Gespenstern aus einer anderen Zeit.

Doch entsteigt den Trümmern vielmehr wie von Zauberhand eine Menge höchst lebendiger Araber, die sich inmitten all der Ruinen anscheinend sehr wohlfühlen.

Wir gehen an Land. Ein sehr dunkler Araber fragt uns nach unseren Papieren. Er hat Patronengürtel umhängen, trägt auf dem Bauch Dolche mit Silberknauf und um die Schulter ein Remington-Gewehr. Vermutlich ein türkischer Soldat. Er soll mich zu Omer Bahar geleiten. In seinem Gefolge betrete ich die tote Stadt.

Zwischen von der Mittagssonne aufgeheizten Mauern gehen wir durch gewundene, von Trümmern verstopfte Gassen. Vierstöckige Fassaden mit aus Teakholz geschnitzten Eingangstoren lassen an orientalische Prachtentfaltung denken.

Inmitten all der Ruinen haben arabische Familien ihre Nomadenlager aufgeschlagen, völlig gleichgültig gegenüber der Trostlosigkeit um sie herum, als habe in keiner der verlassenen Stätten die Erinnerung an Verschwundenes eine untröstliche Seele hinterlassen.

Durch ein Mauerloch erblicke ich im Sonnenstrahl, der durch eine Bresche blitzt, einen schattigen, marmorgefliesten Hof; in dessen Mitte die Reste eines zur Hälfte mit Mist angefüllten Beckens, daneben Packesel voll schwärender Wunden, die träge sinnen, wo einst der kluge alte Sultan sich in den heißen Stunden der Mittagsruhe vor dem frischen Bassin am Anblick der Favoritinnen weidete.

Aus freien Räumen, wahren Trümmerbuckeln, ragen kreuz und quer Balken heraus, Spuren der Grundfesten, als sei von einer Katastrophe alles fortgerissen worden.

Schließlich bleibt mein Führer – oder Wächter – vor einer grob gezimmerten Tür stehen und lässt mich in ein großes, dunkles Haus treten. Über mir im Halbdunkel die geborstenen Decken zweier Etagen. In den Höhen dieses beklemmenden Hohlraums gurren Tauben. Durch die offene Tür fällt schräges Licht auf den mit Schutt übersäten Boden. In der Stille schwebt ein Geruch nach Ziegenmist. Ich sehe nichts. Wo bin ich?

Schließlich nehme ich ganz hinten menschliche Gestalten wahr, auf einem herrlichen Perserteppich kauernd, der auf die wackeligen Marmorplatten gebreitet wurde. Das müssen Omer Bahar und sein Gefolge sein, denn wer im Orient auf sich hält, ist umgeben von einer kleinen Hofschar, und bestehe sie auch nur aus Domestiken.

Es ist ein zäher alter Mann von lakritzfarbener Haut, dessen Gesicht von einem riesenhaften weißen Schnurrbart wie zweigeteilt wird. Er raucht eine abseitsstehende Wasserpfeife und vergräbt dabei das elfenbeinerne Mundstück der rotsamtenen Schlange in dem buschigen Schnurrbart. Das gleichförmige Gluckern der Wasserpfeife klingt wie ein zufriedenes Schnurren des auf silbernen Füßen stehenden Tiers, auf dessen hochgerecktem Hals die Glut erglänzt wie rote Augen.

Dann entrollt sich die große Schlange und geht von Mund zu Mund.

Ich grüße landesüblich, man weist mir einen Hocker zu, das Verhör beginnt.

Der schnurrbärtige alte Spitzbub wechselt mit seinen Gefährten knappe Sätze auf Türkisch. Von irgendwoher treten auf einmal vier bewaffnete Soldaten heran. Der Alte spricht mit ihnen und sieht dabei immer wieder zu mir. Was wird mit mir geschehen? Wird man mich pfählen oder mich verschnürt wie ein Paket in eine Karronade stecken? Da bekomme ich Tee serviert, süß wie Sirup. Ich muss an das Gläschen Rum denken, das man dem zum Tode Verurteilten einschenkt.

Meine Augen haben sich mittlerweile an das Dunkel gewöhnt, und die Züge der Umsitzenden stehen mir deutlicher vor Augen. Lediglich der Alte hat einen Charakterkopf, den eines barbarischen Kriegers. Die anderen sehen roh, oder vielmehr verroht aus. Das beruhigt mich. Es handelt sich also um Untergebene, denen ich als Zerstreuung diene, bevor sie mich zum Wali schicken, von dem ich erwartet werde.

Als ich die Höhle verlasse, blendet mich die Sonne. Eskortiert werde ich von vier baumlangen Türken, vermutlich Sklaven, denn von schwarzem Blut. Von einer Uniform kann bei ihnen keine Rede sein, sie haben nur ihre Patronengurte und die Repetiergewehre mit aufgepflanztem Bajonett umhängen. In solcher Begleitung wirke ich nicht anders als ein Gefangener, der überführt wird. Ich versuche, mit den Kerlen zu reden, doch sprechen sie nicht Arabisch oder tun zumindest so.

Wieder ein Spaziergang durch ein Wirrwarr verwaister Gassen.

Ich gäbe viel darum, einen meiner Männer zu sehen.

Wir kommen an einem kleinen Café vorbei; das heißt, im Schatten eines Mauerstücks wird auf einem irdenen Ofen Tee gekocht; acht oder zehn alte Kisten dienen als Tische und Stühle. Lässige Araber rauchen in einer Wasserpfeife Kokostabak. Da sehe ich, wie aus ihrer Runde Abdi aufsteht. Ich fordere ihn auf, mir unbedingt zu folgen, ob von nah oder fern, so gut er eben kann.

Meine Eskorte hält vor dem Tor eines weniger beschädigten Gebäudes. Dort residiert der Wali. Wir kommen durch einen Pferdestall und treten danach über eine Holztreppe hinaus auf eine sonnengleißende Terrasse. Auf dieser großen Plattform steht, wie ein auf dem alten Koloss hochgeschossener weißer Pilz, die neu erbaute Wohnstätte des Wali.

Es ist ein junger Türke im rosa Pyjama und roten Babuschen. An dem kleinen, mit elfenbeinernen Einlegearbeiten verzierten Tischchen sitzen noch zwei Offiziere, gleich dem Wali auf türkische Art im Schneidersitz. Aus winzigen Tassen trinken sie Kaffee, der von einem schwarzen Sklaven behutsam serviert wird. Mit stiller Geste und einem Lächeln fordert der Wali mich zum Sitzen auf, und es wird ein Stuhl herangeschoben. Ich hüte mich, diesen zu benützen, und kauere mich nieder. Schmunzeln der beiden Offiziere. Mir werden Zigaretten mit Goldmundstücken angeboten. Die Offiziere rauchen mit langen Zigarettenspitzen und streifen die Asche mit regelmäßigen Gesten und exquisit angewiderter Miene ab.

Kleine rote und blaue Fensterstücke färben das Licht und werfen einen seltsamen Glanz auf die Teppiche und die Marmorplatten. Es riecht nach Weihrauch.

Ich gebe mich als Franzose zu erkennen. Das Gesicht des Wali leuchtet auf. Er behauptet, Französisch zu sprechen, und ist stolz darauf, doch verstehen tut er mich anscheinend nicht. Also zurück zum Arabischen, das er leidlich beherrscht.

Nach einem sehr langen Verhör fragte er mich abrupt: »Waren Sie in Cheik Saïd?«

Leugnen hat keinen Zweck. Ich erkläre, das schlechte Wetter habe uns gezwungen, dort ein paar Stunden haltzumachen.

»Ich weiß, ich weiß.«

Süffisantes Lächeln.

Ich habe das Gefühl, dieser liebenswerte Gentleman in Babuschen ist einfach entzückt, mich zu seiner Verfügung zu haben.

Kaffee, Zigaretten, Kaffee.

Er spricht Türkisch. Die Zeit vergeht.

Für einen Verbleib meinerseits gibt es keinen Grund mehr. Ich erkläre, Proviant kaufen zu müssen. Außerdem wolle ich seine Gastfreundschaft nicht länger beanspruchen, und so weiter.

»Es eilt doch nicht, und draußen ist es zu heiß. Sie haben Zeit.«

Praktisch bin ich sein Gefangener. Ich danke ihm und überdenke meine Lage. Bei den merkwürdigen Landessitten ist nicht abzusehen, wie dieses Abenteuer enden wird. Ich lasse eine halbe Stunde vergehen.

Zwei türkische Soldaten treten ein, erhalten halblaute Befehle, grüßen, machen aus Prinzip zackig kehrt und gehen hinaus. Mich erstaunt dieses Militärische, das mit der orientalischen Nachlässigkeit so gar nicht in Einklang steht.

Da erst fällt mir auf, wie blond der eine Offizier ist, und als ich ihn vor meinem geistigen Auge seiner orientalischen Attribute entledige, kommt er mir ausgesprochen germanisch vor. Gesprochen hat er nur zwei Mal, ein paar Worte auf Türkisch, doch der Wali hat ihm aufmerksam zugehört, und seine Züge haben gewissermaßen Habtachtstellung angenommen. Seltsam.

Die Sache muss ein Ende haben. Ich stehe auf. »Entschuldigen Sie mich, ich muss zum Telegrafen, nach Dschibuti kabeln.« Meine Geste zeugt von einer Entschlossenheit, gegen die mit einem Lächeln nicht anzukommen ist.

Der blonde Offizier und der Wali wechseln einen Blick. Ein Wort im Befehlston, und der Wali setzt wieder sein liebenswürdigstes Lächeln auf. »Ich lasse Sie begleiten. Heute Abend erwarte ich Sie aber zum Essen.« Der andere Offizier, ein echter Türke jener, geht hinaus und kommt fast augenblicklich mit vier wiederum bewaffneten Männern zurück. »Ihre Eskorte«, sagt der Wali. »Die Stadt ist derzeit nicht sicher.«

»Wegen herabfallender Mauerteile?«

»Nein, aber im Landesinnern gibt es Unruhen, und man weiß

nie, was geschehen kann. Ich bin für Ihre Sicherheit verantwortlich.«

Für so viel Fürsorglichkeit kann ich mich wieder nur bedanken.

In einem verfallenen Haus mit Schafen und Ziegen im Erdgeschoss hängt aus einem Loch in der Mauer schlaff ein Draht: die Telegrafenleitung. Es scheint kaum möglich, dass über eine so wenig respektable Anlage ernsthafte Nachrichten übermittelt werden.

Eine Behelfsleiter führt in den ersten Stock hinauf. Zu meiner Überraschung finde ich dort auf einem uralten Toilettentisch einen Morseapparat vor. Ein sehr alter, zur Umgebung passender Mann sitzt auf einer leeren Kiste und transkribiert die Nachricht, die nervös auf den blauen Papierstreifen rattert.

Zu seinen Füßen liegt friedlich ein Zicklein und kaut an Papieren.

Mein Eintreffen wird nicht weiter gewürdigt. Der Alte erwidert mechanisch mein *salam aleikum*, ohne aufzusehen.

Mir fällt auf, dass er von links nach rechts schreibt. Beim Nähertreten stelle ich fest, dass die Nachricht auf Deutsch ist. In einer Ecke kauert ein Soldat. Bestimmt erwartet er die Antwort auf Fragen, die man über mich gestellt hat. Nun verstehe ich, warum man mich zurückhalten wollte. Man wartet auf Anordnungen des Wali in Taizz. Kein Zweifel mehr also: Es gibt eine Art deutschen Generalstab, der im Geheimen wirkt, aber das Gerüst der türkischen Regierung in Arabien bildet. Ich will es nun genau wissen.

»Kannst du ein Telegramm nach Cheik Saïd für mich aufnehmen? Ich will dem europäischen Offizier dort etwas mitteilen«, sage ich zu dem Alten, als er mit seiner Arbeit gerade fertig wird.

Abrupt hört er auf, am Spieß seines Morseapparats zu drehen, und sieht mich mit runden Augen an. »Welchem Offizier?«

»Du weißt schon, wen ich meine, du kannst ja Deutsch. Ich will bloß vor deinen Leuten hier den Namen nicht sagen.«

»Ich weiß nicht, was du meinst.« Er dreht wieder an der Ratsche des Apparats, die Nase dicht über dem blauen Papierstreifen, als sei er urplötzlich kurzsichtig geworden.

»Gut«, erwidere ich, »dann gebe ich das dem Wali.« Die offensichtliche Verlegenheit des Mannes verschafft mir die Gewissheit, dass sich im Fort von Cheik Saïd tatsächlich ein deutscher Offizier aufhält.

»Nach Dschibuti müsste ich aber auch ein Telegramm schicken.«

Der Alte gibt mir Papier und Tinte. Ich schreibe: »Gouverneur Dschibuti. Bin Mokka. Schicke Nachricht, falls Hilfe unnötig.« Daraus geht ziemlich deutlich hervor: Falls ich mich nicht melde, werde ich von irgendwelchen Schwierigkeiten oder einer Gefahr davon abgehalten. Und man kann meine Spur verfolgen, zumindest bis hierher. Doch wird das Telegramm auch wirklich abgehen? Der Alte zählt die Wörter, von vorne und von hinten, rechnet herum, schlägt in Registern nach, kratzt sich mit einem Lineal den Rücken. Schließlich hält er mir einen Zettel hin und verlangt eine türkische Lira. Es erfolgt ein Umrechnen meiner Taler zu einem lukrativen Kurs. Dann noch ein fragender Blick zum Einfordern des Bakschischs, das er für das Papier und die Tinte will.

»Und wann schickst du es?«

»Nachher.«

»Nein, schick es gleich. Schau, da ist noch ein Taler für dich.«

»Ich versuche es.«

Er betätigt die Morsetaste. Antwort: Wir hören. Dann gibt er sich den Anschein, mit der Übertragung meines Textes zu beginnen. Zugleich aber dreht das alte Schlitzohr den Schalter um, der die Linie erdet, und dann sendet er seine Morsezeichen in die Stille des staubigen Zimmers, in aller Gewissenhaftigkeit, um meine Ohren zufriedenzustellen, für den Fall, dass ich den Text nach Gehör verstehen kann.

Mir kommt es gar nicht darauf an zu zeigen, dass ich auf den Schwindel nicht hereinfalle. Dass mein Telegramm nicht übertragen wird, weiß ich nun. Der Mann hat seine Anweisungen.

Diese Gewissheit hat mich eine Lira gekostet, und das ist sie mir auch wert. Es wird immer enger für mich; ich muss zusehen, dass ich aus der Falle, in die ich so leichtfertig geraten bin, wieder herauskomme, bevor es zu spät ist.

Der Soldat, der in seiner Ecke döste, geht mit dem deutschen Telegramm ab. Bis er beim Wali eintrifft und die Befehle gelesen und erörtert werden, habe ich bestimmt eine halbe Stunde Zeit. Dann muss ich an Bord meiner Dhau sein.

Ich lasse die Segenswünsche des Telegrafisten über mich ergehen und stürze, gefolgt von meiner Wache, die Treppe hinab.

Als wir an dem arabischen Café vorbeikommen, trete ich ein und bitte mein Gefolge an einen Tisch, an dem bis dahin nur Fliegen sitzen, die nun hochwirbeln. Abdi folgt mir noch immer wie ein Schatten; ich schicke ihn zur Piroge, wo er auf mich warten soll.

Wir setzen uns vor die klebrigen Hinterlassenschaften der letzten Gäste. Ein halb nackter Araber serviert uns Ingwertee, dazu lasse ich *kahaka* bringen, eine Art Kekse.

Meine Wächter sprechen Arabisch. Ich frage sie, wo ich ein Schaf kaufen könnte. Zwei von ihnen erbieten sich sogleich, den Kauf für mich zu tätigen, in der Hoffnung, mich dabei um ein paar Piaster zu bringen. Ich gebe ihnen so viel, dass es auch für zwei Schafe reichen würde, um sie durch meine Unfähigkeit zu ermuntern.

Dann beobachte ich die beiden anderen, die am Tisch geblieben sind und sich insgeheim grämen, weil ihnen etwas entgeht. Ihren Anteil werden sie zwar bekommen, doch werden auch sie übers Ohr gehauen, da man ihnen den wahren Profit verschweigen wird.

»Ich brauchte auch Hühnchen«, sage ich.

So zieht ein Dritter los, mit genügend Geld, um ebenfalls einen Reibach zu machen. Der Vierte schickt sich in das Los, mich bewachen zu müssen.

»Was ist mit dir? Soll ich dir eine Flasche Wein geben, jetzt, wo wir allein sind?«

»Ja, aber das dürfen die anderen nicht erfahren.«

»Dann komm mit. Wenn meine Piroge am Strand ist, schicke ich einen Mann an Bord, der holt dir die Flasche.«

Ich weiß nicht so recht, wie das weitergehen soll. Der Wächter hat ein Gewehr, aber wird er wagen, es zu benützen, falls ich ausbüxe? Während mir das im Kopf umgeht, gelangen wir an den Strand, und da sehe ich vor der Piroge eine kleine Menschenmenge. Was geht vor sich?

Abdi erwehrt sich wortreich und standhaft dreier arabischer Soldaten, die auf ihn einschimpfen. Der danebenstehende türkische Offizier scheint drauf und dran zu sein, Abdi fesseln zu lassen.

Mein Erscheinen lenkt sie ab. Ich setze ein joviales Lächeln auf und frage, was denn los sei. Der Offizier erklärt, er sei vom Zoll und müsse an Bord die vorschriftsmäßige Inspizierung vornehmen. Im Klartext soll das heißen: Durchsuchung und Raub meiner Papiere, während ich brav beim Wali sitze und seinen deliziösen Kaffee schlürfe. Ich komme gerade recht.

»Dieser Mann ist doch ein Dummkopf!«, sage ich zu dem Offizier und deute dabei auf den verblüfften Abdi. »Entschuldigen Sie ihn, er ist ein ungehobelter Somalier, und nicht besonders hell im Kopf. Mich schickt der Wali, ich soll Sie begleiten, denn ich habe die Schlüssel aller Truhen bei mir. So geht es schneller, und ich kann auch gleich den Champagner holen, den wir heute Abend alle zusammen trinken, denn Sie sind gleichfalls geladen, wie ich vernehme?«

Das ist pure Erfindung, doch mein völlig selbstverständliches Auftreten und die Präsenz des Wächters, der sich, so ganz alleine, wie ein simpler Gefolgsmann ausnimmt, lassen den Pseudozöllner nicht an einen Schwindel denken. »Pseudozöllner« deshalb, weil der Mann ganz einfach Soldat ist.

Etwa hundert Meter vom Strand entfernt sehe ich eine große Dhau vor Anker liegen, etwas linkerhalb der geraden Linie, die von uns bis zu meinem Schiff führt, das eine Kabellänge dahinter ankert. Genau, was ich brauche.

Wegen des Offiziers traut sich mein Wächter nicht, mich vom Besteigen der Piroge abzuhalten.

Den Offizier platziere ich auf der einzigen Sitzbank in der Mitte des Bootes und lege ihm als Ehrenbezeigung Abdis Turban als Kissen unter. Wir paddeln in Richtung Meer, Abdi vorne, ich hinter unserem Passagier.

Zum Glück habe ich ein Messer dabei. Ohne Zeit zu verlieren, stoße ich es, mit einer Hand weiterpaddelnd, in das Kalfat eines großen Spaltes im Bootsholz, und augenblicklich dringt Wasser ein, das ich mit dem Fuß leidlich zu kaschieren suche. Als es auf dem Bootsboden zu plätschern beginnt, hebt der Offizier die Füße hoch, damit seine gelben Schuhe nicht nass werden.

»Abdi«, rufe ich, »wo ist der Schöpfeimer?« Ich weiß, dass keiner da ist.

»Auf der Dhau.«

Ich lasse die entsprechende Schimpfkanonade los. »Siehst du, die Piroge hat einen Riss bekommen, weil du hineingestiegen bist, als sie noch am Strand lag und du sie aus lauter Dummheit den Askaris nicht geben wolltest! Jetzt werden wir kentern. Können Sie schwimmen, Herr Offizier?«

»Ja, schon, aber es wäre mir sehr unangenehm, wegen der neuen Uniform, die man mir heute erst ausgehändigt hat. Kehren wir besser um.«

»Unmöglich, es ist zu spät, der Wind stünde gegen uns.«

Wir sind nun an die zwanzig Meter von der arabischen Dhau entfernt. Ohne sie zu erwähnen, steure ich unmerklich darauf zu.

»Da, ein Schiff!«, ruft der Offizier. »Schnell, fahren Sie hin!«

Das war genau, worauf ich gewartet hatte.

Es war Zeit, denn die Piroge wäre bald gesunken. Der Türke hievt sich an Bord, und wir helfen ihm dabei. Er liegt bäuchlings auf dem Schandeck, die Beine über dem Wasser, die Arme im Boot; eine höchst unbequeme Lage, wenn man plötzlich keinen Boden mehr unter den Füßen hat. Wir lassen ihn so.

Schnell stopfe ich ein Stück Turban in den Spalt. Abdi und

ich springen ins Meer und schaukeln das Wasser aus der Piroge. Dann paddeln wir mit aller Kraft auf die *Sahala* zu. Als ich mich einmal umdrehe, sehe ich, dass der Hintern des Offiziers noch immer nicht an Bord will, so verzweifelt die Beine auch zappeln wie bei einem Radfahrer in der letzten Runde. Schließlich taucht verschlafen ein Schiffsjunge auf, wohl geweckt von den Flüchen des Malträtierten, und verhilft ihm zur nötigen und genügenden Stütze. Er kippt vornüber und verschwindet hinter dem Schandeck.

Während dieses mühseligen Vorgangs haben wir unsere Dhau erreicht. Ahmed hat von Weitem begriffen, was vorging, und die Ankerkette steht schon senkrecht.

Zwanzig Sekunden später sind wir unterwegs. Zu fliehen wäre allerdings eine Verrücktheit. Ich habe nur das schlechte kleine Sturmsegel. Jede beliebige von den Behörden requirierte arabische Dhau würde uns einholen, bevor wir aus der Fahrrinne heraus wären. Außerdem möchte ich korrekt bleiben. Ich wollte lediglich die Uniform des Offiziers retten, indem ich ihn an Bord jener Dhau brachte. So habe ich auch keinen Grund, die Flucht zu ergreifen.

Ich werde an der Mole des Leuchtturms ankern. In der kurzen Zeit, in der wir die halbe Seemeile bis dorthin zurücklegen, packe ich meine Unterlagen über Cheik Saïd zusammen. Ich habe vor, sie an Land zu verstecken.

Auf der kleinen Landbrücke, die den Leuchtturm bei Ebbe mit der Stadt verbindet, sehe ich aber schon Männer auf uns zulaufen. Sollte ich mich an Land länger zu schaffen machen, wirkte das verdächtig, und es würde herumgeschnüffelt.

So gehe ich also ohne Umschweife von Bord und ostentativ direkt auf den Leuchtturm zu. Als ich noch dreißig Meter davon entfernt bin, springen aus einem Häuschen zwei riesige Schäferhunde heraus und stürzen auf mich zu. Ich lasse mich schnell auf alle viere nieder, worauf sie ruckartig stehen bleiben. Wütend bellen sie das seltsame Tier an, das ich mit einem Mal geworden bin.

Da kommt ein Europäer heraus, läuft herbei und beruhigt die beiden Ungeheuer.

»Sie können von Glück reden, dass die zwei Sie nicht gefressen haben. Wie haben Sie das bloß gemacht? Mit Leuten, die nicht vom Leuchtturm sind, kennen die keine Gnade.«

»Sie haben es ja gesehen, ich war auf allen vieren, das hält jeden Hund auf. Aber gut, dass Sie gekommen sind, sonst hätte ich so zu meinem Boot zurückkriechen müssen, denn sobald man aufsteht, ist der Bann gebrochen.«

Ich folge meinem Retter und betrete einen hübsch mit Mosaikzement gefliesten Vorraum. Als mein Gastgeber die gegenüberliegende Tür öffnet, lege ich mein Päckchen unbemerkt auf einen kleinen Tisch, auf dem sich bereits einiges stapelt. Es wirkt nun, als gehörte es zum Haus.

Bequemer Salon, Klavier, Bücherschrank.

»Darf ich Ihnen Madame Cocalis vorstellen, meine Frau.«

Es ist eine anmutige kleine Pariserin. Ich bin höchst erstaunt.

Ich erkläre, warum ich an der Mole geankert habe, und fühle mich bei dem Leuchtturmwärter und Gentleman so wohl, dass ich auch vom Verhalten des Wali berichte.

»Das ist ein guter Mann«, erwidert er, »der fast jeden Tag hierherkommt. Kennengelernt habe ich ihn in Konstantinopel. Übrigens haben wir zum Festland ansonsten keine Verbindung. Abends werden die Hunde losgelassen, und die Wächter haben Befehl, auf jeden zu schießen, der uns näher kommt. Unser Wasser beziehen wir aus Perim, weil man ja nie weiß, ob in dem Wasser, das von der Küste kommt, nicht irgendein giftiges Kraut eingelegt war. Mein Vorgänger ist unter recht merkwürdigen Umständen gestorben.«

Während Monsieur Cocalis redet, denke ich an die Soldaten, die zuvor über den Sand liefen. Wo sind sie jetzt? Hätten sie es auf mich abgesehen, wäre längst an die Tür geklopft worden.

Ein Boy tritt ein, und hinter ihm sehe ich einen noch ganz durchnässten Abdi, der mich zu suchen scheint. Er berichtet, auf meinem Schiff werde alles auf den Kopf gestellt. Soldaten und ein Offizier seien von der Küste her an Bord gegangen. Ich gebe Abdi die Schlüssel zu meinem Schiffskoffer, damit er nicht aufgebrochen wird. Abdi rennt sofort los, ich folge ihm betont gelassen.

Diese Ruhe passt so gar nicht zur üblichen Haltung des Steuerzahlers, dessen Gepäck durchwühlt wird, und so macht sie den diensthabenden Offizier eher verlegen.

Ich öffne den Koffer, in dem auch die Schachteln mit den Foto-Platten liegen. Eine angebrochene Schachtel mit etwa sechs unbelichteten Platten darin nehme ich an mich und tue so, als würde ich sie heimlich in meine Tasche stecken wollen.

»Was ist in der Schachtel?«

Ich setze ein Lächeln auf. »Ihnen entgeht aber auch nichts! Gar nichts kann man Ihnen verbergen! Das sind Fotos, die ich in Cheik Saïd aufgenommen habe, und ich wollte bloß nicht, dass einer Ihrer Soldaten die Schachtel aus Neugier aufmacht und die Platten ungewollt belichtet.«

»Geben Sie mal her.« Und schon steckt er sie in seine Tasche.

Damit ist die Untersuchung schlagartig beendet. Er hat es eilig, seinem Vorgesetzten vom Erfolg der Mission zu berichten, deren Ziel es gewiss war, an die in Cheik Saïd gemachten Aufnahmen zu gelangen. Er nimmt auch alles mit, was er an beschriebenen Papieren gefunden hat.

Cocalis ist an Bord gekommen und sieht sich die Bescherung an. Ich bitte ihn, sich bei den Herren für mich zu verwenden, damit ich meine Papiere zurückbekomme, denn ich will so bald wie möglich abfahren.

Er spricht mit dem Offizier auf Türkisch.

»Ich lade den Wali für heute Abend zum Essen ein, dann bekommen Sie das alles wieder, denn ich habe gesagt, dass wir uns schon sehr lange kennen.«

Der vom Himmel gesandte Leuchtturmwärter ist ein in Paris erzogener Hellene, der dort die École Centrale besuchte. Er ist Ingenieur der französischen Gesellschaft der Bosporus-Leuchttürme, zu der auch die Leuchttürme des Roten Meeres gehören.

Hier lebt er fern der Welt, mit seiner jungen Frau, liest viel und musiziert. Alle vierzehn Tage werden sie von einem Dampfer versorgt. Das Abendessen ist ein wahres »Diner«, mit Blumen auf dem Tisch und mit Früchten, denn die Hochebenen Arabiens sind ganz nahe; es ist dies das »Glückselige Arabien«, das Paradies des ewigen Frühlings.

Mein lächelnder Wali kommt am Abend mit einem Päckchen unter dem Arm. »Hier, Ihre Papiere. Die Fotos muss ich allerdings behalten, wegen des Reglements. Es ist bei Gefängnisstrafe verboten, von Cheik Saïd Aufnahmen zu machen. Ich weiß, dass Ihnen das nicht bekannt war, und so ergeben sich für Sie nicht die mindesten Unannehmlichkeiten. Entschuldigen Sie bitte diese von Argwohn geprägten Maßnahmen, durch die Sie hier belästigt wurden, und glauben Sie mir, wenn es nur nach mir gegangen wäre, hätte ich das alles vermieden.«

Da muss ich an den blonden Leutnant denken, der mit seinen knappen Worten die echten Türken erstarren lässt. »Ich bin Ihnen überhaupt nicht böse, das ist alles ganz verständlich. Die Engländer gehen in Aden genauso vor und nehmen einem sogar den Fotoapparat weg, und Unwissenheit schützt dort nicht vor Strafe, es sei denn, man ist Engländer.«

Cocalis ist die Zuvorkommenheit in Person. Unterstützt vom Wali, der sich rehabilitieren möchte, lässt er mir aus der Stadt den nötigen Proviant anliefern und versorgt mich mit einem Fass destilliertem, von jenen giftigen Kräutern freien Wasser.

Gegen Mitternacht gehe ich an Bord, und obwohl das Wetter nicht viel taugt, segle ich in der Nacht los und überlasse die Ruinen der toten Stadt den bellenden Schakalen.

2

Aufbruch zum Perlenfischen

Kaum sind wir außerhalb der Reede, jenseits der Sandbank, in der die Halbinsel mit dem Leuchtturm ausläuft, ist die See sehr grob. Schwarz dräut sie da in finsterer Nacht und schiebt ihre schweren phosphoreszierenden Wellen, die vor dem jähzornigen Wind zu fliehen scheinen wie bleichmähnige Monster, gen Norden. Mir bleibt keine andere Wahl, als vor dem Wind zu segeln. Das Schiff lässt dann die ungeheure Dünung, die es antreibt, unter sich durch; manchmal scheint es sich auf dem davonweichenden Hang eines Wasserberges gar rückwärts zu bewegen, bis hinab in den Grund einer wogenden Schlucht, in die der Wind kaum gelangt. Dann blitzt auch schon hinter dem Schiff, hoch auf dem Gegenhang, der schäumende Wellenkamm auf, zum Sturze bereit. Das Schiff erhebt sich, mit nach unten zeigendem Bug, als trete es, von den Wassermassen angeschoben, sogleich eine Höllenfahrt an. Doch die Kuppe der Welle, die hinter ihm her ist, treibt es mit sich fort, und das drohende Geschäum an seiner Spitze bricht sich tosend rund um das Schiff herum.

Einen Augenblick lang liegt mir der Teufelsritt des Meeres zu Füßen, dann reißt es den Bug wieder empor, und wir fallen erneut zwischen die Mauern weiß geäderter schwarzer Wasser zurück.

Unter solchen Umständen hat das Schiff keine Mühe, und das Meer scheint es mit diesem kleinen zerbrechlichen Ding gut zu meinen. Doch kann dieser Kurs nicht eingehalten werden, denn ich muss nach Assab, um zusätzlichen Proviant zu besorgen und die Segel zu reparieren, kurz, um mich in die Lage zu versetzen, es mehrere Monate lang auf dem Meer auszuhalten und menschenleere Inseln anzulaufen.

So bleibt mir nichts übrig, als quer zu den Wellen und hart am Wind zu segeln, mit dicht geholter Schot, um nicht zu sehr ins Rollen zu kommen. Das Meer ist aber nun nicht mehr die lediglich vom Wind angetriebene, träge, schwerfällige Herde; plötzlich scheint es wie entfesselt gegen das unglückselige Schiff zu wüten, das unter dem Ansturm der kurzen Wellen stampft und rollt.

Wildes Gerenne der Besatzung auf dem nassen, rutschigen Deck, um allem zu Hilfe zu eilen, was über Bord zu gehen droht. Was am solidesten festgezurrt schien, macht sich als Erstes von seinen Fesseln los und schlittert ungehindert über Deck. Ein hoch oben am Mast festgemachtes Tau hat sich aus seiner Klampe gelöst, peitscht durch die Nacht und schlägt die auf dem Deck Herumtastenden halb bewusstlos.

Als weg ist, was wegmusste, kehrt wieder Ordnung ein. Der Rest ist nunmehr seefest verstaut, und das entsetzliche Geschirrgeklapper, das vom ersten Rollen an aus der Kombüse drang, ist verstummt, denn da ist nichts, was noch klappern könnte. Die Hoffnung auf den nahenden Tag hält mich aufrecht, denn ein solches Wetter kurz nach Sonnenuntergang gehört zu den Dingen, die einen das Meer verfluchen lassen, sodass man schwört, nie wieder werde man hinausfahren, falls man überhaupt je wieder an Land gelangen werde. Wenn man klar sieht, ist das Herz robuster.

Als der Himmel sich rötet, wechselt die Farbe des Meeres von Schwarz zu Flaschengrün. Eine runde rote Sonne schiebt sich durch waagrechte schwarze Wolkenstreifen hindurch aus dem Wasser. Die See nimmt eine unbestimmbare Farbe an, zwischen rot und grünlich und blau, aber das hält nicht an. Bald trägt sie ihr Tageskleid in weiß gesprenkeltem Blau, und der während der Morgenzeremonie etwas verhaltenere Wind legt mit neuer Kraft los.

Ich versuche, eine Küste zu erspähen. Nichts. Neugierig macht mich allerdings der schmale gelbe Streifen eine Seemeile vor uns. Ein Blick auf die Karte: Es ist das Felsenriff von Seïlla, sechs Meter Grund, also nichts zu befürchten. Es reizt mich, dort durchzufahren, dabei könnte ich das Riff, wenn ich nur wollte, auch südlich umfahren.

Als ich nur noch ein paar Kabellängen entfernt bin, bemerke ich nicht ohne Unbehagen, dass das Meer an jener Stelle sonderbar ist. Die Wellen geben es auf, diszipliniert in einer Reihe zu marschieren, und legen improvisierte Tänze hin, häufen sich zu Pyramiden auf, laufen querab zum allgemeinen Gewoge.

Es ist zu spät, den ungemütlichen Flecken wieder zu verlassen. Ich muss hinein, und sollte es mich das Mastwerk oder gar, vielleicht, das Leben kosten. Gerade noch Zeit, das Segel auf Halbmast zu setzen und die Wanten zu sichern.

Da stampft das Schiff auf einmal so gewaltig, dass die Rute sich biegt, und ein unheilvolles Knacken kündigt uns an, dass sie beim nächsten Schlag brechen wird.

Wie durch ein Wunder gelingt es mir, die Rute einzuholen, doch ein von all diesen flüssigen Kegeln hervorgerufenes plötzliches Rollen befördert sie längs zum Schiff ins Meer. Ich kann nur noch schnell alle Leinen kappen, damit sie freikommt und nicht noch mehr Schaden anrichtet.

Das Schiff hat keine Fahrt mehr und stampft und rollt, hartnäckig begleitet von der Rute, die uns leicht den Rumpf aufschlitzen könnte.

Ein Matrose ruft: »Man sieht den Grund!« In den Wellentälern erscheinen uns riesige Felsen. Aufgrund eines optischen Effekts kommt es uns manchmal so vor, als quellten sie bis an die Oberfläche empor. Das Schiff stürzt mit der Dünung auf die Felsen hinab, die nur auf diese Beute lauern; jedes Mal sind wir auf eine Katastrophe gefasst, auf das Zerschellen des zerbrechlichen Holzrumpfs, der aber stets auf dem Wasser aufkommt und wieder hochschnellt. In Wirklichkeit haben wir im Wellental noch zwei Meter Grund, doch die Felsen scheinen gleichsam aus dem Wasser aufzutauchen.

Es ist unnütz, sich um diesen Grund zu kümmern. Komme da, was wolle! Er ist so, wie er nun mal ist, und lässt sich nicht ändern. Berühren wir ihn, ist es augenblicklich um uns geschehen. Als Einziges können wir einstweilen versuchen, von den Wellen nicht überrollt zu werden. Ich lasse am Mastende eine Art Sturmsegel setzen, und so bringt uns der nicht nachlassende Wind in Richtung Westen.

In der Mitte der Bank ist das Meer weniger grob; es hat sich an der Riffkante ausgetobt. So ist auch der Grund nicht mehr so eindrucksvoll. Nach einer Stunde wird das Meer dunkler, und die Wellen beruhigen sich. Ich bin wie gerädert von diesen Momenten höchster Angst, in denen ich wohl hundert Mal den Gnadenstoß erwartete, der indes nie kam. Auch habe ich geschworen, nie wieder aufs Meer hinauszufahren, sollte ich dieses Schlamassel überstehen. Wie oft schon!

Ein dunkler Strich markiert den Horizont vor uns. Es ist die Küste, oder vielmehr die langen, flachen Inseln, die das Meer von den Lagunen und Arroyos der Bucht von Assab trennen. Den Inseln sind gefährliche Riffs vorgelagert, und eine Zufahrt ist nur über die Rubattino-Fahrrinne möglich, die laut Karte durch eine Bake gekennzeichnet ist.

Ich halte nach ihr Ausschau. Da die Küste schon in Sicht ist, müsste auch die Bake es schon lange sein. Es sei denn, die Strömungen hätten uns in Richtung Norden abgetrieben.

Da blitzt durch die Wolken ein Sonnenstrahl und erhellt ein kleines weißes Dreieck, das sich von der schwarzen Reihe der Mangrovenbäume abhebt. Ich müsste dichter am Wind segeln, um es zu erreichen, doch unser Sturmsegel lässt nichts anderes zu als ein Segeln vor dem Wind.

Am vernünftigsten wäre es, sich nicht gerade auf diese Einfahrt zu versteifen. Im Schutz einer Insel könnten wir besseres Wetter abwarten oder ein etwas weniger primitives Notsegel setzen. Doch habe ich mir in den Kopf gesetzt, gerade hier zu passieren, und dies auch gegen den Willen der Elemente. Schon oft ist dergleichen mich teuer zu stehen gekommen.

Es gelingt mir, Kurs auf die Bake zu nehmen, doch treibe ich wohl leewärts ab. Ich hoffe auf eine Gegenströmung, die uns helfen könnte, denn ich sehe lange Felsenalgen in Windrichtung dahintreiben, stets ein Indiz für eine kreuzenden Schiffen günstige Strömung.

Peilungen zeigen mir an, dass ich nicht abdrifte, sondern mich der Bake nähere. Bald wird der Riffeinschnitt sichtbar, und wir fahren in die Rinne, gleichsam dahingetragen von dem Gezeitenstrom, der zu jener Stunde in das Archipel eindringt. Ansonsten würden wir der düsteren Ansammlung von Wracks, die sich an dieser Stelle der Riffkante aneinanderreihen, lediglich ein weiteres hinzufügen.

Jene Pyramide, deren geometrische Regelmäßigkeit in dieser Verlassenheit einem gleich das menschliche Wirken in den Sinn bringt, hat etwas Freundliches, Beruhigendes an sich, als sei dieses Anzeichen menschlicher Fürsorge für all jene, die orientierungslos dahinfahren, ein Ansporn, eine ausgestreckte Hand. Inmitten jener feindlichen Umgebung sind wir nicht mehr allein; ein Freund weist uns den Weg.

Von seinem einsamen Strand aus scheint das bescheidene Bauwerk uns voller Wohlwollen passieren zu sehen.

Wir befinden uns nun auf einem völlig ruhigen See, umgeben von dicht über dem Wasser gewachsenen Wäldern. Es sind Weiße Mangroven mit einem staubig grünen, an Olivenbäume erinnernden Blattwerk. Aus diesem aschigen Grün stechen hier und da wie dunkle Inseln große Rote Mangroven mit ihren breiten, glasierten Blättern heraus, wie man sie auch an Magnolienbäumen sieht. Der Duft, den sie verströmen, tut eine sanfte Wirkung nach all der Gischt da draußen, denn jene trägt in diesen Gegenden immer etwas vom Jodgeruch der Algen mit sich, der den Seemann an die Gefahren des Riffs gemahnt.

Der Zustand unserer Takelage rechtfertigt den Aufenthalt, den wir beim Anblick des wundersam aus dem Meer auftauchenden Grüns alle herbeisehnen. Ich mache eine aus dem Wald herausragende Sandzunge aus und bemühe mich, sie mit meiner primitiven Besegelung zu umfahren. Dann lasse ich vor dem kleinen Strand den Anker fallen.

Es ist Mittag, doch dank einer starken Brise ist die Temperatur angenehm. Wir sind nicht auf dem Festland, sondern auf einer der unzähligen Inseln der Bucht von Assab. Hinter dem dichten Grün, das aus den mit blauem Gebüsch bewachsenen Dünen hervorsteht, erhebt sich, grandios, das dreitausend Meter hohe Abessinische Gebirge.

Natürlich ist sich jeder Seemann einen Landgang schuldig, und sollte das Land auch nur aus wenigen Quadratmetern bestehen; umso mehr aber hier, wo man das Gefühl hat, den jungfräulichen Sand als Erster zu betreten. Von einer Düne aus überblicke ich die Insel: Sie ist zum Teil von Sümpfen bedeckt, die bei Ebbe austrocknen und weite Lichtungen inmitten der Mangroven bilden, deren zartes, rosa schimmerndes Blattwerk an ein Weidengebüsch im Frühling erinnert.

Während ich dieses herrliche Schauspiel genieße, treten riesige Tiere mit fahlgelbem Fell zwischen dem Geäst hervor, zu dessen Blättern sie ihre übermäßig langen Hälse hochstrecken: Es sind Kamele. Sie leben in Freiheit und ernähren sich einzig von Mangrovenblättern, ohne je zu trinken, da der Saft dieser Bäume den Wasserbedarf ihres genügsamen, robusten Organismus deckt. Die Kamelstuten scheinen dennoch Milch zu haben, denn ich sehe, wie sich auch die junge Generation unter die Sippe mischt. Menschen sind keine auf der Insel. Schutz vor Raubtieren wird den Herden durch die Isolierung der Insel zuteil. Unter der Obhut Gottes wachsen und vermehren sie sich. Zwei Mal im Jahr, während der Tagundnachtgleiche, steht das Wasser so tief, dass man von Insel zu Insel bis aufs Festland gehen kann; dann kommt der Besitzer der Kamele und holt die gewünschten Tiere von der »Weide«.

Unsere Matrosen haben schlagartig allesamt das Gleiche im Sinn: ein Kamel zu verspeisen. Schon schleichen sie auf die Tiere zu, die überrascht innehalten. All die Köpfe auf den langen, hochgereckten Hälsen wenden sich diesen schwarzen Teufeln zu.

Langsam wenden die von Natur aus behäbigen Tiere sich um, dann trotten sie im Passgang davon, zeigen uns von hinten ihre langen Beine und pflügen mit den breiten Füßen durch den Schlamm. Meine Männer rufen ihnen nach. Als Wüstenbewohner kennen sie die überall gleiche Sprache, in der die Hirten zu ihren Tieren sprechen. Trotz des aquatischen Daseins, das das philosophische Tier hier führt, hat es nichts an seinen Gewohnheiten geändert und antwortet mit heiserem Schrei. Dennoch verschwinden alle Kamele unter den Bäumen.

Das Wogen in den Mangrovenwipfeln zeigt mir an, wohin die erschreckten Tiere fliehen.

Meine zu Trappern mutierte Mannschaft taucht schließlich in einer Lichtung wieder auf und zieht triumphierend ein Jungtier hinter sich her. Die Leine haben sie an seiner Unterlippe festgemacht.

Ich bringe es nicht über mich, meinen Leuten anzuordnen, den Gefangenen wieder freizulassen, wenn dieser auch ein entrüstetes Gesicht zieht wie eine alte Dame, der das Lorgnon abhandengekommen ist. Sie würden lediglich irgendwo im Wald in aller Heimlichkeit ein anderes Opfer schlachten, und ich stünde da wie ein Dummkopf, der ein Geschenk des Himmels nicht zu schätzen weiß. So schicke ich mich ins Unvermeidliche und lasse den Raub zu. Es beruhigt mein Gewissen, dass nun mal, ob ich das will oder nicht, ein Kamel dran glauben muss; warum dann nicht dieses statt irgendeines anderen? Ferner ist mir ein Braten lieber als die Datteln, die ich seit Tagen esse.

Die an Bord verbliebenen Leute haben das Brüllen der Kamele vernommen. Am Unternehmungsgeist ihrer Kameraden hegten sie nicht den mindesten Zweifel, denn ich sehe, wie sie Holz für ein riesenhaftes Feuer hacken, so überzeugt waren sie, dass ein Kamel gefangen wird. Im Übrigen scheint derlei gang und gäbe zu sein, wenn eine Dhau in der Gegend vor Anker geht. Für den Besitzer mag dies ein Ärgernis sein, doch wird er wohl dadurch entschädigt, dass ihm durch die Meeresweide ansonsten keine Kosten entstehen, denn seit jeher wird dies so gehandhabt, und niemand beschwert sich.

Ans Segelnähen ist an dem Abend nicht zu denken. Ich finde mich damit ab, den Nachmittag als wohlverdiente Ruhepause anzusehen, und gehe an Bord, um dem Gemetzel nicht beizuwohnen. Bald kommt die Piroge voll großer Fleischstücke angefahren. Schimpfend weise ich die Ladung zurück, die bei der Hitze innerhalb weniger Stunden zum Himmel stänke.

Als es Nacht wird, kommen alle mit vollen Mägen wieder an Bord. Die Hälfte des Kamels haben sie aufgegessen. Das Höckerfett wurde sorgfältig ausgelassen und in eine vier Gallonen fassende *tanika* gefüllt. Es soll ein ausgezeichnetes Heilmittel sein.

»Wogegen?«, frage ich.

»Wogegen? Na, gegen alles, gegen jede Krankheit, ein Heilmittel eben. Man nimmt es ein, wenn man sich nicht gut fühlt.«

Das geschmolzene Fett wird tassenweise getrunken, wie lauwarmer Tee. Es bedarf eines soliden Verdauungstraktes, um solche Nahrung zu vertragen. Ich habe Issas gesehen, die einen Liter davon in einem Zug hinuntertranken und danach ungerührt ihre Beschäftigung wieder aufnahmen, ohne das geringste Unwohlsein.

So verbringen wir die Nacht an dem Ankerplatz.

Sobald die Sonne untergeht, dröhnt die Insel vom schrillen Zirpen der Sandgrillen. Diese sind ganz und gar wie die europäischen Grillen, aber riesig, nämlich etwa walnussgroß.

Ihr Zirpen vereinigt sich zu einem einzigen Vibrieren, das die ganze Insel erfasst. Man macht sich keinen Begriff davon, wie entsetzlich laut es sein kann; der Raum wird einem über das Gehör offenbar. Ich verfalle in eine Art Trance, denn lässt man sich auf das Geräusch ein, wird man auf ähnliche Weise hypnotisiert wie durch das Starren auf einen leuchtenden Punkt.

Legenden zufolge hat der Gesang in den Mangroven verborgener Seegeister (den Sirenen der griechischen Mythologie vergleichbar) Seeleute auf Riffe fahren lassen. Gut möglich indes, dass ein Steuermann, der allein auf Wache in stiller Nacht die Insel entlangfährt, vom hypnotischen Grillenlärm eingelullt wird, sodass die Strömung sein Gefährt an einem Riff zerschellen lässt.

Keiner meiner Männer würde übrigens die Nacht an Land verbringen, aus Angst vor den *dschinn*, den bösen Geistern.

In der Nacht legt sich der Wind, und am Morgen kommt von den Bergen eine Brise voller Pflanzendüfte herunter, die von ihrer Reise durch das schlafende Buschland erzählt.

Durch das günstige Wetter vermag ich auch mit dem schlechten Segel Assab zu erreichen. Wir scheinen einen großen ruhigen Fluss zu befahren, der – mehr als eine Seemeile breit – sein klares Wasser zwischen fruchtbaren Ufern dahinbewegt. Doch ist dies nur Täuschung; das Wasser ist bitter und die schönen Bäume ohne Früchte. Inmitten von all dem Grün könnte man verhungern und verdursten.

Nach zwei Stunden Schifffahrt fast wie auf einem Fluss erreichen wir eine weite Bucht, hinter der mit Vulkankegeln gespickte rote und schwarze Berge emporragen. In der Mitte der Bucht eine weiße, von Hütten gesäumte Stadt: Assab.

Nicht weit vom Ufer ankern arabische Dhaus, ich geselle mich dazu. Von einem Platz aus winkt uns ein Eingeborener zu; er trägt einen sehr hohen Fes, überragt noch von einer langen Feder, einem Blitzableiter gleich: ein italienischer Askari. Ich gehe an Land und weise meine Papiere vor. Wir müssen die Entscheidung des Arztes abwarten, der auch Resident und *commissario* ist.

Nach einer Stunde schließlich die Anordnung, ich müsse meine Waffen an Land schaffen: sechs Gewehre und fünfzig Patronen. Ich wende ein, das sei nicht nötig, wo ich doch nur wenige Stunden hier verbringen will, um Segeltuch zu kaufen. Der Askari lässt sich nicht erweichen. So gehe ich schlecht gelaunt zum *commissario*.

Wir gelangen zu einem weitläufigen Gebäude auf einer Anhöhe, von der sich das Meer übersehen lässt. Einheimische Soldaten, auch sie mit dem lächerlichen, federüberwippten Fes ausstaffiert, stehen Wache.

Auf der Veranda kauern weitere Einheimische mit schmutzigen Einbänden an den Beinen und verbundenen Köpfen, vermutlich Patienten des Doktors.

Im Wartezimmer ein Stuhl und eine Büste des italienischen Königs, der majestätisch und zufrieden die salpeter- und salzzerfressenen Wände betrachtet. In dem feuchtschwülen Raum riecht es abscheulich nach Sole und unsichtbaren Pissoirs. Aus dem Inneren der Residenz wabern immer wieder Dünste von in ranziger Butter angebratenen Zwiebeln heran.

Die Tür zum Arbeitszimmer des Residenten steht offen. Das Zimmer ist leer.

Auf einem angeschlagenen Teller unter dem Schreibtisch schwitzt ein Krug aus rotem Ton in Erwartung des Meisters vor sich hin. Von der Decke hängt lumpenartig ein Fächer; der Knabe, der damit wedeln soll, schläft in einer Ecke, ungestört von den Tausenden von Fliegen, die sich um die Öffnungen seines seligen Gesichtes streiten. Es ist ein acht- bis zehnjähriger Dankali, aus der Strafanstalt abgestellt, um dem *commissario* Kühlung zu verschaffen. Wie all seine Artgenossen verfügt er über die Gabe des Schlafes, um alles Unangenehme zu vergessen. Gefängnis ist für diese Leute ein langer Dämmerschlaf, in dem die Stunden nicht zählen.

Da ertönen über mir Schritte, die Treppe knarrt, und ein korpulenter Mann in Hemdsärmeln erscheint.

Hoch erstaunt über einen Europäer, der nicht mit dem monatlichen Postschiff kommt, begreift er erst nach einer Weile, dass ich mit einer Dhau hier angelangt bin. Um ein Gesprächsthema verlegen, beginnt er mit den sanitären Formalitäten: Meine Leute müssen alle antreten. Danach zeigt er sich entgegenkommend und lädt mich zum Essen ein. Die Pastasciutta und der Chianti erscheinen mir himmlisch.

Außer ihm ist nur noch der *piloto* in Assab, der Hafenmeister, der sich auch um die Post kümmert, doch sie sind zerstritten und kommunizieren nur in Dienstangelegenheiten und mit Zettelchen.

Zwei Europäer in einer gottverlassenen Gegend müssen sich zwangsläufig hassen.

Ich lasse den guten Mann Siesta halten. Dank des Fächers kann er ohne Fliegen schlafen, doch hat er mir erzählt, wie lange er brauchte, um den Sträfling davon abzuhalten, nicht zugleich mit ihm einzuschlafen. Er habe es mit einem Revolver versucht: Nichts bringe einen Schläfer schneller auf die Beine als ein Schuss; doch habe der Neger sich daran gewöhnt. Als Nächstes habe er mithilfe einer Seilrolle an der Decke einen Krug voll Wasser aufgehängt. Das Seil musste der Fächler festhalten; schlief er ein, entglitt ihm das Seil, und er bekam die Ladung auf den Kopf. Doch habe er es tatsächlich geschafft, das Seil im Schlafen festzuhalten, sodass man aufstehen und es abschneiden musste. Vor einem Monat aber habe der Doktor die Lösung gefunden: Von einem hohen, vierbeinigen Hocker habe er ein Bein abgesägt, und auf dieser wackeligen Angelegenheit muss der Unglückselige nun seinen Dienst verrichten. Was auch gut geht, solange er wach bleibt und aufpasst, doch übermannt ihn der Schlaf, verliert er das Gleichgewicht und fällt polternd zu Boden. Ich sehe mir den armen kleinen Gefangenen an, der auf seinem Hocker drei Stunden lang als Säulenheiliger wird fungieren müssen, und mir fällt dabei ein, was man über die Sklavenhaltung in der Antike erzählt …

Abgesehen davon, ist der brave Doktor eine Seele von Mensch und begreift gar nicht, was er seinem Zwangsdomestiken Tag für Tag antut. Hat er nicht neulich einen griechischen Ladenbesitzer streng bestraft, weil der seinen Boy geohrfeigt hatte? Man muss diesen Leuten beibringen, wie man die Schwarzen menschlich behandelt!

Ich gehe in das Einheimischendorf, also jenen Teil der Stadt, in dem Danakil und Araber wohnen; der Rest ist verlassen. Es gibt nur zwei Europäer, einen Griechen und einen Armenier, beide sind widerwärtig. Sie verkaufen alles und machen sich Konkurrenz, doch ihre wahren Geschäfte spielen sich nicht im Laden ab. Ich werde später von diesen Levantinern berichten, die sich im Eingeborenenleben am allerschändlichsten eingenistet haben und skrupellos mit allem handeln.

Meine Leute sehe ich vor schmutzstarrenden Kisten auf der »Terrasse« eines Dankali-Cafés sitzen. Sie sehen merkwürdig aus. Abdi deutet lachend auf sie und zwinkert mir zu.

»Sie sind betrunken.«

»Mit was denn, um Himmels willen?«

»*Doma*.«

Flaschen mit einer schäumenden Flüssigkeit gehen von Hand zu Hand. Es ist Palmwein. Ich habe schon davon gekostet. Nicht unangenehm, ein wenig wie saurer Apfelwein. Kühl würde er bestimmt schmecken.

Es ist der gegorene Saft der Doumpalme, die im Pflanzenreich eine ähnliche Rolle spielt wie im Tierreich das Kamel. Zum Gedeihen braucht sie nichts weiter als Sand und eine vage Erinnerung an Regen. Aus dieser Genügsamkeit heraus lässt sie in den blauen Himmel hohe Stängel emporragen, die sich oben wie seltsame Kandelaber gabeln und in kleinen Federwischen aus säbelförmigen Blättern enden.

Sobald man an den Jungtrieben der Zweige die Köpfe abschneidet, beginnt der Saft zu triefen. Um ihn aufzufangen, hängt man spiralförmig aufgerollte Palmblätter darunter. Diese wasserdichten Gefäße können einen Dreiviertel- bis einen ganzen Liter fassen und werden jeden Morgen geleert. In vierundzwanzig Stunden hat sich etwa ein Viertelliter angesammelt, bei sehr trockenem Untergrund etwas weniger.

Wie oft habe ich diesen Wunderbaum schon in Anspruch genommen; man stößt ein Messer in seinen Stamm und nuckelt dann, direkt an der Wunde, vom Saft, der unfermentiert fad und salzig schmeckt, aber den Durst löscht.

Die Frucht ist ein großer, brauner Apfel, das Fleisch nicht dicker als ein halber Zentimeter, faserig und süßlich; zur Not kann man daran lutschen. Am wertvollsten aber ist der eiergroße Kern, hart wie Elfenbein. Es werden Knöpfe daraus gefertigt, die hauptsächliche Handelsware der Küste.

Aus den *tafi* genannten Blättern wird alles produziert, was man zwischen Port-Sudan und Sansibar an Matten, Teppichen und Einkaufstaschen verwendet. Die Danakil und die Somalier weben Ziergegenstände wie Gebetsteppiche, Körbe und dergleichen daraus.

Der Stamm schließlich, um alles beraubt, Früchte, Blätter und Saft, wird zu Balken und Sparren verarbeitet.

Für einen Baum eine Musterkarriere an Dienstbarkeit!

Auch vor anderen Cafés sitzt man draußen, und jedes hat seine eigene Gästeschaft; mal sind es Busch-Danakil, mal Seeleute, dann wieder Araber mit ihrem traditionellen kleinen Strohkorb auf dem Kopf; es sind dies Zaranig, ein Piratenvölkchen von der jemenitischen Küste. In Assab treten sie brav auf, als wären sie gar schüchtern; sie wollen ihre Beute losschlagen und Kamele kaufen. Die Ausübung ihres Berufes ist strikt auf die arabische Küste beschränkt, denn die Italiener führen bei sich ein strenges Regiment und bestrafen Verstöße gegen die Bürgerrechte mit großer Härte.

Dann sitzen da auch noch sudanesische Sklaven oder Exsklaven und hören einem Tambura-Spieler zu, einem letzten Echo ihrer vergessenen Heimat.

Die Tambura ist eine Art primitiver Leier. Sie haben sie immer dabei, wohin das Schicksal sie auch verschlägt. Im Herzen Arabiens, jenseits der jemenitischen Berge, in mörderischen Wüsten, auf Dhaus, die den Persischen Golf hinaufsegeln oder in den Archipelen des Roten Meers herumirren, überall ertönen von den fünf Darmsaiten die seit Jahrtausenden immergleichen monotonen Melodien, unabänderlich wie ihre Tradition.

Hier, in dieser Wüstenei verbrannter Steine, zu Füßen erloschener Vulkane, sind die nostalgischen Lieder auf den Tropenwald wie ein Gebet, das diese Männer mit den rohen Gesichtern und den Kinderseelen an die heidnischen Gottheiten ihrer vergessenen Heimat richten.

Ich gehe zu ihnen, um Taucher zu engagieren. Viele kennen mich, haben mich in Dschibuti gesehen oder auf dem Meer. Auf meine Kenntnisse in Sachen Perlenfischerei geben sie allerdings nicht viel. Vor allem muss man herausbekommen, wo je nach Wetter und Jahreszeit die für das Fischen günstigsten Meeresgründe sind, eine Wissenschaft für sich, mit der ich mich erst vertraut machen muss.

Ein alter *nacouda* lässt sich darauf ein, mir in Bezug auf die Ortswahl einige Grundregeln zu erklären. Er warnt mich vor den Gefahren der Farasan-Inseln und selbst der äußeren Inseln des Dahlak-Archipels, wo trotz des italienischen Schutzes Piraten ihr Unwesen treiben. Ich beginne zu begreifen, dass die simple Idee, Perlen zu fischen, in Wahrheit ein mit Schwierigkeiten gespicktes Unterfangen ist.

Ich zahle meinen Leuten einen Monatslohn, was absurd ist, wie ich nun sehe. So beschließe ich, mich so zu organisieren wie alle anderen Fischer-Dhaus, denn Neuerungen sind in diesem Bereich und in dieser Gegend oft genug fatal.

Der Besitzer eines Perlenfischerboots fährt meist nicht selbst aufs Meer hinaus. Er hat einen *nacouda* und einen *serinj*, also einen Schiffsführer und einen Vertreter an Bord. Je nach Schiffskapazität wird eine Anzahl von Tauchern angeheuert, die zu zweit oder dritt in einer ihnen gehörenden Piroge eine Mannschaft bilden.

Ein zehn Tonnen schweres Schiff kann in der Regel sechs Pirogen mit sich führen, was auf fünfzehn Mann Besatzung hinausläuft, dazu noch zwei, drei Jungen zum Kochen und Durrabrot backen.

Der Besitzer schießt den Proviant für die gesamte Zeit auf See vor: Durrahirse, Reis, manchmal Butter oder Öl, stets aber Tabakblätter für Kautabak. Letzterer spielt eine große Rolle, denn ein Schiff ohne Tabak ist hilflos, da die gesamte Besatzung *karman* ist, deprimiert und unfähig, irgendetwas zu tun. Den Familien der Mannschaften zahlt der Besitzer jeweils eine kleine Summe aus, mit der sie bis zur Rückkehr haushalten.

Durch diese Schulden wird der unglückselige Taucher auf Gedeih und Verderb dem Besitzer ausgeliefert, gerade so, als wäre er noch ein Sklave.

Alle Mannschaften arbeiten zusammen, und am Schluss wird auf folgender Basis abgerechnet: Zuerst wird dem Besitzer der Vorschuss zurückgezahlt und dann der Ertrag wie folgt aufgeteilt:

ein Drittel für das Schiff,
zwei Anteile für den *nacouda*,
ein Anteil für den *serinj*,
dann bekommt jeder Mann etwas.

Vor dem Aufteilen muss aber der Fang erst veräußert werden. Für ein Schiff, das *bilbil* fängt, springen nur die Perlen heraus, denn die Schale ist nichts wert. Nur wer nach *sadaf* fischt, kann zusätzlich Perlmutt verkaufen.

Die Ausbeute des gemeinsamen Fangs wird in das traditionelle rote Tuch gewickelt. Der *nacouda*, der *serinj* und ein Vertreter der Taucher ziehen los, um die Perlen Maklern und Käufern anzubieten. In unserer Region beginnt diese Wallfahrt in Massaua und führt dort zum großen Saïd Ali, von dem ich in Dahlak erzählen werde; dann geht es nach Midy, Ghisan und schließlich Aden. Aus allen Angeboten wird ein Durchschnittspreis ermittelt, der den wahren Wert des Postens bestimmt.

In Wahrheit aber geht es folgendermaßen zu:

Der *nacouda* und der *serinj* einigen sich untereinander, dann bestechen sie den Vertreter der Taucher, damit er einen Preis angibt, der allerhöchstens die Hälfte des wahren Wertes beträgt.

Dann kehrt man zum Schiff zurück, wo die Besatzung verblieben ist und auf das Ergebnis der Verhandlungen wartet. Es wird über die lächerlichen Preise gejammert und darüber, wie hart die Zeiten sind, doch muss ja schleunigst dem Besitzer der Vorschuss zurückgezahlt werden, denn dieser hat inzwischen den Frauen wieder Geld gegeben.

Schließlich kauft der *serinj*, das heißt, er tilgt die Schulden der Taucher und gibt ihnen aus Gefälligkeit ein paar Taler. Damit ist es auch schon passiert: Die Menschen, die diese Schätze unter Einsatz ihres Lebens dem Meeresgrund entrissen haben, sind wieder einmal für dumm verkauft worden. Wollen sie weiterhin leben können, müssen sie gleich wieder hinaus aufs Meer.

Da aber jeder Angriff eine Verteidigung auslöst, versuchen die Taucher manchmal, ihrem Glück etwas nachzuhelfen.

Wie gesagt, wird in Pirogen mit zwei oder drei Mann Besatzung gefischt; sie fahren am Morgen hinaus, wenn das Wetter es erlaubt, und kommen erst am Abend mit ihrem Fang wieder an Bord. Ist jedermann zurück, werden die Austern vor aller Augen geöffnet. Das ist dann wie ein Glücksspiel, eine regelrechte Leidenschaft, die die Sudanesen an ihr Metier bannt wie Spieler an einen Baccara-Tisch.

Beim Öffnen jeder einzelnen Auster (eigentlich sind es Muscheln, doch werden sie meist als Perlaustern bezeichnet) wogen die Gefühle hoch: Was sich wohl darin verbirgt? Die Mollusken werden zwischen den Fingern zerquetscht, und man tastet, ob sich darin jene Kalkzysten befinden, aus denen die wertvollen Perlen bestehen. Welche Freude, wenn aus dem schleimigen Fleisch eine Perle herausglänzt! Jeder behauptet, die Perle wiederzuerkennen, die er selber gefischt hat, und heftig wird debattiert, nur um die Ehre, nur um zu zeigen, dass man ein Günstling des *nocib* ist, des Glücks, denn der Fang ist ja Gemeingut. Bedarf es nicht großer Standhaftigkeit, damit man auf einem fernen Riff der Versuchung widersteht, in seiner Piroge einen Teil des Fangs auf eigene Faust zu öffnen? Betrug wird streng bestraft, und wer sich ertappen lässt, wird für immer isoliert und nie wieder auf einem Fischerboot angeheuert. Er wird zu einem der Einzelgänger, die an der Küste von Fischen und Muscheln leben und mit ihrer Piroge ihr Glück versuchen.

Zu zweit unternehmen solche Taucher auf ihren zerbrechlichen Rudernachen mehrtägige Überfahrten zu fernen Inseln, wo sie sich reichen Fang erhoffen.

Meist verschwinden sie irgendwann, werden von Bord gespült oder beim Tauchgang von einem Hai geschnappt. Der Überlebende hat alleine keine Chance, die nächste Wasserstelle zu erreichen, denn ein einziges Paddel genügt nicht; so kommt auch er ums Leben.

Auf dem Meer bin ich einer treibenden Piroge begegnet, die

kreisende Raubvögel mir von ferne anzeigten. Eine Leiche verrottete darin, augenlos, mit von Vögeln aufgehacktem Bauch, neben einer leeren *tanika*, die von Durstqualen zeugte; im trüben Wasser der Unglückspiroge schaukelte die unvermeidliche Tambura, mit der der Sterbende vielleicht noch ein letztes Mal an die Wälder seiner Heimat erinnert hatte.

Die Versuchung ist aber zu stark, und eines schönen Tages sprechen zwei Männer sich ab und versuchen ihr Glück. Sie hängen eng voneinander ab, zusammengeschmiedet durch den täglichen Kampf gegen den Tod. Der eine paddelt hinten langsam, während der andere den Kopf in eine Kiste mit Glasboden steckt und damit den Grund absucht. Sieht er eine Auster, taucht er hinab und lässt die Kiste dem anderen, der den Kameraden beim Tauchen beobachtet, um ihm beizustehen, falls Gefahr droht. Dazu ist er mit einer drei Meter langen Eisenstange ausgerüstet, einer Art Lanze, zum Abwehren eines etwaigen Angreifers, eines Hais oder eines anderen Raubfischs.

Der Taucher sieht im Wasser, so klar es auch sein mag, nur schlecht, denn das Auge eines Landtieres wie des Menschen ist in so reflektierendem Milieu wie dem Wasser nur bedingt tauglich. Es sieht, als würde die Linse nicht existieren, und man ist ungeheuer übersichtig, alles ist verschwommen und unpräzise. Durch die Kiste hindurch sieht man dagegen alles völlig klar, wie in einem Aquarium.

Ferner passiert es oft genug, dass der Taucher von einer Mördermuschel erfasst wird. An manchen Stellen gibt es so viele von diesen Riesenmuscheln, dass sie einander fast berühren. Sie sind halb geöffnet, um das planktongesättigte Wasser einzulassen, und wenn die Sonne ins Innere fällt, scheint es grün, gelb, rot oder violett zu phosphoreszieren. Gerät aus Versehen der Fuß oder die Hand zwischen die beiden Schalen, schnappen sie zu wie ein Schraubstock und können einem die Knochen zermalmen. Dann muss der Kamerad herbeitauchen und mit einem großen Messer die Haftfäden durchtrennen, mit denen die Muschel sich am Felsen festhält.

So lässt sich die Verbundenheit zwischen den beiden Männern begreifen, die einander so gut wie ausgeliefert sind.

Haben sie das Glück, heimlich eine schöne Perle zu finden, verstecken sie diese. Nun beginnen erst die Schwierigkeiten, denn die Perle muss verkauft werden. Oft warten die beiden Komplizen sehr lange, bis sie ihre Beute losschlagen, und aus ihrer ständigen Angst heraus verkaufen sie schließlich zu einem lächerlichen Preis.

Zu einer Seltenheit macht jenen Betrug der Aberglaube dieser einfachen Männer, die eine Strafe Gottes fürchten, und zwar wegen des Gebets, das jeden Tag vor dem Öffnen der Austern gesprochen wird. Es ist die Fatiha, die Eröffnungssure des Korans, und sie wird als Schwur dafür aufgefasst, dass niemand verheimlichen soll, was Gott ihm an dem Tage geschenkt hat. Die Verlegenheit schuldbewusster Übeltäter kann dem geübten Auge des alten *serinj* nicht entgehen! Weniger Skrupel haben die Schiffsbesitzer, wenn sie die armen Tröpfe übers Ohr hauen.

Der alte *nacouda* rät mir, nach Massaua zu fahren, wo leichter Tauchmannschaften zu finden sind, und mit dem Fischen bei den gegenüberliegenden Dahlak-Inseln zu beginnen.

Dank dem *commissario* finde ich eine ziemlich gute Rute als Ersatz für die verloren gegangene. Endlich kann ich meine Takelage wiederherstellen und Proviant aufnehmen. Durch die erste Begegnung mit dem Roten Meer ist mein Budget schon ziemlich strapaziert worden. Wenn es so weitergeht, werde ich nicht lange durchhalten!

Nach zwei Tagen Aufenthalt fahren wir wieder aufs Meer, an einem klaren, windigen Morgen, wie er für Assab üblich ist, denn nirgends auf der Welt weht mehr Wind als hier. Der Mistral, auf den die Marseiller so stolz sind, wirkt reichlich harmlos im Vergleich zu dem Südostwind, der während des ganzen Wintermonsuns der Länge nach ins Rote Meer hineinbläst. Er mag dabei so heftig sein, wie er will, ich habe ihn bis Massaua im Rücken, und vor dem Wind ist gut segeln.

Man rät mir allerdings, noch zu warten, denn nach zwei vergleichsweise ruhigen Tagen wird es stürmen, und drei Tage danach wird der Wind sich ausgetobt haben. Ich aber habe es allzu eilig, endlich das Rote Meer zu sehen, in dem alles für mich Geheimnis ist.

Die Augen auf die Karte gerichtet, um den Kurs zu bestimmen, segle ich in zwei, drei Seemeilen Abstand die Küste entlang und sehe in schneller Folge Szenerien an mir vorbeiflitzen, wie keine Fantasie sie wundersamer hätte ersinnen können.

Die Wellen aber sind riesig, ja zum Teil Brecher, doch kann ich bei vollem Segel schnelle Fahrt machen und vermeide so, von hinten überspült zu werden.

Es erscheint mir ratsam, für die Nacht bei den Hanisch-Inseln Schutz zu suchen, die sich über zwanzig Kilometer hinweg quer durch das Rote Meer erstrecken, mit bis zu sechshundert Meter hohen Bergen, und so nehme ich auf offener See Kurs Nord.

Am Horizont sehe ich zwei-, dreihundert Meter hohe Felsen emporragen, mit Gipfeln so weiß wie Schnee. Es sind Guano-Inseln. Ich fahre nur wenige Meter an ihnen vorbei, so steil geht es dort ins fünfhundert Meter tiefe Meer hinab.

Unzählige Wasservögel mit langen schwarzen Flügeln wirbeln empor. Gegen die senkrechte Wand, die sich so plötzlich seinem Drang entgegenstellt, scheint das Meer windwärts schier zu explodieren, und der Wind lässt die Gischt hoch in den Himmel spritzen.

Welch Gebirge mit hohen Zacken hat es hier verschlungen? Die letzten Gipfel scheinen noch zu kämpfen, um weiter in Wind und Sonne zu ragen. Es sind ihrer sieben, und weit stehen sie auseinander, doch von der Meeresmitte aus kann man sie alle übersehen. Von den Einheimischen werden sie die Brüder genannt; drei davon sind flach und erheben sich kaum zwanzig Meter aus dem Meer. Es wächst dort nichts, wegen der Gischt, von der sie trotz ihrer Höhe überschwemmt werden.

An den seltenen ruhigen Tagen fahren Dhaus heran und ernten den Guano, der sich im Lauf der Jahrhunderte zum Teil meterhoch auf den Gipfeln abgelagert hat. Auch sammeln sie das

Kristallsalz auf, das sich auf den flachen Inseln durch die Verdunstung der Gischt bildet.

Die uferlos und verloren aus dem Meer ragenden Inseln wirken wie entkräftete Schwimmer, wie ein tragisches Sinnbild ewigen Kampfes.

Das Donnern der Brandung verebbt allmählich, je weiter ich davonsegle, bis es nur noch dumpf und sporadisch ertönt wie fernes Kanonenfeuer, und schließlich ist die Luft wieder einzig erfüllt vom Meeresbrausen um mich herum und vom Pfeifen des Windes in der Takelage. Die rosafarbenen und weißen Kuppeln der sieben Brüder versinken hinter mir; alles gleitet unter den Horizont, der mich erneut in Einsamkeit umfasst.

Am Nachmittag erstehen im Norden wiederum violette Inseln vor mir; sie werden größer und wachsen zur Vulkankette der Großen Hanisch-Insel zusammen. In zwei Stunden werden wir dort sein.

Bald sieht man weiße Gischt emporschießen, die man für Rauchschwaden halten könnte. Dort sind Felsen unter dem Wasser, auch sie die Gipfel unterseeischer Berge, die aber gerade zwei Meter unter dem Meeresspiegel gescheitert sind. Für den Versuch allein scheint das Meer sie bestrafen zu wollen. Es wütet gegen die Felsen an, die aus dem Wellental heraufglänzen wie schwarze Monster, bis die Wassermassen darüber zusammenschlagen und die Gischt wieder hochspritzt. Ich schaudere bei dem Gedanken an ein Schiff, das sich in dunkler Nacht in diese Gegend verirrte. Doch muss dies leider geschehen sein, und niemand hat davon gekündet, denn von diesen Felsen geht es steil hinab, und ein leewärts gebildeter Strudel zieht alles, was im Wasser treibt, mit sich fort und und lässt es erst Meilen später abwärts der Strömung wieder zum Vorschein kommen.

Unvorsichtigerweise fahre ich bis auf eine halbe Kabellänge an die Klippen heran, so neu ist dieses Schauspiel für mich. Das verschafft uns herrliche Beute mit der Schleppangel. Schlag auf Schlag fangen wir riesige Bonitos und andere über zwanzig Kilo schwere Raubfische.

Diese Ungeheuer halten sich mit Vorliebe hier auf, denn durch die heftige Brandung und den Zusammenprall der Strömungen wird ihnen die Jagd erleichtert. Manche messen kaum mehr als einen Meter, und doch passt in ihr Maul ein Menschenkopf.

So finden wir denn auch in einigen Mägen mehr als drei Pfund schwere, völlig intakte Fische.

Ich treffe noch auf viele gefährliche Felsen, die so tief liegen, dass das Meer sich an ihnen nicht brechen muss, doch gehen die Wellen dort hoch und bilden beunruhigende Kreise.

Der Hanisch-Berg aber wird noch immer größer; er jedenfalls hat das Meer besiegt. Bevor wir dort anlangen, steht uns mauergleich ein Vulkangrat im Weg. Es sind schwarze Schlacken mit rötlichen Kraterkegeln. Ich habe das Gefühl, auf einem Planeten zu sein, der sich erst herausbildet, zu Zeiten unorganisierten Lebens. Auf dem Meer kein einziges Segel, und auf der großen Insel aus Feuer und Lava nichts, was auf ein lebendes Wesen deutete.

Von den Höhen stürzen sich schwarze Lavaströme bis herunter auf den weißen Sand der schmalen Strände und von da weiter ins Meer. Der Sand kontrastiert ganz unerwartet mit dem schwarzen und dunkelroten Hintergrund, und man fragt sich, woher er wohl kommt. Untersucht man ihn, erweist er sich als Korallenstaub. Die Brandung reißt die Korallen an der Küste ab und spuckt sie, zu Sand zermalmt, wieder aus.

Wir umfahren die Westspitze der Großen Hanisch-Insel. Hinter diesem Schutzwall treffen wir ein ruhiges Meer an. Von den Höhen, die über uns hinwegragen, fallen jedoch unglaublich starke Böen über uns her. Man sieht sie kommen, weil sie von der Oberfläche Wasserstaub hochblasen. Es muss alles eingeholt werden, sonst kann man im Nu den Mast verlieren oder gar kentern. Diese gefährlichen Wirbel zwingen mich, ein wenig weiter hinauszufahren, um zu dem Ankerplatz im Zentrum der Insel zu gelangen. Als ich gegenüber dem weißen Strand bin, der diesen Platz anzeigt, kreuze ich gegen den Wind darauf zu.

Somit sind die Windstöße weniger gefährlich, denn man hat Zeit, sich in den Wind zu stellen. Allerhöchstens riskiert man, dass die Segel reißen.

Wir müssen eine Landleine ausbringen, so rapide fällt der Grund hier ab. Zehn Meter vom Ufer entfernt ist das Meer bereits fünfzig Meter tief, danach beginnen finstere, unauslotbare Abgründe. Das Meer ist hier sehr ruhig; in langen Abständen zerfließen leichte Brandungswellen am Strand. Zwei bis drei Mal in der Minute aber fährt eine Bö in die Bucht hinein, nur wenige Sekunden lang, doch vermeint man stets, der Mast werde knicken unter all der Wucht, und durch die Luft geht ein Pfeifen. Danach ist es urplötzlich wieder völlig still.

Ich bin wie gebannt vom fantastischen Anblick, der sich mir bietet. Vor mir ragt ein mehrere Hundert Meter hoher Kegel auf, umgeben von Schlackefeldern, aus denen sich unregelmäßige Spitzen hochsträuben. Von all dieser Schwärze heben sich weiße Sandadern ab; es hat dort Höhlungen herausgewaschen, in die der vom Winde hochgeblasene Korallensand durch den seltenen Regen abgelagert wurde. Inmitten dieser Einsamkeit strecken merkwürdig gewachsene Palmen ihre verzweigten Arme in die Höhe.

Der Wind, vor dem wir selber nun geschützt sind, fegt in den Höhen unablässig über dieses Chaos hinweg. Daraus ergibt sich ein Dröhnen, in das sich ab und an ein dumpfes Pfeifen mischt. Es ist die furchterregendste Musik, die man sich für eine solche Szenerie nur vorstellen kann. Vereinzelte Wolken werden am Gipfel der erloschenen Vulkane auseinandergerissen und in Fetzen nach Norden abgetrieben.

Es ist kaum zwei Uhr, so kann ich die Insel noch vor Einbruch der Nacht erforschen.

Undurchdringlich erstrecken sich die Schlackenfelder. Hintereinander staffeln sich im Augenblick des Erkaltens erstarrte Platten, aus denen bis zu zehn Meter hohe Spitzen emporragen. Das alles ist brüchig und mürbe, und in dem Wirrwarr der Platten tun sich Risse auf. Bricht eine Platte, kann man leicht in einen Spalt hinabstürzen, der wiederum mit bedrohlichen Unebenheiten übersät ist. Manchen Rissen entströmen schwefelige heiße Dämpfe.

Am Strand entlang gelangen wir zu einer sandigen Ebene, über die sich rasch höher hinaufsteigen lässt.

Die Ebene ist mit Büschen bewachsen, zwischen denen ich zu meiner Überraschung deutliche Pfade entdecke. Lebt etwa doch jemand hier? Kein Zweifel, die Pfade führen vom Strand bis zu den Gipfeln. Plötzlich ruft einer meiner Männer »Gazelle! Gazelle!«, und in der Richtung, in die er deutet, sehe ich in zweihundert Metern Entfernung eine kleine Herde von fünf, sechs friedlich weidenden Gazellen. Mein erster Gedanke: Ich habe keine Waffe dabei. Der Mensch kann kein wild lebendes Tier sehen, ohne unwillkürlich so zu denken; er muss unbedingt fangen oder töten.

Wir gehen weiter, um uns diese friedlichen Inselbewohner näher anzusehen, bis sie die Flucht ergreifen. Die schönen Tiere scheinen uns aber nicht wahrzunehmen; bald sind wir keine fünfzig Meter von ihnen entfernt. Abdi hat sich wie eine jagende Katze zu Boden gedrückt und gleitet von Fels zu Fels, immer höher hinauf, stets gegen den Wind. Was hat er vor? Ich beobachte ihn. Gewiss hat er die Jungtiere gesehen, die der Mutter folgen, und hofft, sie zu einer Verfolgungsjagd zu zwingen.

Da erstarren die Gazellen auf einmal, recken allesamt die Köpfe hoch, dann klettern sie rasch davon. Abdi enttarnt sich, die Herde schlägt einen Haken, dann flieht sie den Hang entlang. Abdi und seine Kameraden hasten über die Felsen. Bald schon bleibt eine Gazelle hinter den anderen zurück und schlägt eine andere Richtung ein; natürlich hetzen die Verfolger gleich ihr hinterher. Ihr Lauf ist schlaff, mehrfach stolpert sie; ist sie womöglich verletzt? Die Jagd wird ergreifend, denn das Tier kämpft verzweifelt, kommt aber nicht schnell voran. Ich laufe nun selbst in die Richtung, um den Verlauf des Geschehens mitzubekommen. Die Männer sind ebenfalls erschöpft, sodass der Abstand in etwa gleich bleibt.

Die Gazelle klettert eine gewundene Schlucht hinauf, verschwindet, taucht wieder auf, bleibt mehrfach stehen, um Atem zu holen. Sie hofft wohl, dass die Angreifer aufgegeben haben. Dann läuft sie weiter, ein paar Hundert Meter noch, und legt sich plötzlich auf den Boden. Sogleich prasselt ein Steinhagel über das arme Tier herein, das sich nicht mehr bewegt. Ein paar Sekunden später wird es von Abdi gepackt.

Die erschöpfte Gazelle ist sehr mager und vor allem sehr alt, nur darum haben wir sie erwischt. Jetzt merke ich, wo wir sind: beim Nachtlager der Herde, der Geburtsstätte dieser sanften Tiere. Es liegen gebleichte Knochen herum, hie und da Schädel mit leeren Augen und noch immer schwarzen Hörnchen.

Dorthin kehrt die Herde jeden Abend zurück; die Weibchen jungen dort, und die Alten, die nicht mehr kräftig genug sind, um auf den Gipfeln nach dem spärlich wachsenden Gras zu suchen, legen sich hin, wo sie geboren sind, und sterben dort in Frieden.

Ich halte Abdi zurück, der schon seine *djembia* gezückt hat, um dem erschöpften Tier die Kehle zu durchschneiden. Es sieht uns aus tiefen Augen an. Dort zittert eine klare Flüssigkeit und läuft tränengleich auf die Nüstern herab. Ein letztes Mal noch richtet die Gazelle sich auf ihre dürren Beine auf, stößt ein kurzes Blöken aus, versucht einen Satz, um zu fliehen, stolpert aber und legt sich schließlich ergeben wieder auf den Boden, mit dennoch aufrechtem Kopf.

Wir lassen das arme Tier liegen, das den Tod erwartet, ganz erstaunt über die Gewalt, die wir ihm angetan haben, wo es auf der Insel doch keine Feinde hatte.

Dann klettern wir weiter, einen der Pfade entlang, der uns zu einem mit gelbem Gras bewachsenen kleinen Tal zwischen drei großen schwarzen Kegeln führt. Im Verlauf von Jahrhunderten hat der Wind hier Erde angehäuft, und so finden wir dort auch die kleine Gazellenherde wieder, die sich bei unserem Eintreffen davonmacht. Alle Pfade stammen von diesen anmutigen Tieren und enden da, wo es etwas zu weiden gibt.

Ich frage mich, wie sie überleben können, ohne zu trinken, denn der Regen fällt nur drei oder vier Mal im Jahr, und eine dauerhafte Wasserstelle gibt es auf der Insel nicht. So vermute ich, dass sie die wenige Feuchtigkeit, die ihr Organismus benötigt, einem der hier wachsenden fettblättrigen Queller entnehmen. Und dann ist da auch noch der recht üppige Morgentau auf den Blättern manch kümmerlicher Sträucher und sogar auf trockenen Grashalmen. Am Abend trotten die Gazellen am Meer entlang, denn alle Pfade führen ans Ufer. Die Einheimischen behaupten, dort tränken die Tiere Salzwasser, doch gehört das wohl ins Reich der Legende.

Von dem Berg aus liegt uns das Meer ganz ruhig zu Füßen und wird immer gesprenkelter, je weiter sich der Blick von der Insel entfernt. Die schon tief am Horizont stehende Sonne taucht alles in Goldtöne, und in der Ferne ragen die großen violetten Berge des Festlands in den kupfernen Himmel stürmischer Tage. Auf dem ruhigen Wasser liegt, wie eine schlafende Möwe, unser Schiff.

Noch ein paar Schritte, dann sind wir auf dem Grat! Eine Bö wirft mich fast um. Der Wind prallt gegen den Berghang und bekommt dadurch ungeheure Wucht. Alles ist schwarz und düster auf diesem nicht mehr von der Sonne beschienenen Hang, wo der Schatten des Berges schon aufs Meer fällt. Man hört das Getöse der Wellen, die dort unten wie tief in einem Abgrund an die Felsen schlagen. Das Meeresgrollen und das Pfeifen des Windes lassen mich an ein Schiff denken, das auf dieser Inselseite gegen den Wind ankämpft, und umso froher bin ich um unseren ruhigen Ankerplatz. Man versteht hier oben sein eigenes Wort nicht, und so verzichte ich auf eine Erkundung, und wir beeilen uns, auf unsere sturmgeschützte Seite hinabzugelangen, in die wohltuende Wärme der Abendsonne.

3

Von Insel zu Insel

Die ganze Nacht über wütet der Wind auf uns ein und lässt das Schiff erzittern. Ich schlafe schlecht, in steter Furcht, der Anker könne schlieren, obgleich er fest im Sand des Ufers steckt. Es wäre höchst unerfreulich, sollten wir aus unserem sicheren Hafen abtreiben und in finsterer Nacht umherirren müssen.

Sobald der Morgen graut, segeln wir los, nur unter Fock, denn der Wind wird heftig sein. Außerhalb des Schutzes, den die Insel uns gewährt, herrscht in der Tat schwere See, und wir fahren vor dem Wind, vom Sturm dahingetragen.

Ich halte mich an die Küste und hoffe, hinter jedem Kap ein bisschen weniger Seegang zu finden. Wir segeln zwischen großen schwarzen und roten Vulkankegeln, die aus dem Meer ragen wie eiserne Pyramiden. Ein weiterer Vulkankegel im Landesinnern ist noch aktiv und umgibt sich mit weißem Dampf. Kein Baum an der Küste, keine Behausung, so weit das Auge reicht; überall kriechen Schlackenfelder die Hänge empor. Der Wind ist entfesselt, das Meer ganz gelb von dem aufgewühlten Untergrund. Bei solchem Wetter bleibt mir nichts übrig als die Flucht nach vorn.

Ich bin diese Engpässe zwischen den Inseln nie gefahren und weiß nicht, ob nicht einer davon eine Sackgasse ist. Und was verbirgt sich dort unter dem Wasser? Ich muss an die Felsen denken, die ich bei den Hanisch-Inseln unter den Wellen sah; hier macht mir das trübe Wasser jedes Erkennen unmöglich. So wird es eine Höllenfahrt. Doch komme, was da wolle. Meine Matrosen schicken sich ohnehin in das, was geschrieben steht.

Meine Karten zeigen mir mit vielen Kreuzen direkt auf meiner Route eine Klippe, einen halben Meter unter der Wasseroberfläche. Im Schutz eines Kaps und der Ruckma-Inseln wird es dort keine Dünung und also keine brechenden Wellen geben. Das Wasser ist noch dazu absolut trübe.

Es sind also sämtliche Voraussetzungen gegeben, damit wir die Gefahr so spät wie möglich sehen. Vier Inselchen jedoch erlauben es mir, meine Position und damit die Lage des Felsens exakt zu bestimmen. So verkünde ich meinen Männern, dass wir in fünf Minuten an einem Riff vorbeifahren werden. Ungläubig lächeln sie mich an, wissen sie doch, dass ich noch nie hier gesegelt bin und ein *chetan* oder ein Hexer sein müsste, um im Meer verborgene Felsen zu erahnen.

Eine gischtige Stelle gibt mir jedoch recht, und wir fahren nur wenige Meter an dem fraglichen Felsen vorbei. Durch diesen kleinen Zwischenfall bekommt meine Besatzung eine hohe Meinung von den Fähigkeiten ihres Kapitäns!

Ein kegelförmiges Inselchen taucht vor uns auf, eines wie viele andere. Dieses aber ist berühmt. Es soll Edelsteine enthalten. Während wir uns der Insel nähern, erzählt mir Mohamed Mussa ihre Geschichte.

Eines Tages legen zwei Taucher nach getaner Arbeit dort an und ziehen ihre Piroge auf den Sand. Zwischen drei Steinen machen sie Feuer, um Fisch zu grillen. Es sind zufällig aufgesammelte Steine, wie es sie auf der Insel zu Tausenden gibt, eine Art Basaltbomben, wie die Geologen sie nennen.

Unter der Einwirkung der Hitze spaltet sich einer der Steine mit einem dumpfen Knall, und Kristalle treten daraus hervor. Der runde Basalt war hohl gewesen und steckte voller grünlich transparenter Minerale. Die beiden Sudanesen teilen den Inhalt des Wundersteines unter sich auf, ohne aber zu wissen, ob er etwas wert ist. Eine ganze Weile später zeigt einer der beiden seinen Fund in Massaua. Der *commissario* bekommt Wind davon, bestellt den Sudanesen zu sich, nimmt ihm die grünen Steine ab und wirft ihn ins Gefängnis. Die Kristalle sind Peridote. Die

Insel muss geschützt werden, damit man eine Konzession vergeben kann. Bei einer Prospektion wird auf der Insel ein hohes Peridot-Vorkommen festgestellt. Bis dahin war ein solches nur auf der dem Khediven gehörenden St.-Johannes-Insel im Norden des Roten Meeres bekannt gewesen.

Der andere Taucher zeigt seine Steine in Aden vor, wo man den Residenten informiert. Dieser erklärt dem Sudanesen, sein Fund habe durchaus einen gewissen Wert, und speist ihn mit einem Geschenk ab. Dafür soll er einen Prospektor auf die Insel führen. Der aber kommt zu spät: Die Italiener sind schon da. Es wird eine Gesellschaft zur Ausbeutung des Vorkommens gegründet, dann beginnen die Arbeiten, die wenig Aufwand erfordern, da der Peridot sich an der Oberfläche befindet. Nach ein paar Monaten stellt die Gesellschaft ihre Tätigkeit ein, entlässt die Arbeiter, und auf der Insel verbleibt lediglich ein Wächter.

Die englische Betreibergesellschaft auf der St.-Johannes-Insel hat das italienische Unternehmen kurzerhand gekauft, um es stillzulegen.

Wir nähern uns der Insel. Obwohl ich in wenigen Kabellängen vorbeifahre, ist kein Lebewesen zu erblicken. Da leewärts das Wasser nicht tief ist, bringe ich den Anker dort aus, wenn auch das Inselchen, um das die Dünung herumläuft, nur ungewissen Schutz bietet. Die ganze Besatzung will den Wunderfelsen erkunden, und ich bin unvorsichtig genug, mich darauf einzulassen. Allein der Schiffsjunge bleibt an Bord, um weiter an seinem Durrateig zu kneten. Eine halbe Stunde später soll er uns mit der Piroge abholen.

Ein schwarzer Kieselstrand muss als Anlegestelle gedient haben. Dahinter verlassene Baracken mit Gerätschaften für Erdarbeiten. Vom Wind umtost, rostet eine salzzerfressene Schmiede vor sich hin. Sogleich machen wir uns daran, von den herumliegenden Basaltbomben welche aufzubrechen. Meine Männer wechseln sich ab und schlagen mit allem, was sie nur finden können, auf die Steine ein. Einer erweist sich schließlich als hohl und überlässt uns mehr als ein Kilo grüner Kristalle der verschiedensten Größen.

Am Hang inspiziere ich einen früheren Betriebsstollen, dessen Wände mit Peridotkristallen geradezu gepflastert sind; auch hier halten wir reiche Ernte. Doch wo ist eigentlich der Wächter? Eine Hütte mit Asche und einheimischen Töpferwaren zeugt von menschlicher Präsenz, aber wirkt alles längst verlassen.

Während unserer fiebrigen Suche hat sich keiner Gedanken um den Schiffsjungen und die dem Anker überlassene Dhau gemacht. Wir drehen uns um und müssen überrascht feststellen, dass sich das Schiff zwei Seemeilen leewärts befindet. Der Anker muss geschliert haben, und so treibt die Dhau nun ab.

Der Grund ist zwar felsig, aber bei dem Wind und unserer eifrigen Schatzsucherei hatten wir unmöglich etwas hören können. Die Piroge ist hinten angebunden, kann aber dem Jungen nicht von Nutzen sein, denn er ist zu schwach, um die Strecke gegen den Wind zu bewältigen.

Die Lage ist ernst, denn leewärts sind es nur fünf oder sechs Seemeilen bis zur Küste. Wo die Dhau sich nun befindet, ist die See schon schwer. Sollte der Anker sich irgendwo festhaken, würde das auch nichts helfen, denn durch das heftige Stampfen der Dhau würde das Kabel gewiss reißen.

Bevor ich noch einen Entschluss fassen kann, ist Abdi auch schon ins Meer gesprungen und schwimmt, so schnell er kann, von Wind und Strömung begünstigt. Mohamed Mussa und Saïd folgen ihm sogleich. Nun gilt es abzuwarten, wer das Rennen gewinnt, die Schwimmer oder das treibende Schiff, das indes zwei Seemeilen Vorsprung hat. Bald sind die Schwimmer nicht mehr zu sehen, in den Wellen verschwunden.

Ich bin nicht besorgt, weiß ich doch um ihre Fähigkeiten, aber werden sie es rechtzeitig schaffen? Manchmal stellt sich das Schiff quer zum Wind, was bedeutet, dass es abtreibt und seinen Anker hinter sich herzieht. Dann wieder steht es mit dem Bug gegen die Wellen, nämlich immer, wenn der Anker irgendwo hängen bleibt. Sichtlich entfernt es sich.

Falls es Abdi überhaupt gelingt, an Bord zu kommen, werden sie vier, fünf Stunden lang kreuzen müssen, um zur Insel zurückzukehren. Und vom fünf Meilen leewärts gelegenen Eïd aus werden diese seltsamen Manöver nicht unbeobachtet bleiben. Wir werden damit Verdacht erregen, da die Insel wohl verboten ist, und dann könnte es gut sein, dass man uns ein paar Beamte herüberschickt, um zu sehen, was wir da so treiben.

Da ist es mir schon lieber, wir machen uns selbst davon. Baumaterial liegt in Hülle und Fülle herum, daraus zimmern wir uns eine Art Floß, besteigen dieses, und los gehts, mit Gottes Hilfe. So schnell wie ein Schwimmer kommen wir allemal voran.

Unser Floß liegt sehr tief im Wasser und wir damit auch. Mit Brettern paddelnd, versuchen wir, das wunderliche Gefährt der Länge nach in Schwung zu bringen. Wir kommen rasch von der Insel weg, denn der Wind schiebt uns mächtig an. Doch als die Dünung zunimmt, halten die Taue, mit denen wir das Floß zusammengeschustert haben, ihr nicht mehr stand. Wir müssen auseinander, jeder auf einer anderen Bohle, was die Lage nicht verbessert. Von einer Welle hochgehoben, sehe ich, dass das Schiff anscheinend fest verankert ist. Abdi und seine Kameraden klettern gerade an Bord. Hoffentlich setzen sie nicht das Segel, bevor wir sie erreicht haben! Doch haben sie wohl ähnlich gedacht wie wir und blicken suchend übers Meer. Auf einmal winken sie uns zurück. Wir sind gerettet. Die Piroge sammelt uns, einen nach dem anderen, von unseren Bohlen auf.

Von all unseren Schätzen bleibt mir nichts übrig als, irgendwo in der Hosentasche, ein paar Peridote. Unrecht Gut …

*

Wir fahren nach Eïd, das nur fünf Meilen unter dem Wind liegt.

Am Strand drängeln sich ein paar Hütten um eine weiße Moschee herum, einen einfachen, quadratischen Bau mit vier Eckzinnen als einzigem Schmuck. Es liegen sechs große Dhaus vor Anker, die friedlich das Ende des schlechten Wetters abwarten.

Als wir uns zu ihnen gesellen, rufen wir im Chor ein lang gezogenes »Hooooo«, den üblichen Gruß, der sogleich von allen erwidert wird. Das Segel fällt, der Anker plumpst schäumend ins Wasser, und langsam beginnt das Schiff, sich um den Anker zu drehen.

Unsere Ankunft erregt Aufsehen. Man hat uns aus dem Nebel auftauchen sehen, der an windigen Tagen in drei, vier Meilen den Horizont verschleiert, und die *nacouda* sind bass erstaunt. Wie kann ein *cawadja*, ein Europäer, bei solchem Wetter ohne Führer hierhergelangen?

Mich wiederum überrascht, wie wenig der somalische Teil der Besatzung auf einen Landgang erpicht ist. Mohamed Mussa ist nur zu entlocken, die Bewohner des Ortes seien unangenehme Zeitgenossen. So ziehe ich also mit Saïd los, der von unbestimmbarer Abstammung ist. Zuerst suche ich etwas zu essen und finde, nachdem ich in gut zwanzig Hütten Panik ausgelöst habe, zwei magere Hühnchen und etwas Kamelmilch. Die Leute sind allesamt Danakil, aber von hellerer Hautfarbe, was in der Gegend selten ist. Die Behausungen sind halbrund und kaum höher als anderthalb Meter. Man betritt sie in kriechender Haltung durch eine Öffnung, die mit einer herabhängenden Matte vor indiskreten Blicken geschützt ist; hebt man diese hoch, ertönen von drinnen Rufe und das Klirren von Armreifen, und wenn es nicht zu rauchig ist, erkennt man schließlich nackte Kinder und Frauen jeden Alters mit bis zum Nabel entblößtem Oberkörper. Man macht sich keine Vorstellung, wie viele Menschen sich in so einem umgekehrten Korb zusammenpferchen können. Bei einem Gewitter dringt das Wasser mühelos durch die Matten ein. Dann kauern sich die Bewohner zusammen und lassen das vom Himmel gesandte Wasser über sich ergehen, das noch dazu von dem sich überall festsetzenden Ruß gehörig geschwärzt ist.

Ist das Gewitter vorüber, setzen sich alle rund um die Hütte in die Sonne, bis sie trocken genug sind, um wieder ihren Beschäftigungen nachzugehen.

Ganze Haufen von kleinen Bilbil-Muscheln zeugen davon, dass die Dorfbewohner an der Küste nach Perlen fischen.

Es gibt auch »Läden«, einfache Strohhütten nämlich, in denen einheimische Artikel des täglichen Bedarfs verkauft werden. Eine gehört einem Banian, einem schwarz bemützten Pakistaner. »Konkurrenz« macht ihm ein vor Schmutz und Öl starrender rachitischer Araber, der hinter seinen Reis- und Durrasäcken zu verfaulen scheint, eingehüllt in den für die arabischen Läden der Gegend so typischen, mit Gewürzen angereicherten Kakerlakengeruch.

Beide kaufen die Perlen auf, die dort gefischt werden. Das bedeutet, dass sie den Tauchern, die mit ihren Pirogen losfahren, einen Vorschuss in Form von Nahrung gewähren. Nach drei oder vier Monaten geht aus einer höchst fragwürdigen Rechnung hervor, der Unglückselige habe so viel vertilgt, dass man zehn Leute davon ernähren könnte. Doch was hilfts? Es steht alles da, schwarz auf weiß. Und so werden ihm die wenigen Perlen, die er gefunden hat, einfach abgenommen.

Die beiden reizenden Ladenbesitzer, die da in ihren Löchern kauern, wirken wie geduldige Spinnen, die man längst ausgetrocknet und zu all dem Staub und der Stille gehörig wähnt, bis sie in urplötzlicher Behendigkeit auf eine schläfrige Fliege zuschießen, sie unerbittlich aussaugen und wieder ihren Platz einnehmen, aufmerksam und stets gefährlich.

Ich versuche, mir Perlen zeigen zu lassen. Nach vielerlei Zögern und Geheimnistuerei legen die beiden mir Barockperlen und wertlose *dougga* vor, winzige Perlen von der Größe eines Sandkorns.

»Man findet hier nichts«, tut mir der eine mit betrübter Miene kund. »Ein armseliges Land.«

»Warum bleibst du dann hier?«

»Um in der Stadt zu leben, bin ich zu arm.«

Ganz offenbar misstrauen mir die beiden und möchten mich loswerden. Von den Tauchern würde ohnehin keiner es wagen, mir etwas anzubieten, denn sie haben allesamt Schulden bei dem Banian und dem Araber, »zur Sicherheit«. Verkaufte einer an einen Fremden, würde sein üblicher Abnehmer, um nicht zu sagen, sein Herr, kraft dieser Schuld augenblicklich die Piroge des Mannes beschlagnahmen und ihn damit brotlos machen.

Und so geht es in jedem Fischerdorf zu. Alle sind Sklaven einiger *doukakin*, also Läden. Das kommt mir nicht gerade zupass. Ich merke, dass es bei Weitem nicht so leicht ist, Perlen aus erster Hand zu kaufen, wie ich mir das naiverweise eingebildet hatte.

Wegen dieser Art der von den Dankali ausgeübten Küstenfischerei mit mittelmäßigen Tauchern, die nicht tiefer als drei, vier Meter gehen, wird eigentlich nur Soufflure aus dem Meer befördert. Es sind dies große, hohle, von der Austernschale selbst gebildete Zysten, manche bis zu nussgroß. Weisen sie originelle Formen auf, können sie mehrere Tausend Francs wert sein.

Ausgelöst werden diese Kalkzysten durch einen Wurm, der die Schale anbohrt, um an die Mollusken zu gelangen. Wird der Wurm, wenn er mit dem Bohrvorgang gerade fertig ist, von einem seiner persönlichen Feinde erwischt, gerät leicht Sand in das Loch. Der Fremdkörper wird von einer dünnen Perlmuttschicht überzogen, doch bilden sich in dem Hohlraum Zersetzungsgase heraus. Dadurch schwillt die Schicht an, und es lagern sich fortwährend neue Schichten an; so wird die Zyste mit der Zeit sehr groß, und wenn der Druck der Zersetzungsgase nachlässt und sie nicht mehr wächst, verdichtet sich die Perlmuttschicht, und die Soufflure nimmt ihre Endform an. Herausbilden kann sie sich nur an seichten Meeresstellen, an denen jener Wurm vorkommt.

Als ich gerade zurück an Bord will, spricht ein Dankali mich auf Arabisch an. Es ist ein gut aussehender Mann um die fünfundvierzig mit bereits hennagefärbtem Bart. Er ist von dem edelrassigen Typus, der unter den Danakil häufig anzutreffen ist, mit Adlernase, etwas herabhängenden Augenschlitzen, einem langen Gesicht mit hohen Wangenknochen und leichter Stirnglatze. Im Vergleich zu den anderen ist er ziemlich aufwendig gekleidet. Er gibt an, *nacouda* und *rouban* (Lotse) von *kawassin* (Perlmutt-Tauchern) zu sein. Es sei ihm ein Vergnügen, mich zu begleiten, wenn ich ihn in Massaua absetzen könne.

Ich nehme sein Angebot an, das mir nur von Vorteil zu sein scheint. Für einen Seemann scheint er mir allerdings zu elegant zu sein …

*

Mitten in der Nacht legt sich der Wind, und die Landbrise setzt ein. Ich wecke die ganze Besatzung auf, die an Deck in *tobs* eingewickelt schläft.

Als die Segel gesetzt sind, geht der Warsengeli Mohamed Mussa ans Steuerrad und singt, um nicht einzuschlafen.

»Warum wolltest du eigentlich in Eïd nicht an Land gehen?«, frage ich ihn. »Die Leute dort sind nichts weiter als arme Teufel.«

»Oh, das ist eine alte Geschichte, die mein Vater mir erzählt hat, denn der wäre dort fast umgebracht worden.

Damals war noch keine Rede von Italienern in Massaua, und die ganze Region gehörte dem türkischen Sultan, so wie es sich für jedes von Gläubigen bewohnte Land auch nur ziemt. Mein Vater war *nacouda* einer kleinen somalischen Sambuke, wie man sie heute kaum mehr sieht, ganz ohne Nägel, nur mit Palmenfasern zusammengehalten. Die Sambuke gehörte einem Mann aus Bender Lascoraï, bei Cap Gardafui. Sie wurden von Wari-Böen erwischt und flüchteten sich nach Eïd, doch trugen sie Havarieschäden davon, und kein Zimmermann vermochte ihr Schiff zu reparieren.

Mein Vater ist ein heiliger Mann und weiß, dass man nie gegen das Schicksal angehen darf, sonst beleidigt man Gott. Da sie nicht wegkonnten, war es am vernünftigsten, nicht wahr, einfach zu bleiben, unter den bestmöglichen Bedingungen. So blieben sie also, reichlich mit Geld versehen, da sie die Ladung des Reeders verkauften. Nichts erschien ihnen natürlicher, als zu heiraten und sich vorläufig in dem Land niederzulassen. Für ihre anderen Familien in Cap Gardafui würden Gott, ihre Freunde und ihre Verwandten sorgen, bis eines Tages unerwartete Umstände sie nach Somalia zurückbringen würden.

Mein Vater und sein Cousin Djama blieben allein, da die anderen sich auf das Abenteuer einließen, mit einer Dhau in Richtung Norden mitzufahren, nach Dschidda. Sie entfernten sich so noch weiter von der somalischen Küste, doch Gott ist allmächtig. Was kann nicht alles geschehen?

Allmählich neigte der Erlös der verkauften Fracht sich dem Ende zu. Die Danakil, die ihnen für gutes Geld ihre Töchter verkauft hatten, begannen, die Somalier als Eindringlinge anzusehen, und je mehr mein Vater und mein Cousin verarmten, umso feindseliger war man ihnen gesinnt.

Man hätte sie gerne vertrieben, doch hatten sie Frauen gekauft, die zu den allerschönsten zählten, und die wollten sie nicht verlassen. Du weißt, dass die Danakil ohne Religion und Gewissen sind; sie nähen Frauen, die nicht mehr Jungfrauen sind, wieder zu, um sie einem Tölpel anzudrehen, der nicht klarsieht.

Eines Morgens hört mein Vater aus Djamas Hütte Schreie. Er läuft hin und sieht seinen Freund ganz kalt auf dem Bett liegen. Arme und Beine sind schon tot, doch in den Augen ist noch Leben. Seine Frau wehklagt so mustergültig, dass man kein Seher sein muss, um zu merken, wie sie nur spielt.

Mein Vater schließt sofort auf abessinisches Gift, denn dergleichen geschieht auch bei uns! Er tut zwar so, als glaubte er an eine Krankheit, doch von dem Beispiel gewarnt, lädt er noch am selben Abend etwas Proviant in eine Piroge und fährt damit los. Das Glück lässt ihn auf eine sudanesische Dhau stoßen, und nach einigen Abenteuern gelangt er nach Bender Lascoraï.

Dort erzählt er von seinem Ungemach, und um seine Gefährten anzustacheln, zählt er die Reichtümer auf, die bei dem Banian versteckt sind, denn jener rafft seit zehn Jahren sämtliche Perlen an sich.

Vier Dhaus mit fünfzig Kriegern setzen unter Führung meines Vaters Segel.«

»Um seinen Cousin zu rächen oder um dem Banian einen Besuch abzustatten?«

»Um seinen Cousin zu rächen, aber da bei jedem Krieg auch Beute abfällt, war es durchaus legitim, an den Banian zu denken.

Sie kamen in der Nacht an, und dank meinem Vater, der lange dort gelebt hatte, gingen sie in einiger Entfernung von dem Dorf an Land, marschierten die Küste entlang, um niemandem zu begegnen, und verteilten sich geräuschlos über das ganze Dorf. Vor jeder Hütte stellte sich ein Krieger auf, und auf ein Signal hin stießen sie allesamt den schrecklichen Kriegsruf der Danakil aus. Natürlich kamen die Männer schlaftrunken aus ihren Hütten heraus. Auf ihrer eigenen Türschwelle wurde ihnen die Kehle durchschnitten, die anderen ergriffen entsetzt die Flucht. Mehr als hundert Danakil wurden getötet oder kamen kaum besser davon, denn ob sie nun leben oder nicht, als Verstümmelte sind es keine Männer mehr.«

»Verstümmelt? Wie?«

»Nun ja, man darf einen Feind, sei er tot oder lebendig, nicht ganz lassen. Wenn wir so etwas abschneiden, werfen wir es fort, den Ameisen zum Fraß, die Danakil aber machen sich Armreife daraus. Wilde sind das.«

»Ach so … Erzähl weiter.«

»Jeder nahm sich dann eine Frau, die keinen Gatten mehr hatte, als eine Art Entschädigung, und als Souvenir. Du hast ja gesehen, dass die Menschen hier nicht aussehen wie die anderen Danakil, sie haben nämlich Warsengeli-Blut.« Mohamed Mussa ist sichtlich stolz auf diese Heldentat.

»Und der Banian?«

»Ach, an den hatten sie schon gedacht, aber diese Leute kommen ja schon mit Angst im Bauch auf die Welt, und so hat er sich davongemacht, mit den Perlen wahrscheinlich, denn gefunden wurden sie nicht, so sagt es zumindest mein Vater. Der Laden von dem Kerl ist natürlich geplündert worden. Die Schiffe wurden so vollgeladen, wie es nur ging. Mein Vater hat seine dortige Frau wieder genommen, die schon zugenäht war. Er konnte sie also zu einem guten Preis verkaufen, denn sie war sehr schön. Sie ist vor Kurzem gestorben, nachdem sie dem Sultan von Midgerten vier Kinder geschenkt hatte. An den hatte mein Vater sie als Jungfrau verkauft, für fünfzig Kamelstuten. Das alles beweist, dass man sich Gott nicht widersetzen, sondern sich ohne Murren in sein Schicksal fügen soll.«

»Und haben die Danakil auf diese Expedition nicht reagiert?«

»O doch, am nächsten Morgen sind über tausend von ihnen aus den Bergen heruntergekommen, aber da waren die Dhaus schon auf dem Meer. Du begreifst also, dass seither die Warsengelis hier nicht sonderlich beliebt sind, und da ich der Sohn meines Vaters bin …« Und friedlich singt er weiter.

Während dieser Geschichte hat der Himmel zu grauen begonnen, und der Schiffsjunge bringt mir meinen Kaffee, den ich gerne zu dieser unbestimmten Stunde trinke, zwischen Nacht und Tag. Der Wind hat sich gelegt, doch hebt und senkt uns eine starke Dünung. Sie kommt aus Süden, was beweist, dass bald der Wind wieder auffrischen wird.

Mir fällt auf, dass unser famoser Lotse sich abseits hält. Er liegt ganz vorne auf dem Schandeck und sieht aufs Meer hinaus. An den Krämpfen, von denen sein ganzer Körper periodisch geschüttelt wird, erkenne ich recht gut, was für Beobachtungen er da anstellt. Bei jemandem, der so erfahren ist, wie er es von sich behauptet, ist Seekrankheit doch recht ungewöhnlich.

Ich hege den Verdacht, dass er sich als ehemaliger *nacouda* ausgegeben hat, um sich kostenlos befördern zu lassen. Selbstverständlich wird an Bord reichlich gewitzelt über seine Unpässlichkeit, die ihm zufolge von ganz anderem herrührt als vom Meer.

Ich werfe einen Blick auf die Seekarte und stelle ihm dann ein paar Fragen, dir mir rasch bestätigen, dass der Mann noch nie anders zur See gefahren ist denn als Passagier, wenn überhaupt. Ich lasse ihn im Vorschiff unter Deck bringen, eine schöne Vorzugsbehandlung für Seekranke. Da sein Mageninhalt bereits über Bord gegangen ist, kümmere ich mich kaum mehr um das Gurgeln und Röcheln, dem er sich noch fruchtlos hingibt. Wird er seine Gedärme herauswürgen? Ich schließe die Luke, um ihn nicht mehr hören zu müssen.

Mächtig bläst nun der Wind heran. Eine Meile hinter uns lärmt schon das Meer, und ein paar Minuten später trägt es uns davon.

Wir fahren in das Dahlak-Archipel ein. Links und rechts ziehen flache Inseln an uns vorbei, die ich auf der Karte sorgsam registriere, um meinen Kurs zu bestimmen, denn nicht überall kann man hier passieren. Manche Inseln sind durch Untiefen miteinander verbunden, und knapp unter der Oberfläche können Felsen lauern. Hätten wir die Sonne vor uns, würden diese Gefahren mir vielleicht entgehen.

Bei so schlechter Sicht ist mir die Gegend zu bedrohlich, und ich beschließe, einen Ankerplatz für die Nacht zu suchen. Die Bucht von Anfila scheint mir geeignet, und dort werde ich vermutlich auch Feuerholz finden. Es ist zwar noch früh, doch möchte ich lieber sicher vor Anker liegen, als inmitten dieser heimtückischen Riffs von der Nacht überrascht zu werden.

Es liegt dort bereits eine Dhau, was mir anzeigt, wo ich selbst am besten ankere. Das Schiff ist ein paar Kabellängen vom Ufer entfernt, und als wir uns nähern, registriere ich unter den Menschen am Strand eine gewisse Panik. Sie versuchen, so schnell wie möglich wieder an Bord zu kommen. Seit wir in der dünungsfreien Bucht dahinfahren, hat mein Pseudo-Lotse wieder seine Sinne beisammen. Ich frage ihn, was die Aufregung zu bedeuten hat. Er setzt ein verlegenes Lächeln auf und schwenkt dann mit ausladenden Bewegungen seinen *chama*, ein Tuch aus handgewebtem Baumwollstoff. Das scheint die Leute auf der Dhau zu beruhigen, die schon die Rute hochzogen, um sie auf die richtige Seite des Mastes zu bringen und ablegen zu können.

Wir ankern hundert Meter von ihnen entfernt und rufen den üblichen Gruß hinüber. Aus kräftigen Brustkästen wird der Ruf erwidert.

»Das ist ein Freund von mir«, sagt der Dankali.

»Was hat ihn so erschreckt?«

»Er hat wohl gedacht, du seist ein italienischer *daoueri*, wegen deiner dreifarbigen Flagge und dem grauen Schiff.«

Mohamed Mussa flüstert mir zu: »Sklaven.« Wie beiläufig sage ich daraufhin zu dem Dankali: »Er hat wohl Sklaven an Bord. Sag ihm, dass er nichts befürchten muss.«

Der Pseudo-Lotse sieht mich entgeistert an und versucht zu leugnen. Er ist sichtlich verwirrt.

Während dieses kleinen Dialogs wird vom Nachbarschiff eine Piroge zu Wasser gelassen, und der mit seinem schönsten Turban geschmückte *nacouda* macht mir seine Aufwartung, vermutlich, um einem Besuch meinerseits zuvorzukommen. Es ist ein Dankali mit viel Araberblut, also ziemlich heller Haut. Er stammt aus der Gegend von Obock und heißt Cheik Issa. Von mir hat er schon gehört. Die Männer, die ihn begleiten, kennen auch meine Leute. Das Eis ist gebrochen. Cheik Issa beruhigt nun seinerseits meinen angeblichen Lotsen, der schon ganz grau ist vor Angst (Schwarze erröten nicht, sondern werden grau).

Cheik Issa ist ein Mann um die vierzig und von energischer, nobler Ausstrahlung. Bei jeder seiner Gesten sieht man ihm den Chef an. Seine dunkelbraunen Augen sind mit Einsprengseln übersät, was seinem Blick eine seltsame Tiefe verleiht. Manchmal entspannt sich urplötzlich sein wie aus Hartholz geschnitztes Gesicht zum Anflug eines Lächelns, und aus all der Wildheit heraus strahlt ein Ausdruck der Güte.

»Hab keine Angst, Burhan«, sagt er zu meinem Passagier, »bei dem, der dich an Bord genommen hat, bist du zu Gast. Er zählt nicht zu denen, die einen verraten, ich kenne ihn.«

Burhan verschweigt, dass er zu mir an Bord gekommen ist, indem er mir eine dumme Geschichte erzählt hat.

»Ja«, sage ich, »er ist als *rouban* mitgekommen, doch wäre er fast an Seekrankheit gestorben. Seine Gedärme sind zum Glück gut fest angebracht.«

Cheik Issa lacht herzlich auf und sagt: »Er hatte Angst, mit mir mitzufahren, und jetzt hat Gott uns wieder zusammengeführt.«

Ich erfahre, dass die beiden Geschäftspartner sind und gemeinsam einen kleinen Sklavenkonvoi nach Medi an der jemenitischen Küste bringen.

Burhan hatte die Karawane einen halben Tagesmarsch vom Meer entfernt zurückgelassen und war nach Eïd gefahren, um an der Küste auszukundschaften, ob nicht Gefahr drohe. Nach Medi sollte er mit einer von Massaua auslaufenden Dhau zurückkehren, sodass Cheik Issa die Risiken der Sklavenaufnahme und der Überfahrt allein zu tragen hatte.

»Und du, wo fährst du hin, und was hast du vor?«, fragt mich Cheik Issa.

Ich erzähle ihm von meinem Vorhaben, Perlen zu fischen.

Er kennt sich mit dem Gewerbe aus und gibt mir ausgezeichnete Ratschläge. »Wenn du nach Dahlak fährst, wirst du in Djemele auf Saïd Ali treffen. Er ist ein sehr reicher Mann, dem ich mehrfach Dienste geleistet habe. Trotzdem bin ich sein Freund geblieben, was für ihn spricht, denn recht selten sind die Menschen, in deren Herz Dankbarkeit wohnen kann, ohne dass eine Viper sich darin einnistet.

Er besitzt mehr echte Perlen als die Geister der Meere. Wenn du ihn auf mich ansprichst, wird er sie dir zeigen und dir vielleicht so manches Nützliche sagen.

Weißt du aber, dass du wie der Mann bist, der, ohne es zu wissen, den Schlüssel zu einem Schatz bei sich trug, den er am anderen Ende der Welt suchte? Du willst doch Perlen fischen, um damit Geld zu verdienen, nicht wahr?«

»Ja und nein. Ich will vor allem hinaus ins Unbekannte, will tun, was mir gefällt, und ein freies Leben führen, wie nur das Meer es bieten kann.«

»Dann ist es etwas anderes. Du könntest aber auch aufs Meer hinaus und dabei Waffen transportieren, wie man sie in Dschibuti verkauft. Die Leute kommen von weit her, um welche zu kaufen, und da deine Regierung damit handelt, gehst du kein Risiko ein.«

»Vielleicht werde ich einmal so etwas tun, falls nicht gelingt, was ich mir vorgenommen habe. Wir sehen uns wohl wieder?«

»Ja, in Tadschura, wo ich ein Haus und Kinder habe, oder in Arabien, in Dubala, wo ich auch eine Familie habe, oder irgendwo sonst, denn jeder kennt mich, und ich bin nie am selben Ort.«

Ich wage den Vorschlag, ihn an Bord zurückzubegleiten.

»Ja, aber komm allein.«

Ich zögere nicht.

Sein Schiff ist eine nur sieben oder acht Tonnen schwere *zaroug*, auf deren Heck vier Araber ungezwungen Wasserpfeife rauchen. Unter ihrem Teppich mache ich die Formen mehrerer Gewehre aus, bestimmt Mauser Repetierbüchsen, denn eine solche sehe ich am Mast lehnen. Ich suche aber die Sklaven.

Cheik Issa bemerkt meinen Blick und weiß gleich Bescheid. »Sie sind an Land. Es sind Frauen, und sie müssen sich jeden Tag ausruhen, wenn es geht.« Es ist vor allem eine Vorsichtsmaßnahme, wie ich sofort begreife. Im Falle einer bösen Überraschung fährt das Schiff aufs Meer hinaus, lässt sich gegebenenfalls auch verfolgen, und indessen wird das Trüppchen von den an Land verbliebenen Männern an einen sicheren Ort verbracht.

»Ich habe nur acht«, fährt Cheik Issa fort, »aber von hohem Wert.«

Eine Piroge bringt von der Küste eine Ladung Holz. Vier athletische Sudanesen sitzen darin, einer davon trägt einen Karabiner. Auch sie sind Sklaven, doch gehören sie zur Besatzung. Cheik Issa hat sie großgezogen, und sie verehren ihn wie einen Gott.

Ich frage mich, wie auf dem Gefährt alle Platz finden können. In einer Art Achterkastell befindet sich eine ziemlich geräumige, mit Matten ausgelegte Nische. Ich vermute sehr, dass dort die menschliche Ladung untergebracht wird. So kann man ein anderes Schiff kreuzen, ohne Verdacht zu erregen. Mir fallen auch der hohe Mast des kleinen Schiffes und die drei Meter nach hinten hinausragende Rute auf; dies lässt auf eine gewaltige Segelfläche schließen. Dagegen kaum Ballast, um dies auszugleichen, und nur geringe Breite am Hauptspant. Das ganze Geheimnis besteht in einer gut geschulten Besatzung, die sich zur Aufrechterhaltung des Gleichgewichts auf der Luvseite in der Takelage verteilt; bis zu sechs Mann hängen sie hoch über dem Meer im Nichts. Es versteht sich, dass unter solchen Bedingungen das Schiff fast ohne Abdrift über die Wellen saust.

Ein englischer Offizier hat mir erzählt, mit seinem Schiff, einer zwölf Knoten schnellen umgebauten Yacht, habe er einmal drei Tage lang eine solche kleine *zaroug* verfolgt, bis sie ihm in der letzten Nacht in eine Riffzone entwischt war.

Zu gerne hätte ich die acht schönen Frauen gesehen, doch Cheik Issa scheint nicht geneigt, sie mir zu zeigen. Sollte ich danach fragen, würde ich als neugierig gelten, und es entspricht nicht orientalischer Würde, dass ein erwachsener Mann irgendwie Anstalten macht, fremde Frauen anzusehen.

So kehre ich auf unser friedliches Schiff zurück, und es erscheint mir auf einmal recht bieder im Vergleich zu der kriegsgerüsteten *zaroug*, die ihre Albatrosflügel ausbreiten wird, um auf Abenteuerfahrt zu gehen. Was hätte ich alles gegeben, um mitfahren zu können.

In der Nacht höre ich Gelächter und spitze Schreie, die rasch unterdrückt werden; die Sklavinnen gehen an Bord. Meiner Fantasie wären Kettengerassel und Stöhnen lieber gewesen.

Vom Fallblock höre ich das rhythmische Knarren der Taue, dann geht das lange Segeldreieck hoch; gespenstisch still gleitet das Schiff dahin und wird von der Nacht verschluckt.

Ich weiß nicht, was Cheik Issa und Burhan vereinbart haben, aber Letzterer erklärt mir, er wolle auf Howakil an Land gehen, wo er angeblich wohnt. Ich glaube ihm kein Wort, bin aber froh, den unnützen Esser loszuwerden. Was danach mit ihm geschieht, soll mich nicht kümmern.

Wir erreichen eine flache, stark bewaldete Küste, die zum Ankern höchst ungeeignet scheint, da Wind und Brandung ausgesetzt. Mein Dankali behauptet, Dhaus könnten dort in Sicherheit vor Anker gehen, was mich sehr überrascht. Dennoch wage ich es, näher heranzusegeln, bis ich in drei Kabellängen die gelbe Linie des Küstenriffs erblicke. Geböte auch die Vorsicht, sofort umzukehren, gehe ich doch vor Anker. Das Wasser ist nicht tief. Ohne einen Augenblick zu verlieren, befördere ich den Dankali und seine Bündel – denn Gepäck hat er auch noch – in eine Piroge, in der zwei Mann sofort lospaddeln. An der Riffkante werden sie seitlich von einer großen Welle erwischt. Alles verschwindet im Meeresschaum, taucht aber gleich wieder auf. Mit trüber Miene planscht der prächtige Dankali im Wasser herum; zum Glück kann er auf dem Riff stehen und sein herumtreibendes Gepäck aufsammeln. Ich sehe ihn als gerettet an und rufe die Piroge zurück. Es ist höchste Zeit, denn genau wie in Kadali hält wegen des flachen, felsigen Grundes der Anker nicht. Wer sich auskennt, wird leicht begreifen, wie kritisch es ist, wenn man vom Wind auf ein nur fünfzig Meter entferntes Riff zugetrieben wird.

Wenn beim Hieven des Ankers das Schiff auf die falsche Windseite gerät, sind wir unwiderruflich verloren. So versuche ich ein ausgefallenes Manöver, mache die Halteleine in der Schiffsmitte fest und setze das Segel, bevor der Anker schliert. Das Schiff wird vom Wind auf eine Seite gedrückt, treibt zunächst ab und berührt beinahe das Riff, dann kommt es plötzlich in Fahrt, richtet sich auf und segelt endlich aufs Meer hinaus. Erst jetzt sehe ich wieder zu dem Dankali hinüber, der über den unebenen Riffgrund stolpernd mühsam ans Ufer gelangt. So schnell wird er nicht vergessen, wie er hier an Land gegangen ist.

Wir sind in der Fahrrinne von Massaua, südlich der Großen Dahlak-Insel, die wir aufgrund unserer Entfernung noch nicht sehen können.

Vor uns haben wir ein grünes Gewölbe, es ist die Insel Umm Namus (Mutter der Mücken). Beim Näherkommen sehe ich auf dem flachen Terrain ein Mangrovenwäldchen. Das Innere der

Insel besteht aus einer Art Sumpf, und die Wipfel der Mangroven darum herum bilden das von Weitem sichtbare Gewölbe. Es wimmelt darunter von Riesenmücken, die nachts in Schwärmen ausfliegen. Zur Zeit der Türken soll man auf der Insel Verurteilte ausgesetzt haben, die von den schrecklichen Insekten zu Tode gesaugt wurden.

Aus der Nähe sehen wir, dass die Äste voller weißer Pakete hängen, und auf einmal fliegen schwerfällige Vögel auf; es sind Pelikane, die zu dieser Jahreszeit hier nisten. Ich muss beidrehen, damit meine Leute aus den Nestern Pelikanjunge klauben können, eine Delikatesse angeblich.

Ich bleibe an Bord, da wir nicht geankert haben und aufkommender Wind jederzeit ein Manöver erfordern kann.

Die Ankunft meiner Matrosen wird durch lautes Flügelschlagen und aufgeschreckt über der Insel kreisende Vögel quittiert. Nach rascher, üppiger Ernte kehrt die Piroge mit einer Ladung unförmiger, kaum beflaumter, an ihrem riesigen Kehlsack aber doch identifizierbarer Vögel zurück.

Sie werden auf Deck geworfen, wo sie auf ihren breiten Flossenfüßen herumwackeln, als müssten sie stets das Gewicht des riesigen Schnabels ausgleichen.

Zum Mittagessen bringt mir der Schiffsjunge ein in der *moufa* gebratenes Exemplar davon. Schmeckt gar nicht so schlecht, ein wenig nach Fisch, aber nur ein kleines bisschen. Ich esse aber doch lieber eine gekochte Kartoffel.

Die Männer, die an Land waren, sind mit Quaddeln übersät. Sie berichten mir, die Mücken seien groß wie Heuschrecken. Ein andermal werde ich mir das selbst ansehen.

Es ist schönes Wetter, und die Brise scheint nachzulassen, um uns eine ruhige Nacht zu bescheren. Wir befinden uns ohnehin in einer Flautenregion, da der Südwind kaum in den Archipel eindringt, der sich der Länge und der Breite nach über hundert Meilen erstreckt.

Ich verbringe die Nacht lieber vor Anker, als den Strömungen ausgeliefert dahinzutreiben, zwischen den Sternen und ihrem Widerschein. Man denkt dann an stille Riffs, die unter der herrlich glitzernden Oberfläche irgendwo lauern, und dieser Gedanke bringt einen um den Schlaf.

Ich fahre an eine flache, bewaldet erscheinende Insel heran und ankere im seichten Wasser. Die Sonne wird erst in einer guten Stunde hinter dem großen Asmara-Massiv untergehen, und so kann ich mir an Land noch die Beine vertreten. Die Insel heißt Dellemi. Wie alle anderen ragt sie steil aus dem Meer und wölbt sich als Halbrund in vier, fünf Metern Höhe über dem Wasser. Stellenweise ist dieser Felsvorsprung unterbrochen, und dann zieht sich ein sehr weißer Strand bis zum Meer. Auf einen dieser Strände ziehen wir die Piroge, sehr zum Missfallen von Kneifkrabben, die in dichten Verbänden vor uns flüchten.

Nur wenige Meter vom Wasser entfernt ist der Boden bereits von kurzem grünem Gras bedeckt, da diese sehr geschützte Stelle keinerlei Brandung erreicht. Nach etwa zwanzig Schritten sind wir verblüfft über die üppige Vegetation um uns herum, denn das Gras reicht uns bereits bis zum Knie. Wir stehen auf einer wahrhaftigen Wiese, aus echtem Gras, und nicht einer jener enttäuschenden Imitationen, wie manche Wasserpflanzen und Algen sie hervorbringen.

Gierig saugen wir den berauschenden Vegetationsduft ein. Die Bäume – echte Bäume, nicht die ewigen Mangroven – sind voller gelber und grüner Papageien und zutraulicher Goldbrüstchen, die uns umschwirren wie große Fliegen. Aus Grashalmen geflochtene Nester schaukeln an den Zweigen wie Früchte. Ich bin sprachlos und glaube zu träumen. Lachend und vor Freude schreiend, laufen wir los wie die Verrückten. Überall Wiesen, Klee, Luzerne. Beim Anblick von Klatschmohn gerate ich in wahre Verzückung, und beinahe wäre ich gerührt in Tränen ausgebrochen.

Man muss durch dieses vulkangespickte, lavabedeckte, windumtoste höllische Land gezogen sein; man muss ganz weiß geworden sein vom Salz auf der Haut getrockneter Gischt; man muss zutiefst durchdrungen sein vom feindlichen Horror dieser leblosen Natur, in der die nackten Elemente ohne Unterlass aneinanderprallen und sich bekämpfen; man muss empfunden haben, wie klein wir inmitten entfesselter Kräfte sind; nur dann kann es einen so sehr freuen, wieder Leben zu sehen.

Auch der Rest meiner Leute geht an Land, und sie empfinden alle in ihrer urwüchsigen Seele die gleichen Gefühle, die ich in der meinen auslote. Sie vollführen einen ausgelassenen Tanz, wälzen sich im Gras und erklären, dass sie hierbleiben wollen.

Zwischen Baumgruppen weiden gemächlich Ziegen und Kühe. Es sind Herden auf dem Heimweg, die sich frei bewegen, ganz ohne Hüter. In der Hoffnung, auf Behausungen zu stoßen, folgen wir ihnen. Mein räuberisches Matrosenvolk macht sich auch schon über Ziegen mit prall gefüllten Eutern her. Während einer das Tier an den Hörnern festhält, legt der andere sich darunter und saugt wie ein junger Faun. Ich muss über das Schauspiel lachen und bringe es nicht über mich, die Dieberei zu unterbinden, so natürlich wirkt auf mich diese Szene wie aus einem Goldenen Zeitalter. Ich schreite erst ein, als es darangeht, Gefäße herbeizuschaffen, um das allzu primitive Verfahren zu industrialisieren. Man muss doch an die Rechte der legitimen Besitzer denken, auch wenn die schöne Illusion daran Schaden nimmt.

Inmitten einer recht weiten Lichtung stehen aus dem Boden Frauenkörper heraus. Es ist eine Wasserstelle, ein breites zylinderförmiges Loch, aus dem eine Frau, fast nackt, nur eine Ziegenhaut um die Hüften, mit einem Ledersack Wasser schöpft und es an die Umstehenden weiterreicht. Ihr hübscher brauner Körper trieft vor Wasser, an den Armen glitzern große Reife. Anmutig blickt sie zu uns auf. Ihr leicht dreieckiges Gesicht ist von langen Zöpfen umrahmt, in der Art der Frisur, wie man sie auf ägyptischen Fresken sieht, oder an der Sphinx von Gizeh.

Die Mädchen rund um den Brunnen gießen das Wasser in kleine irdene Tränken, in welche die nun von allen Seiten herbeilaufenden Tiere gierig ihre Schnauzen tauchen.

Ich bin so einfach gewandet, wie das Klima es gebietet, in einen Lendenschurz nämlich und einen Turban, der meine Haare bedeckt. Dergestalt bin ich kein Bild des Schreckens und kann diese archaische Szene beobachten, ohne sie zu stören. Mehrere meiner Männer sprechen Dankali, und die halb nackten Mädchen, die uns ohne jede Scham ihre kleinen Brüste entgegenstrecken, schenken uns zu trinken ein. Nicht dass wir Durst hätten, doch gehört es sich so, und es gibt uns Gelegenheit, uns unter redlichem Vorwand diesen schönen Körpern zu nähern.

Das Dorf ist etwas weiter weg, auf der anderen Seite der Insel, ein Dutzend Basthütten, wie wir sie schon auf Eïd gesehen haben. Dort zerstoßen andere Frauen in ausgehöhlten Baumstämmen Durra oder kneten ihn auf flachen Steinen zu Teig.

Die Menschen auf der Insel gehören einer einzigen Familie an, angeführt von einem alten Dankali, dem Sippenältesten, der vor seiner Hütte sitzt und an einer Gebetskette dreht, vor sich eine *magmara*, ein irdenes Pfännchen, in dem etwas Weihrauch glüht. Ich biete ihm Tabakblätter an, die den Danakil ebenso viel bedeuten wie den seefahrenden Sudanesen.

Eine Frau mittleren Alters, aber noch von großer Schönheit, bringt uns kleine Tontassen, in die sie aus einem rauchgeschwärzten Krug *kecher* eingießt, mit Ingwer gewürzten Rindenkaffee.

Der alte Dankali nimmt seinen Kautabak aus dem Mund, steckt ihn sich nach Landessitte hinters Ohr, spült sich den Mund aus und spuckt geräuschvoll über seine Schulter hinweg. Schweigend trinken wir.

Ich muss ihm sagen, woher ich komme, wohin ich fahre, und so weiter. Ich erfahre, dass alle Männer hier Taucher oder zumindest Perlmuttfischer sind. Ihre Arbeit besteht im Fang von Meeresschnecken, die man bei Ebbe in höchstens einem Meter Tiefe erwischt. Auch finden sie manchmal kleine Souffluren, wie in Eïd.

Nicht alles Vieh auf der Insel gehört ihnen; sie hüten auch fremdes, das ihnen zwei Mal im Jahr vom Festland gebracht wird, dank der Ebbe der Tagundnachtgleichen, die für einige Stunden lang die Passage über einen Riffgrat möglich macht.

Für den nächsten Morgen wird mir Milch und ein Zicklein

versprochen, das man mir an den Strand bringt. Wir gehen an Bord, und ich muss die Piroge an Bord hieven, um sicherzugehen, dass meine Männer in der Nacht nicht an Land gehen. Umsonst; ich höre, wie sie ins Wasser gleiten und davonschwimmen. Sie möchten ihr Glück bei jenen Mädchen versuchen, die sich angeblich nicht zieren. Ich schlafe ein, den Kopf voller Träume.

Dicke, lauwarme Tropfen wecken mich auf. Der Himmel ist schwarz, und auf das Wasser prasselt ein heftiger Schauer hernieder. Die auf Deck liegenden Bündel rühren sich, und aus jedem kriecht ein völlig nackter Mann hervor und flüchtet sich irgendwohin. Mit einem solchen Guss habe ich im regenarmen Bab el-Mandeb nicht gerechnet und muss es nun so halten wie die Danakil, nämlich den Regen über mich ergehen lassen und zum Trocknen auf Sonne warten.

Mich friert beinahe, denn die Luft aus den Bergen fährt mir kalt in die nassen Kleider. Der Himmel ist schnell wieder klar. Ich wecke den Schiffsjungen auf und lasse ihn ein Feuer anzünden und Kaffee kochen. Die Sonne ist mir höchst willkommen an jenem Morgen. Nachdem ich im Tausch gegen Tabak eine Ziegenhaut voll Milch bekommen habe, laufen wir aus, um am Abend in Massaua zu sein.

Die Vegetation auf der Insel erkläre ich mir durch die Nähe der bis zu viertausend Meter hohen Asmara-Berge. In allen Buchten von Massaua und im Dahlak-Archipel ist das Wasser sehr warm, und ab Sonnenuntergang herrscht dort wenig Wind. Die vom Meer aufsteigenden Dampfmassen verdichten sich im Kontakt mit der nachts von den Bergen herabsteigenden kühlen Luft. So kommt es zu häufigem Regen und ergiebigem Tau.

Meine Matrosen erzählen mir von ihren Eroberungen, doch glaube ich, sind diese auf Kosten von alten Frauen gegangen …

4

Die Perleninsel Dahlak

Auf Massaua werde ich nicht im Detail eingehen; andere haben diesen von den Ägyptern der Khediven ausgebauten großen Naturhafen schon beschrieben. Er wird von Passagierschiffen angelaufen. »Kolonie« eben.

Mir macht die feuchte Hitze zu schaffen, die bis zehn Uhr morgens fürchterlich ist. Die danach einsetzende Meeresbrise macht das Leben tagsüber erträglich.

Meine Dhau liegt zwischen hundert anderen am Kai vor Anker; fast alle gehören Perlmuttfischern. Die Einheimischen sind höchst erstaunt über meine Gegenwart, und sämtliche arabischen Makler, die *dallai*, erkundigen sich bei mir, ob ich nicht Perlen kaufen oder verkaufen will. Ich gebe mich als durchreisender Käufer, und man zeigt mir die entsprechende Ware. Ich bin absolut unerfahren und verhalte mich zurückhaltend, um meine Unwissenheit zu kaschieren.

Am Kai steht ein von wohlhabenden Arabern umgebener eleganter Herr. Er spricht mich an und fragt mich, ob ich Franzose bin. Ich fahre direkt an den Kai heran, worauf er in mein Boot steigt und sich vorstellt.

»Ich bin auch Franzose und heiße Schouchana.«

»Schou… wie bitte?«

»Schou-cha-na, Jacques Schouchana.«

»Ach so! Und aus welcher Gegend?«

»Na, aus Paris.«

»Natürlich. Ihr Name hört sich aber nicht nach der Umgegend von Paris an.«

»Eigentlich bin ich Tunesier, meine Familie ist in Alexandria, aber ich habe immer in Paris gewohnt, vor allem in Montmartre, dort komme ich gerade her.«

Er hört sich an wie ein Levantiner aus Smyrna oder Kairo, und aussehen tut er völlig israelitisch. Das versucht er auch gar nicht zu verbergen; nicht, weil es schwierig wäre, sondern weil er keinerlei Unehre darin sieht; ein Umstand, der ihn mir sympathisch macht.

Er wurde von Rosenthal geschickt, um Perlen zu kaufen, und macht Geschäfte in Millionenumfang. Rasch freunden wir uns an, als ob wir uns seit zehn Jahren kennten. Er nennt mich Henry und ich ihn Jacques. Wir gehen an Land, zu ihm nach Hause. Er wohnt in einem arabischen Haus, oder kampiert dort vielmehr, denn in Massaua verbringt er nur zwei, drei Monate im Jahr.

Ich gestehe ihm, dass ich von Perlen nicht das Geringste verstehe, aber dennoch nach ihnen fischen will.

Als praktisch veranlagter Mensch ist er der Ansicht, dass ich ihm sehr nützlich sein kann, indem ich ihm auf den Dahlak-Inseln den Perlenankauf erleichtere, und so schlägt er mir vor, ihn ein paar Tage lang zu begleiten, wenn er die Perlen begutachtet, die ihm angeboten werden.

Bei einer so günstigen Gelegenheit gibt es für mich kein Zögern.

Am folgenden Tag treffe ich ihn bei sich zu Hause an, in einem weiten jüdischen Gewand und Babuschen. Gut gelaunt lässt er mir ein bombastisches Frühstück servieren, mit Früchten, für die er ein Vermögen bezahlt. Macht ein Jude sich daran, großzügig zu sein, ist er von grenzenloser Verschwendung; sobald es aber ans Geschäft geht, verteidigt er seine Interessen mit verwirrender Verbissenheit.

Auf dem Tisch liegt ein grünes Tuch aus, mit diversen Instrumenten darauf: Präzisionswaage, Sieb, Kaliberprüfgerät, Pinzetten, Lupen, und so weiter. »Nehmen Sie Platz, hier habe ich einen Satz Perlen, gestern gekauft, die werde ich vor Ihnen sortieren.«

Ich lerne dabei, was ich mir sonst in Jahren hätte mühsam aneignen müssen. Während der Arbeit tritt ein Einheimischer ein, ein Makler, der Verkäufer mitbringt. Es sind ein alter Araber, wohl der *nacouda*, und zwei Besatzungsmitglieder.

Zuerst wird Tee serviert, man spricht über alles Mögliche, ausgenommen über Perlen. Nach einer Weile stellt Schouchana seine Frage, aber so, als ob man die genauen Worte nicht aussprechen dürfte.

»Hast du etwas?«

Wortlos zieht der alte Araber aus seinem Gürtel das traditionelle rote Tuch heraus, das ein Paket von der Größe eines Eis enthält. Mit andächtiger Miene streckt er es Schouchana entgegen; seine beiden Kompagnons rücken näher heran. In diesem blutroten kleinen Tuch steckt drin, was vielleicht fünfzig arme Teufel innerhalb eines Jahres unter größten Mühen zusammengebracht haben, einige davon um den Preis ihres Lebens oder unheilbarer Gebrechen. Ich verstehe sehr wohl die unbewusste Anspannung, die diese Menschen still werden lässt, wenn sie ihren kleinen Schatz jenem Fremden übergeben, der gleich sprechen wird.

Mit der gleichgültigen Miene eines vom Metier abgestumpften Mannes öffnet Schouchana das Säckchen, besieht sich eine Weile mit kaum merklich verzogenem Mundwinkel dessen Inhalt und zögert dann, ob er das Säckchen wieder zumachen oder die Perlen genauer untersuchen soll. Gekonnt hält er diese Ungewissheit aufrecht, bis der Makler sagt:

»Aber sieh doch, da sind herrliche Perlen, Bilbil aus sehr tiefer See.«

»Ha! Du würdest mir Ziegendreck bringen und immer noch behaupten, er sei wunderbar.«

Auf diesen Scherz hin leert er die Perlen auf das grüne Tuch und verteilt sie mit einem silbernen Spatel.

Die drei Augenpaare lassen das Tuch und die Hände meines Freundes nicht mehr los; man könnte meinen, auf dem Tuch sei ihr Blut.

Ich wiederum bin fasziniert von den herrlichen Farben dieser Perlen der verschiedensten Kaliber. Derart vereint, bringen sie sich gegenseitig zur Geltung, und alle wirken gleichmäßig; sogar ihr Farbschimmer, der Orient, vervielfältigt sich.

Kühl wird aber nun sortiert. Die runden, die barocken und die Button-Perlen werden jeweils abgesondert und danach der Perlenstaub ausgesiebt, aus dem die Orientalen Khol zur Behandlung und Schwärzung der Lider herstellen.

Es wird gewogen, gerechnet, was ich aufmerksam beobachte. Als seine Meinung gefällt ist, fragt Schouchana: »Wie viel?«

»Zwanzigtausend Rupien«, erwidert der *nacouda.* Etwa zweitausend Pfund Sterling.

»Hundert Pfund«, entgegnet Schouchana ungerührt.

Die Diskussion ist eröffnet, bei einem Verhältnis von eins zu zwanzig zwischen Angebot und Nachfrage!

Nach zwei Stunden sind die beiden Parteien kaum von der Stelle gekommen; der *nacouda* ist auf tausendfünfhundert Pfund heruntergegangen, Schouchana hinauf auf dreihundert.

Da schaltet sich der Makler ein. Er deckt seinen ausgewickelten Turban über die Hand des Verkäufers, und zwischen den beiden verborgenen Händen beginnt ein stummer Dialog.

Hier der Schlüssel dazu: Wird ein Finger gefasst, bedeutet dies 1–10–100–1000 und so weiter, bei zwei Fingern 2–20–200 und so weiter, und so geht es bis zehn.

So lassen sich sämtliche Zahlen bis in die Dezimalen ausdrücken, doch ob es dabei um Hunderte, Tausende oder Zehntausende geht, wird vom Wert des verhandelten Gegenstandes bestimmt.

Während dieses Gestikulierens protestiert der Kunde, macht ein Gegenangebot, indem nun er die Finger des Maklers anfasst, und das dauert wieder eine halbe Stunde.

Um das geheime Angebot wissend, verhandelt der Makler auf die gleiche Weise stumm mit dem Käufer.

Als er endlich denkt, die einigende Summe gefunden zu haben, lassen Käufer und Verkäufer ihn als Schiedsrichter walten.

Er nimmt die Hand des Käufers und zwingt den Verkäufer zum Einschlagen.

»Sag: Ich verkaufe.«

Der Verkäufer wehrt ab, ziert sich, spricht aber schließlich doch die sakramentalen Worte. Der Handel ist abgeschlossen, und der Makler sagt den Preis, den er bestimmt hat. Augenblicklich wird von beiden Parteien losgeflucht.

Der Verkäufer: »Du hast mich um meine Ware bestohlen, du Dieb, Gott wird dich bestrafen, und so weiter.«

Und der Käufer: »Durch einen Verrückten wie dich werde ich in den Ruin getrieben. Möge deine Kommission dich in die Hölle bringen, und so weiter.«

Oft wird auf den unbewegt verharrenden Makler eingeschlagen, das ist so üblich. Das alles ist aber nur Komödie; sobald der Verkäufer draußen ist, lacht der Makler händereibend los.

»Diesmal hab ich ihn ganz schön drangekriegt, den alten Geizkragen, dafür kannst du mir eine schöne Belohnung geben.« Bald darauf wird er ins Café gehen, wo ihn der *nacouda* erwartet; erneutes Gelächter.

»Hast du gesehen, wie ich den vermaledeiten Juden in den Sack gesteckt habe? Er wollte nicht mehr als vierhundert Pfund zahlen, und unter uns gesagt, ist deine Ware auch nicht mehr wert, das sage ich dir als Freund, aber ich habe sechshundert aus ihm herausgekriegt.«

Für diese Arbeit bekommt der Makler ein Prozent des Verkaufswertes. Kein Geschäft kann ohne ihn getätigt werden. Schouchana hat seinen Stammmakler, der ihm hohe Einträge beschert. Die große Kunst besteht darin, beiden Parteien den Eindruck zu vermitteln, sie hätten den jeweils anderen übers Ohr gehauen.

Es gibt ortsansässige Käufer, die an Leute weiterverkaufen, die wie Schouchana jedes Jahr aus Europa anreisen. Ich lerne noch einen kennen, einen Griechen aus Mytilene namens Zanni. Er hat eine kleine Zigarettenfabrik, in der ein knappes Dutzend Einheimische im Akkord arbeitet. Er selbst sitzt vor einem mit alten Uhren vollgestellten Tisch und gibt sich als Uhrmacher.

Er schläft in einem Eckchen oder direkt auf der Straße, auf einem Tuchfetzen, und isst billigste einheimische Mahlzeiten. Kaum dreißig mag er sein. Sanftes, sympathisches Gesicht, leicht verschleierter Blick, graue Augäpfel unter langen schwarzen Wimpern. Stets bereit, einem gefällig zu sein, und tatsächlich auch sehr nützlich.

Er hegt und pflegt die Carabinieri, die sich ihm allesamt verpflichtet fühlen, wegen der tausend Nichtigkeiten, die viel bedeuten. (In Eritrea sieht man Carabinieri in einer Fülle von Funktionen, als Gerichtsschreiber, Gerichtsvollzieher, Polizisten und so weiter.)

Zanni besitzt eine Dhau, die auf Fischfang geht und deren Besatzung aus Sklaven besteht. Gehören sie ihm? Er leugnet es, doch für Angestellte scheinen sie ihm reichlich ergeben. Er hat auch ein Haus in Asmara, mit vielen Mietern darin. Niemand weiß, ob dieser kleine, stille Mann ein Millionär oder ein armer Schlucker ist.

Ohne dass ich ihn darum gebeten hätte, schickt er mir Vorräte an Bord, die er selbst gekauft hat, sodass ich fünfzig Prozent von dem spare, was ich als Fremder ansonsten hätte zahlen müssen. Nichts Serviles haftet ihm an, nichts, was mein Misstrauen erregen könnte. Er ist in jeder Hinsicht voller Takt.

Zu dritt sitzen wir in einem kleinen Hafencafé, einer Art Börse, in der man Geschäfte tätigt. Schouchana erzählt mir von Saïd Ali, dem berühmten Scheich von Dahlak. Zanni kennt ihn gut, er hat ihm, so sagt er, erst vor einem Monat eine herrliche schwarze Perle verkauft.

»Warum ihm und nicht mir?«, ruft Schouchana aus. »Er wird sie ja doch an mich weiterverkaufen.«

»Das glaube ich nicht, sie ist zu schön. Sie kommt in eines der Gefäße, in denen er seine Schätze bewahrt.«

Als er das sagt, flackert es im Blick dieses sanften Mannes seltsam auf. Unwillkürlich schwindelt mir vor den seelischen

Abgründen, die der plötzliche Glanz in seinen grauen Augen verrät.

»Und wie geht es ihm, dem alten Spinner?«, fragt Schouchana.

»Ich weiß nicht. Vor drei Monaten hat er das Krankenhaus verlassen. Ich habe lediglich gehört, dass der Arzt ihm einen Pfleger geschickt hat, der bei ihm wohnt. Na, der Arzt hat gut verdient mit ihm und bleibt ihm auf den Fersen.«

»Seine drei Söhne sollen seit dem Tod ihrer Mutter sein Haus nicht mehr betreten, weißt du, warum?«

»Du willst ihnen wohl Papas Perlen abkaufen, wenn sie mal erben?«, unterstellt ihm Zanni gutmütig lächelnd. »Einstweilen fürchtet der Vater sie, weil er krank ist. Er hat Angst, seine Söhne, die so verschwenderisch sind wie alle Söhne von Geizigen, könnten sein Ende nur allzu sehr herbeisehnen, um schnellstens den Schatz zu verflüssigen, den er mehr liebt als sein Leben. Dies ist nun mal seine Manie, die man ihm verzeihen muss, denn geizig ist er ansonsten nicht.«

»Und was machen seine Söhne, wo sind sie?«

»Sie sind hier. Den einen wirst du vermutlich später noch sehen, er kommt jeden Nachmittag hierher. Der Vater zahlt den Jungen eine bescheidene Rente, die aber jeweils sogleich weg ist, weil sie tief verschuldet sind.«

»Selbstverständlich, mit diesem Erbe finden sie leicht Kreditgeber. Was aber, wenn der Vater verkauft?«

»O, das wird er nicht!« Das klingt so überzeugt, als ob Zanni den Grund dafür wüsste. Er fühlt meinen Blick auf sich ruhen, und vielleicht liest der seltsame Mann nun seinerseits in meinen Gedanken, denn augenblicklich verbessert er sich.

»Wissen tue ich es nicht, doch warum sollte er verkaufen, es fehlt ihm an nichts. Fünfzig Boote fischen für ihn, und in Arabien hat er tausend Sklaven, die seine Felder bebauen. Seine einzige Freude ist es, die unvergleichlichen Perlen zu betrachten, die er in vierzig Jahren angehäuft hat.«

*

Da geht, unter einem Sonnenschirm, ein groß gewachsener junger Mann von reinstem arabischem Typus vorbei, im prächtigen gelb gestreiften Seidenhemd, mit mehreren Einheimischen im Gefolge. Zanni entschuldigt sich, steht auf und geht zu dem glanzvollen Spaziergänger.

»Das ist Abdallah Saïd, einer der Söhne, von denen wir sprachen. Dieser Teufel von Zanni ist immer bei ihnen.«

Ich bleibe tief beeindruckt von dem kleinen, bescheidenen Mann, der mir nun beinahe Angst macht. Die zwanzig Millionen Perlen, die in Dahlak ruhen, wecken sicher etliche Begierden, und mir scheint, der unscheinbare kleine Uhrmacher vollführt geduldig eine Wühlarbeit, die eines Tages in einer – vielleicht unbemerkten – Tragödie ihr Ende findet.

*

Ich beschließe, am nächsten Morgen weiterzufahren. Ich ersticke hier, zum einen wegen der Hitze, zum anderen wegen des Umgangs mit diesen sogenannten zivilisierten Menschen, bei denen ich nur Intrige, Neid und üble Machenschaften entdecke. Nichts wie hinaus aufs Meer!

Was mich noch aufhält, sind die Hygieneformalitäten. Der Arzt ist ein schroffer Zeitgenosse. Ich habe fünf Minuten Verspätung, da meint er, ich solle am nächsten Tag wiederkommen, und zwar gefälligst pünktlich. Höchst verärgert gehe ich hinaus, sämtliche Kolonialärzte der Welt verfluchend, da treffe ich Zanni, der auf dem Weg ins Krankenhaus ist. Beflissen wie stets nimmt er meine Gesundheitspapiere und geht zu dem schrecklichen Arzt. Er benützt eine Privattreppe, klopft an und tritt ein. Aus der Begrüßung, die ihm entgegenschallt, schließe ich, dass er sich mit dem Doktor bestens versteht. Jener ist auch wie umgewandelt, als er mit Zanni wieder herunterkommt. Er entschuldigt sich, schiebt dienstliche Notwendigkeiten vor. Da ich nach Djemele fahre, bittet er mich, dem Pfleger Saïd Alis ein Päckchen mit Medikamenten zu überbringen.

Die Art, wie die beiden sich dann die Hand schütteln und sich dabei ansehen, ist nach dem vertrauten Umgang von zuvor allzu ostentativ gleichgültig, um nicht gespielt zu sein.

*

Nicht ohne Mühe treibe ich zwei Pirogen und vier Taucher auf, die behaupten, sich vor Dahlak gut auszukennen. Mit der Dhau, auf der sie sonst jedes Jahr unterwegs sind, haben sie wegen komplizierter Familiengeschichten, auf die ich mir keinen Reim mache, nicht hinausfahren können. Djeber, Raskalla, Ali Chere und Marsal lauten ihre recht sudanesischen Namen; bei Ali Chere verweist der muslimische Vorname darauf, dass er halber Somali ist.

Sie haben einen ganz kleinen Jungen von etwa vier Jahren dabei, den Sohn von Djeber, den ich mitnehmen muss. Die Söhne von Tauchern folgen ihren Vätern aufs Meer hinaus, sobald sie alleine essen können, und sie erlernen gewissermaßen den Beruf, kaum dass sie auf der Welt sind. Ich habe Dhaus mit Tauchern gesehen, auf denen acht bis zehn Jungen im Alter von drei bis fünf Jahren waren. Obwohl es fast noch Babys sind, machen diese Kleinen sich an Bord zu schaffen und sind von unglaublicher Frühreife. Mit vier sind sie geistig so weit wie unsere Zehn- bis Zwölfjährigen. Wenn allerdings mit etwa zehn die Schädelknochen verhärten, setzt die Entwicklung aus, und sie bleiben dann ihr Leben lang Kinder.

Die Nacht ist ruhig, ich löse den Steuermann ab und bleibe allein an Deck, da der Schlaf sich nicht einstellen will. Hinter uns markiert ein Lichtlein am Horizont, wo Massaua liegt, und der Leuchtturm von Ras Madur wirft seinen regelmäßigen Strahl in den Himmel.

Ich denke an den sonderbaren Zanni und an jenen Kranken, der anscheinend trotz der Abgeschiedenheit seiner Insel in einer geheimnisvollen Falle steckt.

Dann entschließe ich mich, das Medikamentenpäckchen zu öffnen. Es kommt eine Phiole zum Vorschein, auf deren rotem

Etikett »Veleno« und darunter, von Hand geschrieben, eine Formel steht. Kein Geruch, bitterer Geschmack, ich spucke sofort ausgiebig aus und bin kaum gescheiter als zuvor.

Nach und nach ergreift mich wieder die Weite des Meeres und wischt all das Düstere fort, das nur mehr wie die vage Erinnerung an einen schlechten Traum wirkt.

Am nächsten Morgen müssen wir nach Djumele hineinrudern, um in der Bucht die paar Meilen bis zum Ankerplatz zurückzulegen, denn keinerlei Wind stört die spiegelglatte Wasserfläche. So verhält es sich im ganzen Archipel; vor zehn Uhr morgens weht kein Hauch, was die Perlmuttfischerei begünstigt, denn so lange bleibt das Wasser völlig klar.

An die zwanzig Hütten stehen am Strand entlang, und unter der Sonne liegt auf dem durchsichtigen Wasser träge ein Dutzend Dhaus, zu denen wir uns sogleich gesellen. Aus einer Hütte, auf der die italienische Flagge weht, tritt ein Einheimischer mit rotem Fes, der darauf zu warten scheint, dass wir an Land gehen. Er ist der Vertreter der Behörden und überprüft die Papiere aller eintreffenden Schiffe.

Als Erstes fragt er uns, ob wir nicht eine gen Massaua fahrende *zaroug* gesehen haben, denn es wird der Pfleger Saïd Alis erwartet, der dringend Medikamente holen soll, da es dem Kranken sehr schlecht geht. Mir fällt die Phiole ein, die ich dabeihabe. Entgegenkommenderweise besorgt mir der italienische Soldat (ein Abessinier aus Tigre) einen Esel, um mich zu Saïd Ali nach Djumele zu führen, und nicht nach Djemele, ich habe die Namen auf der Karte verwechselt und muss nun die ganze Insel durchqueren.

Wie die Nachbarinseln ist auch sie völlig flach und mit bläulichem Gebüsch und mit Doumpalmen bewachsen, deren verzweigte Stämme in den Himmel ragen. Die Hitze ist kaum erträglich.

Nach zwei Stunden Marsch sehen wir von einem länglichen Hügel aus auf die blaue Bucht von Djumele hinab, die – eingefasst in goldfarbenes Land – wie ein Edelstein wirkt. Ringsumher in der Ferne trennt das Meer uns mit der blauen Linie seines Horizonts vom Rest der Welt.

Ein Palmenhain formt einen großen dunklen Fleck. Aus jener Oase stehen die Flachdächer weißer Gebäude heraus. Mein Führer erklärt mir, dies sei der Wohnsitz Saïd Alis.

Trockenmauern umgeben kleine Gärten, in denen im Schatten der Dattelbäume Durrahirse gedeiht, vermutlich als Futter für das Milchvieh.

Chancalla-Sklaven aus Zentralafrika gießen die Gärten und holen sich das Wasser dazu aus einem Brunnen. Ein am Abhang auf und ab gehendes Kamel zieht die wassergefüllten Ledereimer hoch. Ich werfe einen Blick auf die geschwärzten und mit Moos bewachsenen Steine des uralten Brunnens. Er ist sehr tief; das Wasser liegt weit unter dem Meeresspiegel.

Es ist eine Art artesischer Brunnen. Sein Wasser kommt vom Festland und fließt gleichsam unter dem Meer hindurch. Auf mehreren Inseln wurden vor langer Zeit ähnliche Brunnen gebohrt und existieren noch heute.

Einer der Sklaven kommt zu uns und fragt uns, was wir wollen. Dann führt er uns zu einem Haus aus Trockenmauern, in dem rasch Matten ausgebreitet werden. Bald darauf erscheint ein fetter Mann undefinierbaren Alters, mit schlaffer, lederner Haut, gefolgt von splitternackten Kindern und anderen Neugierigen, vermutlich lauter Domestiken.

Der Alte ist ganz ohne Zweifel ein Eunuch, der absolute Vertrauensmann seines Herrn, dessen Geschäfte er betreibt.

Auch er fragt uns, ob wir nicht eine nach Massaua fahrende Dhau gesehen haben.

»Nein, aber der Arzt hat mir für deinen Herrn eine Medizin mitgegeben.«

Da hellt das runzelige Gesicht des alten Sklaven sich auf. Er nimmt die Phiole an sich und will sogleich weg damit, doch halte ich ihn zurück.

»Sag deinem Herrn, dass ich Arzt bin. Falls er krank ist, kann ich versuchen, ihm Linderung zu verschaffen.«

Nach knapp einer Viertelstunde kommt der Sklave in Begleitung zweier Araber mit rot gefärbten Bärten zurück. Sie begrüßen mich umständlich und erklären mir dann, woran Saïd leidet, doch bleibt dies recht unklar. Ich sage, dass ich den Mann sehen muss, um zu wissen, was ihm hilft. Einer der Araber geht hinaus, um seinen Herrn zu konsultieren. Währenddessen erzählt mir der andere, dass der Pfleger dem Herrn dreimal am Tag eine Spritze verabreicht. Dann lebe Saïd jeweils wieder auf und leide nicht mehr.

Sofort muss ich an Morphin denken.

Der Mann, der sich entfernt hatte, kommt außer Atem zurück und bedeutet mir, ihm zu folgen.

In dunklen Gängen begegnen wir Frauen, die sich, als wir vorbeikommen, an die Wand drücken und ihre nackte Brust bedecken. Es sind Arbeitssklavinnen. An einem Vorhang bleibe ich stehen, mein Begleiter schlüpft hinein, ohne ihn hochzuheben. Er kommt gleich zurück und tritt beiseite, um mich einzulassen.

Ich betrete einen großen quadratischen Raum, in dem ein Duft nach kaltem Weihrauch in der Luft hängt. Durch bunte Fensterscheiben dringt ein seltsames Licht herein. In einem Alkoven liegt auf einer Art erhöhtem Diwan, von zahlreichen Kissen abgestützt, ein Mann im Halbdunkel. Ein kleiner Sudanese verscheucht ihm die Fliegen. Ich vernehme ein lang gezogenes Stöhnen. Ein ausgemergeltes Gesicht dreht sich mühevoll zu mir, und eine vor Ausgezehrtheit ganz weiße Hand lädt mich zum Sitzen ein.

Mir wird eine Art Puff aus Leopardenfell hingeschoben.

»Cheik Issa schickt mich zu dir«, sage ich, »und wenn ich dir behilflich sein kann, darfst du ganz über mich verfügen.«

»Du kennst also Cheik Issa? Dein Kommen ist eine himmlische Fügung, denn ich fühle, dass ich sterben werde. Dieser Hund von Abessinier, der mir die Medizin gibt, von der mein Leben abhängt, hat gestern die Flasche zerbrochen. Er ist in einer *zaroug* mit zehn Ruderern nach Massaua losgefahren, aber immer noch nicht zurück. Du sollst eine andere Flasche dabeihaben, höre ich, aber weißt du auch, wie die Medizin verabreicht werden muss?«

»Allerdings«, sage ich, »doch wo bewahrt der Abessinier seine Spritzen auf?«

Auf diese Worte hin winkt mir einer seiner Assistenten zu und führt mich in eine Art Spülküche, in der wohl der Pfleger haust, denn neben einem schlechten Lager sehe ich leere Phiolen, einen Bierkrug, ein Bidet. In einem Korb finde ich eine Spritze und Nadeln; kein Zweifel mehr, der Mann bekommt Morphin gespritzt, doch auf der mitgebrachten Phiole steht weder der Gehalt der Lösung noch die zu verabreichende Dosis. Ich stelle Fragen und bekomme heraus, dass der Pfleger die Lösung mit dem Inhalt einer anderen Flasche mischt, bei dem es sich offensichtlich um destilliertes Wasser handelt. Wozu aber eine konzentrierte Lösung, die erst gestreckt werden muss? Warum das Risiko eines so heiklen Vorgangs, der eher in einem Labor vorgenommen werden sollte als von einem unerfahrenen Einheimischen in einem schäbigen Kämmerchen? Seltsam …

Ich studiere die Etiketten auf den leeren Phiolen und stoße dabei auf eine, die die gleiche Formel aufweist wie die meine und den Zusatz trägt: Morphinchlorhydrat, 1/10. Es handelt sich also um eine Lösung von 0,10 Gramm pro Kubikzentimeter.

Aus der Anzahl der Phiolen schließe ich, dass der Kranke bereits abhängig ist, und wage eine Spritze von 0,05 Gramm. Innerhalb weniger Minuten ist der Mann wie verwandelt und lebt wahrhaftig auf.

Vor mir habe ich also einen Unglückseligen, dem man Morphin gespritzt hat, um ihn abhängig zu machen und sein Leben zu verkürzen … andererseits hat er vielleicht lediglich eine unheilbare Krankheit, die diese verzweifelte Behandlung rechtfertigt.

Wie auch immer – eine Spritze kostet ihn fünfundzwanzig Pfund, was allein schon interessant ist. Vielleicht haben die Machenschaften Zannis damit gar nichts zu tun, und was ich für Komplizenschaft halte, ist womöglich nur dem Zufall geschuldet? Wie soll man es je wissen?

Der gerade noch so Kranke steht plötzlich auf und schüttelt mir innig die Hand, als sei ich sein Retter. Er will mich gar nicht mehr weglassen.

Saïd ist höchstens fünfundsechzig und muss einmal ein schöner Mann gewesen sein. Es gibt einem immer einen Stich, wenn man einen großen, robusten Körper sieht, der von einer Krankheit gezeichnet ist … oder von einem Gift.

An der Wand fallen mir zwei eiserne Türen auf, Tresore wohl, und ich muss an die Perlen denken.

Der Sterbenskranke, gerade noch dem Tod von der Schippe gesprungen, wird lebhaft, spricht über Geschäfte. »Willst du Perlen kaufen, oder hast du welche zu verkaufen?« Und so weiter.

Ich erkläre ihm, dass ich kein Käufer bin, sondern Perlen fischen will. Er setzt ein ungläubiges Lächeln auf. Auf einen Wink hin werden einige der traditionellen roten Tücher gebracht, mit noch unsortierten Losen darin.

Die Perlen seien ihm von arabischen *nacoudas* angeboten worden. Er gestattet mir, darunter meine Wahl zu treffen und vor allem einen Preis zu sagen.

Ich bin sogleich fasziniert von diesen Herrlichkeiten, von denen ich zum ersten Mal so viele auf einem Haufen sehe. Man behauptet immer, man wolle nicht kaufen, doch lässt man sich zur Begutachtung eines Angebots hinreißen, ist man auch schon gepackt und kommt nicht mehr davon los.

Dabei hat Schouchana mich gewarnt vor dieser Faszination, gegen die man sich stets wappnen müsse. Aber wie einem der gerissene Alte diese Perlen auch zeigt! Er betört einen regelrecht, findet Worte, Gesten, steckt einen an mit seiner Passion. Einen kleinen, wunderbaren Posten sehe ich mir ganz besonders an. Ob ich mir das wohl leisten könnte? Ganz begeistert bin ich davon!

Sein Besitzer ist da, sieht griesgrämig drein und weigert sich hartnäckig zu verkaufen. Saïd aber schwätzt unablässig auf ihn ein, wird gar drohend, bis der Mann schließlich, als wollte er einfach seine Ruhe haben, einen Preis sagt: zweitausend Rupien (achtzehntausend Francs). Davon besitze ich nur die Hälfte.

Nach all der Mühe, die Saïd sich gab, um den *nacouda* zum Verkauf zu bewegen, wäre ich nun der letzte Rüpel, sollte ich mich dem Abschluss verweigern. Da ich mich schämen würde, einen lächerlichen Preis zu nennen, nur um der Sache zu entgehen, spiele ich den Großzügigen und sage: tausend Rupien. Saïd nimmt mich augenblicklich beim Wort und ruft aus: »Verkauft!«, trotz der – im Übrigen recht verhaltenen – Proteste des mürrischen Arabers.

»Akzeptiere diesen Preis«, sagt Saïd zu ihm. »Wenn du damit einen Verlust machst, tu es für mich. Dieser Franzose, der mich gerettet hat, soll ein Gedenken daran haben.«

Die haben dich übers Ohr gehauen, schießt es mir durch den Kopf. Tausend Rupien! Das ist fast alles, was ich besitze, mir bleiben gerade ein paar Pfund Sterling. Jetzt stecke ich schön in der Patsche.

Da mein Geld an Bord ist, kann ich es erst am nächsten Tag bringen. Das Säckchen mit den Perlen wird daher mit rotem Wachs versiegelt. Der *nacouda* drückt sein Siegel darauf, ich meinen Ring.

Mein Mund ist völlig ausgetrocknet, und man sieht mir meine Aufregung wohl auch an, denn im gelben Gesicht des alten Saïd Ali mache ich spöttische Züge aus. Dir werde ich noch einmal eine Spritze geben, du Spitzbube!, denke ich.

Gegen Abend trifft der Pfleger aus Massaua ein. Ich bitte meinen Gastgeber, ihm nichts von der Spritze zu erzählen, die ich ihm gegeben habe, unter dem Vorwand, sonst könne der Arzt beleidigt sein und in mir einen Konkurrenten sehen. In Wirklichkeit will ich verheimlichen, dass ich Bescheid weiß, denn der Fortgang der Sache interessiert mich, und ich habe fest vor, ihn eines Tages in Erfahrung zu bringen.

Ich kehre an Bord zurück. Ich will allein sein, um zu verdauen, wie unvorsichtig ich war, und während der Esel im Abendrot den Pfad entlangtrottet, übe ich mich in Zerknirschung. Dieser Zanni hat schon recht, wenn er dem alten Räuber einen Streich spielen will, der mich gerupft hat wie ein Huhn. Ich könnte allerdings am Abend noch auslaufen, ihm sein versiegeltes Päckchen lassen und meine Pfund Sterling ganz einfach behalten. Dann schwenke ich wieder um, sehe die Perlen vor mir und fange erneut an zu rechnen. Es wäre doch schön, sie zu besitzen …

Die ganze Nacht verbleibe ich unschlüssig und schlafe sehr spät ein. Beim Aufwachen bin ich besserer Dinge, mein Optimismus gewinnt wieder die Oberhand.

In der Morgenkühle lege ich die gleiche Strecke zurück wie am Vorabend, diesmal aber auf dem bestickten Sattel eines prächtigen grauen Esels, den Saïd mir hat schicken lassen. Ich bin entzückt über diese kleinen Tiere, die kaum größer sind als Pyrenäenziegen und einen im Passschritt ohne Erschütterung zehn Kilometer pro Stunde dahintragen.

Als ich in Djumele eintreffe, sehe ich als Erstes den *nacouda* vom Vortag. Er war wohl von meiner Rückkehr nicht ganz überzeugt, denn meine Ankunft entlockt ihm ein breites Lächeln. Kurz darauf kommt Saïd Ali, und auch bei ihm scheint der Morgen von Segen zu sein. Sein Teint ist besser geworden, das heißt, er sieht lebendiger aus, doch noch immer wirkt der Unglückselige blutleer und wie im Banne eines Zaubers. Was er gewissermaßen ja auch ist.

Auch er scheint an meiner Rückkehr gezweifelt zu haben. Der alte Eunuch kommt und öffnet umständlich einen der beiden Tresore. Da sehe ich mein rotes Päckchen wieder. O Gott, wie klein es mir vorkommt! In meiner Fantasie hatte ich es gehörig wachsen lassen. Die Siegel sind aber intakt. Ich zähle die Pfund Sterling in Stapeln auf den Tisch, und der Anblick all dieses Goldes, meines einzigen Besitzes, verglichen mit dem knapp nussgroßen Bündel, das ich dafür bekomme, stürzt mich in tiefes Bedauern. Doch sind die Würfel gefallen, also denken wir nicht mehr daran. Sollte mir das eine Lektion sein, umso besser, dann zahle ich dafür, und damit basta. Erfahrung bekommt man nie umsonst, man erkauft sie sich.

Dann bleibe ich mit Saïd allein zurück. Er sieht mich mit seinem seltsamen Blick eines Mannes an, der nicht ganz von dieser Welt ist, und sagt: »Ich weiß, dass du denkst, du hättest ein schlechtes Geschäft gemacht, weil du auf dein Gefühl gehört hast, und vielleicht meinst du auch, ich hätte dich betrogen. Ich hatte Angst, du würdest nicht zurückkommen, trotz deines Versprechens. Daran hättest du schlecht getan. Sei beruhigt, diese Perlen werden dir das Doppelte von dem einbringen, was du dafür gezahlt hast. Ich selbst hatte fünfhundert Rupien dafür geboten, und um diesen Preis hätte ich sie auch bekommen, du aber machst auch mit tausend Rupien noch ein gutes Geschäft.

Jetzt aber zeige ich dir, weil du ein Mann von Wort und ein Freund von Cheik Issa bist, die schönsten Perlen der Welt.«

Ohne dass ich um etwas gebeten hätte, lässt er mich eine Reihe von Glasgefäßen sehen, nach Art von Gurkengläsern, mit klarem Wasser gefüllt. Auf deren Boden liegt, wie herrliche Kiesel, je eine mehrere Zentimeter hohe Schicht Perlen.

Auf seine Anordnung hin nimmt der alte Eunuch ein Glas heraus und stellt es vor ihn hin.

Nun ist der Mann wie verwandelt. Als er eine Hand in das Glas taucht, strahlt er vor Wonne. Er holt eine Handvoll glänzender, perfekt gerundeter Perlen heraus, die verschieden groß, aber vom gleichen Lüster sind, und ordnet sie auf einem dunklen Tuch an, wo sie herumpurzeln wie fantastische kleine Monde.

»Warum bewahrst du sie in Wasser auf?«

»Es ist absolut reines Regenwasser, Wasser, das nie die Erde berührt hat, hervorgegangen aus der Vereinigung des Himmelsfeuers mit den weißen Wolken. Du weißt doch, dass Perlen Tautropfen sind, die in Mondnächten vom Himmel fallen und in die Tiefe des Meeres etwas von dem herrlich sanften Licht des Gestirns mitnehmen, das unsere Tage zählt.

Die Perlmuttaustern bergen diese wertvollen Tränen der Nacht in ihre seidenen Mäntel, und im Mysterium des Meeres entstehen die Perlen als Töchter von Himmelwasser und Mond.

Hast du schon im Mondschein Perlen auf schwarzem Tuch angesehen? Tu dies, wenn der Mond an seinem fünfzehnten Tag ist, und du wirst Unvergessliches sehen …«

Der Alte spricht wie im Traum, es klingt wie eine Anrufung, und der Zauber seiner Worte lässt vor mir die blauen Abgründe des Meeres erstehen, mit bizarren Korallengebilden und skurriler Vegetation.

»Wenn die Perlen aus dem Wasser kommen«, fährt er fort, »sind sie vom Salzwasser geprägt, wodurch die Reinheit ihres Glanzes grünlich getrübt wird. Durch das Wasser des Himmels, dessen Töchter sie ja sind, werden sie gereinigt.«

Auf diesen Umstand hatte mich bereits Schouchana hingewiesen. Eine frisch gefischte Perle, die ganz weiß aussieht, kann nach mehreren Monaten rötlich werden. Weist sie hingegen anfangs einen grünlichen Schimmer auf, wird sie später völlig weiß sein. Was übrigens allein durch die Zeit geschieht; das mit dem destillierten Wasser ist Aberglaube.

Mir gefällt aber diese Legende, die, so glaube ich, aus Indien stammt, denn alle indischen Händler bewahren ihre Perlen in Regenwasser auf.

»Wenn du Perlen fischen willst, dann vergiss nicht, was ich dir gesagt habe, und fahr immer dorthin, wo es bei Vollmond ausgiebig geregnet hat.«

Der alte Araber hat recht, viele Perlen gibt es vor allem in Regenjahren. Das liegt aber nicht am poetischen Ursprung der Mondperlen, sondern vielmehr am zahlreichen Auftreten einer bestimmten Rochenart, die schlammartiges Wasser liebt. Mit seinen Exkrementen scheidet dieser Rochen einen mikroskopisch kleinen Parasiten aus, eine Art Milbe, die sich im Fleisch der Auster festsetzt und dabei einen Teil der Perlmutt sekretierenden Epithelzellen mitzieht, wodurch sich eine Zyste bildet: die Perle.

Die Gewebe der Auster stoßen in der Regel diesen Fremdkörper rasch ab, und es bedarf eines außerordentlichen Zusammentreffens verschiedener Faktoren, damit eine Perle lang genug Zeit zum Wachsen hat, wodurch sich die Seltenheit großer Perlen erklärt.

Es kann geschehen, dass man im Meeressand neben großen

Austern abgestoßene Perlen vorfindet. Diese überziehen sich rasch mit einer matten Schicht, sodass man sie leicht mit den Kieseln verwechseln kann, zwischen denen sie innerhalb weniger Tage verschwinden. Wer einen derart außerordentlichen Fund macht, wird als eine Art Talisman angesehen, dessen Anwesenheit an Bord eines Bootes allen zusammen Glück verheißt.

Den Japanern ist es gelungen, künstliche Perlen herzustellen, sogenannte Japanperlen, indem sie in das Austernfleisch ein Stück äußeres Mantelgewebe mit einem Kugelkern einsetzen. Wird der Perlsack angenommen, überzieht sich der Kern mit hauchdünnen Perlmuttschichten, und es entsteht eine Perle. Das Transplantieren ist eine äußerst heikle Verrichtung, deren Geheimnis in der Verwendung rostfreier Instrumente besteht, aus Silber oder Neusilber. Bei Skalpellen aus Eisen gehen die Mollusken nach der Operation unweigerlich ein.

Der alte Saïd hat mich mit seinen Perlenlegenden derart beeindruckt, dass ich nur ungern wieder gehe. Es ist aber Zeit für seine Spritze.

Ich reite in Begleitung eines Sklaven zurück. Dieser führt einen Ziegenbock mit, der mir schließlich zusammen mit einer riesigen Wassermelone zum Geschenk gemacht wird.

Nun bin ich also stolzer Perlenbesitzer, doch mein Vermögen beläuft sich noch auf zehn Pfund Sterling.

Meine Sudanesen sind inzwischen mit den Pirogen hinausgefahren und werden erst am Abend zurückkehren.

Ich verbringe den Tag an Bord unter einem improvisierten Zelt aus Segeltuch und untersuche meine Perlen. Ich versuche zu lernen.

Als die Sudanesen zurückkommen, haben sie jede Menge *bilbil* in den Pirogen, einige Perlenaustern und etliche im Verlauf ihrer Unterwasserexpeditionen harpunierte Felsenfische.

Die Tagesausbeute der vier Männer beträgt etwa eine Schubkarrenladung *bilbil*, wohl an die tausend Schalen. Das dicke Perlmutt der Perlenaustern ist an sich so viel wert, dass sich die

Arbeit der Fischer gelohnt hat, doch sind jene eben rar. An die zwanzig haben sie gefunden, die insgesamt um die zehn Kilo wiegen. Es werden nur ausnahmsweise Perlen darin gefunden, wenn aber, dann sehr weiße und im Allgemeinen recht große.

Die beiden Hälften des an der Schale haftenden Ligaments werden abgezogen und auf einen Palmenzweig aufgefädelt. Das sieht dann nach Bananenscheiben aus und schmeckt getrocknet hervorragend, wenn es an Bord ansonsten nichts zu beißen gibt.

Es wird die Fatiha rezitiert, dann beginnt Raskalla, die *bilbil* zu öffnen. Mit geübter Geste wird die Muschel zwischen den Fingern zerdrückt und danach ins Meer geworfen. Endlich die ersten Perlen. Zwar sind sie winzig, doch nehme ich es als Ermutigung.

Aus den rund tausend Muscheln bringen wir fünf stecknadelgroße, sehr runde Perlen und an die zwanzig barocke heraus; das Ganze wiegt ein Gramm und bringt nicht mehr als fünfzehn bis zwanzig Francs. Wie Spieler müssen wir warten, bis uns das Glück einmal hold ist.

Djeber, der Älteste und Erfahrenste, schlägt vor, dass wir es im östlichen Teil des Archipels versuchen, das heißt, bei den abgelegensten Inseln, und auf der Karte entscheide ich mich für das etwa fünfzig Meilen entfernte Harmil als Stützpunkt für unsere Unternehmungen.

Wir müssen bei Tag fahren, um inmitten dieses Labyrinths aus Untiefen und bis an die Oberfläche ragenden Riffs unsere Route zu wählen. Über weite Strecken hinweg verholen wir mit dem Bootshaken und fahren manchmal so knapp zwischen Felsen hindurch, dass sie bis zu einem Meter an die Bootswand heranreichen.

Die Korallenlandschaft ist märchenhaft. Manche Riffs sehen aus wie Baumwipfel; riesige Korallen wachsen aus einem einzigen stämmigen Stiel fünf, sechs Meter empor und verzweigen sich dann zu einer breiten, spitzenartig durchbrochenen Fläche, die sich aus dem Wirrwarr der Knospungen bildet, in denen die Polypen leben. So entstehen Gewölbe, große dunkelblaue Löcher, mit Schwärmen von Fischen darin, die mit ihren langen federartigen Schwimmflossen wie Paradiesvögel wirken.

Oft genug bricht der Bootshaken durch diese Kalkspitzen hindurch, und der Mann, der sich darauf stützte, kommt aus dem Gleichgewicht und plumpst ins Meer, zur großen Freude seiner Kameraden, denen aber sicher bald das Gleiche blühen wird. Das mühsame Vorwärtshaken durch das bunte Chaos kann sich über Stunden hinziehen, und begleitet wird es von einem speziellen Gesang.

Oben auf dem Mast späht ein Mann aus, welche Fahrrinnen wir zu wählen haben, um nicht in einer Sackgasse zu landen. Dann wird das Meer wieder blau, und wir setzen unser Segel.

Keinerlei Dünung in dieser Gegend, in der das Wasser von kristalliner Transparenz ist. Perlen verheißt das allerdings nicht, sagt man. Wo sie zahlreich vorkommen, ist das Wasser undefinierbar schwärzlich, mit roten Lichtreflexen. An Durchsichtigkeit hat es durch hohen Planktongehalt eingebüßt; dennoch erkennt man in zehn Metern Tiefe noch den Grund.

In diesen ruhigen Zonen, wo Meer und Himmel eins sind, scheint in der hochflirrenden heißen Luft manchmal die Silhouette einer Dhau auf, wie ein vom Wind dahingefegtes Laubblatt. Die Einsamkeit ist hier noch drückender als auf hoher See, wegen der Stille, die über dem warmen, unbeweglichen Wasser herrscht, aus dem Sandbänke aufzusteigen scheinen wie die ersten Landfetzen einer noch unbewohnten Welt.

Harmil ist eine der wenigen etwas hügeligen Inseln, und so sehen wir sie schon lange am Horizont stehen. Der Wind ist aber so schwach, dass wir nicht vor Einbruch der Nacht dort ankommen werden.

Dann aber, ganz unerwartet – was ja den Reiz des Segelns ausmacht –, kommt eine Meeresbrise auf und lässt uns die paar Meilen, die uns von der Insel noch trennten, in nur einer Stunde zurücklegen.

An einer der höchsten Stellen der Insel schwenkt ein Mann an einem Stock einen Tuchfetzen. Vermutlich ein Fischer, dem das Wasser ausgegangen ist.

Wir fahren in einen fünf- bis sechshundert Meter breiten Fjord ein, der weit bis zwischen die Kalkfelsen reicht, die wohl aus alten Madreporen bestehen. Ganz hinten rahmt ein Mangrovenwald die beiden Ufer ein. Zu dieser Stunde, in der das Licht alles mit Goldtönen belegt, ist es eine wahrhaft bezaubernde Einfahrt.

Ein schmaler Strand mit zerfallenen Hütten scheint den Ankerplatz zu markieren. Über sandigem Grund fahren wir ans Ufer heran. Da ruft der Mann, der vorne wacht, auf einmal: »Luven!«

Ich reiße das Steuer herum und weiche gerade noch einem Wrack aus, dessen Planken bis fast an die Oberfläche ragen. Es sind die Reste einer ziemlich großen Dhau. Derlei kommt oft genug vor, um einen nicht sehr zu erstaunen.

Kaum ist der Anker gesetzt, sehe ich den Mann, der uns Zeichen gegeben hatte, zum Meer herablaufen. Dort kauert er sich in den Sand und wartet auf uns.

Sollte es etwa ein Schiffbrüchiger sein, in dieser einsamen Gegend?

Ich gehe auf ihn zu. Es ist ein relativ alter Sudanese, doch wie ein Überlebender vom Floß der Medusa sieht er nicht gerade aus.

Meine Taucher kennen ihn und behandeln ihn voller Respekt. Es ist ein *nacouda* aus Massaua, Soliman Baket, seit Langem in Zannis Diensten, und das Wrack, das wir gerade sahen, ist das seiner Dhau, die am Morgen desselben Tages verbrannt und gesunken war.

In kurzen Worten erzählt er uns, er sei Opfer eines Piratenangriffs geworden. Bevor er auf Einzelheiten zu sprechen kommt, führt er mich aber unter einen Felsvorsprung, wo eine lumpenbedeckte Menschengestalt liegt. Allem Anschein nach eine Leiche. Der *nacouda* lüpft das Tuch, und ich sehe einen Mann, ebenfalls Sudanese, der die Augen aufschlägt, uns anblickt und die Augen gleich wieder schließt, um sich in bittere Einsamkeit zurückzuziehen.

»Er ist verletzt«, sagt sein Kamerad. »Eine Schusswunde, schau, da.«

Um den Gürtel herum ist der Lendenschurz des Mannes bräunlich verfärbt, und am Unterleib sehe ich eine bläuliche Wunde. Als ich die Kompresse aus zerstoßenem Gras abnehme, fließt sofort Blut.

»Seit wann hat er das?«

»Seit heute Morgen.«

Der arme Mann ringt mit dem Tod. Er ist fast schon im Koma; auf unsere Fragen erwidert er unartikuliertes Stöhnen, sein Puls ist kaum tastbar und seine Atmung stoßweise. Ich bedecke ihn mit dem Lumpen, der sein Leichentuch sein wird. Uns bleibt nichts übrig, als ihm sein Grab zu schaufeln, während der Tod sein Werk vollendet. Dennoch gehe ich ein Stärkungsmittel holen, damit es nicht so aussieht, als hätte ich ihn schon aufgegeben. Als ich zurückkomme, sagt aber der *nacouda* nur: »Es ist zu Ende.«

Die Zeremonie dauert nicht lang. Die Sonne geht gerade unter, die ruhige Luft ist vom Zetern kreisender Möwen erfüllt, und wir schaufeln schweigend den vom Tageslicht aufgeheizten Sand auf die noch warme Leiche. Zwei Steine markieren die Stelle. Stille und Einsamkeit verleihen der primitiven Grabstelle etwas Erhabenes.

Wir kehren an Bord zurück, wo der *nacouda* berichtet, was sich Stunden vorher zugetragen hat. Es handelt sich um einen banalen Vorgang, wie er zu den Gefahren des Berufs dazugehört, so wie das Ertrinken oder ein Haibiss.

Als sie nach einem langen Fischzug vor Anker lagen, wurden sie kurz vor Morgengrauen von einer großen *zaroug* voller Zaranig überrascht, die alles plünderten, selbst die Takelage des Bootes, und dieses dann in Brand steckten, sodass es sank.

Die neunzehn sudanesischen Besatzungsmitglieder wurden

mitgenommen und sollen als Sklaven verkauft werden. Bei dem einen, der starb, entstand die Schusswunde durch einen Unfall. Er wollte das einzige Gewehr an Bord benützen, und als ein Angreifer es ihm aus der Hand riss, ging ein Schuss los. Der *nacouda* übernachtete auf der Insel, weil er am nächsten Morgen schon früh mit einem Wurfnetz fischen wollte. Durch den Schuss wurde er wach. Als er begriff, was geschah, versteckte er sich.

Als die *zaroug* weg war, fand er seinen Kameraden bewusstlos am Strand. Er war ins Meer geworfen worden, da man ihn für tot hielt, doch hatte er noch die Kraft besessen, sich ans Ufer zu retten und hinter einem Felsen zu verstecken.

Ich bin empört über diesen Überfall, und mein erster Gedanke ist es, auf die Piraten Jagd zu machen. An Bord habe ich sechs Gewehre und einige Stangen Dynamit, die ich zum Fischen benütze.

Der *nacouda* ist schicksalsergeben; wenn Gott dies zugelassen habe, werde er für das Weitere schon sorgen.

Bei Djeber und meinen Somalis hingegen regt sich der alte Hass der Afrikaner auf die arabischen Eindringlinge; sie wollen unbedingt etwas unternehmen. Wir halten Rat.

Der *nacouda* hat die *zaroug* nach Osten fahren sehen, doch ist ihr Segel erst kurz vor unserer Ankunft verschwunden. Den ganzen Nachmittag war es völlig windstill, sodass sie höchstens die Insel Sarso erreicht haben kann, den einzig möglichen Ankerplatz der Korallenbank von Farasan. Ein nächtliches Segeln kommt außerhalb des offenen Meeres nicht infrage.

Außerdem hegt man auf der *zaroug* kaum Befürchtungen, da man der Meinung ist, alle Überlebenden an Bord zu haben. So gibt es keinen Grund, unnötige Gefahren einzugehen, um einer Verfolgung zu entgehen, die als unmöglich angesehen wird.

»Was hattest du an Bord?«, frage ich.

»Ein paar Säcke mit Perlenaustern, aber in meiner Kassette waren die Perlen der ganzen Reise, im Wert von über tausend Rupien.«

Ich überschlage, wie viel davon Übertreibung ist, doch hat sich der Überfall gelohnt, wenn man die Zahl der Gefangenen einrechnet.

In aller Gemütsruhe erklärt mir der *nacouda*, dass durch Piraterie erbeutete Sklaven, die nur als Matrosen taugen, nicht viel wert sind, da man sie nur an Reeder im Persischen Golf verkaufen kann, was eine Fahrt von mindestens drei Monaten bedeutet. Beließe man sie im Roten Meer, wo sie bekannt sind, könnten sie allzu leicht entkommen. Niemand will sie kaufen, doch geschieht es manchmal, dass Gefangene und Entführer zu einer Einigung kommen; sie behaupten dann, normale Sklaven aus dem Sudan zu sein, wodurch sie an jemanden von der Küste verkauft werden können. Unter diesen Umständen haben sie beste Chancen, später einmal zu entwischen. Im Allgemeinen bekommen sie für diesen Schwindel eine kleine Kommission, die der Verkäufer ihnen von ihrem eigenen Preis gibt.

O heilige Einfalt der Sitten!

Die Meeresbrise hält immer noch an, und vielleicht wird sie dies die ganze Nacht tun. Gehen wir das Wagnis ein; wenn der Vogel im Nest ist, soll im Morgengrauen diesmal er überrascht werden.

Meine Entscheidung wird von den Freudenschreien aller Somalis empfangen, die ganz heiß auf einen Kampf sind. Der Anker wiegt so gut wie nichts, wenn vierundzwanzig Arme, durch Lieder und Händeklatschen angefeuert, daran ziehen; noch nie ist er so schnell gehievt worden. Innerhalb von zehn Minuten sind wir bei vollem Segel außerhalb der Insel. Es ist Nacht, und ich gebe über den Kompass die Route vor, aufs hohe Meer hinaus. Es muss die Mitte des Roten Meeres durchquert werden, etwa fünfzig Meilen in acht Stunden.

Niemand denkt an Schlaf, und es machen Kampfgeschichten die Runde, auf dem Achterkastell, beim Steuermann, dessen Gesicht, von unten durch das Licht des Kompasses beleuchtet, einer durch die Nacht schwebenden Maske gleicht.

Ich höre nicht auf diese »Jagderzählungen«, deren Worte an mein Ohr nur wie ein sinnloses Brummen dröhnen, so sehr bin ich mit der Sorge beschäftigt, was ich mit der *zaroug* anfangen soll, falls sie tatsächlich am vermuteten Ort ist. Ich will auf keinen Fall, dass einer meiner Männer wegen einer Geschichte, die mich schließlich nichts angeht, getötet oder verwundet wird. Immer wenn wir einem Impuls nachgeben, muss sich die Vernunft einschalten.

Der ewige Kampf zwischen Sancho und Don Quixote um des Menschen Herz!

Ich komme aber zu dem Schluss, dass wir keinerlei Risiko eingehen, wenn wir die *zaroug* in der Nacht überraschen. Die Gewohnheiten der Einheimischen sind mir vertraut genug, dass ich ihre Reaktion auf die Art von Angriff, die ich plane, vorhersehen kann.

Ich schnüre drei Stangen Dynamit zu einem Bündel zusammen. Eine davon ist mit einer Zündkapsel und einer auf zwanzig Sekunden Brenndauer ausgelegten Zündschnur versehen. Diesen Behelfstorpedo befestige ich am Ende eines langen Bootshakens. Wenn alles so abläuft, wie ich es mir vorstelle, dürften wir mit diesem Ding um jeglichen Kampf herumkommen. Nur müssen wir rechtzeitig an Ort und Stelle sein.

Da die Insel bergig ist, müsste sie auch in der Nacht zu erkennen sein. Es ist zwei Uhr morgens; sämtliche Augen sind auf den Horizont gerichtet, und nicht einmal der Schiffsjunge hat geschlafen.

Mit einem Nachtglas ist leicht leewärts eine graue Masse auszumachen, es muss die Insel sein. Ich fahre darauf zu, und bald ist sie mit bloßem Auge sichtbar. Nun stellt sich aber die Frage, wie der von zahlreichen Riffen umgebene Ankerplatz angelaufen werden soll, denn ich kenne ihn nur von der Karte her.

Djeber war schon einmal dort und ist nicht sicher, ob wir ihn ohne Schäden erreichen können. Es wäre allzu dumm, hier zu sinken und damit obendrein den Piraten, nach denen wir suchen, selbst zum Opfer zu fallen. Mir ist, als hätte ich Cäsar und seine Fortuna an Bord.

Sancho triumphiert schon beinahe, als Ali Chere mir im Süden der Insel einen isolierten schwarzen Punkt zeigt. Es ist eine an der Riffkante vor Anker liegende Dhau. Einen sicheren Ankerplatz hat man dort zwar nicht, doch kann man bei ruhigem Wetter einige Stunden lang so verharren.

Ich schließe daraus, dass das Boot bei hereinbrechender Nacht eingetroffen ist, nicht mehr genügend Tageslicht hatte, um zum Ankerplatz zu gelangen, und leewärts des Riffs zum Ruhen Schutz gesucht hat. Kein Zweifel mehr, das ist die *zaroug*, die wir suchen.

Die Gewehre sind geladen, und jeder hat fünf Patronen, denn über mehr als fünfzig verfüge ich nicht. Eine Axt, eine Bohrstange und ein großer Eisenhammer liegen bereit, wie für eine Enterung. Auch haben wir mit Petroleum getränkte große Brandsätze vorbereitet.

Die Erregung, die sich angesichts der Szenerie in mir breitmacht, erinnert mich an die Beklommenheit, die man bei der Ansitzjagd empfindet. Doch fühle ich, dass die Würfel gefallen sind; ich kann nicht mehr zurück. Diese Gewissheit setzt den Protesten Sanchos ein Ende, der von jetzt an zu schweigen hat. Ich bin nun kaltblütig bei der Sache.

Eine halbe Kabellänge vor der schlafenden *zaroug* – denn sie ist es tatsächlich, der alte Sudanese hat sie erkannt – steuere ich luvwärts, und während das Segel fällt, läuft unsere Dhau aus, bis ein paar Meter an die *zaroug* heran.

An Deck liegende Gestalten regen sich. Ich rufe das übliche »Hooooo«, wie von einem harmlosen Boot, das zufällig vorbeikommt, obwohl dies eine ungewöhnliche Stunde ist, um vor Anker zu gehen. Es ist viel eher der Moment, um abzulegen.

Aus dem Inneren der *zaroug*, auf der nun alles wach wird, antworten mir Stimmen.

Inzwischen mache ich an meiner Zigarette die Zündschnur an. Das anfängliche Aufflammen wird drüben nicht bemerkt, und die schwarze Schnur raucht heimtückisch im Dunkeln. Ich tauche die lange Stange ins Meer wie zu einem Ankermanöver und halte die Bombe an den Rumpf des Bootes. Dann zähle ich aufmerksam die Sekunden, und bei zehn schreie ich zum *nacouda*, der sich bereithält: »Ruf deine Männer!«

Gemeinsam schreien wir zu ihnen hinüber, sie sollen sich ins Meer stürzen, wenn sie können.

Dadurch werden drüben endgültig alle Zaranig wach; ich höre einen Gewehrverschluss klacken. Immer noch zähle ich ... achtzehn, neunzehn ... Da schießt in der Bootsmitte eine grünliche Flamme auf, und dumpf detoniert das Dynamit. Ich habe den Sprengstoff an eine Stelle unterhalb des Mastes gehalten, wo in der Regel niemand schläft. Der Mast kracht herunter, und kurz darauf hagelt es Kiesel, die in die Luft geflogen waren. Zum Glück wird niemand erschlagen.

Innerhalb weniger Sekunden sinkt die *zaroug*, und das Wasser ist voller Schwimmer.

Wir hören die Rufe der Sudanesen, die mühsam nur mit den Armen schwimmen, da sie immer zwei und zwei an den Füßen zusammengekettet sind. Die Zaranig schnappen sich die Pirogen und fliehen auf die Insel. Sie sind von heilloser Panik ergriffen, und dazu haben sie auch allen Grund.

Ich entzünde einen großen Brandsatz, der den Schauplatz ausleuchtet. Die *zaroug* ist verschwunden, doch alles Mögliche schwimmt im Wasser.

Wir müssen indes den Pirogen hinterher. Die Zaranig haben zwei davon wieder flottgemacht und paddeln weg, während sie noch immer Wasser daraus schöpfen. Ich schieße ihnen nach, und meine Sudanesen nehmen die Verfolgung auf.

Wir sind inzwischen abgetrieben, denn ich hatte es versäumt, den Anker zu werfen, und nun ist das Wasser zu tief dazu.

Mit den an Bord verbliebenen Männern versuche ich, die Eisen der aus dem Wasser gefischten Sudanesen zu öffnen. Sie sind mit einer Art länglichem Ring gefesselt, mit an beiden Enden je einer Schelle, die sich um den Knöchel des Gefangenen schließt. Die Schelle ist mit dem Hammer zugenietet, und ohne Werkzeug habe ich größte Mühe, sie aufzubringen.

Es beginnt zu tagen. Ein kleines Manöver bringt uns an die Kampfstätte zurück, wo ich diesmal den Anker ausbringe. Nun gilt es, darauf zu sinnen, wie wir die *zaroug* wieder flottmachen oder zumindest Wertsachen daraus bergen.

An diesem ruhigen Morgen sieht man auch ohne Aquaskop gut auf den Grund. Der Bug der *zaroug* liegt oben auf einem großen Felsen auf, während das Heck ins dunkle Blau ragt. Ein paar Meter weiter, und das Wrack wäre in große Tiefen abgesunken, so steil fällt die Riffkante hier ab. Der Bug ist in fünf Metern Tiefe, das Heck in zehn bis zwölf Metern. Drei Paar Sudanesen sind schon von ihren Eisen erlöst und helfen mit, die anderen zu befreien.

Einer von ihnen, eine Art Herkules mit etwas dünnen Beinen, nimmt ein Stück Tau und springt ins Wasser. Ich sehe, wie er auf das Wrack zutaucht und sich mit ausgebreiteten Armen und nach oben gestreckten Fußsohlen dort zu schaffen macht. Mit einem Ruck kehrt er um und steigt rasch wieder auf, begleitet von den Luftbläschen, die er ausstößt. Er hat an dem Tau etwas festgebunden, das wir hochhieven sollen. Wir ziehen daran und schaffen eine Kiste an Bord.

Es ist die mit eingelegten Kupferfigurinen verzierte Kassette des *nacouda*. Ich verhindere, dass sie zerschlagen wird, denn das wahrhaft kuriose Stück soll intakt bleiben. So breche ich nur das Schloss auf.

Die Sudanesen versichern mir, dass die Perlen darin sein müssen. Vergeblich durchwühlen wir den Inhalt: aufeinander abfärbende Seidengewänder und tausenderlei in Papier gewickelte Kleinigkeiten. In einem seidenen Taschentuch finden wir an die fünfzig Taler, zwei Pfund Sterling in Gold und türkische Münzen. Ich entziffere den auf dem Deckelinneren eingravierten Namen: Mohamed Omar. So heißt der *nacouda*, bestätigen mir die Gefangenen.

So muss der *nacouda* die Perlen bei sich tragen. Wir waren

verrückt, ihn mit den anderen flüchten zu lassen, aber noch ist nicht alle Hoffnung verloren, denn zwei Pirogen sind, nunmehr von der Insel verborgen, hinter ihnen her.

Schließlich sind alle Sudanesen befreit. Unverzüglich starten sie Tauchgänge, um das Wrack zu erkunden. Das Wasser ist so klar, dass mich selber die Lust packt, hinunterzutauchen und nachzusehen, ob das Wrack wieder flottzumachen ist.

Einer der Sudanesen, der das Loch im Rumpf schon gesehen hat, taucht mit mir hinab und führt mich sofort an die Stelle. Ich bin noch nie tiefer als fünf, sechs Meter getaucht und bekomme rasende Ohrenschmerzen, da mein Trommelfell nicht perforiert ist. Plötzlich höre ich einen Pistolenschuss und habe das Gefühl, das ganze Meer läuft mir in den Kopf. Der Schmerz aber hört auf, mein Trommelfell ist perforiert.

Mein Gefährte zieht mich erbarmungslos weiter, ohne sich um die Kapazität meiner Lungen zu kümmern, und so erblicke ich schließlich das riesige Loch, das über mehr als einen Meter hinweg auch den Kiel in Mitleidenschaft zieht. Ich habe genug gesehen und stoße mich kräftig ab, um wieder hochzukommen. Der Aufstieg scheint mir kein Ende zu nehmen, ich sehe die Oberfläche silbern glitzern, vermeine schon aufzutauchen, will mir die Lungen vollpumpen, aber nein, immer noch Wasser … und endlich Luft, es war höchste Zeit. Ich weiß nicht, ob ich es zwei Sekunden länger ausgehalten hätte.

Die Besatzung beklatscht meine Leistung, und ich kaschiere, was sie mich gekostet hat. Ganz im Gegenteil gebe ich mich möglichst gleichgültig, so als würde ich für gewöhnlich weit Besseres vollbringen.

Es werden vier Mauser-Kavalleriekarabiner heraufgeschafft, allesamt mit vollem Magazin, außerdem das Gewehr, mit dem der Matrose auf Harmil getötet worden war, eine alte französische Militärwaffe des Modells »Gras«. Die leere Patronenhülse steckt noch darin.

Von hinter der Insel hallen Schüsse herüber, ich zähle drei; das können nur unsere Leute sein, denn sie haben zwei Karabiner dabei. Ich schicke mich an, mit dem Rest der Waffen zu ihnen zu fahren, um der Sache ein Ende zu bereiten, aber da tauchen die beiden Pirogen auch schon hinter der Felsspitze auf, um die sich die Insel nach Osten hin verlängert. Durch das Fernrohr sehe ich in jedem der beiden Boote zwei von meinen Leuten bewachte Araber, so haben wir also Gefangene.

Es handelt sich um den *nacouda* und drei andere Männer. Zwei von ihnen sind völlig nackt und bitten sofort um einen Lendenschurz, so ausgeprägt ist bei den Arabern das Schamgefühl.

Der etwa fünfunddreißigjährige *nacouda* hat ein wettergegerbtes Gesicht. Seine Bartkrause verleiht ihm ein edles Aussehen, das mir wohl imponieren würde, hätte ich ihn nicht als Gefangenen vor mir. Er hält eine Gebetskette mit schwarzen Kugeln in der Hand und scheint an den Ereignissen, die ihn so spärlich gekleidet vor mich hingeführt haben, kaum Anteil zu nehmen. Am Gürtel trägt er noch die Scheide eines Dolches, den meine Männer ihm wohl abgenommen haben.

Die drei anderen sind jung, zwischen zwanzig und dreißig.

Als sie sich am Morgen ins Wasser stürzen mussten, sind ihnen die Körbchen abhandengekommen, die ihnen als Kopfbedeckung dienen. Ihre langen Lockenhaare fallen ihnen auf die braun gebrannten, herrlichen Schultern herab. Am Bizepsansatz tragen sie einen silbernen Reif um den Arm.

Als der *nacouda* an Bord tritt, spricht er ein gewohnheitsmäßiges »*Salam*«, als komme er einfach auf Besuch, und es hätte nicht viel gefehlt, und er hätte uns die Hand geschüttelt. Uns Europäer mag das überraschen, diesen Leuten aber ist das wegen ihres Fatalismus ganz natürlich.

Gestern waren jene Männer von ihnen ins Eisen gelegt, heute ist es umgekehrt. Was sollen sie machen … es ist Schicksal. Wie auch immer die Umstände sein mögen, bewahren sie eine innere Ruhe, wie unbeteiligte Zuschauer. Auch fühlen sie sich keineswegs schuldig, das gibt es bei ihnen nicht. Man gewinnt oder verliert.

Meine Somalier berichten mir eilig, dass zwei andere Pirogen entkommen sind; nur diese eine habe sich durch Schüsse einschüchtern lassen.

Ich ordne an, die vier mit denselben Ketten zu fesseln, die ich den anderen gerade erst abgenommen habe, und sie lassen dies so gleichgültig über sich ergehen, als säßen sie in einem Schuhgeschäft. Protest wird erst laut, als Abdi dem *nacouda* eine Schelle zu eng anlegt.

»Sei still, Mohamed Omar, heb dir deine Klagen für die Schlinge auf, die dir gleich den Hals abdrückt.«

»Gottes Wille geschehe! Aber woher kennst du mich?«

Ich antworte nicht. Lieber lasse ich ihn ein wenig im Ungewissen, denn das wird ihn ein wenig mehr zermürben.

Durch die Aussicht, am Strang zu enden, wird die vorgebliche Gemütsruhe der vier Banditen anscheinend etwas getrübt.

Ich sage Banditen, aber zu Unrecht, es sind Zaranig, Seeräuber, und unter anderen Umständen wären sie nicht schlechter als andere auch.

Viele von ihnen führen in Dschibuti ein ehrliches Leben, nach den Regeln unserer Gesellschaft. Sich eines Schiffes zu bemächtigen, ist in ihren Augen weniger grausam als etwa die Jagd, denn auf dem Schiff kann man sich wehren, was Tieren nicht zu Gebote steht.

Ich habe ohnehin nicht vor, es in der Angelegenheit zu weit zu treiben. Ich versuche nur, eine Atmosphäre der Angst zu erzeugen, um herauszubekommen, wo die Perlen sind. Mit dem alten Sudanesen und mit Djeber ziehe ich mich zum Beratschlagen auf das Achterkastell zurück. Zweifellos hat der *nacouda* die Perlen bei sich.

Während wir uns austauschen, bemerke ich, dass der *nacouda* die von uns herausgefischte Kassette so aufmerksam und ausdauernd ansieht, wie das alte Ding es eigentlich nicht rechtfertigt.

Ich lasse ihn von seiner Fessel befreien und zu mir bringen. »Du weißt, was dich nach dem Gesetz des Meeres erwartet?«

»Gott ist groß, und sein Wille geschehe! Wenn du mich töten willst, kann ich dagegen nichts ausrichten. Ich mache dich nur darauf aufmerksam, dass ich niemanden getötet habe.«

»Und was ist mit dem, den du in Harmil ins Meer geworfen hast, lebt der noch?«

»Gott allein weiß es.«

»Ich weiß es auch, denn ich habe ihn begraben.«

Er zuckt mit den Schultern und schweigt.

»Ich kenne dich, auch wenn du mich nicht kennst, und dein ganzer Stamm wird erfahren, dass du aufgehängt worden bist wie ein Dieb und dass dein Kopf abgehackt und den Haien zum Fraß vorgeworfen wurde. Denn du denkst ja wohl nicht, dass ich dir ein Grab gönne, wo du Verwundete ins Meer wirfst. Deine Seele eines Hundesohnes wird bis zum Tag des Feuers herumirren.«

»Al Allah …«

»Du kannst dich aber retten, dich und deine Leute, wenn du diesem Mann hier seine Perlen zurückgibst.«

»Ich habe sie nicht.«

»Das behaupte ich auch nicht. Ich will wissen, wo sie sind.«

»Ich habe sie nicht, sage ich dir, du kannst mich durchsuchen.« Er reißt sich die Kleider vom Leib.

»Hör auf, mich zum Narren zu halten, ich weiß, dass du sie nicht bei dir hast, aber ich weiß auch, wo sie sind.« Leise füge ich hinzu: »Aber die Männer hier, die alle deinen Tod wollen, sollen glauben, dass du es mir gesagt hast, um dich zu retten.« Bei diesen Worten sehe ich abwechselnd seine fliehenden Augen und die kupfern verzierte Kassette an. Durch sein seltsames Interesse daran war in mir der Gedanke an ein Geheimfach aufgekommen, und so habe ich auf gut Glück eine Anspielung fallen lassen. Und ich liege damit richtig.

Lange sitzt er mit gesenktem Kopf schweigend da, dann sagt er halblaut, wie jemand, der kapituliert: »Lass meine Kassette herbringen, da sind sie drin.«

Einer der Füße der Kassette ist der Länge nach durchbohrt und mit Wachs wieder verschlossen worden. Daraus zieht er ein

Säckchen heraus und gibt es mir. Ich reiche es dem Sudanesen weiter, der es sogleich öffnet.

»Da fehlen aber welche!«, ruft er aus.

»Ich habe einen Teil in ein anderes Säckchen stecken und dem *serinj* geben müssen, damit von diesen Perlen keiner weiß. Man muss vorsichtig sein, und ich habe Erfahrung.«

»Gut«, erwidere ich, »ich glaube dir.«

»Und du«, sage ich, zu dem Sudanesen gewandt, »solltest dem Himmel danken, dass du deine schönsten Perlen wiedergefunden hast, denn der *serinj* hat sicher die schlechten.«

Ich lasse die drei Araber frei. Es ist Zeit für die Mahlzeit, und so setzen sie sich zu den Matrosen und essen den landesüblichen Reis, als sei nichts Besonderes geschehen. Was soll ich nun mit ihnen anfangen?

Während ich noch überlege, tauchen am Horizont zwei Pirogen auf, die anscheinend auf uns zusegeln. Es ist der Rest der Zaranig. Ich schicke Abdi und zwei bewaffnete Sudanesen in ihre Richtung.

Als sie sich begegnen, wird palavert, dann fahren alle drei Boote zu uns her, das unsere als Nachhut.

Ich rufe ihnen zu, auf Distanz zu bleiben; es genügt, wenn einer berichtet.

Sie haben einfach überlegt, dass sie auf dem Meer ohne Wasser und Nahrung dem sicheren Tod entgegengehen und es daher besser ist, sich zu arrangieren, denn im Orient lässt sich alles arrangieren. Sie liefern sich unserer Gnade aus und beklagen den Verlust ihrer Dhau.

Es sind prächtige Burschen mit sanften Blicken, mit Ausnahme von zweien oder dreien, die tatsächlich zum Fürchten aussehen, obwohl das auch bei ihnen nur daher kommt, dass sie selber Angst haben. Es muntert sie auf, ihre Kameraden und den *nacouda* frei zu sehen. Da hebt ein großes Jammern an: Der Teufel habe sie dazu verführt, nach Harmil zu fahren. Sie hätten eigentlich nur Wasser gewollt, und erst durch den Schuss der Sudanesen sei es zum Kampf gekommen, und so weiter.

Es ist wie bei dem alten Jägerwitz, der Hase hat angefangen!

»Wo ist der *serinj?*«, frage ich sie.

»Das wissen wir nicht, er ist wohl ertrunken, als das Boot gesunken ist, denn wir haben ihn nicht wiedergesehen. Du hast ihn umgebracht mit deinem Pulver.«

Ich muss daran denken, wie umsichtig der *nacouda* sich der schrecklichen Gefahr entzogen hat, die von menschlicher Habgier ausgeht, sobald es unmöglich ist, Menschen zur Rechenschaft zu ziehen. Durch das Päckchen mit Perlen, das er dem *serinj* übergeben hat, stand jener als alleiniger Besitzer des gesamten Schatzes da, eine Ehre, die er wohl mit dem Leben bezahlt hat. Unsere Blicke kreuzen sich, als teilten wir den gleichen Gedanken.

Ich will nicht, dass die Männer alle an Bord kommen, denn in so hoher Anzahl könnten sie auch unbewaffnet eine Gefahr darstellen.

Als ich sie durchsuchen lasse, finden wir beim Dritten die Perlen, die den *serinj* das Leben gekostet haben …

Ich tue so, als wüsste ich über ihre Herkunft nicht Bescheid, schließlich bin ich nicht hier, um zu richten. Ich will vor allem weg von dieser Bande. Sie können nicht mit uns mitfahren, denn ich habe schon neunzehn zusätzliche Leute an Bord, und wir hätten nie genug Wasser und Lebensmittel.

So lasse ich vier *tanikas* mit Wasser füllen, gebe ein großes Paket Datteln dazu und überlasse die Zaranig auf zwei Pirogen, die ich ihnen schenke, ihrem Schicksal. Sie können entweder auf der Insel in sich gehen oder versuchen, irgendein benachbartes arabisches Territorium zu erreichen. Auch haben sie die Möglichkeit, und dazu rate ich ihnen, mitten aufs Rote Meer hinauszufahren, auf die Dampferroute, damit ein menschenfreundlicher Kapitän sie aufliest.

Ich habe den *nacouda* und früheren Piraten später wiedergesehen, diesmal auf einem friedlichen Handelsschiff. Er erzählte mir, ein norwegischer Frachter auf dem Weg nach Aden habe sie aufgenommen, und da sie sich als echte Schiffbrüchige ausgegeben hätten, hätten sie Hilfe von den englischen Behörden erhalten, die gegenüber Arabern, die auf sie zukommen, immer ganz beflissen sind.

Mit den Pirogen der Sudanesen an Bord fahren wir nach Harmil zurück, um weiterzufischen.

Die Armen wissen gar nicht, wie sie mir danken sollen, und bieten mir an, was sie haben: ihre Arbeitskraft.

Um Nahrung zu sparen, jagen die, die keine Piroge haben, in den Riffen nach Felsenfischen und essen ausschließlich Meeresschnecken, die sie auf ihre Art zubereiten.

Wegen der riesigen Mengen an *bilbil*, die wir Tag für Tag öffnen, starrt mein Boot allmählich vor Schmutz. Wir leben in entsetzlichem Gestank, an den wir selbst uns leidlich gewöhnt haben, doch locken wir damit Vögel an, die uns zu Tausenden eskortieren. Vom letzten Regen her ist auf der Insel noch eine Wasserstelle übrig, aber wir müssen haushalten, und zum Waschen gibt es nur Meerwasser. Dennoch komme ich mir furchtbar schmutzig vor.

Wenn ich ein paar Stunden auf der Insel verbracht habe, finde ich danach den Gestank an Bord umso schlimmer. Es dominiert ein Geruch nach Urin, ja geradezu nach einem Pissoir. Ich frage mich, ob nicht der Schiffsjunge oder der junge Sudanese nachts ihre Geschäfte an Bord machen.

Mohamed Mussa, der schon oft mit Tauchern unterwegs war, erklärt mir aber, dass diese an Inkontinenz leiden. Sie ziehen sich das Gebrechen mit kaum dreißig zu, wenn sie oft mithilfe eines Steins in fünfzehn bis achtzehn Meter Tiefe tauchen. Tatsächlich sind drei meiner Neuen damit geschlagen, was man tagsüber nicht riecht, da sie sich ständig im Wasser aufhalten und die Inkontinenz zu Anfang nur nachts auftritt.

Ich höre also auf zu nörgeln, voller Mitleid für diese Opfer ihres Berufes. Das also kommt noch zu der schon langen Reihe von Übeln hinzu, die ertragen werden müssen, um dem Meer die exquisiten Ketten abzuringen, die sich dereinst an die parfümierte Haut eines Frauenhalses schmiegen.

Jeden Abend sitzen die Sudanesen am Bug zusammen, und in der feuchtschwülen Luft, die vom warmen Meer aufsteigt, erklingen bis spät in die Nacht die traurigen Melodien der Tambura.

Die in dem echolosen Raum sich ewig wiederholende Tonfolge, dieses Vibrieren so leicht wie ein Insektenflug scheint aus den unwirklichen Tiefen des gespiegelten Himmels aufzusteigen und sich in der Unendlichkeit des Sternenzeltes zu verlieren. Es ist wahrhaftig eine Art unbewusstes Gebet, eine tiefe Übereinstimmung, die diese einfachen Männer unbewusst mit dem großen Geheimnis des Universums verbindet.

Mir selbst ist die erhebende Macht dieser einsamen Stunden erst später bewusst geworden, in einer tiefen Wehmut, die mir nie von der Seite weicht.

Eines Abends erklingt ganz andere Musik, rhythmische Gesänge, Klatschen, eine Art Jazzgetrommel auf einer leeren *tanika*.

Die Sudanesen kauern im Kreis um einen der Ihren herum, einen sehr jungen Kerl, der mit dem Kopf hin- und herwackelt und gutturale Laute von sich gibt. Er scheint nichts wahrzunehmen und unter dem Zauber der rhythmischen Gesänge zu stehen wie unter Hypnose. Er ist völlig nackt.

Ich frage, was da los ist.

»Er ist von bösen Geistern besessen, die treiben wir aus.«

Der Schiffsjunge bringt auf einer Blechplatte rote Glut herbei, und einer der Sudanesen legt die Platte vor den Verhexten. Der Radau nimmt zu, alle rücken die Köpfe vor und berühren den Jungen fast; noch schneller wird der Rhythmus.

Da stopft der Junge gierig Glut in den Mund und kaut darauf herum. Die Verrückten, die ihn umgeben, trampeln in entfesselten Kadenzen fast das Deck kaputt.

Ich sehe, wie die »Versuchsperson« fünf Mal Glutstücke von der Größe einer Walnuss kaut und hinunterschluckt. Dann wirft der Junge sich nach hinten, rollt sich zusammen und rührt sich nicht mehr. Er wird zugedeckt und schläft ein. Es ist zu Ende, der böse Geist ist ausgetrieben. Ganz still wird es nach dem wahnwitzigen Treiben. Am nächsten Morgen ist keinerlei Verbrennung sichtbar, und der Junge scheint sich an nichts zu erinnern.

Er hatte tagelang Zeichen geistiger Verwirrung gezeigt und sich einmal mitten auf dem Meer ins Wasser gestürzt. Das Werk des Teufels. Fast alle meiner Männer haben in verschiedenem Ausmaß solche hysterischen Anfälle. Zu Teufelsaustreibungen kommt es innerhalb von vierzig Tagen drei Mal.

*

Eines ruhigen Morgens, bei Sonnenaufgang, zeichnet sich vor dem kupfergelben Himmel das spitze Segeldreieck einer weißen *zaroug* ab. Das riesige Segel und der lang gestreckte, tief im Wasser liegende Rumpf verraten ein Kaperschiff. Schnell sind alle Mann an Deck, um die beunruhigende Erscheinung zu mustern und zu kommentieren.

Abdi holt aus meiner Kajüte ein ganzes Waffenarsenal, darunter natürlich auch Dynamit, denn seit unserer letzten Großtat träumt er nur noch von Explosionen und vom Entern.

Durch das Fernrohr erkenne ich die Kopfbedeckungen der Zaranig, doch für ein Piratenschiff in Aktion scheint es auf dem Hinterdeck ziemlich ruhig zuzugehen.

Die geheimnisvolle *zaroug* steht etwa eine Meile ostwärts, also im Gegenlicht. Ich hisse eine französische Flagge, um zu sehen, was unsere auf See so seltenen Farben für eine Reaktion auslösen. Augenblicklich wird uns mit einer anderen Flagge geantwortet, von der ich wegen des Lichts nur die Silhouette erkenne. Auf dem Hinterdeck wird ein Tuch geschwenkt, das wohl freundliche Absichten signalisieren soll.

Da werden aus dem Bauch des Bootes wie die Beine eines Fabelwesens lange Ruder ausgefahren, und gleich einer antiken Galeere kommt es mit seinem spitz zulaufenden Bug auf uns zugefahren.

Der *nacouda* steht am Steuerrad und gibt auf einer *tanika* scheppernd den Takt vor, begleitet vom Gesang der Ruderer.

Die Schlagzahl ist sehr hoch, etwa ein Schlag in der Sekunde, und alle fünf Sekunden eine Synkope, während der die Besatzung in die Hände klatscht, während das Boot mit hochgehobenen Rudern weiterschießt.

Innerhalb von zwei Minuten gelangt es in Rufweite, und wir tauschen den Seefahrtsgruß aus. Während das Segel geborgen wird, erkenne ich Cheik Issa, der mir zuwinkt.

Er kommt aus Arabien zurück, wo er seine »Mulis« abgeliefert hat, wie unter Eingeweihten die Sklaven genannt werden. Nun ist er nach Massaua unterwegs, um eine Ladung Salz aufzunehmen.

Ich berichte ihm von meiner Begegnung mit Saïd und von der merkwürdigen Behandlung, deren Opfer er wohl ist. Auch verhehle ich nicht, wie verdächtig mir die Rolle des perlengierigen Zanni erscheint.

Ich zeige ihm die Perlen, die ich gekauft habe, und muss dazu aus meiner Kassette auch das Säckchen mit Kugelkernen herausnehmen, das Paisseaux mir zur Perlenzucht gegeben hatte.

Cheik Issa berührt das Päckchen und sieht mich verblüfft an. »Sind das Perlen?«

»Leider nein, aber daraus macht man welche.«

Genießerisch lässt er die Kugeln über seine Hand laufen. Sie sind von unterschiedlichster Größe, und gerade durch diese Mischung kommt ihr Perlmuttglanz ganz besonders zur Geltung. »Verkaufst du sie mir? Du würdest mir eine unheimliche Freude damit machen.«

Da ich keine Verwendung mehr dafür habe und sie nur als Kuriosität aufhebe, fällt mir die noble Geste leicht. »Ich schenke sie dir, damit du gerne am mich zurückdenkst.«

Nach einer gemeinsam verbrachten Stunde, in der ich eine Fülle von Fragen über Saïd beantworte, verabschieden wir uns in der Gewissheit gegenseitiger Freundschaft. Er besteigt wieder sein Boot, und dank der Brise lässt uns der große weiße Vogel rasch in seinem Kielwasser zurück.

Seit nunmehr vierzig Tagen irren wir von Insel zu Insel, und das Glück ist uns nicht gerade hold; ich bringe nicht mehr als die Kosten wieder herein. So beschließe ich die Rückkehr.

Gerne würde ich über Djumele fahren, um Saïd Ali wiederzusehen, denn das Drama um ihn herum lässt mich nicht los, doch freue ich mich allzu sehr darauf, wieder einmal Gemüse zu essen und eine Flasche Chianti zu trinken.

Wir umfahren den Archipel auf der Nordseite. Einen Zwischenhalt legen wir auf Norah ein, einer größeren, von zahlreichen Fischern angefahrenen Insel. Viele haben dort ihre Familie.

Wieder die übliche sehr flache und mit großen, stark verzweigten Palmen bewachsene Insel.

Vier Dhaus liegen vor Anker, denen wir mit der Erstürmung der Piraten-*zaroug* einiges zu berichten haben. Meine Männer geben von dem Geschehen eine epische Schilderung, die sogleich von Mund zu Mund geht.

Sämtliche Besatzungen samt *nacoudas* kommen an Bord und starren mich an wie einen Halbgott. Schon trägt die Geschichte legendenhafte Züge. Wundersame Dinge hätten sich zugetragen. Eine Dynamitexplosion wäre zu einfach; nein, der *sultan el bahar*, der König der Meere, nämlich der Pottwal, habe mitgewirkt, und gesandt worden sei er von jenseitigen Mächten, von den Manen eines Scheichs, die ich beschworen hätte, und so weiter. Es ist dies der Ursprung einer unendlichen Legende, die um meinen Namen herum gesponnen wird und sich durch die Fantasie der Erzähler Tag für Tag anreichert. Erst reichlich spät gelingt es mir, die Gäste zu verabschieden.

Ich will mich gerade zur Ruhe begeben, da höre ich ein Plätschern. In der Nähe des Steuers sehe ich über Bord und erblicke einen Schwimmer, der mir zuwinkt. Er will mir etwas sagen.

Abdi hilft ihm an Bord und lässt uns auf dem Hinterdeck allein. Es ist ein Dankali von den Inseln, ein ganz eigenes Volk. Sie sprechen Dankali, weisen aber einen starken sudanesischen Einschlag auf, da seit Jahrhunderten Schwarze aus Zentralafrika dort auf Fischfang gehen. Er nimmt seinen nassen Lendenschurz ab und legt einen zweiten an, den er als Turban auf dem Kopf trug.

Ich warte ab, bis er zu sprechen beginnt. Er knüpft ein Ende seines Schurzes auf und hält mir eine Perle hin. Sie ist etwa erbsengroß und völlig rund. Sofort ist mir klar, dass er betrogen und einen Teil seiner Austern geöffnet hat, bevor er seinen Fang der allgemeinen Ausbeute zuschlug. Sein Boot gehört Saïd Ali und fischt auf dessen Rechnung.

Mich hier anzutreffen, hat ihn zum Handeln bewogen, denn bei einem Europäer kann er sicher sein, dass vom Kauf seiner Perle nicht jedermann Wind bekommt, wie dies bei einem Makler der Fall wäre, oder auch bei einem arabischen Käufer, der die Perle gewiss Saïd Ali anbieten würde. Dann müsste berichtet werden, woher sie kommt, wer sie gefischt hat, und so weiter, und er wäre ertappt.

In der Dunkelheit und beim bloßen Schein der Lampe kann ich den Wert der Perle nicht gut beurteilen, doch ausgehend von dem Kurs, den ich an Saïd Ali gezahlt habe, schätze ich sie auf fünftausend bis sechstausend Francs ein.

An Bord habe ich nur zwölf Pfund Sterling – die bei den Zaranig gefundenen zwei Pfund eingerechnet – sowie fünfzig Taler, was nicht gerade viel ist. Ich wage es gar nicht, dem Mann so wenig anzubieten. Noch bin ich voller Skrupel. Andererseits möchte ich so eine Gelegenheit nicht verpassen.

Ich gebe ihm die Perle zurück und sage ihm, dass ich kein Geld habe. Er denkt, ich hätte Angst, sie ihm abzukaufen, und verteidigt sich naiv.

»Ich schwörs dir, ich habe sie nicht gestohlen, bloß habe ich viele Gläubiger, die sollen nicht erfahren, dass ich die Perle habe, sonst nimmt man mir mein ganzes Geld ab.«

»Nein, ich will sie nicht.«

»Komm, sag einen Preis.«

»Da«, sage ich darauf kühl, »fünf Pfund, mehr kann ich dir nicht geben.«

»Was, nein, sie ist mehr wert, schau sie dir doch an, du willst dich wohl lustig machen?«

»Nein, mehr ist sie nicht wert. Entweder oder.«

Ich will der Sache ein Ende bereiten. Er nimmt die Perle wieder an sich und tut so, als würde er sie wegstecken. Plötzlich hält er sie mir aufs Neue hin.

»Gib mir zwanzig Pfund dafür.«

»Hier, zwölf Pfund und fünfzig Taler, das ist alles, was ich habe.«

»Ach, du bist ja schlimmer als ein Jude!« Dabei scheint er glücklich, das Gold in Händen zu haben. Er küsst mir zum Abschied die Hand und verschwindet wieder, wie er gekommen ist.

Ungeduldig erwarte ich den Morgen, um meinen unerwarteten Kauf in Augenschein zu nehmen. Der Gedanke, es könne eine falsche Perle sein, kommt mir nicht in den Sinn; um dergleichen zu denken, muss man in Europa sein. Hier hat es so was nie gegeben.

Bei Tageslicht bin ich entzückt über meinen Kauf. Die Perle wiegt zweiundzwanzig Grain, und wird sie bei ihrer Einschätzung auf das Zehnfache ihres Gewichts veranschlagt, was wenig wäre, so ist sie schon fast fünftausend Francs oder hundertfünfundzwanzig Pfund Sterling wert.

Mir schwant, dass sie nicht nur unrechtmäßig gefunden, sondern gestohlen worden ist. Gewissheit habe ich nie erlangt.

Nun stellt sie den Gewinn meiner ersten Ausfahrt dar.

Am Nachmittag des folgenden Tages steigen am Fuß des Hochplateaus von Asmara die Telegrafenmasten von Massaua aus dem Meer. Noch vor Einbruch der Nacht werden wir dort eintreffen, denn es weht eine frische Brise, die von überall her kleine weiße Segel auf den Hafen zutreibt. Es sind Fischerboote, die den Maklern und Händlern in den Cafés am Kai ihre Perlen bringen.

Zanni fällt mir dabei ein, mit seinem Engelsgesicht, und der parfümierte Schouchana. Es ist die Stunde, in der diese Leute vor ihrem Mokka sitzen und die Ankunft jener weißen Segel erwarten, die ihnen – vielleicht – das große Geschäft bescheren.

5

Der Tod von Saïd Ali

Gegen zehn Uhr morgens fahre ich in die Reede von Massaua ein. Kaum sind wir am Zollkai vor Anker gegangen, sehe ich aus der Masse der Einheimischen schon den dicken Schouchana herausragen, im Schatten eines grün gefütterten Sonnenschirms.

Er ruft mich bei meinem Vornamen, und mit einem rosafarbenen Seidentaschentuch, aus dem ich förmlich das Parfüm zu riechen vermeine, winkt er mir freundschaftlich zu.

Unter den Bögen des *Café du Commerce* sitzt Zanni vor seiner unvermeidlichen Tasse zu zwanzig Centimes und hält Hof. Als er meinen Blick erhascht, grüßt er diskret und lüpft dazu seinen kleinen Strohhut, dann sitzt er wieder unbeweglich da wie ein geduldiges Insekt.

Ich setze meinen Fuß an Land und werde sogleich von Schouchana umarmt, als käme ich vom Ende der Welt zurück.

»Wir haben uns schon Sorgen um Sie gemacht. Es hieß, Sie seien von Zaranig–Piraten überfallen worden. Noch ein paar Tage, und ich hätte die Behörden gebeten, nach Ihnen suchen zu lassen.«

»Besten Dank. Sie sollten aber wissen, dass ich es nicht mag, wenn man sich allzu sehr um mich kümmert. Als einziges Abenteuer haben wir die Sudanesen einer Dhau aufgenommen, die bei Harmil gesunken war. Sie gehörte, glaube ich, Zanni. Ist er von dem Schiffbruch unterrichtet worden?«

»Ja, vor vierzehn Tagen wurde ihm die schlechte Nachricht gemeldet, doch erzählt man sich eine Riesengeschichte darum …«

»Nichts als Gerüchte, auf die man nichts geben sollte.«

An Bord habe ich meinen Leuten eingeschärft, den Angriff auf die Zaranig nur ja nicht zu erwähnen. Ich will nicht zum Tagesgespräch werden und eine Untersuchung riskieren, bei der unterbeschäftigte Beamte sich aufplustern dürfen, ohne zu bedenken, wie viel Zeit sie damit den armen Zeugen rauben.

Zanni kommt zu mir und fragt mich nach seinen Leuten. Ich spüre, dass auch er nicht auf sensationelle Enthüllungen aus ist, und für meine Diskretion bedankt er sich mit einem Lächeln.

Er fragt mich gleich, wohin ich während meiner Fahrt gekommen bin, denn er will wissen, ob ich Saïd Ali getroffen habe, aber nicht als Erster von ihm sprechen. Während ich von der Begegnung mit dem alten Araber gerade das erzähle, was mir opportun scheint, beobachte ich Zannis Gesicht. Ich spreche von der Krankheit Saïds, von seiner Behandlung, und zum Abschluss tue ich so, als ob ich von der seltsamen Therapie, die sein Pfleger aus Tigre ihm angedeihen lässt, nicht das Geringste verstünde. Da lese ich von seinem bis dahin undurchdringlichen Gesicht eine Entspannung ab.

Selbst Menschen, die ihre schmerzlichsten Gefühle zu kaschieren wissen, achten nicht auf den Sonnenstrahl, der über ihr Gesicht fährt, wenn eine Angst, die sie sorgfältig verborgen hatten, ihnen plötzlich grundlos erscheint.

Ohne viel Federlesens nimmt Schouchana mich mit in sein Haus, wo uns ein Festmahl erwartet. Man sieht, dass Rosenthal sich bei den Reisekosten nicht lumpen lässt und Jacques auch in einer vorläufigen Bleibe auf Komfort hält.

Natürlich zeige ich meinen Kauf vor, ohne aber – ich weiß nicht, warum – zu gestehen, dass Saïd mich dazu bewogen hat.

Während Schouchana auf dem traditionellen roten Tuch die Perlen mit seinem dicken, behaarten Zeigefinger hin- und herrollt, zieht er skeptisch die Lippe bis fast zur Nase hoch. »Ich glaube, da haben Sie sich einwickeln lassen. Den Kaufpreis bekommen Sie kaum wieder herein. Es sei denn …«

Er hält eine große tote Perle hoch, trübe wie das Auge eines gekochten Fisches, und scheint mit seiner großen Tapirnase daran zu riechen. Dann prüft er im Sonnenlicht ihre Transparenz. »Es sei denn … Aber das sollte ich Ihnen gar nicht sagen. Auf wie viel schätzen Sie die Perle?«

»Ach was, ich denke, sie ist wertlos.«

»Wenn ich sie Ihnen zum gleichen Preis abkaufe, verlieren Sie also nichts? Nein, wissen Sie was, Sie vertrauen mir und sind mein Schüler, da sage ich Ihnen, was ich vermute: Das ist wahrscheinlich im Inneren eine reine Perle, sie ist nur mit schlechtem Perlmutt überzogen. Ich werde versuchen, diese Schichten abzulösen. Die Sache ist nicht gewiss, aber sehr wahrscheinlich. Mich wundert, dass Ihr Verkäufer das nicht probiert hat. Es ist Elementarwissen.«

»Ach, das war ein Mann ohne Erfahrung«, erwidere ich und denke dabei an den alten Saïd, durch dessen Hände sämtliche Perlen des Roten Meeres gegangen sind! Ein Detail wie dieses kann ihm nicht entgangen sein. Wollte er das Glück meinem Scharfblick anheimstellen? Hat er sich, wie in alten arabischen Märchen, den Spaß gemacht, seine Wohltat erst dann wirken zu lassen, wenn ich mich ihrer würdig erweise, indem ich den Schatz finde, der sich unter schäbigem Anschein verbarg?

Schouchana greift zu einem Skalpell und beginnt, an der Oberfläche der Perle zu kratzen, wobei seine klobigen, behaarten Hände mit den ringbesetzten Spachtelfingern erstaunliches Geschick an den Tag legen. Als wäre die Perle eine winzige Zwiebel, fallen nach und nach hauchdünne Perlmuttschichten ab. Nach einer Stunde Arbeit, während der die andächtige Stille nur von dem metallenen Kratzen gestört wurde, wischt Jacques sich den Schweiß von der Stirn.

»Ich glaube, ich habe sie! Aber einen halben Tag brauche ich noch, und jetzt sehe ich nichts mehr. Ich mache morgen weiter.«

Tatsächlich ist die Perle schon durchscheinend; noch ein paar Hundertstelmillimeter, und ihr Orient wird erglänzen. Gerade am Ende steht die größte Feinarbeit an. Es darf nur jeweils eine Perlmuttschicht auf einmal entfernt werden, und die Schichten sind von der Größenordnung der Wellenlänge des Lichts, denn so kommen die Interferenzen zustande, die eine Perle schillern lassen.

»Sie haben also die Perlen von Saïd gesehen«, fährt Schouchana fort. »Wie haben Sie das angestellt? Er zeigt sie kaum jemandem. Ich dachte, ich sei der einzige Europäer, der sie je gesehen hat. Ich will Ihnen nicht verheimlichen, dass ich von Rosenthal den Auftrag habe, die Perlen für ihn zu kaufen, falls die Gelegenheit sich bietet. Ich habe einen Bankkredit von zehn Millionen.

Es tut sich aber Seltsames rund um Saïd Ali, und Zanni scheint dabei eine merkwürdige Rolle zu spielen. Da ich recht geschwätzig wirke, traut man mir nicht ganz, und ich kann viel beobachten. Dieser Teufelsgrieche hat die Söhne Saïds komplett unter seiner Fuchtel, zumindest den ältesten, der nur noch mit den Augen Zannis sieht und jeden seiner Ratschläge befolgt. Er unterhält sie alle drei, und die Summen, die er ihnen vorschießt, dürften in die Hunderttausende Lire gehen.

Mich würde nicht wundern, wenn er sie in irgendeine kompromittierende Affäre verwickelt hätte, um sie besser an die Kandare zu nehmen. Wenn man sie zu nehmen weiß, sind Araber in Geschäftsdingen furchtbar naiv!

Während Ihrer Abwesenheit ist ein Mann gekommen, halb Araber, halb Dankali, und hat versucht, den ältesten Sohn wieder seinem Vater näherzubringen. Mir ist aufgefallen, wie entsetzlich nervös Zanni daraufhin war. Seine Dhau segelte unablässig zwischen Massaua und Djumele hin und her. Er hat auf Saïd wohl Spitzel angesetzt, denn letztes Jahr hat er ihm einen seiner Sklaven geschickt, angeblich um Tabak anzubauen. Der Sklave ist noch immer dort, obwohl auf Dahlak kein Tabak wachsen will, und hin und wieder taucht er hier auf, vermutlich um Bericht zu erstatten.«

Ich bin drauf und dran, ihm alles, was ich gesehen habe, zu offenbaren, doch scheint mir dies für die Aufklärung, die ich begehre, letztendlich unnötig. Als stiller Beobachter hört und sieht man am besten.

Als ich am Abend an Zannis Laden vorbeikomme, finde ich diesen geschlossen vor, und niemand kann mir sagen, wo der Grieche zu finden ist. An Bord berichtet mir Abdi, er habe Zanni in einem Mietboot gesehen, am Mittag, zu einer Stunde, in der in der aufgeheizten Stadt alles schläft. Er sei zum Werfthafen von Guerar gefahren, in dem Dhaus gefertigt werden. Dort hat er ein Schiff im Bau und will die Arbeit vorantreiben, damit es bald auslaufen kann.

Als ich um fünf Uhr abends in die Stadt gehe, sehe ich auf der Terrasse seines Stammcafés den kleinen Zanni, ruhig und bescheiden lächelnd wie immer.

Er nötigt mich, mit ihm den traditionellen türkischen Kaffee zu trinken.

»Ich möchte dir ein Souvenir für deine Frau schenken und warte schon lange auf den geeigneten Moment dafür.« Er duzt mich, da wir Arabisch sprechen und es dort keine Höflichkeitsform gibt.

»Meine Leute haben mir erzählt, wie du meine Perlen gerettet hast, also musst du an meine Freundschaft eine Erinnerung bewahren.« Er übergibt mir, in eine schmutzige, zerknitterte Zeitung gewickelt, einen Schmetterling aus Filigrangold, der an jedem Flügel drei schöne Perlen trägt; eine Art Brosche. Ich kann sein Geschenk unmöglich zurückweisen, ohne ihm meine Abneigung auszudrücken, für die ich zum einen keinen handfesten Grund habe und die ich zum anderen nicht offenbaren möchte. Allein der reine Materialwert dieses orientalischen Schmuckstücks beträgt gewiss schon fünfundzwanzig bis dreißig Pfund. Er gibt mir das, als wäre es wertloser Plunder, und spricht sofort von etwas anderem. Rasch kommt er zu der Frage, die ihn interessiert.

»Kennst du einen gewissen Cheik Issa aus Tadschura?«

»Flüchtig. Ich bin ihm auf dem Meer begegnet, doch weiß ich nichts über ihn.«

»Es heißt, er werde sehr geachtet und sei der Freund vieler mächtiger Stammeschefs. Was tut er in Dschibuti?«

»Wo hast du ihn denn gesehen?«

»Hier in Massaua. Die Söhne Saïds zollen ihm viel Respekt und scheinen ihn gut zu kennen.«

Ich spüre, dass Zannis Denken um die eine Frage kreist, die er nicht aussprechen will: Ist Cheik Issa ein Freund Saïd Alis?

»Gut möglich«, erwidere ich, »denn als ich ihm begegnet bin, hat er mir erzählt, er stehe mit Saïd Ali wegen eines großen Muli-Geschäfts in Verbindung.«

Zanni schmunzelt leicht, als er das Wort »Muli« hört. Er denkt wohl, in meiner Naivität habe ich es wörtlich genommen.

Die Erleichterung, die sich auf seinem Gesicht widerspiegelt, zeigt mir an, wie sehr meine Lüge ihn beruhigt. Mit dem Dankali-Araber, von dem Schouchana sprach, war also Cheik Issa gemeint.

Was zum Teufel aber wollte er hier? Er muss hier aufgetaucht sein, kurz nachdem ich ihm die Kugelkerne von Paisseaux gegeben und ihn unterrichtet habe, was um seinen Freund Saïd vorzugehen schien. Bestimmt hat der alte Schmuggler den raffinierten Griechen beschattet und einen Gegenplan ausgeheckt. Es sind zwei ebenbürtige Gegner, doch was hat Cheik Issa eigentlich vor? Ist auch er hinter den Perlen her? Ich kann es mir nicht vorstellen.

Während mir all das im Kopf umhergeht, kehre ich an Bord zurück, trotz des Drängens von Jacques, der mich wieder einladen will. Mir ist es lieber, allein zu sein, um über all diese Rätsel nachzudenken. Auf dem Boot treffe ich den sudanesischen *nacouda* Zannis an, den ich auf Harmil an Bord genommen hatte. Er wartete auf mich, um mir seine Abfahrt nach Djumele anzukündigen. Sobald am Abend die Landbrise aufkommt, segelt er los. Er soll so schnell wie möglich Anordnungen seines Herrn entgegennehmen, doch weiß er nichts über die Gründe dieses plötzlichen Aufbruchs.

Vor Anbruch der Nacht sehe ich tatsächlich seine Dhau aus dem Hafen hinaus in Richtung Dahlak fahren.

Es muss schon nach Mitternacht sein, als ich durch ein geschäftiges Treiben auf dem Kai wach werde, auf dem es um diese Stunde ansonsten völlig still ist. Die Dampfschaluppe des Lotsen legt ab und scheint voller Passagiere zu sein. Es wird wohl ein Dampfer eintreffen, denke ich, ohne mich weiter zu beunruhigen, und versuche, wieder einzuschlafen.

Noch vor Sonnenaufgang, in der Frische der Morgendämmerung, trinke ich auf dem Deck meinen Kaffee. Da erscheint Jacques auf dem noch verlassenen Kai und winkt mich zu sich. Als ich für seine Begriffe zu sehr zögere, weckt er einen einheimischen Ruderer und kommt zu mir an Bord. Dieser morgendliche Besuch erstaunt mich sehr, da Jacques im Allgemeinen den Großteil des Vormittags im Bett verbringt. Er wirkt furchtbar aufgeregt; etwas ganz Besonderes muss geschehen sein. Als wir auf dem Achterkastell allein sind, sagt er zu mir: »Saïd Ali ist gestorben, einer meiner Makler hat es erfahren, als er heute Nacht gesehen hat, wie Zanni an Bord der Dampfschaluppe des Lotsen gegangen ist, zusammen mit seinem Freund Omar, dem ältesten Sohn von Saïd. Ich muss so schnell wie möglich nach Dahlak und hoffe sehr, Sie können mich hinbringen. Ich habe den *commissario* benachrichtigt, sodass wir ohne Formalitäten losfahren können.«

Eine Viertelstunde später laufen wir aus dem Hafen aus.

Welch seltsames Zusammenspiel: der von Zanni losgeschickte *nacouda*, die um Mitternacht unter Dampf stehende Schaluppe … Der einheimische Bootsführer hatte gegen alle Gewohnheit an Bord geschlafen und die Lichter abgedunkelt. Hatte Zanni den Tod schon vorausgeahnt und deshalb Vorkehrungen getroffen, um rasch losfahren zu können?

Jacques kaut an seinen Nägeln, was bedeutet, dass er sich das Gehirn zermartert, wie er den Kauf der Perlen bewerkstelligen kann. Ich wiederum verliere mich in Spekulationen über das verwirrende Geheimnis der ganzen Affäre.

»Wurde denn zuvor vermeldet, dass es ihm schlechter gehe?«, frage ich nach einer Stunde Schweigen.

»Nein. Gestern habe ich seinen Pfleger getroffen, der wegen einer dringenden Familiensache, über die Zanni ihn unterrichtet hatte, schnell nach Hause musste. Er sagte mir, Saïd Ali sei wohlauf.«

»Aber den Pfleger hat doch jemand vertreten, nicht wahr?« Ich stelle mir das Martyrium des um seine Droge gebrachten Alten vor.

»Ich glaube, Zanni hat ihm gestern Morgen schnell jemanden geschickt.«

Mir schnellt ein schrecklicher Verdacht durch den Kopf: Was ist, wenn der neue Pfleger den bisherigen nicht gesehen hat? Wird er Saïd dann nicht in aller Eile eine Spritze verabreichen, ohne zu wissen, dass die Lösung verdünnt werden muss?

Ich sehe den großen alten Mann vor mir, wie er schweißgebadet und mit verstörtem Blick nach seiner Spritze verlangt, als wäre sie sein Heil. Und stelle mir die Panik des einheimischen Pflegers vor, der die eindrucksvollen Symptome eines nach seinem Gift lechzenden Abhängigen nicht kennt und diesen zu retten vermeint, wo er ihm stattdessen den Tod gibt. Sollte Zanni das so beabsichtigt haben? Das wäre furchtbar.

Der Wind hat sich gelegt, und wir müssen die Ruder ausfahren. Jacques verspricht ein Schaf, wenn wir bis Mittag in Djumele sind. Um drei Uhr nachmittags kommen wir an, dank meiner Leute, die gerudert sind wie die Galeerensträflinge.

Am Strand vor dem Wohnsitz Saïd Alis ist hinter der Schaluppe aus Massaua eine Dhau an einem Schlepper festgemacht. Ich erkenne das Boot Zannis mit dem sudanesischen *nacouda*, der am Vortag zu mir gekommen war. Soeben wird unter rituellen Gesängen die Leiche Saïds an Bord gebracht. Für diese traurige Eventualität also hatte Zanni sein Boot geschickt, noch bevor über den Tod Saïds irgendetwas bekannt war …

Unter dem weißen Leichentuch zeichnet sich die starre Form des Kadavers ab. Ein Baldachin aus grüner Seide – der Farbe des Propheten – schützt den *angareb*, auf dem der Tote mit den Füßen in Richtung Bug liegt, vor der Sonne.

Zanni kommt mit der dem Anlass entsprechenden dezenten Trauermiene auf uns zu.

Im Haus sind die Klagen der Frauen noch nicht verebbt; sie werden noch so lange andauern, bis das Boot mit der Leiche die Reede verlässt. Auch wenn ich wohl weiß, dass es sich nur um eine Tradition handelt, haben die Klageschreie in dem Haus, das von seinem Herrn für immer verlassen wurde, eine tiefe Wirkung auf mich.

Omar, der älteste Sohn, ist allein gekommen, denn der eine Bruder kann aus Asmara erst am folgenden Morgen eintreffen, und der Jüngste ist nach Arabien zu seiner Schwester gefahren, die noch im Kindesalter ist.

Da es das muslimische Gesetz der Familie nicht erlaubt, einen Toten lange ohne Grab zu lassen, findet die Beerdigung noch am selben Morgen statt.

Der Sohn, der seinem Vater frappierend ähnlich sieht, verzieht keine Miene. Bei den Muslimen scheint Zuneigung ein Gefühl zu sein, das mit dem Toten mitstirbt. Ein Mann würde sich entehrt fühlen, vergösse er auch nur eine Träne vor dem Leichnam des Menschen, den er am liebsten hatte. Omar dürfte um die dreißig sein und wirkt moralisch degeneriert, vielleicht unter dem Einfluss von Kat oder Haschisch, das reiche Araber in hohen Mengen konsumieren. Der Müßiggang ist ihr Ruin, und Omar ist ein Beispiel dafür.

Zanni übt starken Einfluss auf diesen schwachen, trägen Geist aus, in dem jeglicher Wille sich zersetzt hat.

Jacques sorgt sich um die Perlen.

»Sind schon irgendwelche Formalitäten erledigt worden?«, frage ich.

»Ja, ich habe alles versiegeln lassen«, erwidert Zanni rasch, »da noch nicht alle Kinder da sind. Omar wollte den Tresor öffnen, doch in Übereinkunft mit dem Gerichtsvollzieher habe ich mich dagegen verwehrt.«

»Sie hätten wenigstens nachsehen können, ob die Perlen da sind«, wirft Schouchana ein.

»Wozu? Das wäre nur kindliche Neugier gewesen, und für den Fall, dass sie nicht da sind, hätten wir riskiert, dass man die Schuld dafür uns gibt.«

»Wo ist der Schlüssel?«

»Den haben wir an Saïd gefunden. Er war mit einem Kettchen an seinem Arm befestigt. Nach seinem Tod hat also niemand den Tresor öffnen können.«

»Aber wann ist er gestorben, und wann sind Sie angekommen?«

»Ich bin seit drei Uhr morgens hier. Saïd ist gestern Abend gestorben. Von einer Piroge mit drei Ruderern bin ich gleich benachrichtigt worden.«

»Hat die Piroge schon darauf gewartet, Ihnen das zu melden?«, frage ich und sehe Zanni dabei sehr direkt an.

Aus matten Augen blickt er ausdruckslos zurück. Er tut so, als hätte er nicht gehört. Ich lasse ihn mit Jacques über Geschäfte sprechen und betrete das Gebäude, in dem die so ganz besondere Verwirrung herrscht, die in einem Haus ein Toter hinterlässt.

Der Gerichtsvollzieher, ein Mestize, versieht alle Möbel mit roten Wachssiegeln.

Ich gelange in das Schlafzimmer Saïds, in dem noch der Geruch des beim Reinigungsritus verbrannten Duftholzes hängt. In dem Kämmerchen, das dem Pfleger aus Tigre als Offizin diente, wurden alle Phiolen, die ich dort gesehen hatte, zerbrochen, und ein Sudanese schickt sich an, die Scherben mitzunehmen und ins Meer zu werfen.

»Wer hat dir gesagt, dass du die Flaschen wegwerfen sollst?«

»Der *cawadja*, der Omar begleitet.«

Vergeblich suche ich nach den Überresten der Phiole, auf der »Morphin 0 %« stand. Bestimmt hat Zanni sie verschwinden lassen. Mein Verdacht wird mir zur Gewissheit.

Beim Hinausgehen sehe ich im Sterbezimmer eine alte Sklavin in einer Ecke kauern und leise schluchzen. Auch andere Sklaven wirken hilflos. Nur diese armen Menschen scheinen wahrhaft zu trauern.

»Wo ist der alte Eunuch, der immer bei Saïd war?«, frage ich einen von ihnen.

»Kames? Der ist auf die Insel Seil-Djin gefahren, um das Grab unseres Herrn vorzubereiten.«

»Weißt du, wie er gestorben ist?«

»Gesehen habe ich es nicht, ich schlief im Garten, aber ich weiß, dass er seit der Abfahrt des Abessiniers, der ihn pflegte, sehr krank geworden ist. Der andere Pfleger ist erst gestern Abend gekommen, und da haben wir unseren Herrn schon von der Hoftür her stöhnen hören und haben alle für ihn gebetet. Als er seine Medizin bekommen hat, ist er sofort eingeschlafen. In der Nacht bin ich dann von den Schreien der Frauen wach geworden.«

Mir wird erzählt, Kames sei beunruhigt gewesen, dass sein Herr sich nicht bewegt habe, und als er ihn berührt habe, sei er fast kalt gewesen. Er war schon tot.

»Und wo ist dieser Pfleger?«

»Verschwunden. Ich glaube, er ist nach Djemele gefahren, wo Askaris sind, denn er hat Angst, dass wir ihm hier den Garaus machen. Bestimmt hat er den Herrn getötet, da kannst du ganz sicher sein, aber Gott ist groß, und wir sind alle in seiner Hand. Möge Gott ihn verfluchen!«

Aus der ganzen Umgegend treffen Honoratioren auf Reiteseln ein, während von den Nachbarinseln welche mit Ruderbooten und Pirogen kommen.

Sie besteigen die Dhau mit den sterblichen Überresten Saïd Alis. Wegen der Windstille erwirkt Zanni, dass die Dhau von der Schaluppe geschleppt wird. Schließlich tritt Saïd seine letzte Reise an, die ihn in das Binnenmeer des Archipels führt. Dieses gewährt ihm die Ehre, durch seine spiegelglatte Ruhe vor dem Leichenzug einen herrlichen Perlmuttteppich auszubreiten.

Die Dhau ist bald nur noch ein Punkt, und der weiße Fleck des Leichentuchs zittert in der heißen Luft, als ließe ein geheimnisvoller Odem es zu einer Geste des Abschieds flattern. Dann verschwindet alles zwischen den flachen Inseln.

Da erhebt sich von Süden her eine Brise, und das ganze Meer scheint dem Leichnam dieses großen alten Mannes zu folgen, der ihm die Wacht über seine Ruhestätte überantwortet, auf einer einsamen Insel, unter Sonne und Wind. Dort werden die schweren Wellen des Südmonsuns, in ihrem Lauf überrascht von dem aus tiefem Wasser emporragenden Inselchen, sich an dem schmalen Strand brechen und ihren weißen Schaum dem Toten zu Füßen legen.

In dunklen Nächten wird es auf dem Riff phosphoreszierend aufscheinen wie von einem Feuerteppich und die Wände des einsamen Grabs fahl beleuchten.

Der geheimnisvolle Mond, dessen Zauberstrahlen bis in die Tiefen des Meeres scheinen, wird in der Stille der Nacht den Toten besuchen. Ich schaue nach dem Mond und denke dabei an die Legenden, die der alte Araber mir erzählt hat. Bleich wie ein Wolkenfetzen und fast unsichtbar sehe ich ihn am blauen Himmel stehen.

Unscheinbar ist er, wie ein treuer Freund, doch heute Abend, wenn das Inselchen zur Ruhe findet, wird er den von den Menschen verlassenen Grabhügel bestrahlen. Mir ist, als würde eines Tages sein Antlitz erscheinen, um den alten Künstler zu rächen, der ihn zu lieben verstand, indem er all seine Träume in den Zauber seines kalten Lichts projizierte.

Schon jetzt habe ich eine Ahnung von der Rolle, die der Mond in diesem Drama noch spielen wird, und das Ende hat mir schließlich gezeigt, wie sehr unser aller Schicksal unabwendbar feststeht. Die unbelebtesten Dinge scheinen Bewusstsein zu erlangen, um uns auf den Weg zu drängen, der uns vorgeschrieben ist und dem wir bis zu seinem Ende folgen, mag er uns auch ins Verderben führen.

Im Fortgang meines Lebens habe ich dafür schreckliche Beispiele gesehen.

Das alles ist so überwältigend, dass ich die Tränen nicht zurückhalten kann.

Der Anblick Zannis reißt mich aus meiner Träumerei. Ich

empfinde Abscheu vor diesem kleinen Mann, in dem sich die ganze Erbärmlichkeit menschlichen Tuns verkörpert.

Zanni wird auf den zweitältesten Sohn Saïd Alis und auf den Kadi aus Massaua warten. Jacques bleibt ebenfalls in Dahlak. Er ist von jener jüdischen Zähigkeit, die sich an einer Sache festklammert und sie nicht mehr loslässt.

Ich dagegen verlasse diese Insel der Traurigkeit und fahre nach Massaua zurück. Ich muss dort Reparaturen vornehmen lassen und vernehme nebenbei die unglaublichsten Gerüchte über den Tod Saïd Alis. Da begreife ich, wie gefährlich es sein kann, eines Verbrechens beschuldigt zu werden, an dem die öffentliche Meinung sich entzündet.

Die Fantasien scheinen sich gegenseitig aufzuschaukeln, und ehrbaren Menschen werden Dinge suggeriert, von denen sie auf einmal aufrichtig glauben, sie hätten sie gesehen.

Am dritten Tag kehren Jacques und Zanni nach Massaua zurück, so braun gebrannt, als hätten sie ganz Afrika durchquert. Der eine hatte nur sein kleines Hütchen auf und der andere seinen Sonnenschirm vergessen. Wenn man des Nachts aufbricht, kann derlei geschehen, vor allem wenn einen Sorgen umtreiben. An die Sonne denkt man dann nicht.

Die beiden erwarten mich unter den Bögen des *Café du Commerce*, und ich geselle mich rasch zu ihnen.

Jacques, dem alle Gefühle im Gesicht stehen, bietet einen trostlosen Anblick, als er sagt: »Der Tresor war leer.«

Zanni lächelt müde und desillusioniert.

»Mich überrascht das nicht. Ich kenne die Araber – eines Tages werden die Perlen wieder auftauchen. Doch was bin ich froh, dass wir den Tresor versiegelt haben, bevor er geöffnet wurde. Unweigerlich wären sonst wir beschuldigt worden, den Inhalt entwendet zu haben.«

»Was sagen die Söhne zu alledem?«

»Was sollen sie schon sagen? Der Brief ihres Vaters lässt keinerlei Zweifel zu und entlastet sein Umfeld von jeglichem Verdacht. Sie müssen mit dem vorliebnehmen, was sie bekommen. Den

Schaden in der Sache trage ich davon, doch habe ich schon dafür gesorgt, dass die Gebäude in Asmara beschlagnahmt werden.«

»Haben Sie den Brief gesehen? Was steht drin?«

»Ich habe ihn abgeschrieben«, sagt Jacques, dem das Arabische auch schriftlich geläufig ist. »Ich werde ihn euch übersetzen:

Möge der Herr meine Kinder, meine Sklaven und meine Diener segnen.

Es entspricht meinem Willen, dass die Perlen, die ich im Lauf meines Lebens angehäuft habe, vor meinem Tod aus diesem Tresor entnommen wurden, und niemand soll wissen, wo sie sind, oder versuchen, es herauszubekommen. Wenn es Gott gefällt, so werden die Perlen dem zufallen, dem sie gebühren, und zwar zu der Zeit und unter den Umständen, die ich im Geiste seiner Weisheit festgelegt habe. Niemand soll nach meinem Tod an meinen Beschlüssen irgendetwas ändern, und Unglück über jeden, der sich meinen Verfügungen entgegenstellen sollte.

Möge der Wille Allahs geschehen. Er ist der einzige Gott, und Mohammed ist sein Prophet.«

Während der Übersetzung beobachte ich Zanni. Er hört gelassen zu, so wie es sich ziemt, wenn man etwas schon öfter gehört hat.

»Gewiss«, sagt er, »hat er einen uns unbekannten Treuhänder bestimmt, der zum gewünschten Zeitpunkt seinen Letzten Willen erfüllen wird. Am vernünftigsten ist es wohl, abzuwarten und Augen und Ohren aufzusperren.«

»Und sein Grab auf der Insel Seil-Djin, wen hat er damit betraut?«

»Seinen Eunuchen Kames, aber nur mündlich. Vor etwa vierzehn Tagen hat er ihn damit beauftragt, das Grabmal anzulegen.«

»Warum auf einer so fernen Insel?«

»Aus Aberglauben. Er ist in letzter Zeit ein wenig seltsam geworden. Es heißt, die Insel werde von Meeresgeistern heimgesucht, die eifersüchtig über ihren Zugang wachten; vielleicht liegt es daran. Tatsächlich kann man wegen der starken Strömungen, die auf das Riff zulaufen, die Insel nur unter großen Risiken anfahren. An Land zu gehen, ist nur bei Vollmond möglich, wenn durch die gegenläufige Gezeitenströmung für kurze Zeit Ruhe einkehrt.«

Man sieht mir wohl an, wie überrascht ich über Zannis genaue Kenntnis von Saïd Alis Letztem Willen und von den nautischen Details bin, die ich selbst nicht kannte.

Zanni merkt anscheinend, wie unvorsichtig er war, denn rasch fügt er hinzu: »Ich gebe hier nur wieder, was ich von den sudanesischen Tauchern gehört habe, die sich in der Gegend auskennen.«

»Wie konnte der Leichnam Saïds dann überhaupt dort hingebracht werden?«

»Durch eine Bresche im Riff, die nach der Bestattung verschlossen wurde.«

Schouchana hört gar nicht zu. Er hat nur seine Perlen im Kopf und kaut seine Nägel bis aufs Blut.

Welch seltsamer Kontrast zwischen der fiebrigen Aufregung des einen, der doch nur die Hoffnung auf ein Geschäft verliert, und der Gelassenheit des anderen, der seine Garantie entschwinden sieht und dem beachtliche Schuldbeträge entgehen.

Jacques besteht darauf, dass ich ihm beim Abendessen Gesellschaft leiste. Er wird versuchen, meine Perle fertig zu bekommen.

Nach der Arbeit in Guerar, wo meine Dhau repariert wird, betrete ich das Haus, in dem Jacques wohnt. Als er meine Schritte auf der Holztreppe hört, stürzt er mir sogleich entgegen, mit strahlendem Gesicht und aufgerissenen Augen.

»Schnell, herein mit Ihnen, nehmen Sie Platz. Zuerst mal Ihre Perle, sie ist fertig und über hundertfünfzig Pfund wert, so viel wie alle anderen zusammen. Aber das ist unwichtig jetzt. Schwören Sie mir Verschwiegenheit, und raten Sie, was ich erfahren habe!«

»Dass der Papst Jude ist …«

»Nein, noch viel verrückter ... die Perlen Saïds sind in den Händen des ältesten Sohns, und Zanni weiß nichts davon. Was sagen Sie dazu?«

»Nicht von schlechten Eltern. Was haben Sie aber vor?«

»Omar wird nach Bombay fahren, und zwar über Aden, und ich werde mich nach Suez einschiffen, aber mit dem gleichen Endziel. Wenn wir in entgegengesetzte Richtungen fahren, kommt keiner auf die Idee, dass wir gemeinsame Sache machen.«

»Sind Sie denn auch sicher, dass er die Perlen hat?«

»Zum Teufel, ich habe sie gesehen! Ein unvergleichlicher Schatz.«

»Wie kommt es, dass er Ihnen das so gesteht?«

»Ganz einfach, er will Zanni, diesen Betrüger, nicht bezahlen, will sich nicht länger so schändlich von ihm erpressen lassen, denn es gibt da eine Geschichte mit einem Wechsel, bei dem der Sohn auf Drängen Zannis die Unterschrift des Vaters imitiert hat. Da er die Möglichkeit hat, sich der Gier dieses Wucherers zu entziehen, habe ich ihm geraten, dies ohne Zögern zu tun. Nur muss alles heimlich geschehen, und vor allem nicht hier und nicht offiziell durch mich. Denn einen so umfangreichen Kauf müsste ich dem Zoll deklarieren, der auf exportierte Perlen zehn Prozent Gebühren erhebt, und ein paar Stunden später wüssten dann alle Bescheid. Wollte ich die Perlen ausführen, ohne sie zu deklarieren, so ginge ich das Risiko ein, dass alles beschlagnahmt würde. Omar dagegen kann getrost den Hafen in Richtung Dahlak verlassen und von dort nach Aden fahren, ohne behelligt zu werden.«

Während er mir das darlegt, denke ich an das sorgsam ausgetüftelte Verbrechen, an die erstaunliche Gemütsruhe Zannis, und ich kann mir nicht vorstellen, dass der Mann sich so grotesk übers Ohr hauen lässt, wie der gute Jacques in seinem Enthusiasmus das vermeint.

Zurück an Bord, treffe ich einen Teil der sudanesischen Besatzung an, die ich vor den Piraten gerettet habe. Sie kommen gern auf meiner Dhau zusammen, wo sie sich zu Hause fühlen. Es sind dieselben Männer, die am Todestag Saïds nach Dahlak gefahren sind und das Boot mit seinem Leichnam nach Seil-Djin verbracht haben. Sie trinken auf dem Vorschiff Tee, und jeder berichtet von seinen Eindrücken. Interessiert höre ich ihnen zu.

Es ist ein mir Unbekannter unter ihnen, der mich aber grüßt und mich bei meinem Namen nennt. Er ist Matrose bei Cheik Issa, ein Sklave, der mich bei meiner Begegnung mit dem alten Piraten gesehen hat. Sein Herr hat ihn bei seinem letzten Aufenthalt in Massaua gelassen und dafür gesorgt, dass er er auf dem Boot Zannis als Taucher angestellt wurde. Sein offenes, intelligentes Gesicht zeigt mir an, dass er dafür mit Bedacht gewählt wurde. Aus den einfachen Gemütern ist indes nichts weiter heauszuholen als Banalitäten und Gespenstergeschichten, wie sie orientalischer Fantasie entspringen.

Die Bestattung von Saïd, einem Nachfahren des Propheten, hat sie tief beeindruckt. Es sei dabei eine Vielzahl außerordentlicher und übernatürlicher Dinge geschehen. Allein schon die Ruhe, die an dem Tag um das Inselchen geherrscht habe, sei für die Gegend so besonders gewesen, dass es sich nur um das Werk von Meeresgeistern handeln könne, die dem Leichnam, der ihnen überantwortet wurde, ihre Verehrung erweisen wollten. Dann seien Meeresvögel ganz seltsam über ihnen gekreist, und dies in solcher Zahl, dass davon die Sonne bedeckt gewesen sei, als man die Leiche in die Erde hinabließ. Vor allem aber war da, was sie in der Nacht erlebten, als Zanni nach Massaua zurückfuhr. Es habe sich nämlich ein *terra* auf seine linke Schulter gesetzt, einer jener Vögel, die sich nachts auf dem Heck von Schiffen niederlassen und den Einheimischen als die Inkarnation der irrenden Seele eines Ertrunkenen gelten, und als Zanni gezuckt habe, um ihn zu verscheuchen, habe er dem nächtlichen Vogel einen Flügel gebrochen. Dies sei ein schlechtes Zeichen; bevor noch das Jahr herum sei, werde ein düsteres Schicksal sich vollziehen.

Einen interessanten Umstand jedoch erfahre ich: Der sudanesische Gärtner, den Zanni bei Saïd untergebracht hatte und der zweifellos ein Spion war, hat den alten Eunuchen begleitet, als jener das Grabmal seines Herrn vorbereitete. Inzwischen hat der Mann Dahlak verlassen und wieder seine übliche Arbeit bei Zanni in Massaua aufgenommen.

Aus all diesen einzelnen Elementen ergibt sich noch nicht der Schlüssel zu dem Geheimnis.

Mich drängt es nun nach Dschibuti zurück. Dank Schouchana habe ich meine Perlen zu unverhofften Konditionen verkaufen können. Die Perle, die er von ihrer Kruste befreit hat, behalte ich als Souvenir an den alten Saïd, der sie mir absichtlich gegeben hat, sodass sie für mich zum Symbol geworden ist. Ich verabschiede mich von Zanni und versuche ein letztes Mal, das Gespräch auf das seltsame Verschwinden von Saïds Perlen zu bringen, doch bekomme ich nichts aus ihm heraus. Hinter seiner sanft lächelnden Maske bleibt er undurchdringlich.

Am Morgen des Tages, an dem ich losfahren will, läuft in den Hafen eine große weiße *zaroug* unter vollen Segeln ein. Ich erkenne das Schiff von Cheik Issa, und eine halbe Stunde später kommt dieser zu mir an Bord.

Von Saïds Tod habe er erfahren; Gott werde Gerechtigkeit walten lassen. Fürs Erste will Cheik Issa lediglich Salz laden, als Ballast für sein Schiff, das nach Tadschura zurückfährt.

»Und was hast du mit meinem Perlmutt gemacht?«, frage ich ihn lächelnd.

»Damit habe ich jemanden glücklich gemacht … oder unglücklich … darüber wird die Zeit entscheiden, denn alles ist in der Hand Gottes, und die kleinsten Dinge können dem Wunder seines Willens dienen.«

Weiterzubohren hat keinen Zweck; der Mann redet nur, wenn er will.

Nach etwas Geplauder über Dinge, die nur Anlass zum Sprechen sind, fragt Cheik Issa ohne Übergang: »Du besitzt doch das Buch über den Lauf der Gestirne. Kannst du mir sagen, ob dieses Jahr geschrieben steht, dass der Mond brennen wird?« Er meint damit eine Mondfinsternis.

Ich schlage sogleich in meiner Ephemeride nach und stelle fest, dass beim nächsten Vollmond an dem Ort, an dem wir uns befinden, um elf Uhr abends eine totale Mondfinsternis stattfinden wird. Bis dahin sind es fünfunddreißig Tage.

»Weißt du gewiss, dass du dich nicht irrst?«

»Das ist genauso sicher, wie heute Abend die Sonne untergeht. Doch was bedeutet dir die Mondfinsternis?«

»Ich könnte dir eine Lüge auftischen, doch geht es hier um den Willen Gottes. Er allein kann seine Pläne offenbaren. Wenn das Schicksal seinen Lauf nimmt, muss man es gewähren lassen und schweigen.«

Er setzt dabei eine merkwürdige Miene auf und blickt gedankenverloren ins Weite. Dann sagt er brüsk, als wollte er einen lästigen Traum verscheuchen: »Ich gehe jetzt. Bis bald hoffentlich. In zwei Monaten sehen wir uns wohl in Dschibuti wieder.«

*

Einige Zeit nach meiner Abfahrt aus Massaua habe ich Folgendes erfahren: Etwa einen Monat nach dem Tod Saïd Alis fuhr Zanni an Bord einer seiner Dhaus nach Jemen, unter dem Vorwand, in Hodeidah finde die Liquidation der Vermögenswerte des alten Arabers statt, und dort müsse er seine Gläubigerrechte geltend machen.

Seine Dhau war mit den Leuten besetzt, denen er das größte Vertrauen schenkte, unter ihnen der Sklave Cheik Issas, der es wegen seiner guten Kenntnis des Archipels geschafft hatte, als Lotse mitgenommen zu werden.

Drei Wochen nach der Abreise wurde die Besatzung zurückgebracht. Das Schiff war nördlich der Insel Ghabbihu in einer Nacht gekentert und Zanni dabei verschollen.

Man ließ alle Matrosen verhaften und leitete Ermittlungen ein, bei denen sich ergab, dass das Schiff tatsächlich am angegebenen Ort gekentert war, wohingegen die widersprüchlichen Aussagen über Zanni dessen Verschwinden verdächtig erscheinen ließen. Doch nach einem halben Jahr musste der Fall zu den Akten gelegt werden.

Später traf ich Jacques wieder, der aus Indien zurückkehrte, wo er im Auftrag von Rosenthal den größten Teil von Saïd Alis Schatz angekauft hatte.

Die Jahre vergingen, Europa wurde vom Weltkrieg überzogen, und ich dachte nicht mehr an das Geheimnis von Saïd Alis Tod, bis 1921 der Schleier, der es verhüllte, vom Zufall zerrissen wurde.

Während einer Fahrt nach Sues an Bord meines Schoners Altair, eines guten, sechsunddreißig Tonnen schweren Schiffs mit Hilfsmotor, wurde ich eines Nachts durch die Strömungen von meinem Kurs abgetrieben und hatte gegen Morgen plötzlich das Inselchen Seil-Djin vor mir, wo die weiße Kuppel von Saïds Grab mich an die alten Geschichten erinnerte.

Zu meiner Besatzung zählten damals zwei Sudanesen, Medan und Aman, die damals an Bord der Dhau gewesen waren, die die Überreste Saïd Alis nach Seil-Djin gebracht hatte. Beide hatten auch den Schiffbruch überlebt, bei dem Zanni verschollen war.

Mit Entsetzen in den Augen wollten sie mich davon abbringen, an die Insel heranzufahren, zu der uns anscheinend eine geheimnisvolle Hand geführt hatte. Mir galt ihr Schrecken als bloßes Zeichen von Aberglauben, und ohne mich darum zu scheren, fuhr ich Kurs auf die Insel, da wir bei schwacher Brise keinerlei Seegang hatten. Ich ließ die Piroge zu Wasser, und von Abdi begleitet, gelang es mir schließlich mit einiger Mühe, den kleinen Strand am Fuße des Grabmals zu erreichen.

Ich konnte mich nicht einer tiefen Bewegung erwehren, als ich die letzte Ruhestätte des alten Mannes erblickte, der in meinem Gedächtnis noch so lebendig war.

Bei unserem Eintreffen flogen kreischend und flatternd Tausende von Vögeln auf. Nichts weiter als spärliches Hartgras wuchs auf dem sandbedeckten Felsen, der vom leeren Horizont des Meers umgeben war.

Die Einsamkeit war erdrückend.

Auf der dem Wind abgewandten Seite war Saïds Grab voller Sand, auf dem keinerlei Spur zu sehen war. Seit der ehrwürdige Tote dort ruhte, schien kein Mensch den Ort betreten zu haben.

Beim Weggehen wurde ich auf ein verrostetes Stück Eisen aufmerksam. Es gehörte zu einer nach der Bestattung wohl weggeworfenen alten Schaufel.

Ich ließ Abdi das Eisen ausgraben, aus dessen Stiel er ein Paddel fertigen wollte. Als ich gerade die Piroge ins Meer zurückschob, rief er mich, um mir ein Tuch zu zeigen, das aus dem Sand ragte. Aus Neugier zogen wir den seltsamen Fund heraus. Nachdem wir ein paar Steine entfernt hatten, die anscheinend auf das Kleidungsstück gelegt worden waren, hatten wir eine von der Sonne verbleichte und von der Zeit zerfressene braune Kakijacke vor uns. Es waren noch ihre Metallknöpfe daran, und an einem Kettchen hing eine grünlich verfärbte Uhr aus Neusilber.

Da stieg aus meinem Gedächtnis die Silhouette von Zanni auf. Ich sah die metallenen Ketten wieder vor mir, die von der Brusttasche bis zum zweiten Knopf über seine Jacke gingen. Es gab keinen Zweifel, die Jacke hatte Zanni gehört. Wie aber war er auf die Insel gekommen? Ich dachte an die Dhau, die ihn nach Arabien bringen sollte. Das Inselchen lag durchaus auf seiner Route. Aber der Schiffbruch? Falls er wirklich dabei verschollen war, wie hatte er dann die dreißig Meilen vom Ort der Katastrophe bis hierher zurückgelegt?

Sorgfältig suchte ich die ganze Insel ab und stieß auf eine alte Feuerstelle aus drei Steinen mit Resten von Meeresschnecken und ausgebleichten Krabbenschalen darin. Ein Mensch oder mehrere Menschen hatten hier einige Tage verbracht. Vielleicht Fischer? Höchst unwahrscheinlich, wegen der Furcht vor den bösen Geistern, von denen sie die Insel heimgesucht wähnten. Sollte es tatsächlich Zanni nach dem Schiffbruch hierher verschlagen haben? Dann war er hier umgekommen, und irgendwo mussten seine Überreste liegen. Vergeblich suchte ich danach.

Die zerfetzte Jacke und die Uhr nahm ich mit, um sie nach meiner Rückkehr samt einem Bericht den Behörden von Massaua zu übergeben. Abdi schärfte ich ein, den Fund nicht zu bereden, und um mir seines Schweigens sicher zu sein, behauptete ich, es gehe dabei um die Uhr, die ich ihm geben wolle.

Ich bemühte mich, den beiden Sudanesen etwas zu entlocken, doch bekam ich es mit der hartnäckigen Art der Einheimischen zu tun, an Geleugnetem blind festzuhalten. Zwar war ich versucht, ihnen die Jacke vor die Nase zu halten, doch wusste ich im Voraus, dass ich damit nichts änderte und sie auch leugnen würden, was klar auf der Hand lag.

Da mich auf der Rückfahrt das Wetter zwang, die Dampfschiffroute längs des Roten Meeres zu nehmen, konnte ich in Massaua nicht anlegen. Nach näherer Überlegung kam es mir ohnehin klüger vor, erst Cheik Issa zu befragen, bevor ich irgendetwas unternahm. Meine Entdeckung würde ihn vielleicht dazu bewegen, mir sein Geheimnis zu verraten.

Bei meiner Ankunft in Dschibuti erfuhr ich, er sei in Tadschura, und ließ ihm ausrichten, er solle sich wegen einer wichtigen Angelegenheit mit mir in Obock treffen.

Einige Tage später gelangte er über die Berge, wo er zahlreiche Herden zu inspizieren hatte, dorthin und fand sich am Abend bei mir ein.

Ich erzählte ihm von meinem Besuch auf der Insel und legte ihm die Beweisstücke vor. Nachdem er diese eine Weile schweigend betrachtet hatte, sagte er mit ernster Miene zu mir: »Es wäre mir lieber gewesen, wenn diese Geschichte nicht mehr von sich reden gemacht hätte und ihr Geheimnis mir ins Grab gefolgt wäre. Da aber das Schicksal dich auf diese Insel geführt hat und es geschrieben stand, dass du diese Dinge finden würdest, ist es der Wille Gottes, dass du erfährst, was geschehen ist.«

6

Der Bericht von Cheik Issa

Als du mich vor den Gefahren gewarnt hast, die meinem Freund Saïd drohten, und vor der Rolle, die der Grieche dabei spielte, bin ich sogleich nach Dahlak gefahren. Saïd Ali hat mir erzählt, dass du einige Tage zuvor bei ihm warst, ihn wie ein echter *hakim* behandelt hast und dass er dich dazu gebracht hat, Perlen zu kaufen, die dir vielleicht als Grundstock für ein Vermögen dienen werden. Ich habe ihm erklärt, dass das Heilmittel, mit dem man seine Schmerzen linderte, ein Gift sei und ihn ins Grab bringen werde.

›Es möge geschehen, was Gott gefällt und wie es sein Wille ist‹, erwiderte er. ›Dieses Mittel verschafft mir Erleichterung, und ohne es ist das Leben nur eine Last. Wir sind in der Hand Gottes, und ich bin nur sein Sklave.‹

›Nun gut, aber willst du, dass deine Kinder von dem Griechen bestohlen werden? Sie sind Fleisch von deinem Fleisch und Blut von deinem Blut.‹

›Er wird sie nicht bestehlen, denn wenn meine Knochen wieder zu Staub werden, sind die Perlen, die jedermann begehrt, auf dem Grunde des Meeres. So werden alle zufrieden sein.‹

›Hör zu, Saïd, mein Bruder, so darfst du nicht handeln. Gott hat zugelassen, dass diese von ihm geschaffenen Wunderwerke zu den Menschen gelangen. Es hat so viele Menschenleben gekostet, sie aus den Tiefen des Meeres zu holen, und du willst sie dahin zurückwerfen? Sieh dich vor; du nennst dich einen Sklaven Gottes und erhebst dich gegen seinen Willen.‹

Saïd dachte eine Weile nach und sagte dann: ›Die Nacht wird mir Rat bringen. Ich werde dir morgen antworten.‹

Ich ging hinaus auf den Hof, um meine Waschungen für das Maghrib-Gebet vorzunehmen. Es war die Stunde, in der die Sklaven aus dem Garten zurückkamen. Einer von ihnen küsste den Saum meines Gewands, und da ich ihn nicht kannte, sagte er, er sei Kassim, der Junge, den ich in meinem Haus in Taizz, in Arabien, aufgezogen habe, wo er die Tabakzucht erlernt habe. Da erst erkannte ich seine Züge unter der Erwachsenenmaske und erinnerte mich, ihn fünfzehn Jahre zuvor meinem Freund Salem Atouffa überlassen zu haben, der in Hartico lebt, in der Nähe von Massaua.

Er sagte mir, Salem Atouffa habe ihn schon bald an einen Griechen verkauft, der Zigaretten produzierte, einen gewissen Zanni.

›Und was tust du hier? Gehörst du nun Saïd?‹

›Nein, Zanni hat mich nur verliehen, damit ich mich um den Tabak des Herrn kümmere.‹

›Hm, eine Tabakgegend ist das hier nicht gerade. Hat dein Grieche dir etwa beigebracht, deinen Vater zu belügen? Komm und verrichte mit mir das Maghrib-Gebet, falls du es nicht vergessen hast. Danach erzählst du mir, was du hier tust, denn ich bin mehr als dein Vater; ich habe dir das Leben zurückgegeben, und das ist mehr, als es nur zu geben.‹

Ich nahm Kassim in den Palmenhain mit, der schon im Schatten der Nacht lag. Er gestand mir, dass Zanni ihn hier untergebracht habe, um ihn über alles zu unterrichten, was bei Saïd geschah, vor allem über die Leute, die zu Besuch kamen, denn Zanni befürchtete, Saïd werde die Perlen heimlich verkaufen.

›Du hast nichts Schlechtes getan‹, sagte ich zu Kassim, ›denn seinem Herrn soll man immer gehorchen. Ich werfe dir nicht vor, hier zu spionieren, wenn du es nur aus diesen Gründen tust. Bleib also dem Manne treu, der dir zu essen gibt. Beobachte vor allem den alten Kames, denn er wird vielleicht beauftragt, die Perlen mitzunehmen, wenn Saïd sie verkaufen will. Ohne aber die Freundschaft meines Gastgebers zu verraten, kann ich dir sagen, dass er sie nicht verkaufen wird, aber vielleicht daran denkt, sie an einen Ort zu bringen, wo niemand sie an sich nehmen kann. Pass also gut auf und behalte vor allem den Eunuchen im Auge.‹

Am folgenden Tag gelang es mir, Saïd davon zu überzeugen, die Perlen aus seinem Tresor an einen sicheren Ort zu verbringen, damit nach seinem Tod ein Treuhänder sie ohne Zeugen an seinen ältesten Sohn übergeben könne. Der Grieche aber musste bestraft werden, und da kamen mir deine falschen Perlen zupass, die ich angenommen hatte, ohne so recht zu wissen, was ich damit anfangen sollte. Saïd und ich beratschlagten lange, und da kam uns Gott zu Hilfe.

Saïd ließ den alten Kames rufen und sagte zu ihm: ›Mein Sohn, alle Seelen müssen den Tod kennenlernen, und bei mir mag es bald so weit sein. Du wirst Punkt für Punkt meinen Willen befolgen, den ich dir diktieren werde, und weder Eisen noch Feuer sollen deinem Mund das Geheimnis entreißen, das ich dir nun verraten werde. Schwöre mir das auf das heilige Buch.

Diese Perlen aus Europa wirst du meinem Grab beigeben, zur Rechten meines Hauptes. Sorge dafür, dass Kassim dich begleitet und dass er sieht, was er zu sehen sucht. Tu dabei aber so, als seist du ohne Argwohn. Kassim muss überzeugt sein, dass mein Schatz zusammen mit mir im Grab ruht.

Diese Perlen dagegen, die ich mein Leben lang angehäuft habe, vererbe ich meinen Kindern. Sie sind in vier Teile aufgeteilt und in Ledersäckchen eingenäht, die du stets bei dir tragen musst.

Im Tresor hinterlege ich einen Brief, der meinen Letzten Willen erklärt und darlegt, warum die Perlen nicht mehr da sind. Wenn mein ältester Sohn diesen Brief gelesen hat, übergibst du ihm heimlich sein Vermögen und das seiner Geschwister. Pass jedoch bei deinem Seelenheil auf, dass der verfluchte Grieche nichts mitbekommt.

Den Rest wird der allmächtige Gott tun.‹

Wenige Tage nach dieser denkwürdigen Nacht fuhr der alte Eunuch nach Seil-Djin, um das Grab seines Herrn zu errichten.

Kassim begleitete ihn natürlich.

Am Tag von Saïds Tod fuhren sie einige Stunden vor dem Leichenzug wieder gemeinsam auf die Insel, um die letzten Vorbereitungen zu treffen. Die *zaroug*, die sie dazu bestiegen, war mit vier dem toten Herrn ergebenen Arabern besetzt.

Sobald sie an Bord waren, verstaute Kames die Perlmuttperlen in einer unverschlossenen Truhe und legte dabei solche Geheimnistuerei an den Tag, dass Kassim erst recht darauf aufmerksam wurde. Danach stellte der Eunuch sich schlafend, und Kassim lüpfte im Schutz der Dunkelheit den Deckel der Truhe und streckte seinen nackten Arm hinein. Er tastete sich bis zu dem Päckchen vor und erkannte durch den Stoff hindurch die runden Perlen. Mag sein, dass ihm der Gedanke kam, sie an sich zu nehmen und in der Nähe einer Insel davonzuschwimmen, doch erkannte er wohl, dass dies aus tausenderlei Gründen, die du dir leicht vorstellen kannst, unmöglich war. Kames hatte das ganze Treiben beobachtet und gelangte zu der Gewissheit, dass Kassim von der Anwesenheit der Perlen überzeugt war. Nach der Ankunft auf der Insel entnahm er das Päckchen wieder mit der gleichen vorgeblichen Heimlichkeit und verbarg es in seinem Baumwollgürtel.

Im flachen Grabboden war rechterhalb des Kopfendes eine kleine Aushöhlung gegraben worden, ein Detail, das Kassim bei der ersten Reise bemerkt hatte, dessen Nutzen er sich aber nicht recht hatte erklären können. Nun aber wusste er, welchen Schatz dieses Loch empfangen sollte. Kames betrat die Grabhöhle zunächst allein und grub das Päckchen mit den Perlmuttperlen ein. Dann ließ er Kassim eintreten, der sich somit vergewissern konnte, dass der Schatz tatsächlich an Ort und Stelle war.

Sie breiteten auf dem Sandboden der Grube Matten und Tücher aus, verbrannten Weihrauch und drehten danach beim Warten auf den Leichnam an den neunundneunzig Kugeln ihrer Gebetsketten.

Kassim versäumte es nicht, seinem Herrn über das Gesehene zu berichten, und dem Griechen galt es als gewiss, dass Saïds gesamter Schatz mit ihm zusammen begraben lag.

Da keimte in der Seele dieses Hundes, dem nichts und niemand heilig ist, der abscheuliche Gedanke auf, das Grab eines Nachkommen des Propheten zu schänden, um ihm sein Hab und Gut zu stehlen.

Das verbrecherische Vorhaben fiel dem Ungläubigen wohl deshalb ein, damit sein Schicksal ihn dazu führte, für Saïds Tod zu büßen.

Ich hatte dich gefragt, ob der Mond in diesem Jahr brennen werde, und wie du siehst, steht alles schon geschrieben, denn fünfunddreißig Tage danach trat solch ein Ereignis schon ein. Dem Sklaven, den ich auf der Dhau des niederträchtigen Griechen hatte unterbringen lassen, war von mir aufgetragen, dass Zanni die Grabinsel erst an dem Tag und der Stunde betreten sollte, die ich dafür bestimmt hatte. Dies war dem Sklaven ein Leichtes, denn er war Lotse, und die Insel konnte nur zu Vollmond angefahren werden.

Die Absicht des Griechen war nicht schwer zu durchschauen: Er wollte das Grab schänden und den Schatz stehlen und danach zur arabischen Küste, um von dort nach Europa zu gelangen.

Es kümmerte ihn nicht, wenn die Männer, die ihn begleiteten, danach darüber sprächen, und ohnehin würde wohl kaum einer sich damit brüsten, bei einer solchen Schandtat mitgewirkt zu haben. Er hatte übrigens solche ausgesucht, die ihm weniger glaubensfest erschienen, und mein Sklave hatte ihm schon lange vorgegaukelt, er trinke Wein und verlache heilige Dinge; Gott möge ihm diese List verzeihen.

Zanni segelte also mit meinem Sklaven als Lotse von Massaua in Richtung Arabien los. Auf hoher See gab er Anweisung, Seil-Djin anzufahren. Dem Lotsen fiel es nicht schwer, die Fahrt so zu gestalten, dass die Insel in der Nacht erreicht wurde, zu genau der von mir bestimmten Stunde.

Als sie dort eintrafen, schien herrlich der Vollmond.

Zanni ließ eine Piroge ausbringen, doch aus Angst vor bösen Geistern wollte niemand sie besteigen. Nur Medan willigte schließlich ein. Mit zwei Schaufeln an Bord fuhren sie los. Die auf der Dhau verbliebenen Männer errieten das düstere Vorhaben ihres Herrn und sahen sich schweigend an.

Die Dhau verblieb leewärts der Insel und wartete auf die Rückkehr der an Land gegangenen Männer.

Medan, der nun in deinen Diensten steht, ist ein Einfaltspinsel, der seinem Herrn blind gehorcht. Als er jedoch vor dem im Mondlicht gleißenden Grab stand, packte ihn die Angst, und er lief davon, um dem Frevel nicht beizuwohnen.

Der Grieche in seiner fiebrigen Gier machte sich alleine an die Arbeit. Kaum hatte er zu schaufeln begonnen, da begann der Mond, an seinem Rand schwarz zu werden. Langsam wurde der Mondschein von dem schwarzen Fleck aufgefressen: Der Mond brannte. Bei diesem Anblick wurde der ohnehin schon verschreckte, unglückselige Medan von unsäglicher Panik ergriffen und schwamm eilig zurück an Bord. Dabei rief er: ›Nichts wie weg von hier, der Ungläubige, den wir auf die Insel gebracht haben, ist nichts anderes als ein Dämon in Menschengestalt. Soeben hat er die abscheuliche Form einer stinkenden Hyäne angenommen. Er gräbt den Leichnam von Saïd aus, und über uns wird der Zorn Gottes kommen. Seht nur, wie der Mond schon brennt!‹

Es herrschte nun schwarze Nacht, bei einem aschgrau verschleierten Mondenrund.

Die ohnehin schon entmutigte Besatzung verlor fast den Verstand vor lauter Entsetzen und lenkte die Dhau auf hohe See hinaus.

Da zog von Westen her, über den Bergen von Asmara, ein gewaltiges Gewitter auf, und über das Schiff brach ein Sturmwind herein, der es in eine Wolke von Sand hüllte.

Dreißig Meilen von der unheilvollen Insel entfernt, zerbarst die blind dahintreibende Dhau an einem Riff.

Die Männer retteten sich auf eine nahe gelegene Insel. Durch das Regenwasser, das sich dort gesammelt hatte, überlebten sie, bis Gott ihnen Rettung schickte. Hätten sie gekonnt, so wären sie, als sie sich einigermaßen beruhigt hatten, ihrem unwürdigen Herrn zu Hilfe geeilt, den sie im Stich gelassen hatten.

Gott aber, indem er das Schiff zerbrach, ließ das nicht zu.

Nach acht Tagen bemerkte eine Fischer-Dhau ihre Signale und brachte sie nach Massaua.

Da sie nicht gestehen wollten, an welch schändlicher Tat sie beinahe mitgewirkt hätten, sprachen sie sich lieber ab und erklärten, Zanni sei bei dem Schiffbruch verschollen.

Dies schien auch plausibel.

Der auf der Grabesinsel verbliebene Mann aber ist dort neben dem, den er hatte vergiften lassen, jämmerlich verdurstet.

Die Gebeine dieses Hundesohns hast du deshalb nicht gefunden, weil er direkt am Wasser verendet ist, wie alle, die am Meer verdursten. Kurz vor dem Sterben trinken sie Meerwasser und bleiben an jener Stelle liegen. Der Leichnam ohne Grabstätte wurde von den Wellen zu den Haien geschwemmt.«

»Und wenn die Besatzung ihn nicht dort gelassen hätte?«

»Dann wäre er nicht weit gekommen. Ich habe mit meinem Schiff acht Tage lang vor der Insel gekreuzt.«

Stille folgt auf diese Schreckensvision.

Ich denke an die grässlichen Qualen des Unglücklichen, der am Horizont immer ein Segel sieht.

Ich sehe Zanni Notsignale aussenden; das Schiff scheint sich zu nähern, doch fährt es vorbei wie ein Gespenst; der Mann am Steuer rührt sich nicht, er scheint nichts zu sehen, nichts zu hören; er wartet auf den Tod des Verurteilten.

»Am achten Tag«, fährt Cheik Issa fort, »sah ich keinerlei Signal mehr. Die Meeresvögel hatten von ihrer Insel wieder Besitz ergriffen.

Saïd war gerächt.«

7

Meine erste Waffenladung oder Die Fahrt nach Khor Omeira

Als ich nach vier Monaten zurück in Dschibuti bin, erfahre ich zu meinem Leidwesen, dass Gouverneur Bonhoure, für den ich Cheik-Saïd erkunden sollte, nicht mehr im Amt ist. Generalsekretär Deltel und einige Verwalter haben es geschafft, den Störenfried in Pension zu schicken. Deltel übernimmt kommissarisch das Gouverneursamt. Man ist unter Freunden.

Der Waffenhandel blüht mehr denn je. Salim Mouti, Ato Joseph und Konsorten stehen bei den Behörden in Gunst.

Die Dokumente, die ich aus Cheik-Saïd mitbringe, interessieren unter diesen Umständen niemanden. Deltel lässt sich nicht einmal dazu herab, mich zu empfangen.

Unmittelbar nach dem Weggang von Bonhoure verboten die Behörden mir die Perlenzucht in Maskali unter dem Vorwand, ich besäße keine Konzession. Eines Nachts wurden meine Zuchtanlagen zum Teil zerstört. Der gute Lavigne verteidigte mich und rettete, was zu retten war.

Da sein Chef ihm auferlegt hatte, in der Sache neutral zu bleiben, kündigte Lavigne, um mich nicht im Stich zu lassen.

Die großzügige Freundschaft des guten Jungen wärmt mir das Herz und verleiht mir neue Tatkraft.

Um meine langwierigen und kostspieligen Zuchtversuche fortsetzen zu können, beschließen wir, uns im Waffenhandel zu versuchen. Lavigne soll auf der Insel Maskali bleiben und sich um die Austernbänke kümmern, während ich mit Waffenladungen übers Meer fahre.

Ich werde die Verwaltung gegen mich aufbringen, für die solche Fahrten kompromittierend sind. Salim Mouti und Ato Joseph wiederum werden alles tun, um mich als Konkurrenten auszuschalten.

Mir stehen also ziemliche Schwierigkeiten und Kämpfe bevor, doch bin ich entschlossen, mein Glück zu versuchen.

*

Die Zollformalitäten sind endlich erledigt, und meine Dhau kann den Kai verlassen und neben drei anderen waffenbeladenen Schiffen ankern, die ebenfalls darauf warten, vom *daoueri*, dem Segelschiff der Küstenwache, aus dem Hafen geleitet zu werden. Dies wird erst nach Sonnenuntergang der Fall sein, denn wir nützen den erst dann aufkommenden Südwind.

Ich habe sechs Kisten mit Gewehren und zwanzig Kisten Patronen dabei. Für die Gewehre (Karabiner aus Verkäufen des Kriegsministeriums) habe ich sechzehn Francs pro Stück bezahlt, daneben Zollgebühren von acht Francs für jedes Gewehr und dreihundert Francs pro Munitionskiste. Der Großteil meines Gewinns aus dem Perlengeschäft ist dafür draufgegangen. Mit spärlichen Mitteln spiele ich also ein gewagtes Spiel.

Als ich zu meiner bescheidenen griechischen Herberge zurückkehre, läuft mir ein Askari vom Zoll nach, mit einem grün bebänderten Fes auf dem Kopf. Sein »Chef« habe ihn geschickt und wolle dringend mit mir sprechen.

Der »Chef« ist ein Zollkontrolleur aus dem Mutterland und heißt Frauguel. Er ist klein und dünn und gilt als harter Hund, denn seinem Beruf geht er mit unerbittlichem Pflichteifer nach. Die Zollverwaltung gilt ihm als die Achse, um die sich die gesamte Menschheit dreht, und ihre Regeln sind ihm so heilig, als wären es Dogmen. Ein Betrüger ist in seinen Augen ein Verbrecher, ein Ketzer, und handelte es sich um seinen Sohn, und müsste dieser laut Gesetz verbrannt werden, so würde er dennoch mit stoischem Mut gegen ihn ermitteln. In allem, was den Zoll angeht, ein Mann wie bei Plutarch.

Er ist von absoluter Geradlinigkeit und peinlich darauf bedacht, den gesetzlichen Rahmen nicht zu überschreiten. Ich weiß nicht, ob die uneigennützige Ergebenheit dieses grundehrlichen Mannes stets nach dem Geschmack seiner Vorgesetzten ist, fehlt es ihm doch gänzlich an der Geschmeidigkeit des Rückgrats, die nötig ist, um voller Anmut durch die niedrigsten Türen zu treten, diejenigen nämlich, durch die man zu einer Beförderung gelangt.

Als ich das große Amtszimmer betrete, richtet Frauguel sein kleines, gelbes Gesicht auf mich, in dem die blauen Augen regelrecht trübe aussehen, so völlig ausdruckslos sind sie. Seine starre Mimik lässt ihn wie eine Wachspuppe wirken, wie ein seelenloses Wesen, eine kalte Amphibie. Ohne eine Geste zu vollführen, geht er mich mit belegter Stimme sogleich an: »Sie haben doch nicht ernsthaft vor, an Bord dieser Dhau voller Waffen zu gehen?«

»Und ob.«

»Ich untersage Ihnen das ausdrücklich.«

»Und mit welchem Recht, bitte schön?«

»Noch nie ist ein Europäer auf einer mit Waffen beladenen Dhau gefahren, und wir wollen nun mal keinen Präzedenzfall schaffen.« Er hustet dabei, wie um den Satz, der die Frage nur verschiebt, aber nicht beantwortet, leichter herauszubringen.

»Welche Vorschrift steht dem entgegen?«, hake ich nach.

Da verfärbt sich das stets bleiche Gesicht des Mannes vage ins Rötliche. Man sieht ihm an, wie er leidet. Er kann sich nicht mehr hinter Gesetzestexten und Vorschriften verschanzen und erstickt an einer Illegalität, die der Gouverneur ihm zum höheren Nutzen der Koloniefinanzen ungeniert auferlegt.

»Es geht hier nicht um Vorschriften, sondern um Ihre Sicherheit, um die Verantwortung der Regierung, die … die … ach, Sie werden doch begreifen, dass waffenbeladene Dhaus, auf denen nur Einheimische fahren, zur Not die französischen Gewässer auch ohne Papiere verlassen können. Was da draußen mit ihnen geschieht, geht uns im Grunde nichts an. Aber mit einem Europäer an Bord, und noch dazu einem Franzosen, ist es ganz etwas anderes.«

Aus seiner Verlegenheit heraus sagt er das alles sehr schnell und erinnert mich dabei an den alten Gendarmen bei mir zu Hause, der eines Tages im Park des jungen Landrats Schlingfallen aufstellen sollte und sich dabei zu Tode schämte.

»Wer hindert Sie denn daran, ihnen Papiere auszustellen?«, erwidere ich und kann dabei ein Lächeln nicht unterdrücken.

»Das sind Anordnungen des Gouverneurs, die ich nicht zu diskutieren habe. Ich sage Ihnen lediglich, dass Sie mit Ihren Waffen nicht ausfahren dürfen.«

»Wie bitte? Ich habe sämtliche Ausfuhrgebühren bezahlt, und die sind nicht gerade niedrig, hier die Quittungen. Dass Sie erst mein Geld kassieren und mir dann sagen, ich muss meine Ware aufgeben, ist unerhört. Eine Tür muss entweder auf oder zu sein. Genehmigen Sie nun die Ausfuhr oder nicht?«

»Sie werfen hier mit Fragen um sich, die mir äußerst unangenehm sind, da ich sie nicht nach meinem Gewissen beantworten darf. Ich fordere Sie lediglich auf, Ihre Waffen nicht zu begleiten, denn so lautet die Anordnung, die ich vom Herrn Gouverneur erhalten habe.«

»Über diese sind wir wohl ähnlicher Meinung, wenn uns auch sonst alles trennt. Dann sagen Sie doch Ihrem Herrn Gouverneur, *dass ich heute Abend bei der Abfahrt meiner Dhau nicht an Bord sein werde*. Das dürfte ihm doch genügen, oder?«

Draußen lasse ich mir die Sache durch den Kopf gehen. Mag ich auch sämtliches Recht auf meiner Seite haben, wird sich der Herr Gouverneur darüber bedenkenlos hinwegsetzen und mich, wenn es sein muss, mit Gewalt, in Dschibuti festhalten. Er verfügt über praktisch unkontrollierte Macht. Gewiss kann er einem weder den Kopf abhacken noch ihn den Muränen zum Fraß vorwerfen, doch gibt es auch andere Mittel und Wege, die dem aufmüpfigen Kolonisten kaum besser bekommen.

Ich darf also zum Zeitpunkt der Abfahrt nicht auf meinem Schiff sein, so wie ich es Frauguel versprochen habe, ohne aber selbstredend darauf zu verzichten, meine Waffen zu begleiten. Während ich über eine elegante Lösung dieses heiklen Problems nachsinne, kommt Abdi zu mir, mit einem Ausreisepapier, das man meinem Boot ausnahmsweise ausgestellt hat.

Ist das meiner Frage zu verdanken, wer ihn daran hindere, die Leute mit Papieren zu versehen?

Oder geschieht es aus Fürsorge, damit ich außerhalb der französischen Gewässer unbehelligt reisen kann?

Wohl kaum, denn wie mir auffällt, steht mein Name nicht auf dem Papier, das im Übrigen nur für Obock ausgestellt ist. Der Fall liegt klar. Wenn ich an Bord bin, werde ich wegen dieses Papiers, das genauestens festlegt, wer sich dort aufhalten darf, gegen das Gesetz verstoßen. Dann wird man mich auf völlig legale Weise an Land schaffen und mich obendrein zu einer Geldstrafe verdonnern, wie sie den Herren von der Zollverwaltung stets willkommen ist. Bei der Rubrik »Ladung« ist übrigens kein Bestimmungsort angegeben.

Man stellt mir eine Falle, um mich am Ausfahren zu hindern.

Schnell ist mein Plan gefasst, um die Falle zu umgehen, ohne jedoch mein Wort gegenüber Frauguel zu brechen, dem ich ja nur versprochen habe, *zum Zeitpunkt der Abfahrt* nicht an Bord zu sein.

Am Ende der Reede, etwa eineinhalb Meilen vom Kai entfernt, markiert eine Feuerboje die Riffkante, die die Fahrrinne begrenzt.

Ich sage zu Abdi, dass er nach dem Ablegen steuerbordseits ganz dicht an dieser Boje vorbeifahren und dabei ein Tau hinter sich herziehen soll. Augenblicklich begreift er, was ich vorhabe.

Allerdings muss ich mich vergewissern, dass der *daoueri* nicht, wie meist, schon vor der Zeit ausfährt. Ich lasse seinem *nacouda* Ismaël ausrichten, dass er nach dem Abendessen in meine Herberge kommen soll, wo ich ihm für den Sergeanten Chevet, den Statthalter in Obock, Nachrichten übergeben werde.

Während ich eilig zu Abend esse, teilt mir Abdi mit, der Kai werde ungewöhnlich streng bewacht, und sämtliche vor Anker liegenden Dhaus seien durchsucht worden.

Das alles ist auf mich gemünzt; es soll verhindert werden, dass ich heimlich auf einer anderen Dhau nach Obock fahre. Das wäre natürlich ein Mittel, um wie angekündigt nicht auf meiner eigenen Dhau zu sein, während diese ausläuft, doch kommt es mir ein wenig zu einfach vor.

Es ist sieben Uhr, und bald wird es Nacht. Vor der Tür meiner Herberge kauern zwei Einheimische »in Zivil«. Sie warten darauf, mich zu beschatten. Mein Zimmer liegt im Erdgeschoss und geht auf eine zur Hauptstraße quer verlaufende Gasse hinaus.

So verlasse ich es eben auf diesem Weg, denn keinem ist eingefallen, dass ein Fenster auch als Tür dienen kann. Arabisch gewandet, wie ich bin, noch dazu mit einem *chama* auf dem Kopf, kann ich sämtlichen Bütteln des Herrn Gouverneur begegnen, ohne je erkannt zu werden.

Am anderen Ende der Halbinsel, auf die Dschibuti ausläuft, stößt ein langer steinerner Deich in Richtung Feuerboje vor. Für ein später aufgegebenes Hafenprojekt hatte man dort begonnen, eine Mole anzulegen. Von diesem Punkt aus habe ich vor, zu der nur eine Dreiviertelmeile entfernten Boje zu schwimmen und dort auf meine Dhau zu warten.

Es ist eine klare, aber mondlose Nacht. Unter dem Sternenzelt kein Hauch, der die dumpfe Schwüle des von der Ebbe freigelegten Schlicks vertriebe.

Der Deich scheint ziemlich hoch zu sein. Bevor ich ihn erreiche, sehe ich auf einmal einen Askari kauern, der wohl die Stelle überwachen soll.

Ist man mir etwa auf die Schliche gekommen? Unmöglich. Dort steht wohl einfach immer ein Zöllner auf Wache. Allerdings ist er mir recht hinderlich.

Falls er mich sieht, wird er mir nicht verbieten können, an dieser abgelegenen Stelle ein Bad zu nehmen, denn das gehört nicht zu seinen Vorschriften; doch wird er Bericht erstatten, und nach Obock wird daraufhin ein Telegramm ergehen.

Während ich mir, hinter einem Kohlenhaufen versteckt, Indianerlisten ausdenke, um den Posten von dort wegzubringen, nähert sich von der Straße her ein Schatten. Er singt vor sich hin, so wie es sich für jemanden ziemt, der sich ohne Eile zu einer gewohnten, uninteressanten Beschäftigung begibt. Nach einheimischer Art trägt er einen Stock quer über die Schulter. Bei seinem Anblick steht der Mann am Deich auf und geht ihm entgegen. Es ist seine Ablösung. Der Kamerad hat wohl Verspätung, denn ich höre die beiden einen recht unsanften Ton anschlagen.

Ich nütze ihr Gespräch aus und schleiche mich auf Wasserhöhe an den Deich heran. Auf den glitschigen Steinen versuche ich, so leise wie möglich vorwärtszukommen. Ich bin dabei völlig nackt, meine Kleider habe ich einem Steinhaufen überantwortet.

Die lange Basaltböschung sieht aus wie der Rücken eines schlafenden Monsters. Unsichtbare Meeresbewegungen drücken aus Vertiefungen zwischen den Steinen Luft empor, und der von der Sonne noch ganz aufgeheizten Masse entfahren lange Seufzer. Um mich herum vernehme ich das anhaltende Gluckern von Seegurken. Hier und da blinkt es aus der schwarzen Tiefe phoshoreszierend herauf, und verschreckte Krabben lassen sich fallen. Den Algen entsteigt dumpfer Jodgeruch.

Im glatten Meer spiegeln sich die Sterne wie in einem unwirklichen Raum, durch den ich zu schweben scheine. Mit brüskem Schwanzschlag produzieren große jagende Fische tanzende Bilder und tauchen dann in leuchtenden Schweifen ab.

Nur mühsam komme ich auf dem rutschigen Terrain voran, und an Muschelschalen, die an den Felsen kleben, reiße ich mir immer wieder schmerzhaft die Füße auf. Vor allem fürchte ich mich vor den giftigen Seeigeln, deren lange, bewegliche Stacheln knapp unter der Wasserfläche hochragen wie steife Borsten.

Lieber gleite ich ins Wasser, aber sehr vorsichtig, um keine Felsenfische aufzuschrecken, die gefährlich beißen können. Das

Wasser ist lau, ja fast warm, und schillert bei der leisesten Bewegung auf.

Den Widerschein der Sterne sehe ich jetzt nicht mehr, sodass das Wasser mir schwarz erscheint. Aufgescheuchte Hornhechte springen in allen Richtungen aus dem Wasser wie Pfeile, und wehe dem, der ihnen in die Quere kommt.

Aus der Tiefe schrauben sich schlangengleich riesige grüne Lichter empor und tauchen prustend auf: Es sind Schweinswale.

Hin und wieder fährt durch die Wassermassen ein Leuchten, wie ausgelöst von einer seltsamen Erschütterung, Schwärme von winzig kleinen Fischen, die sich vor dem seltsamen, am Rande ihres Universums mühsam vorwärtskommenden Tier, als das ich ihnen erscheinen muss, gehörig erschrecken. Still gleiten die Rückenflossen kleiner Küstenhaie durchs Wasser und erinnern mich an die großen Artgenossen, die in der Tiefe leben, hier ganz in der Nähe …

Dieses intensive Leben, zuvor noch vom Mantel der sich spiegelnden Sterne verhüllt, erscheint mir nun, da ich mich hineinbegeben habe, tiefschwarz in seiner unerbittlichen Macht. In seiner Gänze belauert es mich wie eine Beute.

Ich aber schwimme weiter und überwinde nach Kräften meine instinktive Angst. Die Mole ist weiter und weiter entfernt.

Etwas Kaltes schlingt sich mir um die Beine und gleitet unter meinem Körper hindurch wie ein unsichtbares Reptil aus großen Tiefen. Es sind Strömungen, die mit steigender Flut von draußen in den Golf eindringen.

Mein Blick ist starr auf das blinkende Licht der Boje gerichtet. Die bescheidene Flamme verleiht mir Mut und erscheint mir in dieser feindseligen Welt, in der ich ein Fremder bin, wie eine Freundin.

Sie wird aber schwächer, verschwindet manchmal gar. Entfernt sie sich? Hat die Strömung mich abgetrieben?

Nun sehe ich gar nichts mehr. Die Flamme ist erloschen und erscheint nicht wieder. Um mich herum nur Nacht. Ich fühle mich müde, und die kalten Strömungen werden mir immer unerträglicher. Sie scheinen auf eine Schwäche zu lauern, um mich in die Tiefe ihres obskuren Soges mitzureißen.

Kurz höre ich auf zu schwimmen und treibe mit ausgebreiteten Armen dahin. Drückende Stille umgibt mich, und aus weiter Ferne erklingt das Donnern des Meeres gegen das Riff wie der düstere Ruf all jener, die es verschlungen hat.

Immer wieder scheint das Meer in seiner ganzen Masse zu ertönen, als trüge es mir von Weitem das Totengeläut einer gesprungenen Glocke zu. Ich vermag mir dieses seltsame Phänomen nicht zu erklären und bemühe mich, diesen trostlosen Eindruck auf den Zustand meiner angegriffenen Nerven zu schieben.

Blind schwimme ich weiter, geradeaus vor mich hin.

Da kreischen auf einmal Vögel auf und flattern davon, und aus dem Wasser ragt eine schwarze Masse empor, gekrönt von einem lodernden Auge: die Boje, kaum zehn Meter vor mir. Große Meeresvögel hatten darauf gesessen und den Lampenschein getilgt. Diese plötzliche Hoffnung gibt mir all meine Kraft zurück. Durch den Anblick der bauchigen Lichtgestalt wird die Wirklichkeit wieder in ihre Rechte gesetzt und die Trugbilder meiner Fantasie verscheucht.

Ich schwimme um den algenbewachsenen Bauch herum, der im phosphoreszierenden Wasser schaukelt. Durch das Knirschen der Kette, die an dem hohlen Kegel zieht, entsteht das Vibrieren, das mir zuvor als Totengeläut erschienen war.

Allein, es gelingt mir nicht, mich an dem runden Ding festzuhalten, das zurückweicht, sobald ich die Hand darauf lege. Es sind Tantalusqualen. Auf die Anstrengung, die ich in der Hoffnung auf festen Halt unternommen hatte, folgt ein physischer Zusammenbruch, und mein Körper scheint zu Blei zu werden. Meine Beine sind so schwer, als zögen geheimnisvolle Kräfte sie in die Tiefe.

Da packt mich eine namenlose Angst. Wenn die Abfahrt der Dhaus verzögert oder verschoben wurde, bin ich unfähig, zum Deich zurückzukehren. Angesichts des Unabänderlichen fühle ich mich verloren. Am besten wäre es, der Sache ein schnelles Ende zu bereiten, doch wie?

Je mehr aber meine Kräfte mich verlassen, desto mehr verspüre ich auf einmal den Willen zu überleben, und reflexartig kämpfe ich. Mein Geist schweift ab, so als ob mein körperliches Dasein und mein Denken sich voneinander trennten. Es ist wohl eine Südbrise aufgekommen; vom Land her treiben Düfte über das Meer und rufen aus den Tiefen meines Gedächtnisses die lieblichsten Bilder von den Freuden des Landlebens hervor. In der Ferne schlägt die Turmuhr der Stadt zur halben Stunde, und ich sehe einen alten gotischen Glockenturm und lauter Erinnerungen an meine Kindheit vorbeiziehen.

Den Schlag zur vollen Stunde werde ich nicht mehr vernehmen …

Da fällt auf einmal ein großer Schatten über mich, und durch das Rauschen eines Vorderstevens werde ich endgültig wach. Von kräftiger Hand werde ich gepackt und sacke auf das Achterdeck meiner Dhau hernieder. Mein ganzer Körper ist wie gefühllos, und erst nach einer ganzen Weile erlange ich wieder völliges Bewusstsein. Wäre das Schiff auch nur eine Viertelstunde später gekommen, hätte Abdi an der Boje wohl niemanden mehr vorgefunden.

*

Als ich danach an die Art Agonie zurückdachte, in die ich unter dem Schein der alten Boje verfallen war, merkte ich so recht, wie sehr der Tod doch einfach, ja geradezu bedeutungslos ist. Der Kampf, den ihm scheinbar unser Wille entgegensetzt, ist nichts weiter als eine Reihe unbewusster Reflexe, an denen unser denkendes »Ich« schon bald nicht mehr teilhat. Die Fiktion einer Seele, die den Körper verlässt, bringt recht gut jenen Zustand psychischer Anästhesie zum Ausdruck, der wohl bei jeglicher Agonie auftritt und dank dem der Tod nicht erschreckender ist als der Schlaf.

Diesen Eindruck habe ich nie vergessen, und er hat stark dazu beigetragen, dass mich seither der Tod so gut wie unbekümmert lässt; der eigene Tod wohlgemerkt, denn für die Menschen, die uns lieb sind, behält er leider seinen ganzen Schrecken.

*

Auf dem *daoueri* ist nicht bemerkt worden, dass ich an Bord gegangen bin, obwohl man uns ziemlich dicht folgt.

Abdi berichtet mir, der Brigadier Thomas habe sich vor der Abfahrt höchstpersönlich vergewissert, dass ich nicht auf meiner Dhau sei. Man wird wohl in Dschibuti gerade nach mir suchen.

Beim ersten Sonnenstrahl fahren wir in die Riffpassage ein, durch die man in die Reede von Obock gelangt.

Die verlassene Stadt ist nur noch ein kläglicher Ruinenhaufen, doch das Morgenlicht ist so schön, dass es die toten Dinge mit dem Zauber der Farbe belebt.

Ein lang gezogener, ruhiger Strand erstreckt sich zwischen den eingestürzten Häusern und dem Meer, dessen ruhiges, klares Wasser über den feuchten, kühlen Sand streicht. Nackte Einheimische baden im goldenen Licht der schräg einfallenden Sonne oder nehmen ihre rituelle Waschung vor.

Hinter einem ockergelben Korallenplateau grünt ein Palmenhain, und dahinter wiederum ragen die rosafarbenen Gipfel des Mabla-Massivs über ein Chaos aus verbrannten Hügeln hinaus.

Auf einer Erhebung, von der man über das Meer und die Ruinen hinwegsieht, hockt wuchtig ein großes, kubisches Gebäude. Im Kontrast zu der verfallenen Stadt ist es so gut erhalten, dass es an ein sattes Tier denken lässt, das sich inmitten der Überreste seiner Opfer der Verdauung hingibt.

Die fröhlich an einer Fahnenstange flatternde Trikolore zeigt an, dass in dem großen Haus ein Vertreter der Behörden residiert. Es ist der Sergent Chevet. Er lebt dort allein mit zwanzig mehr oder weniger als Wachen gekleideten Somaliern und gibt den Dienststellenleiter. Er ist ein Bauer, ein Mann aus dem Volk, und trägt das ganze, durch keinerlei Halbbildung verdorbene Genie unseres alten Menschenschlags in sich. Nach zehn Jahren Dienst ist er zum Unteroffizier geworden, ohne sich aber im Grunde seines Wesens verändert zu haben. Hier, wo er weder das Joch der Disziplin noch den Zwang verspürt, es irgendwelchen anderen gleichzutun, hat er sich zum einfachen Bauern zurückverwandelt, der mit gesundem Menschenverstand gesegnet ist und – ohne es so recht zu wissen – die Natur liebt, aus der er die gleiche unausformulierte Philosophie bezieht, wie sie allen einsamen Seelen eigen ist, seien es nun Steppenhirten oder Almschäfer. Ich liebe die Gesellschaft dieser urwüchsigen Menschen, wenn sie in ihrem Milieu sind.

Er empfängt mich mit der Freude eines Mannes, der seit Wochen mit niemandem gesprochen hat.

Mit freiem Oberkörper, einem einfachen Lendenschurz und einem Wochenbart steht er da und verlangt schreiend nach seinem Kaffee, der am anderen Ende des riesigen, leeren Hauses zubereitet wird. Ein Somalier, halb nackt, aber mit dem vorschriftsmäßigen Fes auf dem Kopf, bringt uns die Tassen. Chevet bedenkt ihn mit einem Schwall alberner Beschimpfungen und den diversesten anatomischen Vergleichen. Der Obergefreite »66« strahlt dabei, schenkt uns Kaffee ein und verschüttet die Hälfte davon über den Tisch, weil er andauernd Schläge auf den Hintern bekommt.

Da tauchen an der Tür Patienten auf.

»66, schmeiß die Bagage raus, und zwar ein bisschen plötzlich! Alle Mann frei für den Rest des Tages, und eine Ration Zucker!«

Die schmerzverzerrten Mienen der Patienten hellen sich schlagartig auf und lassen blitzend weiße Zähne zum Vorschein kommen. Die ganze Bande stürzt barfuß trappelnd die Holztreppe hinunter und läuft draußen johlend auseinander wie eine Horde Kinder nach Schulschluss.

Man spürt, dass diese Männer, sollte ihrem Sergent eine Gefahr drohen, sich für ihn töten lassen würden.

Chevet fragt mich nicht nach meinen Papieren, da er weiß, dass Dhaus voller Waffen keine haben. Mein Eintreffen überrascht ihn auch nicht, woraus ich schließe, dass aus Dschibuti nicht telegrafiert wurde.

Obock ist der Verbindungspunkt zwischen der privaten Leitung Dschibuti–Obock und dem Netz der Eastern Telegraph. Um sieben Uhr morgens unterhält sich der Dienststellenleiter einige Minuten lang mit Dschibuti, um Nachrichten zu erhalten oder zu geben, danach stellt er die Verbindung wieder her, und der Depeschendienst setzt ein. Dschibuti kann sich dann nicht mehr in Obock melden, solange die Leitung nicht unterbrochen wird.

Zu dieser Stunde habe ich also nicht zu befürchten, dass aus Dschibuti eingegriffen wird, bis Chevet dort wieder anruft, also erst morgen früh.

Ich repariere eine alte Eismaschine, die nach dem Carré-System funktioniert. Chevet hat sie auf dem Dachboden gefunden und träumt schon lang davon, sie instand zu setzen. Mehrfach hat er mir davon erzählt, und so habe ich aus Frankreich die entsprechenden Teile kommen lassen und sie jetzt mitgebracht. Wir lassen danach einen ganzen Trupp zwei Stunden lang pumpen und jubeln schließlich, als wir eine halbwegs kühle Karaffe Wasser bekommen.

Die Offenheit und Herzlichkeit dieses Mannes rühren mich unheimlich, und ich möchte sein Vertrauen nicht missbrauchen, indem ich ihm die List verheimliche, durch die ich überhaupt an Bord meiner Dhau gelangt bin.

»Man soll Ihnen«, sage ich abschließend, »nicht zum Vorwurf machen, dass Sie mich haben passieren lassen, und vor allem sollen Sie nicht den Eindruck haben, ich hätte Sie hintergehen wollen.«

»Was der Gouverneur ausheckt, kümmert mich überhaupt nicht. Hätte er gesagt ›Hindern Sie Monfreid an der Weiterfahrt‹, so hätte ich nicht anders gekonnt, als Sie hier festzuhalten. So aber weiß ich von nichts. Morgen früh werde ich telegrafieren, dass Sie hier gewesen sind, dann freut man sich dort. Damit es keine Komplikationen gibt, werden Sie zu der Zeit schon auf dem Meer sein. Verfolgen kann ich Sie ja nicht, es sei denn, der junge Chanel eilt Ihnen auf seinem Torpedoboot hinterher; das Petroleum muss er ja nicht selbst bezahlen.«

Da ich am Nachmittag nicht Siesta halten will, gehe ich ins Dorf. In einem Einheimischen-Café sehe ich Ismaël und die beiden *nacoudas* der zum Konvoi gehörigen Dhaus. Der *daoueri* muss uns normalerweise bis zur Grenze der französischen Gewässer begleiten. Als ich Ismaël mitteile, dass der Sergent die Abfahrt noch für diesen Abend festgelegt hat, setzt er eine skeptische Miene auf. Üblicherweise verbringt er die Nacht in Obock, wo er seine Familien hat; er hat drei Frauen zu befriedigen. Bestimmt findet er einen Vorwand, um die Abfahrt zu verzögern.

Die beiden *nacoudas* scheinen mir nicht wohlgesinnt zu sein, denn ich bin ihr Konkurrent. Sie versuchen, herauszubekommen, wohin ich will, genauso wie ich wissen möchte, wo sie hinfahren. Derlei verrät man aber nicht.

Bei der Ankunft am Morgen habe ich die großen weißen Gebäude bemerkt, die sich an den nach Ras Bir (Kap Bir) weisenden Felsen schmiegen. Es ist das frühere Gefängnis, das unsere Verwaltung als Zweigstelle von Neukaledonien errichtet hat, als dort kein Platz mehr war. Das Klima tötete aber die Wächter, dank dem Nationalgetränk Pernod. So gab man wieder auf.

Das durch den Felsen windgeschützte Gefängnis war ein wahrer Backofen. Ein hoher, quadratischer Turm steht noch da, von dem aus man die Sträflinge überwachte, wenn sie zu Arbeiten außerhalb der Mauer eingesetzt waren. Wer flüchtete, konnte von dort oben bequem abgeknallt werden. In einem Land, in dem es an Abwechslung mangelt, war dies eine amüsante Schießübung. Die Sträflinge jedoch übertrieben es mit diesem Mittel, ihrem Höllenleben ein Ende zu bereiten. Da die »Reserven« der Wärter zu schwinden drohten, musste man die Außenarbeiten verbieten oder zumindest reduzieren, um das »Wild« zu schonen.

In der Stille der Ruinen steht die Sonne nun im Zenit. Ich

versuche, mir vorzustellen, was die zwischen aufgeheizten Mauern Eingepferchten für ein Leben führten. An den Wänden der nunmehr dachlosen Zellen stehen Daten und Inschriften naiver oder obszöner Natur. Sie erzählen von den angstvollen Stunden, die die Menschen hier durchlebten, wenn die Sonne nicht in ihre Gräber drang.

Ich habe es eilig, diese düsteren Ruinen zu verlassen, deren Mauerstücke und halb verfallene Bögen von ferne aussehen wie die gebleichten Skelette, die im Wüstensand von Hyänen hinterlassen werden.

Wie ich es mir gedacht hatte, verkündet mir Ismaël, wegen einer Kalfatierarbeit, die nur bei Ebbe zu erledigen sei, könne sein Schiff am Abend noch nicht auslaufen. Mit Chevet komme ich überein, nach Einbruch der Dunkelheit alleine loszufahren; offiziell wird er nichts davon wissen.

Ich beschließe, nach Khor Omeira zu segeln (Khor bedeutet geschlossene Bucht), wohin die meisten der mit Waffen beladenen Dhaus fahren. Als ich in der Bucht von Anfila Cheik Issa traf, hat er mir diesen Ankerplatz wärmstens empfohlen. Allerdings kenne ich dort niemanden, und die Einheimischen genießen nicht gerade den besten Ruf; es sind quasi Vettern der Zaranig.

Die südöstliche Brise bringt uns die ganze Nacht raumschots gut voran.

Trotz der Dunkelheit ist das Bergmassiv bei Khor Omeira schon aus weiter Ferne auszumachen. Ich halte auf das Land zu, um bei Tagesanbruch nicht weit davon entfernt zu sein. Für einen kleinen Segler ist dies das beste Mittel, um sich für ein auf hoher See kreuzendes Schiff so gut wie unsichtbar zu machen, denn man hebt sich dann vom Land kaum ab und ist höchstens mit dem Fernrohr zu entdecken.

Am frühen Morgen sehe ich zwischen dem Meer und dem dichten Buschwerk, das sich die Berge hinaufzieht, das gelbe Band eines endlos langen Strands. Ich kann bis auf zehn Meter heranfahren, so tief ist das Wasser dort sogleich. Kein einziges Riff bis Khor Omeira, und abgesehen davon, ist das Wasser so klar, dass man nichts riskiert, sobald man nur ein bisschen aufpasst.

Die Landbrise lässt uns rasch vorwärtskommen, und fast scheint es mir, als führe ich einen Fluss hinab, so leicht ist bei mäßiger Brise und halbem Wind die Segelei.

Schakale trotten am Meer entlang; der lange, buschige Schwanz hängt herab, die Schnauze fährt über den Boden. Sie suchen Kneifkrabben, was bedeutet, dass ihnen ganz schön der Magen knurren muss. Über uns erschrecken sie nicht, sondern spitzen nur überrascht die Ohren und nehmen dann ihre armselige Jagd wieder auf, dahintrippelnd wie streunende Hunde.

Auf einmal bemerke ich am Strand eine Gruppe Männer. An dieser einsamen Küste, an der kein einziges Boot zu sehen ist, weder gestrandet noch vor Anker, erscheint mir eine solche Ansammlung überraschend. Ich entferne mich ein wenig vom Land, um außer Schussweite zu sein.

Durch das Fernrohr sehe ich aber, dass es Fischer sind, und meine Leute erzählen mir, dass an der Küste entlang Nomadenstämme leben und Stockfisch herstellen.

Beruhigt fahre ich heran.

Die Männer laufen fast nackt am Strand entlang und werfen ihre Wurfnetze aus.

Wie alle Araber der Gegend sind es ausgesprochen schöne, wohlproportionierte Männer, denen die offenen Haare im Wind flattern. Die aufgehende Sonne verleiht ihrer nassen Haut einen kupfernen Glanz.

Etwas weiter hinten stehen niedrige Hütten, vor denen Frauen mit nacktem Oberkörper und goldgebräunten Brüsten Hirse zerstoßen oder den am Vortag gefangenen Fisch auf dem Sand ausbreiten.

Junge Mädchen kommen mit roten Tonkrügen auf dem Kopf im Gänsemarsch von der Wasserstelle zurück. Sie bleiben stehen, um uns vorbeifahren zu sehen, und an ihren Armen, die anmutig die Amphore stützen, sehe ich große silberne Armreife glänzen.

Weiße Ziegen, die über Nacht hinter eine Dornenhecke gepfercht sind, kommen meckernd heraus und laufen auf die nächsten Büsche zu, gefolgt von kleinen Mädchen, die kaum höher sind als sie. Hinter Sträuchern tauchen die imposanten Rücken von Kamelen auf, die die langen Hälse bedächtig auf und nieder bewegen.

Lachend und schreiend laufen völlig nackte Kinder am Strand um die Wette und lassen das Wasser dabei aufspritzen.

Unter der bereits hoch stehenden Sonne erstreckt sich das aschgraue Buschwerk, soweit das Auge reicht. Von der überhitzten Erde steigt heiße Luft auf und lässt das ferne Bild der Berge am Horizont erzittern.

Jetzt, wo von draußen her der Monsun weht, ist das Meer tiefblau. Höchste Zeit, dass ich mich vom Land entferne. Es ist Samstag, und ich hoffe, dass die englischen Offiziere die Tradition des Wochenendes hochhalten und in Aden bleiben und also dieser schöne Tag nicht von einer unglückseligen Küstenwache getrübt wird. Der soeben genossene Anblick eines primitiven Lebens, in dem der Mensch wie ein schönes Tier in Freiheit lebt, lässt mich die Zeit vergessen, in der ich lebe, eine Zeit, in der es Gendarmen und Zöllner braucht, Gefängniswärter, Soldaten, Gouverneure und andere Accessoires der Zivilisation.

Die Riffzone nach Khor Omeira ist nicht weit, sodass ich besser auf hohe See hinausfahre.

Bald bildet die Küste nur mehr einen Strich, der die zackige Kette der jemenitischen Berge hervorhebt.

Bei Perim steigt Rauch aus dem Meer. Vermutlich ein Frachter, unterwegs nach Aden. Mastwerk taucht auf, danach ein gelber Schlot. Zum Teufel, etwa englische Küstenwache? Weißer Rumpf und gelber Schlot: kein Zweifel mehr möglich.

Sie haben mich wohl schon lange gesehen, und ich bin zu weit vom Land entfernt, um meine Ladung dort zu verbergen. Eine Schaluppe würde mich erreichen, bevor ich überhaupt meine Piroge ausbringen könnte.

Um keinen Verdacht zu erwecken, halte ich meinen Kurs ein.

Der Dampfer steht nun seitlich zu uns. Es ist tatsächlich die Küstenwache, am Besanmast flattert die Kriegsflagge.

Man scheint sich um mich nicht zu kümmern, denn der Dampfer bleibt auf seinem Kurs. Mir fällt ein Stein vom Herzen, und ich bin heilfroh, eisern auf meiner Route geblieben zu sein.

Die ganze Besatzung ist mucksmäuschenstill. Alle starren das vorbeifahrende Schiff an, das für uns sämtliche Blitze Jupiters birgt.

Da hält der Dampfer mit einem Mal auf uns zu. Ich sehe den Schaum seines Vorderstevens. Das sind Gefühle, die man nie vergisst und die dazu beitragen, dass man graue Haare bekommt.

Vor der Katastrophe einer Schiffsdurchsuchung kann uns jetzt einzig und allein unsere Kaltblütigkeit bewahren.

Meinen Männern, die alle auf mich blicken, versuche ich, gut zuzureden, doch spüre ich dabei, dass ich käseweiß geworden sein muss. Ich reiße mich aber zusammen.

Augenblicklich hisse ich eine englische Flagge (dergleichen Accessoires habe ich immer vorrätig), so wie die Dhaus aus dem Hafen von Aden sie tragen. Der Schiffsjunge bückt sich über den Stein, mit dem er das Durra zermahlt; ein Teil der Besatzung stellt sich schlafend, der Rest sitzt um mich herum und beschäftigt sich mit harmlosen Flickarbeiten. Ich setze einen weißen Turban auf, um dunkelhäutiger zu wirken.

Alles an Bord strahlt Ruhe und Frieden aus.

Die Küstenwache stoppt die Maschinen und läuft aus. Ein schlechtes Zeichen. In kaum fünfzig Metern Entfernung fährt sie an unserer Seite vorbei. Ich warte. Aus der Brücke schiebt sich ein riesiges Megafon auf uns zu, aus dem englische Wörter in einem so beeindruckenden Klang herausperlen, wie man ihn sonst nur erzeugen kann, wenn man zu Hause direkt in ein Lampenglas hineinspricht.

Ich schnappe das Wort *papers* auf, und ein auf uns gerichtetes Fernrohr macht mir klar, was gewünscht wird. Ich beeile mich, das ominöse Ausreisepapier hervorzuholen, das der tumbe Gouverneur mir nur ausgestellt hat, um mich zu überlisten. Genau dieses Papier ist nun unsere Rettung. Triumphierend halte ich es ins Objektiv des Fernrohrs.

Kaum hat man es registriert, ziehen Fernrohr und Megafon sich zurück wie zwei Schneckenfühler.

Ich höre, wie an der Maschine Befehl gegeben wird, und schon pflügen die Schrauben durchs Wasser …

Ach, am liebsten hätte ich sie umarmt, die guten Engländer! Voll ehrlicher Sympathie winke ich dem davonfahrenden Schiff hinterher.

*

Khor Omeira ist vom Meer aus nicht zu sehen, da hinter einer knapp hundert Meter breiten Sandzunge verborgen, von der die Bucht über zehn Kilometer Länge deichartig begrenzt ist.

Die Einfahrt erfolgt durch eine enge Fahrrinne, die parallel zur Sandzunge verläuft. Da das äußere Ufer sich vom ebenfalls sandigen Ufer des Kontinents kaum abhebt, ist die Rinne nur schwer zu entdecken.

Dem Eingeweihten machen bestimmte Anhaltspunkte wie Büsche oder die Geländefärbung es möglich, geradewegs darauf zuzufahren, allerdings durch ein Labyrinth von Felsen hindurch, die einem Schiff mit über einem Meter Tiefgang höchst gefährlich werden können.

Es herrscht gerade Flut, und eine überaus gewaltige Strömung zieht uns in diesen ausgedehnten See hinein, der am Fuß eines steilen rötlichen Hügelmassivs mit zahlreichen Schluchten liegt.

Kaum ist man drinnen, sieht man das Meer nicht mehr, und legt man den Mast um, so ist man durch den genügend hohen Sandkordon von draußen absolut nicht mehr wahrzunehmen.

Auf der Landseite häufen sich auf einem schmalen Strand mit knallgrünen Kakteen bewachsene Dünen. Ein paar Pirogen sind an Land gezogen, doch Behausungen sieht man keine. Sehr einsam wirkt alles, doch hinter jenen Büschen wacht über uns gewiss so manches Augenpaar.

Wir gehen vor Anker. Kaum hat sich die Dhau in die Strömung gelegt, kommen zwischen den Dünen auch schon drei Araber mit umgehängtem Gewehr zum Vorschein und kauern sich in den Sand.

Ich beschließe, sofort an Land zu gehen, um zu sehen, auf welche Art wir empfangen werden. Meine Somalier wollen Waffen mitnehmen, doch scheint mir das unnötig. Sollten die Einheimischen böse Absichten haben, würden unsere paar Gewehre uns nicht viel nützen. Aus einem Versteck zwischen den Büschen heraus könnte man uns nach Herzenslust abknallen.

Statt eines Gewehrs nehme ich lieber ein paar Tabakblätter mit. In meinem Turban verstecke ich allerdings meine kleine Browning. Saïd und Abdi begleiten mich.

Die drei Araber lassen uns näher kommen, ohne aufzustehen. Einer raucht nonchalant die jemenitische Tonpfeife; er trägt einen Krummdolch in einer silbernen Scheide mit filigranen Arabesken darauf. Er muss der Stammesanführer oder zumindest einer der Honoratioren sein. Nach meinem in drei Metern Abstand ausgerufenen *salam aleikum* beginne ich daher mit ihm die Zeremonie des Händeschüttelns. Eigentlich ist es nur ein Händekontakt, denn man drückt einander die Finger nicht, sondern berührt nur flüchtig die Handflächen. Der Gast küsst dann seine rechte Hand und führt sie kurz an die Brust. Dieser Vorgang wiederholt sich bei jeder Person, was in größerer Runde entsprechend lang dauern kann.

Wir setzen uns in den Sand und erläutern in aller Gemächlichkeit, woher wir kommen. Ein Vorgeplänkel, bei dem man sich gegenseitig mustert.

Mein Äußeres beunruhigt die Araber sichtlich. So entferne ich mich unter einem höchst natürlichen Vorwand ein wenig, um die Männer mit meinen beiden Somaliern kurz alleine zu lassen.

Wie stets werden diese gefragt, ob ich Muslim oder Ungläubiger bin. Als ich zurückkomme, bemerke ich etwas entspanntere Mienen. Die Antworten meiner Somalier haben anscheinend ihre Wirkung getan.

»Hast du … vielleicht etwas?«, fragt schließlich der vermutliche Anführer.

»Nein, ich komme zu dir auf Empfehlung meines Freundes Cheik Issa. In Dschibuti habe ich viele Waffen zu verkaufen, und da habe ich mir gedacht, wir könnten vielleicht ins Geschäft kommen.«

»Waffen? Ach, wir wissen schon gar nicht mehr, wohin damit. Es kommen keine Käufer mehr, weil die Engländer an Hidris liefern, der die Waffen fast umsonst verkauft. Aber wenn du welche hast, bring sie nur her, ich werde versuchen, sie unterzubringen.«

Ganz offensichtlich habe ich es mit einem Konkurrenten zu tun. Er hat wohl selbst Dhaus, die für ihn Ware verschiffen.

Auch hier gestaltet die Sache sich schwieriger als erhofft. Ich werde einige Mühe haben, an echte Käufer heranzukommen.

Der schöne Araber mit dem prächtigen Dolch verlangt von mir zwei Taler Ankergebühr; das sei so üblich. Ich gebe ihm die zwei Münzen, die er majestätisch einsteckt.

»Ist das ein guter Platz, wo ich geankert habe?«, frage ich bei der Gelegenheit.

»Dort sind keine Felsen, nur Sand.« Das ist zwar kein deutliches Ja, doch kann es zur Not als solches durchgehen.

Die beiden anderen Araber haben den Mund nicht aufgemacht. Sie liegen auf dem Sand und reihen mit gleichgültiger Miene Kiesel aneinander.

Es ist Zeit, an Bord zu gehen.

*

Das Wasser steht nun hoch. Hinter den Bergen mit ihren dunkelvioletten Schluchten, aus denen die Nacht aufzusteigen scheint, ist gerade die Sonne untergegangen.

Der See ist für geheime Unternehmungen wirklich sehr geeignet. In den nahen Bergen kann eine Karawane in kürzester Zeit verschwinden. Eine Verfolgung ist unmöglich, da zu gefährlich, denn es gibt genug Felsbrocken, die es nicht erwarten können, auf unerwünschte Besucher hinunterzupoltern.

Fürs Erste herrscht über den unbewegten Wassern herrliche Stille. Schwärme von Seevögeln kommen vom offenen Meer zurück und scharen sich für die Nacht zusammen. Schwerfällige Pelikane segeln knapp über dem Wasser dahin und setzen dann gleitend auf. Sie wirken wie antike Kampfgaleeren mit vorspringendem Bug.

Auf einmal werden Himmel und Wasser rot, als würfen Flammen ihren Widerschein. Nicht mehr als eine Minute dauert dies, und eine Viertelstunde später ist es Nacht.

Ab und zu tönt durch die Stille ein fernes Grollen: Es ist das Meer, das sich von jenseits der Sandzunge vernehmen lässt. Man hatte es vergessen.

Während ich vergeblich zu schlafen versuche, höre ich einen dumpfen, lang gezogenen Ruf. Es grüßt uns damit die Besatzung einer Dhau, deren Silhouette ich in dreißig Metern Entfernung sehe. Sie hat das Deck voller Pirogen; ein Perlenfischer also. Als sie vorbeizieht, steigt mir der für Fischerboote so typische Gestank nach verfaulten Muschelschalen in die Nase.

Meine Männer rufen hinüber, man antwortet ihnen auf Somali. Ein Stück Heimat.

In jenen arabischen Gefilden herrscht unter Somaliern bewundernswerter Gemeinschaftsgeist. Sobald der Zufall sie zusammenführt, helfen sie sich gegenseitig aus, und daher überrascht mich, dass die Dhau so weit von uns vor Anker geht.

Kurz darauf kommt eine Piroge mit acht Männern darin. Sie stammen aus der Heimat von Djamma und sind mit ihm auf derselben Dhau gefahren. Sie sind groß, schlank, von katzengleicher Geschmeidigkeit, und mit ihren langen Gliedmaßen entsprechen sie ganz dem Typus, der sich an allen Küsten um das berühmte Kap Gardafui herum unverfälscht erhalten hat.

Vor dem Kap kenterte einst der Ozeandampfer »Chodoc«, dessen Passagiere während der Rettungsaktion von Einheimischen ausgeplündert wurden. Fährt aus Madagaskar oder Indochina ein Schiff dort vorbei, gibt dies Anlass zu Anekdoten.

Immer ist ein alter Kolonist an Bord, der den Schiffbruch miterlebt hatte und es sich nicht nehmen lässt, die Somalier als schreckliche Menschenfresser zu schildern. In meiner Gegenwart behauptete einmal einer, und das nicht einmal im Scherz, das Kap heiße Gardafui, weil Einheimische den Leuchtturm verwüstet hätten und dessen Wächter *(garde)* geflohen seien *(fui)!*

Ich glaube, in Wahrheit kommt der Name vom arabischen *arde el fil,* Land des Elefanten. Nicht dass es dort mehr Elefanten gäbe als anderswo; vielmehr verweist dies auf einen Berg, dessen Silhouette einem liegenden Elefanten ähnelt. In alten Zeiten holte man dort Weihrauch und Myrrhe und nannte den Berg Elephantas.

Die dort ansässigen Warsengeli sind keineswegs unbarmherziger als andere Stämme, ganz im Gegenteil. Sie sind stolz, lieben ihre Unabhängigkeit und machen den diversen Regierungen, die ihre Heimat kolonisieren wollen, gehörig zu schaffen. So wollen sie etwa keinen Leuchtturm, da sie seit den Zeiten, als Phönizier das Kap auf der Suche nach Gewürzen anfuhren, für sich das Recht auf Schiffswracks beanspruchen. Sie retten Schiffbrüchige und ernähren sie, bis Hilfe eintrifft, doch als Gegenleistung gehören Wrack und Ladung ihnen.

Ein Leuchtturm, der Schiffsunfälle verhindert, gilt ihnen gewissermaßen als Geschäftsschädigung. Auch das ist ein Standpunkt!

Ich frage die Somalier, warum sie fernab von uns geankert haben.

»Wegen der Ebbe natürlich. Da, wo du liegst, wirst du bald stranden, wenn es nicht schon passiert ist.«

Ich denke an die zweideutige Antwort des Arabers zurück: »Dort sind keine Felsen, nur Sand.« Das stimmt durchaus, doch hat er sich gehütet, mir zu verraten, dass ich bei Ebbe festfahren werde.

Ich ermesse nun die Folgen meiner Lage und die Vorteile, die er daraus schlagen kann, falls ihm einfällt, sich meine Ladung näher anzusehen. Ich bin dem Mann dann ausgeliefert.

Noch ist mein Schiff im Lot, doch stelle ich fest, dass der Kiel sich schon in den Sand bohrt.

Als wir vergeblich versuchen, uns loszumachen, fährt eine Piroge mit zwei Männern heran, davon einer der beiden, die während meines Gesprächs mit dem Träger des Dolches betont gelangweilt mit ihren Kieselchen gespielt hatten.

Ich habe gute Lust, ihn herzlich schlecht zu empfangen, doch gleich bei seinen ersten Worten horche ich auf, denn sie wirken ehrlich.

Das Schwierige mit den Einheimischen hier ist, sie richtig einzuschätzen, denn ständiges Misstrauen führt zu erbärmlichen Ergebnissen. Ich denke, es gibt da eine Art Instinkt, mit dem man sieben, acht Mal von zehn richtigliegt. Man muss den Instinkt nur haben.

»Falls du Waffen an Bord hast, dann beeile dich wegzufahren«, sagt er, »denn Cheik Omar wird sie dir wegnehmen und behaupten, er würde sie dir später bezahlen. Er holt gerade Kamele und Verstärkung, für den Fall, dass du sie nicht freiwillig herausgibst.«

»Ich habe keine Waffen an Bord«, erwidere ich in erstauntem Ton.

»Doch, du hast sechs Kisten Gewehre und zwanzig Kisten Munition.«

Nun staune ich tatsächlich.

»Ich bin seit zwei Tagen hier«, fährt er fort, ohne sich um meine Verblüffung zu kümmern. »Bei Cheik Omar hatte ich echte Karabiner des Modells Gras bestellt, doch hat er versucht, mich übers Ohr zu hauen und mir umgemodelte Karabiner anzudrehen. So habe ich mein Geld zurückgenommen. Er hat mich aber gebeten, auf zwei Dhaus zu warten, die aus Dschibuti eintreffen sollen. Ich weiß, was du dabeihast, weil per Laufkamel aus Ras es-Ara eine Nachricht eingetroffen ist. Die beiden Dhaus, die im Konvoi fuhren, sind dort geblieben, weil die eine gestern auf der Flucht vor der englischen Küstenwache gekentert ist. Die andere bleibt zur Unterstützung bei ihr. Sie haben Cheik Omar benachrichtigt, damit er, falls du nach Khor Omeira fährst, dich davon abhält, die Waffen an Land zu schaffen, oder, noch besser, sie dir abnimmt. Da du hier niemanden kennst, wäre ihm das ein Leichtes gewesen. Wenn du auf mich hörst, fahre ich mit dir mit und zeige dir eine Stelle, an der Leute aus meinem Stamm lagern. Ich kann dir die Waffen abkaufen, falls deine Preise vernünftig sind.«

All dies erscheint mir plausibel. »Hast du Geld?«, frage ich ihn.

»Ja, ich habe zweitausend Rupien dabei, der Rest folgt dort, wo wir hinfahren.«

Inzwischen sind die Somalier von der anderen Dhau schon dabei, uns zu helfen. Ein Teil der Munitionskisten wird lautlos auf acht Pirogen verladen, der Rest verbleibt auf der einen Seite des Frachtraums, um dem Schiff Schlagseite zu verleihen. Wir haben nur mehr knapp einen Meter Wasser unter uns.

Zehn Männer tauchen ab, stemmen sich unter dem Schiffsbauch ein und rücken die Dhau mit koordinierten Bewegungen Stück für Stück weiter, indem sie mal hinten, mal vorne anheben. Nach einer halben Stunde schaffen wir es in etwas tieferes Wasser, und auf einmal treibt die Dhau wieder frei dahin.

Ich frage mich, ob ich wohl alle Munitionskisten zurückbekomme, doch siehe da, nicht eine fehlt. Wie leicht hätte eine Piroge davonfahren können! Doch so etwas geschieht nicht unter solchen Umständen, zumindest nicht in diesem Land.

Mein Kunde, der sein Geld und seine Sachen geholt hatte, kommt wieder an Bord, diesmal mit unserer Piroge, die an einer abgelegenen Uferstelle auf ihn gewartet hatte.

Als wir gerade ablegen wollen, hören wir vom Strand her einen Ruf. Bestimmt ist das Cheik Omar, der nicht erwartet hat, dass der *cawadja cachim*, der naive Europäer, sein Schiff wieder flottbekommt.

Es ist keine Zeit mehr zu verlieren. Am Strand liegen drei, vier Pirogen. Schickt er sie uns nach, könnte es ungemütlich werden. Ich will nicht, dass es zu einem Zusammenstoß mit Toten und Verletzten kommt und mir dieser Ankerplatz künftig versagt bleiben wird. Ich überlasse den Somaliern als Dank für ihre Hilfe eine Kiste Munition, dann legen wir rasch ab.

Die Strömung läuft nun aus der Bucht hinaus und bringt uns schnell vorwärts, während wir das Segel setzen. Es scheint niemand unsere Verfolgung aufzunehmen.

Ich halte direkt aufs offene Meer zu und fahre über das Riff hinweg in die Richtung, die mir die Taucher als die am wenigsten gefährliche empfohlen haben. Ich tue es auf gut Glück, denn eine andere Wahl habe ich nicht.

Ohne Zwischenfall erreichen wir tiefe Gewässer.

Mein arabischer Passagier kauert auf dem Achterkastell und sieht mir zu, wie ich durch das Felslabyrinth hindurchmanövriere.

»Du bist ein Teufel!«, sagt er bewundernd zu mir. Ein Weißer, der sich auf dem Meer zurechtfindet, sich von ihren plumpen Listen nicht täuschen lässt und sie nicht fürchtet, ist für diese Leute ein Fabelwesen.

Er versichert mir, die Fischer mit den Wurfnetzen, die wir gestern an der Küste gesehen haben, gehörten zu seinem Stamm und würden uns gut empfangen. Das glaube ich ihm ohne Weiteres, so tief hat mich die Heiterkeit dieses Lebens unter freiem Himmel beeindruckt. Ich freue mich darauf, diese urwüchsigen Menschen wiederzusehen.

Als wir am frühen Morgen vor ihrem Lager anlangen, kommt uns eine Flaute gerade recht, damit wir in Ruhe auf den Sand auflaufen und an Land gehen können.

Ich lasse mich darauf ein, eine Ladung Stockfisch an Bord zu nehmen, deren Wert den Restpreis für die Waffen weit übersteigt und die ich als Garantie bis Dschibuti mitnehme, wo ein Geschäftspartner meines Kunden die Schuld begleichen wird.

Der ganze Stamm ist am Strand, und innerhalb weniger Minuten sind unsere Kisten in eine der Hütten verbracht. Eine weitere Hütte wird für mich hergerichtet. Während die Säcke mit den Fischen in meine Dhau verladen werden, bringt man mir Milch und Durrafladen.

Als Nächstes soll ein Schaf geschlachtet und ein Festmahl veranstaltet werden, doch da eine Meeresbrise aufkommt, wird die Lage des Schiffes zu gefährlich. Ich verabschiede mich von Taker (so heißt mein Kunde), und er verspricht mir, mich in Dschibuti zu besuchen. Er ist eine Art Makler, der für Beduinen und kleine Stammesführer aus dem Landesinneren Bestellungen aufnimmt.

In der Regel kauft er bei Salim Mouti in Dschibuti, der die Ware über Partner wie Cheik Omar ausliefert. Es gibt also ziemlich viele Zwischenhändler, entsprechend ist der von mir verlangte Preis um einiges niedriger als das, was er bei Omar hätte zahlen müssen.

Damit bringe ich aber Salim Mouti gegen mich auf, der äußerst mächtig ist, da er sämtliche Makler der Küste unter seiner Fuchtel hat. Taker rät mir denn auch zur Vorsicht, zum einen in meinem eigenen Interesse, vor allem aber wohl, weil er mich davon abhalten will, meine Geschäfte mit anderen als ihm abzuwickeln.

Bei meiner Ankunft in Dschibuti frage ich mich, wie der Gouverneur mich wohl empfangen wird. Doch verläuft alles bestens, zumindest nach außen hin.

Der Erfolg meiner Fahrt wird in einheimischen Seefahrtskreisen ausführlich beredet, und der große Salim Mouti beglückwünscht mich mit dem teigigen Lächeln seines feisten Gesichts. Ich falle auf sein gutmütiges Getue nicht herein, denn mir ist klar, wozu dieser Sklavenhändler fähig ist, insbesondere, wenn er die Regierung von Dschibuti hinter sich weiß, der gegenüber er sich so unterwürfig und honigsüß gibt wie nur irgendein Orientale vor einem maghrebinischen Potentaten.

Ich habe nicht wenige Feinde in Dschibuti: den Gouverneur, Ato Joseph, Salim Mouti und die Horde der Hofschranzen. Ziemlich viel für einen einzigen Mann.

8

Zweite Waffenfahrt: Der Angriff

Mein erster Erfolg ermutigt mich, mit dem Waffenhandel fortzufahren. Lavigne kümmert sich um meine Angelegenheiten in Maskali, und ich komme dort nur noch hin und wieder auf einen kurzen Zwischenhalt vorbei, so angenehm es mir auch ist, dort die Illusion eines Heims vorzufinden.

Ich habe nun einen Käufer, der mir seriös erscheint, und so steht mir nur der Sinn danach, weiter Waffen zu transportieren, allerdings besser vorbereitet, um weniger dem Zufall zu überlassen.

Seit gestern ist der Ladevorgang beendet, doch die Abfahrt der Dhaus ist aus einem mir unbekannten Grund verschoben worden.

Der *nacouda* Ismaël, ein Dankali, der im Auftrag des Zolls Waffenkonvois in den französischen Gewässern begleitet, spielt den Unwissenden. Nun ist es aber so, dass ein Einheimischer, wenn er wirklich nichts weiß, dies immer irgendwie begründet, und sei es im Bedarfsfall durch das Wirken übernatürlicher Kräfte. Sagt er dagegen, er wisse nichts, so hat er seine Gründe zu schweigen.

Ich vertreibe mir die Zeit, wie ich nur kann. Ich setze mich sogar auf die Terrasse des Café Rhigas, um den Passanten zuzusehen. Die »Passanten« sind zu dieser morgendlichen Stunde jugendliche Somalier, die unter der Aufsicht von zwei Gefängniswärtern die Straßen kehren sollen. Der rührige Polizeikommissar Bellot, ein ehemaliger Quartiermeister, sorgt dafür, dass das Kontingent der jungen Gefangenen stets vollzählig antritt. Wie die halb nackten Jungen nach vorne gebeugt mit ihren Strohfeudeln den Straßenstaub aufwirbeln, sehen sie aus, als gingen sie auf allen vieren dahin, der Hintern höher als der Kopf.

Zumindest einen Liebhaber hat dieses Schauspiel, nämlich Ato Joseph, den Herrn über den Waffenhandel und sämtliche Schmugglertätigkeiten legalen Anstrichs.

Er kommt Morgen für Morgen, stützt das Kinn auf den Stock und sieht zu, wie die Jungen ihren Arbeitsdienst verrichten. Über seine violetten Lippen fährt ein nervöses Zucken, wie bei alten Männern, bei denen das Rückenmark schon weich wird. Hin und wieder verzerrt sich sein Gesicht zu einem flüchtigen Grinsen, und die graue Wolle seiner Kraushaare fängt an zu zittern, als würde Zugluft durchblasen.

Ato Joseph bedenkt mich mit dem, was ihm als Lächeln gilt, und ist die Liebenswürdigkeit selbst.

»Ach, guten Tag, Messié de Monfreid, ich wähnte Sie auf dem Meer. So sind Sie also diesmal nicht mitgefahren?«

»Sie wissen also, dass mein Schiff gestern auslaufen sollte? Aber stimmt, Ihnen entgeht hier nichts. Nein, ich bin nicht gefahren, wie Sie sehen. Kennen Sie vielleicht den Grund für diese Verzögerung?«

»Woher soll ich ihn kennen? Ich bin gar nicht der Freund des Gouverneurs, wie es immer heißt. Ein armer Alter bin ich, den man in einer Ecke sitzen lässt, sobald man ihn nicht mehr braucht.«

»Der arme Mann!«

»Wie bitte?«

»Ach nichts, mir ist gerade jemand eingefallen, der Ihnen ähnlich sieht, aber Sie kennen ihn nicht. Na, dann auf Wiedersehen, ich überlasse Sie Ihren Träumereien.«

»Gute Reise, falls Sie heute Abend losfahren.«

»Danke.«

Ich habe das Gefühl, dass der alte Tartuffe etwas weiß. In den

Hinterzimmern der Regierung wird irgendetwas Ungutes angezettelt.

*

Mit meinem Kunden will ich mich in der Samstagnacht in Ambado im Golf von Tadschura treffen, an der Dankali-Küste. Heute ist Freitag. Jene Verzögerung stört meine Pläne gewaltig und könnte alles zum Scheitern bringen. Ist etwa das die Absicht der Verwaltung? Dann müssten aber doch die Behörden Ort und Zeit meiner Verabredung kennen?

Alles ist möglich.

Die beiden Abessinier, die die Waffen bei mir bestellt haben, sind vielleicht Agenten von Ato Joseph. Allerdings haben sie mich beauftragt, die Ware an Maki auszuliefern, einen mir gut bekannten Dankali, der mir bei anderer Gelegenheit genügend Vertrauen geschenkt hat, dass ich mich nun auf seine Loyalität verlassen kann. Doch vielleicht will man ihn gleich mittreffen, denn er ist beim Gouverneur nicht so gut angeschrieben wie Salim Mouti, der öffentlich bestellte Sklavenhändler.

Seit dem Morgen suche ich nach den beiden Abessiniern, kann sie aber nicht ausfindig machen. Schließlich wende ich mich an Ato Joseph in seiner Funktion als »Konsul von Abessinien«.

Als ich die beiden Männer erwähne, wird Ato Joseph von jener zeitweiligen Taubheit, die ihn im rechten Moment zu erfassen weiß, daran gehindert, meine Frage überhaupt zu verstehen. Nachdem ich lange auf ihn eingeredet habe, erklärt er schließlich, die beiden noch nie gesehen zu haben, ja nicht einmal gehört habe er von ihnen.

Eine Viertelstunde später treffe ich die beiden Kumpane an der Tür einer griechischen Taverne an. Sie verbreiten den penetranten Arrak-Geruch, der in solchen schmierigen Etablissements vorherrscht, und ihr Schwanken lässt keinen Zweifel an ihrem Zustand.

Einer der beiden hat früher eine katholische Missionsschule besucht und kann Französisch.

»Hast du nicht Ato Joseph aufgesucht, seit du hier bist, wo du doch katholisch bist wie er?«

»Nein, er soll nicht wissen, dass wir hier sind, sonst würde er Verdacht schöpfen.«

»Ich war gerade bei ihm und habe nach euch gefragt, um euch von einer eventuellen Verzögerung zu benachrichtigen.«

»Ach je. Was hat er geantwortet?«

»Natürlich, dass er euch nicht kennt. Im Grunde ist das nicht wichtig, aber ich fürchte, dass ich am Samstag nicht pünktlich kommen kann.«

»Das müssen Sie aber, wegen unserer Männer, die die Karawane begleiten sollen. Wenn die Sie nicht sehen, ziehen sie ab, denn sie fühlen sich bei den Danakil nicht in Sicherheit. Tun Sie das Unmögliche, um pünktlich zu sein.«

Der zweite Abessinier, dem sein Freund nach und nach übersetzt, scheint von der Aussicht auf eine Verspätung reichlich betroffen zu sein.

Um fünf Uhr abends teilt Abdi mir mit, dass Ismaëls *daoueri* uns noch heute Abend begleiten wird und die Abfahrt auf acht Uhr festgelegt ist.

Da ich an Land nichts mehr zu tun habe, gehe ich bei Sonnenuntergang auf meine Dhau und versuche, bis zur Abfahrt etwas zu schlafen.

Der *daoueri* ankert etwa fünfzig Meter von uns entfernt, und es ist noch niemand an Bord.

Gegen acht Uhr höre ich Stimmen. Bei der Küstenwache schifft man sich ein. Ich ordne meinen Männern an, sich zum Auslaufen bereit zu machen.

Einer von ihnen kommt in letzter Minute aus der Stadt herbeigelaufen, wo er seinen Tabak vergessen hatte. Er meldet mir, der Zollbrigadier Thomas sei samt Gepäck zur gleichen Zeit an Bord des *daoueri* gegangen wie Ismaël.

In einer Lage wie der meinen lässt man sich dazu hinreißen,

die natürlichsten Umstände als schlechte Vorzeichen zu deuten. Vor solchen Übertreibungen muss man sich aber hüten, um nicht schwere Fehler zu begehen.

Die Anwesenheit von Thomas lässt sich ja auch so erklären, dass er in Obock einen Auftrag zu erfüllen hat. Vielleicht soll er die vom Residenten eingenommenen Steuern überprüfen. Ich will einmal annehmen, dass es sich so verhält.

Ismaël ruft herüber: »Segel setzen!«

Bei kräftiger Südbrise fahren wir in der Nacht los. Ein paar Kabellängen hinter uns zeichnet sich vor dem Sternenhimmel das schwarze Segeldreieck des *daoueri* ab.

Das von den Bürokollegen organisierte Abschiedsessen hat Thomas wohl schon wieder von sich gegeben, denn die vom Indischen Ozean herkommende Dünung erwischt uns schräg von vorne, sodass das Schiff sowohl rollt als auch stampft.

Noch vor Tagesanbruch fahren wir in die Reede von Obock ein.

Als der Morgen graut, sehe ich noch immer keinen Thomas. Er hat sich wohl gleich nach der Ankunft zum Amtssitz rudern lassen. Es sieht ganz danach aus, als wolle er sich nicht blicken lassen, und ohne den vergessenen Tabak meines Matrosen wüsste ich gar nicht, dass er in Obock ist.

Um sieben Uhr gehe ich zu Sergent Chevet, der mich so freundschaftlich empfängt wie stets. Im Gespräch mit mir wirkt er jedoch verlegen. Hätte ich nicht Bescheid gewusst, so wäre mir gewesen, als versteckten die Wände heute Morgen unerwünschte Lauscher.

Ich habe einen Gummistöpsel für die berühmt-berüchtigte Eismaschine mitgebracht, der immer irgendein Teil fehlt. Als ich den Mund aufmache, um davon zu reden, bedeutet der gute Sergent mir zu schweigen. Er zieht mich bis zur Eingangstreppe, wo die Akustik anscheinend für den unsichtbaren Zuhörer weniger günstig ist. Ohne Umschweife frage ich ihn: »Was haben Sie mit Thomas gemacht?«

»Sie haben ihn also gesehen?«

»Dick genug ist er ja«, erwidere ich lachend. »Also, ist das ein Staatsgeheimnis?«

»Er hat mich gebeten, Ihnen seine Anwesenheit nicht zu verraten. Aber wenn Sie ihn schon gesehen haben, ist das was anderes.«

Flüsternd fügt er hinzu: »Sehen Sie sich vor! Seine Kapuzinervisage sagt mir nicht zu. Trotz seines Geredes über die Menschenrechte ist er ein gewöhnlicher Spitzel. Anscheinend ist auch die *Dschibuti* nach Raheita gesandt worden, mit dem Urvieh Chanel darauf, der ja auch nicht gerade Ihr Freund ist. Diese Information kann Ihnen vielleicht nützlich sein …«

»Haben Sie sie von Thomas?«

»Ja, sie ist aber kein Staatsgeheimnis, nicht wie seine Anwesenheit hier.«

»Ich glaube sogar, er legt es darauf an, dass sie kein Geheimnis ist. Aber leider hat man auch vor ihm schon Pferde verkehrt herum beschlagen.«

»Auf jeden Fall«, sagt Chevet, der nicht so recht weiß, was die Pferdegeschichte soll, »glaube ich, dass Thomas Sie zusammen mit Ismaël bis an die Grenze der französischen Gewässer geleiten soll. Das scheint ihm nicht zu schmecken, denn die Dhau der Behörden findet er herzlich schlecht gefedert. Er fürchtet, dass er seine Eingeweide herauskotzen wird. Auf der Herfahrt soll er schon ganz schön ausgepackt haben.«

Draußen begegne ich Ismaël, der auf dem Weg zum Residenten ist. Mir fällt auf, wie verlegen er mich grüßt. Ich spreche ihn an, um ihn ein bisschen zu beobachten.

»Wo bringst du Monsieur Thomas hin?«

»Das weiß ich nicht. Er ist gestern kurz vor dem Losfahren an Bord gekommen. Mir hatte niemand Bescheid gesagt. Er ist sofort seekrank geworden und hat die ganze Zeit im Schiffsinneren nur vor sich hingestöhnt, ohne ein Wort mit mir zu reden. Ich soll jetzt zum Residenten, vermutlich wegen der Abfahrtsanweisungen.«

»Sag mir danach, wann es losgeht.«

Gegen Abend meldet mir ein Matrose Ismaëls, die Abfahrt sei auf den folgenden Morgen festgesetzt. Ich bin sehr verärgert, wollte ich doch die Nacht ausnützen, um in den Golf von Tadschura zu gelangen.

Wenn wir erst am Morgen lossegeln, werde ich die nächste Nacht abwarten müssen, draußen auf hoher See, hinter dem Horizont verborgen. Falls dann am Abend der Wind nachlässt, werde ich unmöglich vor Sonntagnacht Ambado erreichen und somit erhebliche Verspätung haben.

Wild entschlossen steige ich wieder zum Amtssitz hinauf, wo ich Chevet vor seinem tagtäglichen Pernod antreffe. Er ist in die Lektüre eines Fortsetzungsromans vertieft, dessen Einzelteile Thomas ihm aus seiner Reisebibliothek herausgeschnitten hat.

»Ich will unbedingt heute Abend noch los«, sage ich absichtlich so laut, dass der unsichtbare Zollbrigadier mithören kann.

»Aber die Eskorte muss bis morgen früh warten.«

»Tut mir leid, aber nur wegen der Bequemlichkeit von Leuten, die eigentlich ihren Dienst tun sollten, kann ich mir nicht ein Geschäft entgehen lassen, noch dazu, nachdem ich die Exportgebühren schon bezahlt habe. Da unsere Verwaltung es als tunlich erachtet, mich ohne Papiere reisen zu lassen, brauche ich die Formalitäten der gewöhnlichen Schifffahrt nicht abzuwarten.«

»Das geht mich alles nichts an. Die Eskorte läuft erst morgen früh aus, mehr kann ich Ihnen nicht sagen. Tun Sie, was Ihnen beliebt. Ich habe nicht Anweisung, Sie hier festzubinden.«

Er feixt mir bei diesen Worten zu und gibt mir durch Zeichen zu verstehen, dass Thomas die Seekrankheit fürchte. Jener ist an der Verzögerung schuld, weil er eine ruhige Nacht an Land will. Tagsüber fühlt er sich wackerer.

»Ich fahre auf jeden Fall. Wenn die Regierung mich begleiten will, dann soll sie mir folgen!«

Ein Matrose Ismaëls, der mit einem meiner Männer verwandt ist, kommt später zu mir und fleht mich an, nicht schon am

Abend loszufahren. Es ist nicht aus ihm herauszubringen, was hinter dieser seltsamen Bitte steckt. Daraus schließe ich, dass Ismaël nur wie üblich seine Nacht in Obock haben will, und mache mir nichts weiter daraus.

*

Die Sonne steht schon tief. Schnell trommle ich meine Matrosen zusammen, bevor es stürmisch wird.

Hinter dem Ras Bir schrauben sich große gelbe Staubwirbel hoch. Dort bläst der Chamsin, was für die Jahreszeit ungewöhnlich ist, da über dem Indischen Ozean noch der Nordostmonsun weht. Umso heftiger wird es draußen auf dem Meer zugehen, wenn die Böen auf die starke Dünung aus dem Osten treffen.

Der Felsen, zu dessen Fuß einst das Gefängnis stand, ist schon im Staubnebel verschwunden. In wenigen Minuten wird der Sturm über uns hereinbrechen.

Als ich in die Piroge steige, kommt Ismaël herbeigerannt und fragt mich bestürzt, ob ich wirklich losfahre.

»Und ob! Wenn du willst, dann folge mir. Aber beeil dich!«

Ich stoße mich ab, und schon verschluckt uns die über den Strand ziehende Staubwolke. Kaum sind wir an Bord, pfeift der heiße Wind durch die Takelage. Vom Sand halb geblendet, fahren wir unter Sturmsegel auf die Rinne zu, die durch das Riff geht. Danach steuere ich auf die offene See hinaus, so wie es sich für meinen vorgeblichen Kurs gehört.

Als sich die erste Staubwolke legt, wird die Sicht besser, die Küste kommt aus dem gelben Nebel wieder zum Vorschein. So sehe ich, wie der *daoueri* nun seinerseits abfährt und unsere Verfolgung aufnimmt.

Er segelt uns in etwa zwei Meilen Abstand nach. Unter derartig enger Bewachung ist an ein Abdrehen zum Golf von Tadschura nicht zu denken. Ich fahre daher hart am Wind, um in der Richtung, die mich von meinem Ziel entfernt, möglichst wenig voranzukommen. Es dämmert nun. Hoffentlich ist es bald finster genug, dass ich meinen unerwünschten Begleiter abschütteln kann. Je dunkler es aber wird, umso näher rückt der *daoueri* an uns heran, um in Sichtweite zu bleiben.

Es herrscht nun schwere See, weil die Felsen des Ras Bir uns nicht mehr schützen und der Wind immer mehr auffrischt, je mehr wir aufs offene Meer gelangen.

Bald hüllt uns eine neue Staubwolke ein. Die Nacht wird undurchdringlich, und dennoch ist immer noch vage das Segel des *daoueri* auszumachen, gleich einem Gespenst, das uns auf den Fersen bleibt.

Mich bringt das auf den Gedanken, dass auch wir nur wegen unseres Segels sichtbar sind, hole dieses ein, um dem Auge unserer Bewacher zu entkommen, und drehe sogleich mit Rückenwind im rechten Winkel ab. Meine Hoffnung ist, dass unsere Verfolger lange genug geradeaus weiterfahren, ohne uns zu bemerken. Doch ist ihnen mein Manöver offenbar nicht entgangen. Der *daoueri* fährt geradewegs auf uns zu und holt nun seinerseits das Segel ein. Leewärts kommt er in Rufweite an uns vorbei. Ich schreie hinüber, dass ich mein zerrissenes Segel flicken muss, und steuere die Dhau quer zum Wind. Vielleicht nimmt er das nicht gleich wahr, fährt selbst mit unverminderter Geschwindigkeit weiter und verliert uns aus der Sicht. Zwei Schiffe, die sich nachts bei solchem Wetter aus den Augen verlieren, finden einander nicht mehr.

Da vollführt der *daoueri* ein seltsames Manöver. Er hisst sein Segel halb, um schneller zu werden, luvt an, damit er Windvorteil bekommt, und holt schließlich das Segel wieder ein. Mit der Restfahrt gleitet er auf uns zu, sein Bug gegen die Seite unserer Dhau gerichtet, die quer zur Welle ins Rollen gerät.

Unter diesen Umständen kann ich nicht mehr steuern. Wir haben keinerlei Fahrt, während der von Wind und Wellen angetriebene *daoueri* noch immer rasch vorwärtskommt. Auch ist er dreimal so groß wie meine Dhau, und sein Steven ragt mehr als zwei Meter über unser Schandeck hinaus.

Der schrecklich stampfende Steven geht auf und nieder wie eine Axt und kann uns jederzeit zum Verhängnis werden. Schaum spritzend schießt das Geisterschiff aus der Nacht. Noch ein paar Sekunden, und es zerdrückt meine Dhau wie eine Eierschale. Beim *daoueri* würde durch die Begegnung allerhöchstens am Bug etwas Lack absplittern.

Ich versuche, mich von ihm abzusetzen, indem ich das Segel hisse, doch hat sich das Fall in anderem Tauwerk verheddert. Durch die Panik meiner Besatzung werden wir vollends manövrierunfähig; unmöglich, das Segel zu setzen.

Das Schiff auf Kollisionskurs kommt uns immer näher, obwohl es ihm ein Leichtes wäre, von uns wegzusteuern.

Ich schreie in die Nacht hinüber, man solle endlich steuerbord fahren, und versuche währenddessen, in den Wind zu kommen, um etwas Fahrt aufzunehmen, doch das Ruder reagiert nicht. Mein Schiff scheint von der drohenden Gefahr wie gelähmt zu sein. Es ist ein albtraumartiges Gefühl.

Trotz meiner Verfluchungen und der Schreie meiner sämtlichen Männer bleibt der dräuende Steven auf die Mitte unserer Dhau gerichtet, als ob irgendein Wille ihn dort festhielte.

Es packt mich eine unbändige Wut. Ich verlasse das Steuer, dem das segellose Gefährt ohnehin nicht mehr gehorcht, ergreife meinen Karabiner und schieße in Richtung des Angreifers wie ein Verrückter das ganze Magazin leer.

Auf dieses unerwartete Argument hin wird bei unserem Widersacher, vielleicht unwillkürlich, das Steuer herumgerissen.

Es war höchste Zeit. Einen Augenblick später wäre es mit uns aus gewesen.

Ich sehe noch, wie der weiße Kiel des *daoueri* auf einem Wellenkamm über uns hinausragt, dann stürzt die Masse in das Wellental hinunter, in dem unsere kleine Dhau dahinstampft. In diesem Sekundenbruchteil schiebt eine schräg herankommende Welle uns genau in dem Moment nach vorn, in dem der *daoueri* nach Steuerbord giert. Der Aufprall wird abgemildert. Wir werden nur hinten gestreift, Holz zersplittert, und der Aufschrei der

Besatzung tönt wie der Ruf des tödlich getroffenen Schiffes. Das Meer hebt uns davon, und die große Schiffsmasse des *daoueri* ist vorbei.

Einen Augenblick lang sehe ich, wie Ismaël sich angsterfüllt an sein Steuer klammert.

Er ist allein an Deck, denn alle seine Leute haben sich versteckt. Ich überziehe ihn mit Flüchen. Wäre mir eine Patrone verblieben, hätte ich sie wohl aus nächster Nähe auf ihn abgefeuert.

Auf dergleichen scheint er gefasst zu sein, sieht er doch aus wie ein zum Tode Verurteilter, dessen letztes Stündlein geschlagen hat. Der Anblick frappiert mich, lässt uns doch in großer Angst eine Art Unterbewusstsein Dinge erfassen, die wir im normalen Zustand nicht verstehen würden.

Ich sehe einen Mann vor mir, dem man etwas befohlen hat, von dem er weiß, dass es ein Verbrechen ist, der aber blind gehorcht, ohne vorauszusehen, in was für eine Tragödie sein Handeln ihn verwickeln wird. Entsetzt fügt er sich nun in sein Schicksal.

Tatsache ist, dass wir den Angriff überstanden haben.

Lediglich der Decksaufbau und der Heckspiegel wurden fortgerissen. Das Ruder ist intakt und im Unterwasserschiff kein Leck. Der *daoueri* ist fort. Wir hissen endlich das Segel und fahren vor dem Wind gen Süden, auf unseren Treffpunkt zu.

Es umgeben uns Nacht und Meer.

Auf dem *daoueri* wähnt man uns vermutlich am Meeresgrund und denkt nicht mehr daran, uns weiter zu verfolgen.

Mir fällt der dicke Thomas ein. Bestimmt war er nicht an Bord gegangen, dazu hatte er keine Zeit. Er hat wohl Ismaël Anweisungen gegeben, es sei denn, jene stammten direkt aus Dschibuti. Darüber werde ich mir später Gewissheit verschaffen. Vorerst zählt einmal nur, dass wir nicht versenkt wurden.

Der Nordwind hält noch immer an, und die See wird zunehmend schwerer.

Gegen neun Uhr abends erkenne ich die Musha-Inseln, dann die kleine Insel Maskali, auf der ein schwacher Lichtschein mir andeutet, dass mein Freund Lavigne wohl in seinem Haus sitzt und seinen Montaigne liest.

Ich drehe nach Westen ab, um in den Golf von Tadschura einzufahren. Auf diesem Kurs erfasst uns aber das Meer von Steuerbord hinten, also da, wo die Dhau beschädigt wurde. Mit jeder Welle schwemmt es Wassermassen an Bord. Alle Männer sind damit beschäftigt, im Schiffsraum zu schöpfen, damit wir flott bleiben. Gegen elf Uhr nimmt diese Mühsal ein Ende, als wir das schützende Ras Duan erreichen.

Wir passieren die Stadt Tadschura, die wir an einer Anzahl von Lichtern erkennen. In der Dunkelheit traue ich mich wegen der Felsspitzen, die hie und da aus dem Wasser ragen, nicht näher ans Land heran, doch fürchte ich zugleich, aus zu großer Entfernung nicht mehr die Palmen wahrzunehmen, die die Position des winzigen Kap Ambado markieren. Hinter diesem Kap ist ein sehr schlechter Ankerplatz, zu dem ich hinmuss, da dort mein Treffpunkt ist.

Ich schätze, dass es bis dorthin noch etwa anderthalb Stunden sind. Maki soll auf dem Dach seines am Meer liegenden Hauses eine Laterne anzünden, doch zähle ich nicht allzu sehr auf dieses Licht, denn es kann immer Gründe geben, die seinen Einsatz verhindern.

Ungefähr eine Dreiviertelstunde nach Tadschura, also knapp vier Meilen westlich davon, sehe ich plötzlich ein Licht, das bisher wohl zwischen zwei Dünen versteckt war. Der Lichtschein blendet mich, sodass ich nicht sehe, ob dort Palmen stehen. Ich bin überrascht, dass wir so schnell in Ambado sind, und befürchte, dort drüben brenne eher ein Buschfeuer. Als ich in Petroleum getränktes Werg anzünde, wird das Licht gegenüber augenblicklich geschwenkt. Kein Zweifel mehr, es ist das Signal.

Nun fahre ich geradewegs auf die Küste zu, wähne ich mich doch vor dem Ankerplatz, doch kaum habe ich eine Kabellänge zurückgelegt, sehe ich das Meer vor mir in lange phophoreszierende Streifen zerfasern.

Ich weiß nicht mehr, wo ich bin. Vergeblich suche ich die Steinbuhne, die sich steuerbords befinden müsste.

Noch immer wird die Laterne geschwenkt, dann fällt ein Gewehrschuss, der uns wohl vor einer Gefahr warnen soll. Ich drehe bei und nehme eine Peilung vor. Trotz der Nähe zum Riff ist das Wasser sehr tief. Also bin ich nicht in Ambado.

Es gibt keine Zeit zu verlieren. Sofort luve ich. Ich weise Abdi an, eine Weile draußen zu kreuzen, ohne sich zu weit zu entfernen. Wenn er an Land zwei Feuer sieht, soll er eine Laterne anzünden, um mir die Position des Schiffes anzuzeigen. Ich werde inzwischen mit der Piroge erkunden, wo wir eigentlich sind. Zwei Männer begleiten mich.

An der Riffkante werden wir sogleich von einer Woge überschwappt. Ich rufe meinen Gefährten zu, sie sollen sich um die Piroge kümmern, und schwimme allein an Land.

Mehrmals schneide ich mir an scharfen Felsen die Füße auf. Schließlich wirft das Meer mich geradezu auf die schwarzen, schaumbedeckten Kiesel am Ufer.

Sofort bin ich von bewaffneten Danakil umgeben.

Unter ihnen ist Maki. Er erklärt mir, dass er beschlossen habe, mich an diese Küstenstelle zu lotsen, selbst auf die Gefahr hin, dass ich kentern würde. In Ambado nämlich habe die *Dschibuti* die letzte Nacht verbracht; am Morgen habe sie abgelegt, doch gegen Abend sei sie wieder dort vor Anker gegangen. Unbezweifelbar werde ich dort erwartet.

»Gut, dass du nicht gestern gekommen bist, denn ich hätte nicht Zeit gehabt, dich von einer Ankunft in Ambado abzuhalten.«

»Die Verabredung war doch für heute Abend.«

»Nein, ich hatte dir gesagt: Samstagnacht.«

Tatsächlich beginnt für Muslime der Tag mit dem Sonnenuntergang, und der Freitagabend in unserer Welt ist für sie die Samstagnacht.

»Als ich dich nicht eintreffen sah, dachte ich mir schon, dass du falsch verstanden hattest und heute Abend kommen würdest. Der Himmel beschützt uns! Vermutlich sind wir verraten worden, und jemand wusste, dass die Verabredung für gestern war. Kannst du jetzt deine Ware abladen? Ich habe Männer hier.«

»Nein, an dieser schutzlosen Küste ist das unmöglich.«

»Dann fahr schnell wieder los und komme morgen nach Sagallo, ganz hinten im Golf. So weit wird die *Dschibuti* sich nicht vorwagen. Sie ist seit drei Tagen auf dem Meer und hat bestimmt nicht mehr viel Petroleum.«

Dank der Laterne, die auf das vereinbarte Signal reagiert, finde ich zum Schiff zurück. Es bleiben mir noch vier Stunden Nacht. Wohin aber soll ich, wenn man im Golf nach mir sucht? Bei Tag wird man mich zwangsläufig sehen.

Kein Denken an einen Ankerplatz an der Issa-Küste, an der man sich nachts unmöglich zurechtfindet. Dort würde ich höchstens kläglich erwischt werden wie das Kaninchen in seinem Bau. Am besten, ich fahre aus dem Golf hinaus und erreiche noch vor Tagesanbruch Maskali, wo man mich zuallerletzt vermuten wird und ich nötigenfalls die Kisten im Sand verstecken kann. Sollte man mich wider alle Wahrscheinlichkeit dort ausfindig machen, könnte ich meine Anwesenheit ohne Weiteres durch die Geschäfte erklären, die ich auf der Insel unterhalte.

Zu allem Unglück ist mir der Wind nicht gewogen. Er legt sich, und das Schiff bleibt reglos. Unnütz schlägt das Segel gegen den Mast. Da das Meer sich sogleich beruhigt, kann ich den Außenbordmotor anbringen. Mit nur drei Knoten kommen wir nun voran, aber wenigstens in direkter Linie auf die Insel zu. Ich schöpfe wieder Hoffnung. Sie bekommen mich auch diesmal nicht zu fassen.

Als ich die Inselspitze umfahre, beginnt der Morgen zu grauen. Das Meer steht noch hoch genug, dass ich das Riff passieren kann. Ich bin gerettet. Vor dem goldenen Himmel, der auf die Sonne wartet, zeichnet sich auf der flachen Insel die Silhouette meines Häuschens ab.

Ich schalte die wackere kleine Maschine ab, und wir ziehen uns im seichten Wasser mit dem Bootshaken weiter.

Ich höre, wie das vertraute Geräusch der Brandung unten gegen das Korallengewölbe schlägt.

Ich bin zu Hause.

Ein Schatten huscht heran: Lavigne. Sobald er in Rufweite ist, schreit er herüber: »Macht, dass ihr wegkommt! Gerade ist aus Obock der *daoueri* gekommen, mit Thomas an Bord. Er liegt an der anderen Seite der Insel vor Anker.«

Mehr brauchen wir nicht zu hören. Augenblicklich brechen wir auf.

Das Wasser sinkt aber noch weiter ab, und ich fürchte, auf dem Riff festzukleben wie eine Fliege auf dem Leim. Wieder werfe ich den Außenbordmotor an. Das Geräusch kann nicht bis zum *daoueri* dringen, dessen Mast ich hinter der Insel in die Luft ragen sehe. Ich hoffe, dass bei ihm an Bord alles schläft, denn mein eigener Mast wäre von dort ebenfalls zu sehen.

Ich steuere durch das Felsenlabyrinth. Ganz vorne am Bug steht einer meiner Männer, späht ins Wasser hinab und lenkt mit Gesten unsere gewundene Fahrt.

Auf einmal tut es einen Schlag, und ich verliere das Gleichgewicht. Wir sind auf einen Felsen aufgelaufen.

Sofort springen alle ins Meer. Es hat lediglich den Kiel erwischt, und unter unseren Versuchen, ihn wieder freizubekommen, pendelt das Schiff vergeblich hin und her.

Da versuche ich es mit vollem Risiko. Es hat sich eine Ostbrise eingestellt, so hisse ich das Großsegel und lasse die gesamte Ladung leewärts verbringen. Das Schiff senkt sich zur Seite, und als die gesamte Besatzung sich einstemmt und drückt, rückt es endlich von dem vermaledeiten Felsen wieder ab.

Über dieser heimtückischen Felsenwelt habe ich noch eineinhalb Meilen zurückzulegen. Durch die Schlagseite hat das Schiff weniger Tiefgang, doch wenn es unter diesen Umständen einen Felsen rammt, dann diesmal nicht mit dem Kiel, sondern mit der Beplankung, die keinerlei Widerstandsfähigkeit bietet.

Doch lieber verliere ich alles, als dass ich den Zöllnern gönne, mich zu fassen.

Ein Felsen lässt das Ruder aus den Scharnieren springen. Am Rudertau ziehe ich es hinter mir her und steuere fortan mit einem Riemen.

Endlich wird das Wasser dunkler, und statt des Korallenwirrwarrs, durch den wir hindurchmussten, liegt unter uns das einheitliche Blau des tiefen Meeres.

So richte ich das Schiff wieder auf. Abdi springt ins Wasser und schafft es, im Wirbel des Kielwassers das Ruder wieder einzuhängen.

Nach all den Ängsten, die wir ausgestanden haben, fühle ich mich unendlich erleichtert, und alle zusammen stoßen wir den gleichen Seufzer der Erlösung aus.

9

Die Affäre Debeleba

Diese Ruhe ist mir nicht lange vergönnt. Hinter den Dünen taucht die Spitze eines weißen Dreiecks auf. Der *daoueri* läuft aus, man hat uns entdeckt.

Noch ist der Abstand zu groß, als dass meine Dhau mit Gewissheit zu identifizieren wäre, doch weiß ich, dass der *daoueri* schneller fährt als wir. Bei halbem Wind, dem für ihn günstigsten Kurs, macht er gut einen Knoten mehr. Halte ich weiter auf die englische Küste zu, sind wir in drei Stunden eingeholt. Dann wären wir ihm schändlich ausgeliefert und könnten uns nicht einmal wehren, denn auf einen Kampf gegen meine eigene Flagge darf ich mich nicht einlassen. Mit der englischen oder türkischen Küstenwache verhielte es sich ganz anders. So muss ich also eine Begegnung um jeden Preis vermeiden und mich nötigenfalls im letzten Moment selber versenken.

Bei dem Ostwind stehen mir nur zwei Möglichkeiten offen: bei halbem Wind in südsüdöstlicher Richtung auf die englische Grenze zu, oder mit Rückenwind nach Westen zum Golf von Tadschura. Der *daoueri* wäre dann weniger im Vorteil, da er sein Besansegel nicht richtig ausnützen kann. Er brauchte sechs bis sieben Stunden, um mich einzuholen. Auch wäre ich dann anderthalb Stunden vor ihm in der Strömung, die in den Golf hineinzieht. Durch die Wahl dieser Route hoffe ich, vier bis fünf Stunden zu gewinnen, doch steuere ich damit in eine Sackgasse hinein.

Ich setze das hintere Segel. Durch das Fernrohr sehe ich, dass der *daoueri* es mir nachtut. Ich werde also tatsächlich verfolgt.

Ich denke an den Gubet Karab, eine Art Binnenmeer am Ende des Golfs von Tadschura, in das man durch eine nur einhundertachtzig Meter breite Passage gelangt. Wegen der starken Strömung, die je nach Ebbe und Flut mal in der einen, mal in der anderen Richtung dort hindurchschießt, ist eine Durchfahrt nur zu bestimmten Stunden möglich. Alles hängt davon ab, wie viel Spielraum unsere unterschiedliche Geschwindigkeit mir lässt, um zu einem günstigen Zeitpunkt dort einzutreffen. Nach meinen Berechnungen muss ich gegen vier Uhr abends dort sein, und zwar zwei Stunden vor dem *daoueri*. Also muss ich ihn lange genug hinhalten und dabei unseren Abstand wahren. Doch sehe ich, wie sein Segel immer größer wird; er holt schneller auf, als ich gehofft hatte. Mein Schiffsrumpf ist verschmutzt, was meine Fahrt deutlich verlangsamt.

Um rascher in die Strömung zu gelangen, steuere ich auf die Issa-Küste zu. Hohe Wände tauchen auf, schwarze Mauern mit einer Reihe von Felsvorsprüngen. Ich kenne sämtliche Ankerplätze, an denen kleine Schiffe sich hinter diesen Kaps vor dem Ostmonsun und vor der Dünung schützen können, die in den Golf hineindrückt wie in einen Trichter.

Wir fahren nun in vier, fünf Kabellängen von der steil abfallenden Küste entfernt. Wütend schlägt das Meer von der Seite her an die Felsen, und eine schwere Brandung lässt an der Ostflanke jedes Kaps zwischen den Lavablöcken weiße Kaskaden aufspritzen. Alles ist schwarz in diesen Bergen, in denen bis weit ins Landesinnere keine Behausung steht. Die riesigen Basalttafeln sind ins Meer gestürzt, das gegen das unerschütterliche Hindernis schäumend ankämpft. Bis hinauf zu den fernsten Gipfeln sind die Plateaus flaumartig mit stacheligen, grauen Zwergmimosen bewachsen. Bei der Vorbeifahrt an Schluchten wird manchmal der Blick auf weiße Punkte im schwarzen Geröll frei: eine Ziegenherde. Der Issa-Hirte hebt sich vom Vulkangestein nicht ab.

Während die Schluchten mit ihren winzigen schwarzen oder braunen Sandstränden an uns vorbeiziehen, kommt uns der *da-*

oueri immer näher. Kaum drei Meilen ist er noch entfernt. Jetzt muss umgehend ein Entschluss gefasst werden.

Einige Meilen vor uns liegt das Kap Debeleba wie ein großes Reptil da. Dahinter, im Westen, ist ein großer Ankerplatz mit sieben, acht Metern Wassertiefe gelegen. Vielleicht habe ich Zeit genug, um dort hinzugelangen, außer Sichtweite des *daouèri* mein Schiff zu versenken und mit meinen Männern in die Berge zu flüchten. Dann ist vielleicht alles verloren, doch meine Ehre ist gerettet, und später kann ich immer noch versuchen, die in geringer Tiefe liegende Waffenladung zu bergen.

Ich muss rasch handeln, denn so, wie der Wind nun weht, werden wir den *daoueri* in zwanzig Minuten am Hals haben.

Gewerbe wird an der Issa-Küste nur mit Brennholz betrieben. Unsichtbare Einheimische sammeln es an den kleinen Stränden und verkaufen es an Dhaus, die es meist nach Perim bringen, wo es sehr teuer ist. Da diese unbewohnten, unwirtlichen Berge aber französische Kolonie sind, will die Regierung diesen Handel mit einem Zoll belegen. Laut Vorschrift haben ausländische Dhaus in Dschibuti anzulegen, um eine ihrer Tonnage entsprechende Gebühr zu entrichten und für die Aufnahme von Holz an den zerklüfteten Küsten eine Genehmigung einzuholen. Es versteht sich von selbst, dass höchst selten eine arabische Dhau ihre Zeit damit verliert, freiwillig in Dschibuti vorstellig zu werden, um sich ihres Geldes zu entledigen. Sie wissen, wie es um die Küstenwache bestellt ist, und vertrauen auf die Schnelligkeit ihrer *zarougs*. So steuern sie direkt ihre Landeplätze an und ziehen dann wieder ab, ohne sich um irgendwelche Vorschriften aus Dschibuti zu kehren. Die Segel der verschiedenen *daoueris* erkennen sie von Weitem, und das genügt vollauf, um unliebsame Begegnungen zu vermeiden.

Als ich um die Kapspitze herumfahre, sehe ich ganz hinten eine *zaroug* ankern, das Segel um die Rute geschlagen, sodass es augenblicklich gehisst werden kann. Damit weiß ich auch schon Bescheid, dass hier jemand im Trüben fischt.

Die von irgendwoher auftauchende Besatzung springt bei

unserem Anblick ins Meer und schwimmt zu ihrem Schiff zurück.

Im Nu ändere ich meine Taktik. Ich werde die Dhau nur halb versenken. In aller Eile lasse ich den Ballast ins Meer werfen, während wir geradewegs auf die *zaroug* zufahren. Heftig gestikulierend, rufen wir hinüber: *»Daoueri! Daoueri!«*

Derlei versteht man auf der Stelle. Augenblicklich wird der Enterhaken eingeholt, das Segel geht knallend hoch, und seitlich geneigt, verlässt die *zaroug* den Ankerplatz. Das alles innerhalb von fünf Minuten, und unbemerkt vom *daoueri*, der um das Kap noch nicht herum ist.

Ohne uns weiter um die *zaroug* zu kümmern, die raumschots über die Dünung hüpft wie ein Fliegender Fisch, werfen wir Mast, Rute und Segel über Bord. Strömung und Wind werden dafür sorgen, dass das alles bis ans Ende der Bucht treibt. Mit der Bohrstange breche ich die Beplankung auf, aber nur auf Höhe der Wasserlinie, um später leichter reparieren zu können.

Wir versammeln uns alle auf jener Seite, um der Dhau Schlagseite zu verschaffen, und sogleich strömt Wasser in das Leck. Wir haben an die vier, fünf Meter Tiefe. Während die Dhau zu sinken beginnt, bringe ich den Anker aus. Ich bin nicht sicher, ob das Schiff wirklich bis auf Grund gehen wird, denn in die verzinkten Munitionskisten wird kein Wasser eindringen, sodass sie erheblich weniger wiegen.

Das Wasser reicht nun fast bis aufs Deck, und allerlei Dinge schwimmen und treiben herum, was mir Sorgen bereitet. Zu allem Überfluss geht ein großer Ölkrug entzwei, und auf dem Wasser verbreitet sich eine glänzende Schicht. Nie und nimmer wird dieser improvisierte Schiffbruch unbemerkt bleiben, wenn der *daoueri* heranfährt.

Komme es, wie es wolle! Wir springen ins Meer und verstecken uns dann zwischen den Felsen hinter dem Strand.

Es war höchste Zeit. Da erscheint das Segel des *daoueri*.

Von unserer Dhau stehen nur mehr der Steven und ein paar Zentimeter Achterkastell aus dem Wasser. Aus der Ferne ist das wohl nicht auszumachen, denn der *daoueri*, der erwartete, unser Schiff zu sehen, ist verblüfft über den leeren Ankerplatz. Sogleich ändert er seinen Kurs und fährt der arabischen Dhau hinterdrein, mit der er uns verwechselt, da er wohl annimmt, ich hätte hinter dem Kap das Segel gewechselt, um ihn in die Irre zu führen.

Von unserem Beobachtungspunkt verfolgen wir befriedigt das Wettrennen zwischen der *zaroug*, die uns auf so vorteilhafte Weise ersetzt, und dem *daoueri*. Die *zaroug* kommt gut voran, und mir ist von Anfang an so, als werde sie die Oberhand gewinnen. Sie selbst merkt, dass sie ihren Verfolger abhängen kann, und segelt furchtlos hart am Wind, um aus dem Golf herauszukommen. Ich sehe sie zwischen den Wellen verschwinden, wieder hervorschießen und, Gischt aufspritzend, herabsacken. Der *daoueri* folgt ihr wacker, muss aber bald das Segel wechseln, da das seine nun zu groß ist, um bei solchem Wetter zu kreuzen. Etwa fünf bis sechs Minuten lang treibt er dahin, dann hisst er sein Sturmsegel und nimmt die Verfolgung wieder auf. Er hat enorme Mühe, denn da er länger ist als die *zaroug*, stampft er auch mehr.

Nun, da die beiden Schiffe schon weit weg sind, ist es Zeit, das unsere wieder flottzumachen, denn lange können wir hier nicht bleiben, so ganz ohne Wasser und Vorräte, einmal abgesehen von einem Korb voller Datteln, der mit dem Rest im Wasser getrieben hat.

Wir ziehen unsere Takelage, die es kreuz und quer ans Ufer geschwemmt hat, heraus auf den Sand. Es ist kaum etwas beschädigt, außer dem gerissenen Segel, doch haben wir in einem an Bord verbliebenen Sack ein zweites.

Der Wachposten, den ich auf einen Hang beordert habe, um die Verfolgung der *zaroug* zu beobachten, derweil wir auf dem Strand unser stehendes und laufendes Gut sortieren, kommt auf einmal gestikulierend heruntergelaufen. Ich haste auf den Felsen hinauf und sehe den *daoueri* in ein seltsames Manöver verwickelt. Mir wird klar, dass seine Rute gebrochen ist. Im ersten

Überschwang freue ich mich über diese Havarie, die nicht ernsthaft gefährlich ist, doch kommt mir in den Sinn, dass das angeschlagene Schiff bei diesem Wetter sein Heil wohl darin suchen wird, sich an einen windgeschützten Ort zu retten, und der nächstgelegene ist nun mal der unsere.

Bald sehe ich denn auch, wie es ein Fock setzt, die Verfolgung aufgibt und vor dem Wind auf unseren Ankerplatz zufährt.

Wir sind verloren, denn meine Dhau ist gut sichtbar. Sie sieht aus wie ein Wrack, und bestimmt werden die Ankömmlinge sie begutachten wollen, denn für jeden Seemann ist ein Wrack von unwiderstehlicher Anziehungskraft.

So schnell wie möglich ziehen wir unsere Takelage hinter eine Bodenerhebung. Meine Männer ziehen sich nackt aus, um sich von der Farbe der Umgebung weniger abzuheben, ich selbst schmiere mich mit schwärzlichem Schlamm ein, den ich am Eingang zur Schlucht in einem mickrigen Mangrovenhain vorfinde. Zum Glück hatte ich den Einfall gehabt, drei Karabiner und Patronen von Bord mitzunehmen, für den Fall, dass die Issas, die an die *zaroug* ihr Holz verkaufen wollten, uns nicht sonderlich freundlich empfangen sollten.

Ich stelle die Visiere auf zweihundertfünfzig Meter ein, um sicherzugehen, dass es unter der Besatzung des *daoueri* keine Verletzten gibt. Zwei der Karabiner gebe ich meinen besten Schützen Abdi und Mohamed Mussa mit und schärfe ihnen ein, aufs Wasser zu zielen. Das dritte Gewehr nehme ich selbst, um mit ein paar präziseren Schüssen Eindruck zu schinden. In etwa fünfzig Metern über dem Strand sind wir zwischen den schwarzen Felsen unsichtbar.

Wie befürchtet segelt der *daoueri* heran, weil er den Ankerplatz leer wähnt und hier seine Reparaturen vornehmen will. Er muss erschreckt werden, damit er den nächsten Platz aufsucht, etwa fünf Meilen westlich.

Er fährt in die Bucht mit einem Mann auf dem Ausguck ein, was anzeigt, dass er den Ankerplatz nicht gut kennt. Mir ist das gar nicht recht, denn der Mann hat ein viel größeres Gesichtsfeld, und der Rumpf meines unter Wasser gelegenen Schiffes wird ihm kaum entgehen. Als der *daoueri* noch etwa eine Meile vom Ufer entfernt ist, schieße ich in seine Richtung. Als meine Männer das hören, feuern sie fast gleichzeitig los, und die drei Schwarzpulverwölkchen ziehen über die braunen Steine des Berges davon.

Der Mann auf dem Ausguck stürzt ins Wasser, doch ist es wohl kein Fall, sondern eher ein Sprung. Er hatte Angst.

Wir laden nach und feuern eine zweite Salve ab. Trotz der Einstellung der Kimme kommen die Kugeln sehr nah an das Schiff heran, denn ich hatte nicht bedacht, dass durch unsere Höhe die Karabiner von höherer Reichweite sind. Aus Furcht vor einem Unfall lasse ich das Feuer einstellen.

Der *daoueri* lässt als Antwort seine Lebel-Karabiner losknattern, deren Kugeln sich wer weiß wo verlieren, nachdem sie heulend vom Basalt abgeprallt sind. Will der verdammte Pott unbedingt in der Bucht bleiben? Mein Schiff darf auf keinen Fall identifiziert werden, auch als Wrack nicht, denn was ich mir da geleistet habe, würde als bewaffneter Widerstand gegen die Staatsgewalt gelten. Straflager wäre das Mindeste dafür.

Es ist ein Europäer an Bord, über dessen beachtlichem Bauch ein roter Bart hin und her zittert. Sein wildes Gestikulieren verrät höchste Aufregung. Die Besatzung indes traut sich nicht aus dem Schiffsbauch heraus und verweigert jedes Manöver. Mühelos erkenne ich Thomas, den einzigen Rotbart von Dschibuti. Ich weiß, dass er damit prahlt, mich einmal »dranzukriegen«, aber genauso gut weiß ich, dass sein Mut über die Grenzen seiner Amtsstube nicht hinausreicht. Allerdings könnte er einen schwarzen Askari losschicken. Von meinem Beobachtungsposten aus sehe ich den streitsüchtigen Kapitän mit eingezogenen Schultern in Deckung kauern. Er versucht, seine Männer anzuspornen, die ihm in der gleichen Stellung zuhören, ohne zu reagieren.

Zum Glück lässt er niemanden an Land bringen, oder vielmehr lässt sich wohl keiner auf so eine rühmliche Mission ein.

Auf einmal wird an einer Stange ein weißes Taschentuch geschwenkt, und der *daoueri* luvt, um vor dem Wind davonzusegeln.

Als er ein paar Kabellängen entfernt ist, lässt der unerschrockene Küstenwächter heftiges Feuer auf uns abschießen. Meine Männer sehen das als furchtbare Verschwendung an, wo Patronen doch so teuer sind …

Gute Reise, Monsieur Thomas. Wir werden uns morgen über Ihre Heldentaten unterhalten, wenn Sie auf der Terrasse des Café Rhigas davon berichten.

Der *daoueri* ist nun drei Meilen leewärts, und solange der Wind nicht dreht, habe ich seine Rückkehr nicht zu befürchten.

Ich bin nervlich ungeheuer angespannt, denn eine halbe Stunde lang quälte mich der Gedanke, es würde ein Einheimischer auf uns losgehetzt, den ich – ohne ihm Böses zu wollen – unbedingt hätte aufhalten müssen.

So sehr hat mich das angegriffen, dass ich eine Weile wie benommen bin.

Nun gilt es, meine Dhau so schnell wie möglich wieder flottzumachen. Sie ist nicht auf Grund gegangen, sondern schwebt im Wasser, und der Steven und einige Bretter des Achterkastells ragen noch heraus. Ich will sie auf Grund laufen lassen, um sie dann bei Ebbe leeren zu können, aber schnell lasse ich davon wieder ab, denn die Dünung, die in die Bucht hereindringt, lässt den Kiel über den Boden kratzen und könnte so den Rumpf unwiderruflich beschädigen.

Abdi, der mir meine Ratlosigkeit ansieht, verkündet mir, in einer *tanika* habe er etwas Reis gerettet. Ich reagiere höchst unwirsch auf diese Abwegigkeit. Man muss schon Somalier und obendrein von der niederen Kaste der *Midgan* sein, um noch ans Essen zu denken, wenn man ein Schiff verliert. Abdi lacht los.

»Für das Schiff! Um das Loch zu stopfen!«

Er schüttet den Reis in ein Stück Segeltuch, das er sorgfältig zuschnürt. Dann taucht er und führt den Sack in das Leck ein.

Da Reis auf das Vierfache anschwillt, ist das Loch bald hermetisch verschlossen. Das Segeltuch ist angespannt und bildet sowohl von außen als auch von innen einen perfekten Pfropfen. Was aber noch nicht bedeutet, dass wir das Schiff schon leeren könnten, denn das Schandeck steht noch immer unter Wasser. Mithilfe der wieder flottgemachten Piroge räumen wir die Ladung, die Kette, den Notanker und den restlichen Ballast heraus. Wir leeren das Wasserfass und binden es an ein Seil, das unter dem Schiff hindurchführt. Als wir an der anderen Seite ziehen, sinkt das Fass unter Wasser und erleichtert mit seinem Auftrieb das Schiff um etwa zweihundert Kilo.

Endlich taucht das Schandeck auf; nun brauchen wir nur noch zu schöpfen. Nach zwei Stunden Arbeit ist der Rumpf leer und treibt ganz normal im Wasser.

Unterdessen sind die unsichtbaren Issas zwischen den schwarzen Felsen hervorgekommen, die so gut zu ihrer Hautfarbe passen. Manche haben einen weiten Weg hinter sich. Sie haben das Geschehen von den Bergen aus verfolgt und es als Kampf gedeutet.

Es sind an die fünfzehn, alle mit Lanzen und kleinen Schilden aus Flusspferdhaut bewaffnet. Drei besitzen zudem einen Gras-Karabiner, dessen Verkauf von der Regierung in Dschibuti protegiert wird.

Sie kauern sich in den Sand. Wie selbstverständlich gehe ich auf sie zu, als freute ich mich einfach über ihren Besuch. Ich sage, ich sei auf einen Felsen gelaufen, als ich die *zaroug* warnen wollte, die ihnen Holz abkauft. Um zu verhindern, dass die Regierungsleute an Land gingen und von dem heimlichen Holzhandel des Stammes etwas mitbekämen, sei ich gezwungen gewesen, Schüsse auf sie abzugeben. Dann rate ich ihnen noch, in Dschibuti von der Sache nichts verlaüten zu lassen, sonst werde ihnen eine hohe Geldstrafe aufgebrummt.

Da ich nichts mehr zu essen habe, bringen sie mir ein Schaf, und ich schenke ihnen ein paar Patronen. Ich bin sicher, dass keiner von ihnen in Versuchung gerät, die Geschichte in Dschibuti zum Besten zu geben.

*

Die Sonne steht schon niedrig am Horizont, doch der Wind ist unvermindert heftig. So lasse ich erst die Nacht hereinbrechen, bevor ich die Bucht verlasse. Der einige Meilen von hier hinter dem Kap vor Anker liegende *daoueri* wird somit mein Segel nicht sehen.

Ich muss meine Ware vor Morgengrauen ausliefern, und zwei Stunden genügen mir, um die Dankali-Küste jenseits des Golfes zu erreichen.

Meine Männer stehen noch ganz unter dem Eindruck jenes Abenteuers und amüsieren sich köstlich über den Streich, den wir dem *daoueri* gespielt haben. Sie prusten vor Lachen, wenn wieder einer nachmacht, wie unelegant Brigadier Thomas sich in sein Schiff duckte.

Das Meer aber ist aufgewühlt, und die Nacht wegen des bedeckten Himmels rabenschwarz. Ich steuere ohne jeden Anhaltspunkt und frage mich, wie um alles in der Welt ich in der Dunkelheit den Palmenhain am Strand von Sagallo erkennen soll.

Zum Glück lassen die schweren Gewitterwolken über dem Dankali-Gebirge bei jedem Blitz die Silhouette des Goda-Massivs erscheinen. Es geht aber ein schwerer Regen auf uns hernieder, und wie immer in solchen Fällen legt sich der Wind. Die Flaute verheißt nichts Gutes. Ich lasse sogleich die Rute einholen, um auf die Bö gefasst zu sein, die unweigerlich folgen wird. Sie fällt von Nordwesten über uns her, sehr heftig, doch von kurzer Dauer. Danach stellt sich eine stete Brise ein.

Mit kleinem Segel fahre ich weiter durch die vollkommene Finsternis, kaum unterstützt durch meinen Kompass, den die

Kombination aus Rollen und Stampfen gehörig verwirrt. Ich habe keine Ahnung, wie weit ich von der Küste entfernt bin, und muss stets damit rechnen, dass auf einmal die Gischt des Riffs vor mir aufspritzt.

Dennoch halte ich Kurs und hoffe, dass ich durch ein Aufklaren meine Position erkenne. Mein starr ins Dunkle gerichteter Blick macht auf einmal einen Lichtschein aus. Ich bilde ihn mir nicht nur ein, denn auch meine Männer nehmen ihn wahr. Ich denke mir, dass Maki zwischen den Dünen eine Laterne aufgestellt hat, um mir die Riffpassage anzuzeigen, die ich ansteuern soll. Vielleicht aber ist es das Feuer eines Hirten. Wie dem auch immer sei, mein Unternehmen muss diese Nacht zu Ende geführt werden. So gehe ich von der ersten Hypothese aus und fahre mutig direkt auf das Licht zu, das entweder unser Heil oder unser Verderben bedeutet, denn wenn es sich um ein Hirtenfeuer handelt, wird die Dhau an einem Felsen zerschellen.

Das Licht wird größer, und mir flößt Vertrauen ein, dass es so stetig ist. Ein offenes Feuer würde mehr flackern.

Da das Licht so schwach schien, wähnte ich mich noch weit von der Küste entfernt, doch auf einmal sehe ich dicht vor uns, wie die Wellen an Felsen schlagen und phosphoreszierende Gischt hochpeitscht, begleitet von jenem düsteren Grollen, das man als Seemann in der Nacht nicht hören kann, ohne zu erschauern. Wie durch ein Wunder sind wir in der Riffpassage gelandet. Ich habe gerade noch Zeit, das Segel einzuholen und den Anker zu werfen. Ein paar Sekunden später wären wir gestrandet. Ohne die Flut, die gerade herrscht, wäre mein Schiff verloren gewesen. Ich lasse sofort loten und komme auf knapp zwei Meter. In einer Stunde wird der Kiel auf Grund treffen und die Dhau von der Dünung zerdrückt.

Wegen der heftigen Brandung ist es sinnlos, ein Boot auszubringen. So stürzen sich meine Männer nackt ins Meer und schaffen die Munitionskisten ans Ufer. Ich gehe ebenso gewandet an Land. An einer scharfen Muschelschale schneide ich mir grausam den Fuß auf. Im ersten Augenblick verspüre ich keinen Schmerz, wie immer, wenn man sich im Wasser verletzt.

Makis Sohn erwartet mich mit einem Dutzend bewaffneter Danakil. Ich berichte kurz von meiner Begegnung mit dem *daoueri* und rate dem jungen Mann, auf der Hut zu sein. Da zeigt er auf die hohen Dünen, die am Meer entlanglaufen wie ein Wall.

»Wenn die sehen wollen, was dahinter ist, können wir ihnen die Rückkehr nach Dschibuti ersparen.«

Sein Blick weist auf das gute Dutzend Mauser-Karabiner, die für den Schutz der Karawane sorgen.

Ich soll mit ihm essen, Milch trinken, eine Pfeife rauchen … Doch habe ich keine Zeit. In aller Eile lasse ich mir eine Quittung ausstellen.

Während er im Schein der Laterne schreibt, merke ich, dass ich in einer Blutlache stehe. Ich habe einen fünf Zentimeter langen, tiefen Schnitt im Fuß.

Nach kurzem Abschied eile ich zurück an Bord, und wir verlassen den gefährlichen Notankerplatz, bevor das Wasser wieder fällt.

Da wir in Richtung Dschibuti im Wind stehen, fahre ich lieber zuerst nach Maskali, wo der arme Lavigne, der den Anfang der Verfolgungsjagd miterlebt hat, vor Sorge fast vergehen muss. Die Dhau ist leer, sodass wir etwaige Begegnungen nicht mehr fürchten müssen.

Im Morgengrauen bin ich in Sichtweite des Inselchens. Lavigne hat mich wohl schon bemerkt, denn an der Fahnenstange neben unserer Hütte sehe ich unsere Landesfarben. Das bedeutet, dass alles in Ordnung ist und ich ohne Weiteres kommen kann.

Lavigne erwartet mich am äußersten Ende der Insel mit dem Fernglas in der Hand. Er kennt sich kaum vor lauter Freude. Nachdem er am Vorabend gesehen hatte, wie der *daoueri* mir in den Golf hinein nachjagte und schließlich die beiden Segel hinter dem Horizont verschwanden, hatte er sehr schwarz für mich gesehen. Diesmal würde ich verloren sein.

Er berichtet mir, dass der *daoueri* mit Thomas an Bord vor Tagesanbruch eingetroffen war und uns dort vorzufinden hoffte, für den Fall nämlich, dass die Attacke uns nicht versenkt haben sollte. Wegen der großen Schäden, die Ismaël ihm gemeldet hatte, nahm Thomas an, ich hätte keine andere Wahl, als bis zu der Insel zu gelangen und meine Ladung dort zu verstecken.

Die *Dschibuti* wiederum ist – wie ich mir schon gedacht hatte – nie in Raheita gewesen. Das hatte mir der schlaue Thomas nur vorgegaukelt, um mich in Sicherheit zu wiegen.

Gegen Abend löst sich ganz hinten im Golf ein weißer Punkt vom Horizont. Das kann nur der *daoueri* sein, der nun gegen den Ostwind ankreuzt. Vor morgen wird er in Dschibuti nicht eintreffen. Ich dagegen werde raumschots segeln und somit bis zum Hafen, wo ich vor ihm sein will, kaum eine Stunde brauchen.

Bei Einbruch der Dunkelheit setze ich die Segel, und um zehn Uhr abends fahre ich in die Reede ein, als im Einheimischenviertel gerade der Zapfenstreich geblasen wird.

Gleich am Morgen gehe ich zur Staatsanwaltschaft und erstatte Anzeige wegen Angriffs auf meine Dhau. Als der *daoueri* eintrifft, lasse ich vom Gerichtsvollzieher unzweideutig feststellen, dass das Schiff mich mit seinem Steven gerammt hat.

Da Oberstaatsanwalt Longue auf den Gouverneur gerade nicht gut zu sprechen ist, waltet die Justiz ihres Amtes, und meine Sache wird nicht gleich zu den Akten gelegt.

Gouverneur Deltel hat die Politik von Pascal wieder aufgenommen und verschafft sich damit sicherlich gewisse Vorteile. Er ist daher nicht darauf aus, dass über Dschibuti höheren Orts allzu viel geredet wird. Indirekt gibt er mir zu verstehen, dass ich diese lächerliche Klage doch zurückziehen soll. Das mag ein weiser Ratschlag sein, doch will ich nichts davon hören. Ich lasse also der Sache ihren Lauf und will Gerechtigkeit erfahren, denn ich bin noch naiv und habe Illusionen. So kommt es zu einem Verfahren.

Eine kriminelle Absicht ist natürlich unmöglich zu beweisen.

So wird nur der *nacouda* Ismaël wegen Fahrlässigkeit zu einer symbolischen Strafe und zur Zahlung der Gerichtskosten verurteilt.

*

Erst sechzehn Jahre danach habe ich über die verdächtige Rammung durch den *daoueri* die Wahrheit erfahren.

Der *nacouda* Ismaël stand immer noch im Dienst der Verwaltung. 1929 wurde er wegen einer Angelegenheit, die ihn nicht im Mindesten betraf, von Gouverneur Chapon-Bessac fristlos entlassen.

Der Gouverneur ließ an dem armen Teufel seine Wut darüber aus, dass er einem anderen Untergebenen, nämlich dem Verwalter Daney, nichts mehr anhaben konnte. Jener hatte ihm ordentlich die Meinung gesagt und danach gekündigt.

Nach fünfundzwanzig Jahren blindem Gehorsam gegenüber der Regierung, der er wie ein Sklave gedient hatte, geriet der alte Ismaël auf einmal in Armut. Bald darauf fesselte die Tuberkulose ihn ans Bett.

Als ich ihn so jämmerlich daliegen sah, kam ich ihm trotz manch unangenehmer Erinnerung zu Hilfe und adoptierte auf seinen Wunsch hin seinen zehnjährigen Sohn. Ich appellierte auch an Chapon-Bessac, sich seines alten, in Not geratenen Dieners zu erbarmen, doch wurde ich nicht einmal einer Antwort gewürdigt.

Einige Tage vor der Niederschrift dieser Zeilen wurde ich auf der Durchreise in Obock informiert, dass Ismaël mich sehen wolle. Ich ging zu seiner Hütte.

Dort sah ich den alten Dankali im Halbdunkel auf seiner niedrigen Bettstatt liegen wie ein Gespenst. Das Restchen Leben, das ihm noch verblieb, schien sich auf seine fiebrig glänzenden Augen zu konzentrieren. Bei ihm stand, resigniert und stumm, eine noch recht junge Frau, die Mutter seiner letzten Kinder. Als sie ihm mühsam zum Sitzen aufhalf, entrang sich seiner abgemagerten Brust ein hohl tönender Husten, und aus seinem Mund rann blutiger Schaum. Mit einer schlichten Geste wischte sie ihm ohne jedes Anzeichen von Ekel den Mund ab. Wusste sie nicht um die Gefahren einer Ansteckung, oder war das muslimischer Fatalismus? Womöglich beides.

Von dem Hustenanfall erschöpft, hing der arme Ismaël dann hechelnd da, den Kopf nach vorne gebeugt, als wäre er ihm zu schwer.

In der Stille hörte ich, wie von der blauen Unendlichkeit des Meeres her in die vom Tod erfasste Hütte der Wind wehte. In das Stroh der dünnen Wände pfiff er hinein wie in die Takelage eines Schiffs. Diese Musik, die auf sein ganzes Leben verwies, musste wohl auch der Sterbende vernehmen, denn er hob den Kopf, die Augen von Visionen übernatürlicher Art geweitet, zeigte mit seinem ausgemergelten Finger in Richtung Osten und sagte: »Monsun.«

Vor seiner letzten Reise prüfte der alte Seemann noch einmal den Wind.

Zu dritt waren wir Zeugen der Szene: Mohamed Dini, Abdallah Odeni und ich.

Er winkte uns näher zu sich heran.

»Ich wollte dich heute sehen, denn bei deiner nächsten Rückkehr ist es vielleicht schon zu spät. Gott ist allmächtig und verzeiht nach seinem Gutdünken. Ich habe auf schlechte Menschen gebaut und werde dafür bestraft, ihnen gegen die Gläubigen gedient zu haben. Dir habe ich meinen Sohn anvertraut, und da du dich bereit erklärt hast, seinen Vater zu ersetzen, sollst du die Wahrheit erfahren: In jener Nacht, die du nicht vergessen hast, war ich es, der dein Boot zerstören wollte. Man hatte mir fünfhundert Francs versprochen, falls es mir gelingen sollte.«

»Wer hat dir das versprochen?«

»Abdu, der Dolmetscher des Gouverneurs. Ich habe viel Zeit gehabt, mich meiner Feigheit von damals zu schämen, und ich möchte nicht, dass mein Sohn vom Brot des Verrats isst, indem er die Güte stiehlt, die du ihm erweist.«

»Ich wusste das alles, mein armer Ismaël. Ruh dich in Frieden aus, denn schuld bist nicht du. Wenn du dich schonst, wirst du wieder genesen, und sobald ein neuer Gouverneur kommt, gibt er dir deine Stelle zurück. Gib die Hoffnung nicht auf. Wenn Gott es will, wirst du wieder zur See fahren.«

»Inschallah!«, seufzte er.

Noch am selben Abend, bevor hinter den Dankali-Bergen die Sonne verschwand, wurde Ismaël begraben.

10

Die Spione von Ato Joseph

Als ich den Prozess gegen den *daoueri* gewann, freute ich mich naiverweise, über den Gouverneur einen moralischen Sieg davongetragen zu haben. Nicht aber bedachte ich, dass man aus Rache für meinen Widerstand die unvorstellbarsten Machenschaften gegen mich ins Werk setzen würde.

Selbstredend war ich gewohnheitsmäßig auf der Hut, doch hatte ich es mit einem nicht zu unterschätzenden Gegner zu tun, denn die Macht eines Koloniegouverneurs ist fast unbegrenzt und keiner Kontrolle unterworfen, solange keine rein administrativen Fehler begangen werden.

Meine beiden Waffenexpeditionen hatten einen recht hübschen Gewinn abgeworfen. So bestellte ich in Lüttich Gewehre und Munition und steckte mein gesamtes Geld in dieses Geschäft.

Vor dem Krieg gab es in Lüttich bedeutende Fabriken, die ausgemusterte Waffen aus diversen europäischen Staaten für den Gebrauch in afrikanischen Königreichen umwandelten.

Jedes Land hat seine Vorlieben. Abessinien verlangt nach Gras-Karabinern mit drei kupfernen Riemenbügeln, in Arabien werden Kavalleriegewehre mit zwei Riemenbügeln bevorzugt. Diese auf den Geschmack der exotischen Kunden zugeschnittenen Waffen wurden aus Lüttich zu außergewöhnlich niedrigen Preisen geliefert. Ein Gras-Karabiner etwa kostete vor Ort in Dschibuti zwischen zwölf und fünfzehn Francs.

Ein direkter Ankauf brachte mir also so manches ein. Doch wachte in Dschibuti der Verband der Waffenhändler.

Die Verwaltung ließ mich wissen, dass meine aus Lüttich eingetroffene Waffenlieferung höchstens zehn Tage im Zolllager verbleiben könne. Innerhalb dieser Frist musste ich die gesamten Gebühren entrichten, und danach würde die Ware, wenn ich sie nicht sofort abtransportierte, in einen staatlichen Lagerbetrieb verbracht, für den der täglich berechnete horrende Tarif am Ende des Jahres zweihundert Prozent des Waffenwertes ausmachen würde.

Allein der Staat kann sich so etwas erlauben und dann auch noch auf die Anerkennung seiner Institutionen pochen.

Die strenge Handhabung ließ sich allerdings mildern. Der Gouverneur durfte einem Händler gestatten, gegen Zahlung einer Bürgschaft von fünfundzwanzigtausend Francs seine Waffen privat zu lagern. Die Zollgebühren waren in diesem Fall erst nach und nach bei jedem Teilverkauf fällig. Ein solches Kapital stand mir nicht zur Verfügung, da durch den Ankauf der Waffen alles aufgebraucht war. Auch hatte ich keinerlei Chance, in den Genuss eines privaten Lagers zu kommen, denn ich war nicht gut genug angeschrieben.

Die Zollgebühren beliefen sich auf mehr als die Hälfte des Warenwertes, und bevor ich nicht etwas verkaufte, konnte ich kein Fitzelchen davon bezahlen.

Über diese Sorgen wusste mein Freund Lavigne natürlich Bescheid. Seit einer Weile schon trug er eine seltsame Miene zur Schau, so wie Leute, die sich nicht gut verstellen können, aber doch krampfhaft versuchen, einem etwas zu verheimlichen.

Eines Morgens hielt er mir freudestrahlend ein blaues Stück Papier hin. Er hatte um Geld telegrafiert und mir nichts davon gesagt, um mir eine Überraschung zu bereiten. Nun war die Überweisung seines Vaters eingetroffen.

Es rührte mich zu Tränen, dass da ein Mann sein mühsam Erspartes einfach weggab, nur weil ich der Freund seines Sohnes war.

Dank dieser Unterstützung konnte ich die Zollgebühren bezahlen. In den Lagerbetrieb wollte ich die Ware dennoch nicht schaffen, um ihren Wert nicht von der Staatskasse auffressen zu lassen. Bestimmt war eine einsame Insel zu finden, auf der die Miete billiger war. Auf die Waffen aufpassen konnte gut und gerne der Sand.

Auf Maskali oder einer der Musha-Inseln ließ sich das nicht bewerkstelligen, denn sie waren viel zu nahe, und schon die geringste Überwachung hätte spätere Unternehmungen gefährden können.

*

So beschließe ich, eine der Inseln vor Zeila auszukundschaften. Sie liegen in der englischen Zone und somit außerhalb der Aufsicht Dschibutis.

Um keine Aufmerksamkeit zu erregen, fahre ich mit meiner Piroge gegen Mittag los, wenn in Dschibuti alle im Schatten ihrer Veranda Siesta halten.

Ich habe drei Männer zum Paddeln dabei, eine *tanika* mit Trinkwasser, einen Korb Datteln und ein paar Schaufeln.

Wir müssen in Richtung Osten fahren, und es weht uns um diese Stunde eine frische Brise um die Nase. Als wir aus dem Küstenriff heraus sind, tanzt die Piroge auf den Wellen. Mit ihrem flachen Boden klatscht sie tönend in die Wellentäler und peitscht die Gischt auf unsere nackten Oberkörper. Manchmal bricht eine Sturzwelle über uns herein und füllt das kleine Boot auf einen Schlag mit Wasser. Ein Mann und ich schöpfen ohne Unterlass, während die beiden anderen mit eingezogenem Kopf rhythmisch rudern und dabei fortwährend gegen das Meer ansingen. Ich habe mir vorsichtshalber den Körper mit Butter eingeschmiert, um unter der Dauerdusche weniger zu leiden. Nach vier Stunden bin ich dennoch völlig durchgefroren und fühle mich, als sei mein Schädel von einem eisernen Band umspannt. Die Einheimischen haben eine derart undurchlässige Haut, dass sie ohne das mindeste Unwohlsein tagelang im Wasser bleiben können.

Gegen fünf Uhr Abend schützt uns endlich die Insel Saad ad-Din vor der Dünung. Aus Gestrüpp ragt die weiße Kuppel eines alten Grabmals empor.

Es ist höchste Zeit, dass die mühsame Überfahrt zu Ende geht, denn ich bin mit meinen Kräften am Ende und ermesse, wie empfindlich ich doch im Vergleich zu den Somaliern bin, die noch so frisch wirken wie zu Anfang.

In voller Fahrt bohrt sich die Piroge in den Ufersand und bleibt dort liegen wie ein großer toter Fisch.

Über uns kreisen Tausende kreischender Möwen, und schwefelgelbe Kneifkrabben flüchten über den feuchten Sand, in dem die Wellen bei ihrem Rückzug ein himmelfarbenes Band hinterlassen. Wir wringen die nassen Lumpen aus, die uns als Kleidung dienten, und wollüstig wälze ich mich in dem makellosen Sand, der die mächtige Sonnenwärme speichert.

Wir haben noch eine Stunde Tageslicht, um die Insel zu erkunden und uns zu vergewissern, dass sich kein Fischer dort aufhält. Danach suchen wir für das Waffenlager einen geeigneten Platz.

Ich stelle mich auf das Grabmal und kann von dort die ganze Insel überblicken. Nirgends ist am Ufer eine Piroge zu sehen. Es ist eine ziemlich große Insel, von etwa zwei Kilometern Durchmesser. Sie liegt auf dem smaragdenen Teppich, der sich bis zu dem Gischtrand an der Riffkante erstreckt. In der Ferne verfärbt sich das soeben noch blaue Meer nun violett, denn im Westen ist die Sonne in purpurnem Nebel versunken.

In der Mitte der von weißen Dünen umgebenen Sandinsel wechseln sich hellblättrige Büsche mit goldbraunen Quellern ab, in denen der Seewind genussvoll verweilt. Er spielt ein wenig zwischen den trockenen Zweigen, nimmt den zaghaften Duft des Gestrüpps auf und jagt dann wieder über das eintönige Meer.

Auf einigen höheren Dünen liegen Adlernester, als wären es Holzhaufen. Ein paar davon enthalten große grüne, braun gesprenkelte Eier. Ein Adlerpaar fliegt auf, als wir uns nähern, und kreist schreiend über uns, während wir uns für unser Abendessen bedienen. Ein paar Eier sind tatsächlich noch frisch genug zum Verzehr. Die intakten Nester zeigen an, dass derzeit keine Fischer auf die Insel kommen. So kann ich ohne Befürchtung die Gruben ausheben, in die später die Waffen kommen sollen.

Leewärts der Insel mache ich eine Riffpassage aus, in der meine Dhau bei Flut mühelos anlegen kann. In den umliegenden Dünen lasse ich die Verstecke graben. Eine recht mühselige Angelegenheit, doch brauche ich mich später, wenn ich mit der Dhau komme, nicht lange auf der Insel aufzuhalten. Beim Weggehen verwischen wir unsere Spuren, damit wir bei unserer Rückkehr sehen, ob nicht jemand die Insel betreten hat.

Erst nach Mitternacht fahren wir ab. Diesmal steht der Wind uns günstig, und ein an einem Paddel festgemachter Lendenschurz dient uns als Segel.

Bei sehr schwacher Brise wogt das Meer träge unter den Sternen.

Als am Horizont die Lichter von Dschibuti blinken, kommen uns arabische Fischer entgegen, die in der Dämmerung einzeln in ihren Pirogen losziehen und nachts ihre Langleinen auswerfen. Sie müssen manchmal stundenlang warten, bis sie sie wieder einholen, und liegen dann allein in ihren schmalen Booten, schauen zum Sternenzelt hinauf und singen, um nicht einzuschlafen.

Oft habe ich in ruhigen Nächten auf offenem Meer diese arabischen Gesänge gehört, traurige Melodien in seltsamen Tonarten, die der stille Nachwind wie Gespenster in die Ferne trägt. Die geheimnisvollen Stimmen scheinen den Tiefen des Meeres zu entstammen. Hin und wieder verstummen sie, und andere, sehr ferne Stimmen antworten gleich einem Echo.

Wir gleiten an einigen dieser Pirogen vorbei, die wie Baumstämme im Wasser treiben. Man hört uns paddeln, ein Schatten richtet sich auf. Ein flüchtiger Gruß, schon sind wir im Dunkel verschwunden.

Lange vor Morgengrauen bin ich in Dschibuti. Meine Abwesenheit ist niemandem aufgefallen, und sobald die Büros öffnen, lasse ich meine Waffenkisten an den Zollkai bringen.

Da kommt auf einmal mit geheimnisvoller Miene einer der beiden Abessinier auf mich zu, denen ich während der Debeleba-Geschichte Patronen verkauft habe. Ich bin mir sicher, dass er ein Spitzel ist, hüte mich aber, mir das anmerken zu lassen. Verschwörerisch raunt er mir im Vorbeigehen einen Treffpunkt in der Stadt zu. Als ich zur vereinbarten Stunde dort hingehe, hat er auch seinen Kameraden dabei.

Sie hätten zwanzig Munitionskisten an die Dankali-Küste zu transportieren, in die Nähe von Tadschura.

»Aber warum habt ihr nicht bei mir gekauft? Ich habe Patronen.«

»Wir wussten nicht, wo du bist, und da es eilig war, haben wir beim Verband gekauft.«

»Habt ihr von Ato Joseph eine Ausfuhrgenehmigung für die Dankali-Küste?«

»Nein, sonst brauchten wir ja dich nicht.«

»Für so wenig Profit habe ich keine Lust, ein Risiko einzugehen. Und außerdem habe ich keine Zeit«

»Wir zahlen dich aber gut. Wie viel willst du?«

»Fünfzig Pfund Sterling, und keinen Piaster weniger.«

»Einverstanden. Wann kannst du in Tadschura sein?«

»Nicht in Tadschura, in Ras Duan, in drei Tagen, also am Sonntagabend. Aber zuerst will ich mein Geld.«

»Wir haben keins mehr, aber da du unsere Ware an Bord hast, gehst du kein Risiko ein. Wir fahren mit dir mit, und bei der Ankunft geben unsere Kunden dir dein Geld, bevor auch nur eine Patrone ausgeladen wird.«

Das klingt alles nach Lüge, aber ich tue so, als glaubte ich ihnen.

Am Nachmittag werden die zwanzig Kisten an den Kai geliefert. Auf den ersten Blick sehe ich, dass sie nicht vom Verband stammen, sondern von der Brigade.

Man stellt mir eine ganz simple Falle: Ich soll mich auf den Transport der Kisten einlassen, damit man mich auf frischer Tat ertappen kann. Das wäre ein radikales Mittel, um meinen Abenteuern ein Ende zu bereiten, denn nicht nur würde mein Schiff beschlagnahmt, sondern ich müsste auch eine dem Warenwert entsprechende Strafe zahlen und womöglich ins Gefängnis …

Am Abend begegne ich auf dem Menelik-Platz dem Zolldirektor Frauguel. Als ich ihn grüße, bleibt er stehen und sagt: »Dann fahren Sie also schon wieder mit Waffen los?«

»Ich muss ja. Beim Zoll kann ich sie nicht lassen.«

»Das alles wird böse für Sie enden. Der Krug geht so lange zum Brunnen …«

»Vielen Dank für das, was Sie nicht auszusprechen wagen, aber seien Sie unbesorgt, der Krug geht nicht unbedacht zum Brunnen.«

Dem guten Mann ist es wohl ein Graus, zu was für billigen Methoden der Gouverneur greift, doch kann er sich diesen nicht widersetzen und muss pflichtschuldigst schweigen.

Mit meinen abessinischen Passagieren an Bord segle ich am Abend los. In Obock teilt mir der Dienststellenleiter mit, man habe ihm aus Dschibuti telegrafiert, er solle uns sofort weiterfahren lassen. Das kann mir nur recht sein. Zu meiner Überraschung begleitet uns der *daoueri* nur ein paar Meilen weit und kehrt dann um. Man macht es mir ungewöhnlich leicht, was meinen Verdacht gegen die beiden Kerle an Bord nur bestätigt. Ich fahre zunächst aufs offene Meer hinaus, um hinter dem Horizont zu verschwinden, bevor ich auf die Insel Saad ad-Din zusegle. Das Meer ist so rau, dass die Abessinier nur mit ihrer Seekrankheit kämpfen und weiter nichts mitbekommen. Als ich außer Sicht bin, nehme ich Kurs auf die Insel, die ich vor Einbruch der Dunkelheit zu erreichen gedenke. Was das Patrouillenboot des Zolls, die *Dschibuti*, angeht, mache ich mir keinerlei Sorgen. Ich bin sicher, sie wartet in Ras Duan auf mich, und man ahnt dort nicht, dass ich in Richtung auf die englischen Gewässer unterwegs bin.

Bei Sonnenuntergang fahre ich in die Riffpassage ein, die zum Strand von Saad ad-Din führt. Das Wasser ist noch nicht hoch genug, als dass wir direkt hineinsegeln könnten. So hangeln wir uns mit dem Bootshaken zwischen den Felsen hindurch.

Als im Schutz der Insel auf dem Wasser Ruhe einkehrt, kriechen die beiden Abessinier wieder hervor. Überrascht reißen sie die Augen auf, als sie anstatt des Berges von Ras Duan einen flachen Strand vor sich sehen. Ich erzähle ihnen, wir seien auf ein Riff aufgefahren und müssten das Schiff entladen, um es wieder freizubekommen. In ein paar Stunden könnten wir aber weiterfahren und rechtzeitig den vereinbarten Treffpunkt erreichen.

Ohne mich weiter um die indiskreten Fragen der beiden zu kümmern, lasse ich meine gesamte Ladung an Land bringen und vergraben, auch die zwanzig Kisten, die der Herr Gouverneur als Lockmittel eingesetzt hat.

Als diese mühsame Arbeit beendet ist, bringe ich die beiden Abessinier unter dem Vorwand, dass sie sich die Beine vertreten sollen, ebenfalls an Land und lasse sie dort in Begleitung von Aden, dem ich ein Gewehr mitgebe, allerdings ohne Patronen, damit nichts passieren kann. Der Anblick der Waffe wird hoffentlich genügen. Aden soll den beiden Gesellschaft leisten und sie, sollte in meiner Abwesenheit ein Schiff kommen, nötigenfalls mit Gewalt in die Piroge mitnehmen und mit ihnen aufs Meer hinausfahren und dort auf mich warten.

Bei Einbruch der Dunkelheit setze ich leise das Segel. Augenblicklich höre ich die beiden Abessinier losschreien, aber ich schere mich nicht darum und fahre bei gutem Wind auf Ras Duan zu. Mir fällt ein, dass ich weder Wasser noch Lebensmittel zurückgelassen habe, doch werde ich ja morgen früh zurück sein. Nun bin ich neugierig, ob die beiden Kerle wirklich Spitzel des Gouverneurs sind. Falls mir, wie vermutet, eine Falle gestellt wird, werde ich die nötige Gewissheit haben, um die Verräter so zu bestrafen, wie sie es verdient haben.

Zum Glück bringt mich eine ziemlich starke Brise in weniger als drei Stunden quer durch den Golf nach Tadschura. Es ist zehn Uhr abends. Vom sternenübersäten Himmel hebt sich schwarz das Massiv der Mabla-Berge ab. Je näher ich diesen komme, umso schwächer wird der Wind. Ich befürchte, in eine Flaute zu geraten. Gegen Mitternacht muss ich noch etwa zwei Meilen von Ras Duan entfernt sein, denn im Fernglas sehe ich am Felsen den weißen Fleck, der nächtlichen Seefahrern den Ankerplatz anweisen soll.

Der Wind hat sich gelegt. Müde schlägt das Segel gegen den Mast. Ich muss sichtbar werden, um die Küstenwache, die bestimmt irgendwo auf der Lauer liegt, hervorzulocken. So lasse ich die *moufa* anzünden, deren Flamme gewiss auf mich aufmerksam macht. Nach einer halben Stunde, die mir unendlich erscheint, höre ich endlich in der Ferne einen Motor tuckern.

Eine schwarze Masse taucht auf, und ein paar Sekunden später sehen wir zwanzig Meter hinter uns die längliche Form der *Dschibuti* herangleiten. Wir werden auf Arabisch angerufen, denn noch ist man sich unserer Identität nicht gewiss. Ich gebe mich zu erkennen. Sofort ruft der Steuermann, der Somalier Odoa, seinem Mechaniker zu: »Maschine stopp!«

Da korrigiert ihn die Stimme eines Europäers. »Verdammt noch m…, schaltet den Motor nicht aus. Und die anderen: aufgepasst!«

Fürs Erste sehe ich nur Odoa, »die anderen« sind im Schiffsrumpf versteckt, wohl aus Furcht vor Schüssen.

Das Patrouillenboot vollführt unbeholfene Manöver; die ganze Besatzung scheint reichlich nervös zu sein. Als ich sehe, dass es mit dem Anlegen nicht recht gelingen will, werfe ich ein Tau hinüber und rufe: »Da, fangen Sie das Ende!«

Die Leinenrolle prasselt auf die in ihrem Versteck geduckten Köpfe hernieder. Da fasst man auf dem Patrouillenboot wieder Mut. Während die Matrosen beider Seiten mit dem Anlegevorgang beschäftigt sind, taucht eine große, weißliche Gestalt auf. Es ist der Brigadier Thomas mit seinem Rauschebart und seinem vorstehenden Bauch.

»Los, nur Mut, Monsieur Thomas!«, rufe ich ihm zu. »Auf zum Entern! Sie haben wohl die Enterhaken vergessen? Bitte schön, kommen Sie an Bord. Sie suchen doch nach mir, wenn ich recht verstehe?«

»Was machen Sie hier?«, fragt er mit unsicherer Stimme.

»Wie Sie sehen, komme ich aus Arabien zurück. Ich segle, oder vielmehr warte ich darauf, dass sich die Landbrise von den Bergen herunterbequemt.«

In dem Patrouillenboot ist etwa ein Dutzend somalischer Soldaten in voller Bewaffnung. Sie klettern so ungeschickt zu mir an Bord, wie es einem Soldaten mit aufgepflanztem Bajonett nun mal ansteht. Ein Wunder, dass sie sich nicht gegenseitig verletzen. Den Ungelenksten gebe ich großzügig Hilfestellung.

Als der mühsame Vorgang beendet ist, traut sich auch Thomas herüber. Ich sehe, wie ihm in seiner weit geschnittenen Husarenhose die Beine zittern. Er bemüht sich einigermaßen um Haltung und sagt: »Ich muss Ihr Schiff durchsuchen. Na los, Saïd, worauf wartest du?«

Saïd, ein arabischer Obergefreiter vom Zoll, macht sich mit vier Laternen tragenden Askaris an die Durchsuchung.

»Aber Sie sehen doch, dass mein Schiff leer ist.«

»Ich behaupte auch nicht das Gegenteil, aber durchsuchen muss ich es doch.«

Er atmet sichtlich auf. Durch das Scheitern seines Plans wird eine große Last von ihm genommen, nicht etwa, weil ihm an mir etwas läge, sondern weil durch diesen friedlichen Ausgang jegliche Gefahr gebannt ist.

Unter den Einheimischen hatte ich herumerzählt, ganz unten in meinem Schiff bewahrte ich immer eine Kiste Dynamit auf, um in letzter Verzweiflung alles in die Luft zu jagen. Die Kiste ist tatsächlich da, doch dient sie mir zum Fischen. Thomas hat die Geschichte wohl zu Ohren bekommen und sogar geglaubt. So hatte er gewisse Bedenken beim Betreten meines Schiffs, das jeden Augenblick explodieren und ihn zu den Sternen hinaufjagen konnte. Daher hatte er sich, kaum an Bord, bis ans Heck geflüchtet, um seine erhabene Person in Sicherheit zu bringen.

Während Saïd bis in die Kaffeemühle hinein nach den nicht vorhandenen Gewehrkisten fahndet, biete ich Thomas eine Zigarette an und plaudere mit ihm.

»Wir kamen gerade vorbei«, behauptet er. »Gesehen haben wir Sie nur zufällig, wegen des Feuerchens bei Ihnen an Bord. Wir überwachen sorgfältig die ganze Küste, und nichts entgeht uns.«

»Ach so«, erwidere ich schmunzelnd. »Mir scheint aber, dass Ihre Soldaten an Land waren, denn ich sehe, dass ihre Hosen feucht sind, und nehme mal an, dass es sich dabei um Wasser handelt. So mussten sie wohl überstürzt an Bord gehen?«

»Äh … ja … ich lasse auch an manchen Küstenabschnitten Kontrollen vornehmen. Und Ihre Passagiere, haben Sie die nicht mehr?«

»Ach, nein. Mit Passagieren ist es ja so, dass sie irgendwann mal wieder von Bord gehen. Die beiden Abessinier, die Sie wohl meinen, haben eine arabische *zaroug* getroffen und ihre Munitionskisten dorthin umgeladen. Zwanzig Kisten, wie Sie bestimmt wissen …«

»Seltsam. Wohin sind sie damit?«

»Nun ja, danach habe ich sie nicht gefragt. Ich nehme aber an, sie sind in Richtung Meleleh, in der Nähe der italienischen Grenze, denn Abessinier können ihre Waren nur nach Abessinien schicken, erst recht, wenn sie für Ato Joseph tätig sind, wie sie mir gesagt haben.«

»Ach! Das ist ja interessant!«

»Wie bitte, Monsieur Thomas?«

»Äh, nichts. Ich meine, Sie haben Glück.«

»Und das finden Sie interessant? Tja, ich habe nun mal einen Hang zum Interessanten.«

Thomas hat es auf einmal eilig, wieder wegzukommen. Er hofft, die Spitzel zu erwischen, von denen er sich verraten glaubt, da sie sich – wie er denkt – das mir zugedachte Lockmittel unter den Nagel gerissen haben, anstatt mich damit in die Falle gehen zu lassen.

Ich sehe der *Dschibuti* nach, wie sie nach Norden abdreht. Mein Streich hat gewirkt. Der wackere Thomas ist überzeugt, dass die Vertrauensleute von Ato Joseph – und vielleicht Ato Joseph selbst – den Gouverneur zum Narren halten wollten. Eifrig jagt der beherzte Beamte nun dieser neuen imaginären Beute nach, diesmal aber ohne Angst vor einer Kiste Dynamit, die seinen Verstand zum Zweifeln und seine Beine zum Zittern bringt.

*

Gestern habe ich die Sonne rot untergehen sehen, und nun, im Morgengrauen, treten im Osten aus dem Horizont kleine Wolkenbänder hervor, so grau wie Karnickelbäuche. Sie steigen zum Himmel empor, während über dem Meer eine drückende Windstille herrscht, die für den Tag Böen verheißt. Wenn die *Dschibuti* im Vertrauen auf das trügerische schöne Wetter durch das Bab el-Mandeb fährt, wird sie, sobald der Wind aufkommt, im Roten Meer festsitzen. Dann bin ich sie für ein paar Tage los.

Ich muss aber nun nach Saad ad-Din, bevor das Wetter sich verschlechtert. So nütze ich die Landbrise aus, die bald darauf von den Hochebenen herunterweht, und segle los.

Wir tauchen die Ruderblätter ins Wasser und legen uns in die Riemen wie einst die Galeerensträflinge.

Die Sonne geht auf, und vom Meer her kommen Windstöße. Die Brise weht nun direkt aus Osten und frischt auf, je höher die Sonne steigt.

Nachdem wir um die äußerste Spitze der Halbinsel von Dschibuti herum sind, kann ich raumschots Südkurs fahren. Nach zwei Stunden ist Saad ad-Din in Sicht.

Auf Steuerbord erblicke ich zwischen uns und dem Land eine anscheinend dahintreibende Piroge, in der ein Mann ein Tuch schwenkt. Ich will schon weiterfahren, ohne einem Fischer auszuhelfen, dem wohl Wasser und Tabak ausgegangen sind, da erspäht Aouad mit seinen Luchsaugen, dass es unsere Piroge ist, die wir auf der Insel gelassen hatten.

Wir fahren vor dem Wind darauf zu. Tatsächlich, unser Boot, mit Aden darin.

»Was hast du mit den Abessiniern gemacht?«, rufe ich ihm schon von Weitem zu.

Seine Antwort wird vom Wind davongetragen, doch hält er seinen in Lumpen gewickelten Arm hoch. Er ist verletzt, und sein Lendenschurz voller Blut. An Bord berichtet er, nach unserer Abfahrt habe einer der Abessinier eine in seinem Gürtel versteckte Pistole hervorgeholt, ihm das Gewehr abgenommen und ihn zwingen wollen, die beiden mit der Piroge an Land zu bringen. Zum Glück habe Aden aus Furcht vor der Ebbe die Piroge vorsichtshalber weit draußen gelassen. Er habe so getan, als würde er sich auf ihren Vorschlag oder vielmehr ihren Befehl einlassen, und sei losgeschwommen, um die Piroge zu holen. Stattdessen sei er aber, als er diese erreicht hatte, vom Ufer weggepaddelt, und da hätten sie auf ihn geschossen, um ihn zur Rückkehr zu bewegen. Bedauerlicherweise sei ihm eine Kugel durch den rechten Unterarm gefahren. Darauf habe er sich in die Piroge gelegt und sei von der Strömung abgetrieben worden, bis er unser Segel erblickt habe.

Im ersten Antrieb wäre ich am liebsten auf der Stelle nach Saad ad-Din gefahren, um die beiden Gauner dort Mores zu lehren. Beim Holen der Piroge haben wir jedoch viel Wind verloren, sodass wir ihn nun gegen uns haben. Also müssen wir kreuzen, um wieder aufzuholen. Seis drum, die beiden Spitzel können ruhig etwas warten. Ihren Schuss werden sie teuer bezahlen.

Adens Arm ist nicht gebrochen. Wie durch ein Wunder ist die Kugel zwischen Elle und Speiche hindurchgegangen. Die zur Hand führenden Sehnen sind allerdings durchtrennt worden. Aden hat viel Blut verloren und leidet unsäglich. Ich hoffe nur, dass die frische Meeresluft eine Infektion verhindern wird. Ich lege ihm eine Kompresse mit Meerwasser und Jodtinktur an, dann verzieht er sich unter ein Segeltuch und erträgt stumm seinen Schmerz.

Immer mehr haben wir den Wind gegen uns. Schließlich weht er innerhalb weniger Minuten steif aus Südost. Eine starke Dünung lässt die Wellen höherschlagen. Das vorhergesehene schlechte Wetter setzt ein. Wir können das Segel nicht mehr halten, und da ich kein Sturmsegel habe, erscheint es mir unnötig und unvorsichtig, bei solchem Wind unbedingt Saad ad-Din erreichen zu wollen. Besser ist es, dem Wetter aus dem Weg zu gehen.

Schutz wäre hinter den Riffs von Moidubis zu finden, doch liegen sie zu nahe an Dschibuti. Ich kann mich in dieser Gegend nicht sehen lassen, da ich offiziell ja aus Arabien zurückkomme.

So fahre ich lieber direkt nach Dschibuti und warte dort das Ende der Böen ab, zumal Aden auch dringend Behandlung braucht. Die beiden auf der Insel sollen ruhig etwas dürsten.

Bei den Behörden löst mein Eintreffen Erstaunen aus. Der anscheinend in die höchsten Verfügungen eingeweihte Polizeikommissar Bellot kommt mit dem Spazierstock unter dem Arm vorbei, um sich von meiner wundersamen Rückkehr höchstpersönlich zu überzeugen.

Er ist ein fülliger Mann mit leichtem Auvergnerakzent und einem stets zur Schau gestellten selbstzufriedenen Lächeln.

Als er auf meinem Schiff die auf dem Achterkastell liegende Gestalt von Aden entdeckt, ruft er: »Wer schläft denn da? He, du da, steh auf!« Dabei stößt er Aden mit seinem Stock an. Der schreit auf, denn Bellot hat ausgerechnet seinen Arm erwischt.

»Oh! Der ist ja verletzt!«

»Ja«, erwidere ich, »ein Unfall beim Revolverputzen. Ich bringe ihn ins Krankenhaus.«

»Lassen Sie nur. Askari! Bringt den Mann zur Polizei!«

»Aber nein, erst muss er doch behandelt werden! Das Polizeiliche können Sie danach erledigen.«

»He, he, he!«, höhnt der Kommissar. »Keine Sorge, den behandeln wir schon!« Händereibend zieht er ab.

Ich bin entrüstet, aber zugleich begreife ich auch, wie schlimm es um mich steht.

Man hat mir eine Falle gestellt und war sich gewiss, dass ich hineintappen würde. Zudem galt ich als bewaffnet. Nun komme ich mit einem Verwundeten zurück, und das Patrouillenboot, das mich fassen und nötigenfalls angreifen und als Gefangenen zurückbringen sollte, ist nicht heimgekehrt. Daraus lässt sich ohne Weiteres schlussfolgern, dass ein Kampf stattgefunden hat und ich auf irgendeine Weise die nach mir ausgesandten Vertreter der Staatsgewalt massakriert oder auf den Boden des Meeres geschickt habe.

Das ist eine Angelegenheit von höchster Bedeutung. So lässt auch die Reaktion nicht lange auf sich warten. Unter Führung eines Oberfeldwebels erscheint ein Trupp einheimischer Soldaten, und mein Schiff wird mit aufgepflanztem Bajonett bewacht. Ich selber werde von einem Gendarm geschnappt und zur Polizei gebracht.

Dort sitzt Bellot mit kämpferisch gesträubtem Schnurrbart und strahlender Miene an seinem grün beschlagenen Schreibtisch und reibt sich energisch die Hände.

»Hoho! Soso, Monsieur de Monfreid, jetzt erzählen Sie mir doch mal, was da vorgefallen ist.«

»Ich denke eher, dass Sie mir den schlechten Scherz erklären sollten, dessen Opfer ich hier bin. Aber machen wir es kurz: Sie möchten wissen, was aus Monsieur Thomas und seinem Patrouillenboot geworden ist, ja?«

Darauf berichte ich ihm von unserer nächtlichen Begegnung. Ich lege ihm auch auseinander, welche Gefahren einem so wenig hochseetüchtigen Gefährt drohen, wenn es sich unvorsichtigerweise aufs Rote Meer hinausbegibt. Insgeheim wäge ich ab, was im Falle eines Unglücks mir selbst blühen würde, denn auf mich fiele doch jeglicher Verdacht, insbesondere falls niemand überleben und über die Sache die Wahrheit erzählen würde.

Bellots ungläubiges Lächeln treibt mich in den Wahnsinn.

Wenn ein Beamter einen Verdacht hat, will er den unbedingt

zur Gewissheit machen. Wehe dem Beschuldigten, der sich verteidigt und ihm die Sache schwer macht.

Irgendjemand hat mal gesagt: Es ist ja ganz nett, unschuldig zu sein, doch sollte man es damit nicht übertreiben.

Da klingelt das Telefon. Bellot nimmt ab. »Hallo? Ja, am Apparat, Herr Gouverneur. ... ja, der ist hier ... Ach so ... Ja ... Ich dachte nur, ich sollte ...«

Ganz ohne Zweifel bekommt Bellot einen Rüffel, doch weiß ich nicht, warum.

»Gut, gut. Selbstverständlich, Herr Gouverneur ... Ganz gewiss, Herr Gouverneur ... Ich komme sofort, Herr Gouverneur.«

Er legt auf und sagt: »Also ... äh ... Es ist folgendermaßen: Gerade wurde angerufen, dass das Patrouillenboot sich in Obock befindet. Wir waren eben sehr beunruhigt, deswegen habe ich Sie gefragt, ob Sie nicht zufällig etwas wissen.«

»O ja. Doch Sie wollten mich einbuchten lassen, und Ihr Eifer, den Sie als legitime Sorge hinstellen, sieht mir eher nach einem Riesenbock aus. Wenn für Sie schon der Zweck die Mittel heiligt, dann sollten Sie es wenigstens einsehen, wenn diese Mittel nicht zum Ziel führen. Sonst könnte man nämlich so manches gestehen, was der Herr Gouverneur lieber verschweigen möchte.«

Ich überlasse den ewig lächelnden Kommissar dem Schicksal, von seinem Chef den Kopf gewaschen zu bekommen, und eile, als wieder freier Mensch, an Bord meiner Dhau zurück. Die von Bellot beorderte imposante Wache ist bereits abgezogen worden. Es soll schnellstens vertuscht werden, was man zuvor so hinausposaunt hat, dass ganz Dschibuti davon spricht.

Ato Joseph lässt sich nirgends blicken. Zur Wahl seiner Strohmänner, die die Kolonie zwanzig Kisten Munition und einigen Respekt kosten, dürfte der Gouverneur ihn herzlich beglückwünscht haben. Man ist überzeugt davon, dass – ganz wie ich es suggeriert hatte – die beiden Spitzel sich von dem Wert der Munition haben verlocken lassen und schlicht und einfach auf und davon sind. Auf Abessinier üben Patronen bekanntlich eine unwiderstehliche Anziehungskraft aus, sodass die beiden darüber die Pflichten ihres ehrenwerten Berufsstands vergessen haben.

Ich muss nun unbedingt auf der Insel Saad ad-Din nach dem Rechten sehen, doch wäre es mir lieber, wenn das Wetter sich etwas beruhigen würde. Gegen Abend legt sich endlich der Wind.

Da ich ohne Papiere nach Maskali segeln darf, wo ich ja mein Haus habe, fahre ich los, sobald es dunkel ist.

Der Wind hat nach Osten gedreht, sodass ich Saad ad-Din auf Anliegerkurs zu erreichen hoffe. Doch wenn mir auch der Wind nun günstig steht, so haben wir draußen mit der Dünung zu kämpfen, die sich durch die Böen gestern verstärkt hat und unsere Fahrt erheblich verlangsamt.

Als der Tag anbricht, sind wir noch mehr als fünf Meilen von der Insel entfernt. Auf hoher See kreuzt ein Segel, was mich nach dem schlechten Wetter vom Vortag etwas verwundert. Es wird wohl eine Dhau aus Zeila auf dem Weg nach Aden sein.

Das Wetter bessert sich nun. Die Brise legt sich völlig, und ein Landwind kommt auf.

Beim Heransegeln an die Insel spähe ich nach Menschengestalten aus. Nichts zu sehen. Die beiden Männer, die ich dort zurückgelassen habe, haben sich bei unserem Anblick wohl versteckt.

Vorsichtig gehen wir an Land. Hinter den Dünen kann sich leicht ein Schütze verbergen, sodass ich nach links und rechts je zwei Männer losschicke, die die Dünen umgehen sollen. Sie haben Anweisung, auf die Abessinier zu schießen, falls diese nicht bei der ersten Aufforderung die Hände hochheben. Mit dem vermaledeiten Revolver soll nicht noch einer meiner Männer verwundet werden.

Auf dem Strand fällt mir auf einmal auf, dass der Sand zerwühlt ist. Augenblicklich stürze ich auf die Stelle mit den Verstecken zu.

Sie sind auf, und sie sind leer.

Weiteres Suchen ist zwecklos. Die Kerle haben sich aus dem

Staub gemacht, und das Schiff, das ich am Horizont noch sehe, trägt bestimmt meine Waren davon.

Da wollte ich andere täuschen und bin selbst getäuscht worden.

Was nun? Soll ich blind diesem Schiff hinterherjagen, das mehr als drei Meilen Vorsprung hat und vielleicht schneller fährt als meins? Das wäre lächerlich.

Ich überlege, dass diese Dhau, sollte sie wirklich meine Waffen an Bord haben, nur in Richtung Arabien segeln kann. Alle anderen Küsten, seien sie nun französisch oder englisch, sind ihr verboten. So muss sie also gen Osten.

Derzeit scheint sie in einer Flautenzone zu sein, während ich, näher am Kontinent, noch die Landbrise habe. Das nütze ich aus, um weiter nach Norden zu kommen, damit ich in ein paar Stunden, wenn der Nordostmonsun aufkommt, den Vorteil haben werde, höher im Wind zu segeln.

Die Landbrise hält bis acht Uhr morgens vor. Nun scheint mir, dass ich günstig stehe, um mich auf die Jagd zu machen, und ich warte auf den Monsun.

Da fängt er auch schon an, das Meer zu kräuseln. Mit vollen Segeln gehe ich auf Kurs Südost.

Auf der Dhau hat man dieses Manöver registriert und ist nun über meine Absicht im Klaren. Das Schiff kann jedoch nicht raumschots flüchten, da nach Zeila die Landmasse nach Osten abfällt. So muss es weiter hart am Wind segeln, und ich komme immer näher heran. Gegen Mittag bin ich nur noch eine Meile entfernt. Ich kann nun erkennen, dass ich es mit einer arabischen *zaroug* von ziemlich hoher Tonnage zu tun habe. Wie die Schiffe der Zaranig-Schmuggler ist sie stark besegelt und wohl ziemlich schnell. Hätte ich nicht den Windvorteil, wäre sie mir längst davongezogen.

Ich bereue bitterlich, den Hilfsmotor nicht mitgenommen zu haben.

Eine halbe Meile bin ich nur mehr entfernt. Da merke ich, dass die *zaroug* etwas weniger hart am Wind segelt, um ihre Geschwindigkeit zu erhöhen. Offensichtlich versucht sie, mich durch unerwartete Manöver auszutricksen, um mich um den Windvorteil zu bringen. Sobald man dort der Meinung ist, ich könne ihr nicht mehr den Weg abschneiden, wird sie wieder hart am Wind segeln und mich damit zwingen, ihr auf diesem Kurs zu folgen, denn man gedenkt, mich dann im Kielwasser der *zaroug* abzuhängen. Dieses Kalkül hätte alle Aussichten auf Erfolg, wenn da nicht das Riff von Fel wäre, das der *zaroug*, wie ich hoffe, bald den Weg versperren wird.

Da ist es auch schon vor uns, eine dünne weiße Linie, die den Horizont unterstreicht.

Was wird die *zaroug* jetzt tun? Wird sie das Riff nördlich oder südlich umfahren? Tut sie es südlich, so muss sie luven, und dann falle ich über sie her.

Fährt sie nördlich um das Riff, braucht sie den Kurs nicht zu wechseln, muss aber hart am Wind segeln. Sie entscheidet sich dafür. Als ich das sehe, steuere ich geradeaus, um ihr den Weg abzuschneiden. Doch habe ich meinen Kurs falsch berechnet, oder vielmehr hat der verfluchte Schmuggler einen Augenblick lang den seinen geändert und fährt direkt vor dem Wind. So verfehle ich ihn um eine halbe Kabellänge und lande tatsächlich in seinem Kielwasser, also da, wo er mich haben wollte. So muss ich nun ebenfalls mit dicht geholter Schot hart am Wind fahren.

Nur langsam kommen die beiden Schiffe voran, im kleinstmöglichen Winkel gegen den Wind ansegelnd. Sie wirken wie Geisterschiffe, da sich aus Angst vor einer Schießerei jedermann unter Deck verbirgt. Auf der *zaroug* steht der *nacouda* am Steuer, geschützt durch zwei Säcke Durra hinter ihm. Ich liege auf Deck, in Augenhöhe mit einem Paket eingerollter Segel, und halte über meinem Kopf das Steuer fest. Mir kommt der Gedanke, das Fall der *zaroug* zu durchschießen, damit das verdammte Segel herunterkracht, doch wäre das bei zwei in Fahrt befindlichen Schiffen ein Kunststück, das ich mir nicht zutraue. Ich würde damit höchstens eine Schießerei auslösen, während der die beiden sich selbst überlassenen Gefährte unweigerlich an Klippen zerschellen würden.

Ich treibe nun gegenüber der *zaroug* immer mehr ab, denn ich bin leicht, und sie hat den Ballast all meiner Waren. Sie wird die Riffspitze mühelos umfahren, während ich werde luven müssen. Danach wird sie einen derartigen Vorsprung haben, dass ich ihr endgültig Lebewohl sagen kann.

Bei dem Gedanken, dass die so nahe Beute mir für immer entgeht, packt mich namenlose Wut.

Ein Japaner hätte sich den Bauch aufgeschlitzt. Dieses Bild aber des Samurais, dem die Gedärme herausquellen, bringt mich auf eine praktischere Idee, und zwar durch die Analogie zum prallen Bauch jenes aufgeblähten Segels, das im Winde spannt.

Was unser Schicksal doch manchmal für unvorhergesehene Wege nimmt! Ein Schnitt durch dieses Segel, und die ganze Windkraft, der es widersteht, stieße ins Leere und ließe die *zaroug* vor den Riffen im Stich.

Ich habe ein schweres, in einen Jagdkarabiner vom Kaliber 12 umgearbeitetes Gras-Gewehr, eine äußerst robuste Waffe, die sich gegebenenfalls als Wallbüchse einsetzen ließe. Ich lege eine Hülse mit Pulver ein, und in den Lauf stopfe ich das stählerne Kettchen, mit dem der Schiffsjunge die Schlüssel an seinem Gürtel trägt.

Dann falle ich ab, um den Gegner leewärts anzugehen. Aus fünfzig Metern Entfernung schieße ich das seltsame Projektil in den Bauch des Segels. Das Gewehr zerspringt zwar nicht, aber durch den Rückstoß werde ich umgeworfen. Die Kette spannt sich auf ihrem Flug und fährt ratschend in das Segel. Der Wind tut das Übrige und reißt das Segel im Nu entzwei.

Wie ein am Flügel verletzter Vogel verliert das Schiff sofort an Geschwindigkeit und treibt ab. Der *nacouda* versucht zu luven, doch die völlig verschreckte Besatzung gehorcht ihm nicht. So steuert er geradewegs in eine Riffpassage, die sich gerade vor ihm auftut, gleitet noch eine Weile dahin und fährt schließlich auf Grund.

Ich kann ihm bedenkenlos folgen, da meine Dhau viel weniger Tiefgang hat, und als ich ihn erreiche, werfe ich den Enterhaken auf sein Heck.

Wir haben unsere sämtlichen Waffen hervorgeholt, doch scheint man auf der *zaroug* nicht gewillt, irgendwelchen Widerstand zu leisten. Als der Kiel den Boden rammte, ist unter der Mannschaft Panik ausgebrochen, und jeder denkt nur noch an sich selbst.

Das Schiff ist auf Kiesel und brüchige Korallen aufgelaufen. Zu seinem Glück herrscht gerade Flut. Die Dünung wird von der schwarzen Linie der toten Korallen aufgehalten, die aus der Brandung heraussstehen wie zerfetzte Gerippe. Dahinter ist das Wasser daher ruhig.

Die arabische Besatzung stammt aus Kauka. Es sind Zaranig, die zwischen Zeila und den türkischen Besitzungen in Arabien Tabak schmuggeln. Der *nacouda* kennt mich anscheinend aus Dschibuti; mir sagt sein Gesicht eher nichts. Jetzt, wo er gefangen ist, mimt er den Unschuldigen. Dass die Waffen nicht den beiden Männern auf der Insel gehörten, habe er nicht gewusst.

Als er mein Schiff erblickt habe, habe er es für die Küstenwache aus Dschibuti gehalten, erst recht, als ich während der Verfolgung die französische Flagge aufgezogen habe. Dies sei der Grund für seine Flucht gewesen.

Ich bremse seinen Redefluss. Es ist keine Zeit für Palaver, wir müssen handeln.

Die Araber haben wieder Zutrauen gefasst. Meine Männer helfen ihnen beim Flottmachen ihres Schiffes, indem sie die Kisten mit den Waffen zu mir an Bord bringen.

Die beiden Abessinier finde ich gefesselt vor, was mir für die Besitzer einer so wertvollen Ladung doch eine seltsame Behandlung erscheint.

Die *zaroug* ist voller Wasser. Sie sitzt am Kiel fest, der aber nicht gebrochen ist. Vorne ist zwischen zwei Spanten ein Leck. Die Planken wurden einfach eingedrückt. Es gelingt mir, sie wieder zurechtzurücken.

Während die Araber sich singend Mut machen und das Schiff ausschöpfen, kauert der *nacouda* neben mir nieder und erzählt, nachdem der Schiffsjunge Tee gebracht hat, was seit gestern vorgefallen sei.

Gestern habe er vor den starken Böen bei Saad ad-Din Schutz gesucht und dabei die Männer winken sehen. An Land hätten die beiden ihm erklärt, sie hätten auf der Insel Waffen versteckt, doch wollten sie diese schleunigst fortschaffen, da sie befürchteten, das Schiff, das sie abholen solle, sei in Dschibuti aufgehalten worden. Ohne Zeit zu verlieren und auch ohne dieser unglaubwürdigen Geschichte auf den Grund zu gehen, habe der *nacouda* die Waffen auf sein Schiff geladen.

Auf dem Meer hätten die Abessinier dann nach Dschibuti gewollt, doch da habe dem *nacouda* geschienen, die Angelegenheit würde ihm mehr Scherereien als Gewinn einbringen, und so habe er die beiden, die keine Ruhe geben wollten, ganz einfach festgebunden. Da hätten sie derart wie zwei prächtige Sklaven ausgesehen, dass er es als seinen Interessen am angemessensten erachtet habe, sie als solche zu behalten.

Danach habe die Verfolgungsjagd begonnen.

Meine beiden früheren Passagiere sind immer noch gefesselt und fragen sich, was ich mit ihnen wohl anfangen werde. Sie hüllen sich in völliges Schweigen. Zwei schicksalsergebene Tiere vor ihrem Schlachter. Es sind übrigens keine Amharen, also echte Abessinier aus Choa, die von sich behaupten, sie stammten von der Königin von Saba ab, sondern Gallas, oder vielmehr Ualamos, ein seit jeher der Sklaverei unterworfenes Volk. Also steht nichts dagegen, sie als Sklaven zu verkaufen.

Jetzt, wo sie fast nackt sind, sieht man, was für schöne Männer es sind. Der *nacouda* scheint sie hoch zu veranschlagen. Mir kommt es vor, als gäbe es keine bessere Strafe für die beiden, als sie an die maghrebinische Küste in die Sklaverei zu schicken. Das erspart mir, sie höchstpersönlich mit einer Grausamkeit zu bestrafen, die mir zwar unangenehm, doch angesichts dessen, was sie sich mir gegenüber geleistet haben, als Exempel notwendig ist.

Das wird sich dann ohne Weiteres in Dschibuti herumsprechen, und Gouverneur Deltel wird dadurch umso gedemütigter sein, als er die Lacher nicht auf seiner Seite hat.

»Wie findest du die beiden?«, frage ich den *nacouda.*

»Mein Gott, prächtig!«, erwidert er, in sichtlichem Bedauern, sich diese Beute entgehen zu lassen.

»Tja, dann«, sage ich in großzügigem Ton, »wenn sie dir gefallen, dann nimm sie, ich schenke sie dir. Aber pass auf den einen auf, der Französisch spricht, denn er kann schreiben. Lass sie losbinden, ich will sie befragen.«

Der frühere Missionsschüler setzt sogleich eine zerknirschte Miene auf. Er bittet mich um Vergebung, fällt auf die Knie und fleht mich an, ihn nach Dschibuti zurückzubringen. Er habe auf Ato Joseph gehört, weil jener ihn mit einer Belohnung gelockt habe. Nun strafe ihn der liebe Gott, und so weiter und so fort.

»Genug geredet!«, fahre ich ihn an. »Du hast mich verraten wollen, und zwar schon zum zweiten Mal! Und schlimmer noch, hast du versucht, einen meiner Männer zu töten, denn du hast dich erdreistet, einen Revolver zu verstecken. Du kennst das Gesetz deines Landes: Auge um Auge, Zahn um Zahn.«

Da wirft er sich mir zu Füßen. »Ich schwöre Ihnen, ich war es nicht. Ich habe nicht geschossen. Er hat den Revolver genommen.« Dabei deutet er auf seinen Kameraden, der kein Französisch versteht.

Darauf rede ich jenen an, doch kann er auch kein Arabisch. So frage ich ihn in der Sprache der Gallas, ob tatsächlich er geschossen hat.

»Ja«, erwidert er finster. »Er hat mir den Revolver in die Hand gelegt, und ich habe ihn benützt. Ich denke, ich habe den Kerl verfehlt. Seis drum.«

Dieser hier ist ein echter Wilder geblieben. Er weiß, dass es im Kampf einen Sieger und einen Verlierer gibt. Er hat verloren, also schickt er sich ins Unausweichliche.

Voller Verachtung blickt er auf seinen immer noch knienden Kameraden, der sich nun anschickt, mir die Füße zu küssen.

Ich kann mich nicht beherrschen und befördere den Kerl mit einem Fußtritt mitten ins Gesicht in den Frachtraum hinunter. »Steh gefälligst auf! Nur Schlangen kriechen am Boden.«

Der arabische *nacouda* fürchtet, dass ich mein Geschenk an ihn beschädige.

»Lass ihn«, sagt er, »das ist ein Nazarener, der glaubt, man könne Gott mit Gebeten und Lügen täuschen. Wie soll er da nicht versuchen, auch seine Brüder zu täuschen?«

»Ja, aber befürchtest du nicht, dass er dir entkommt und dir schaden wird, wo er doch schreiben kann?«

»Oh, das befürchte ich keineswegs, denn wenn wir erst mal dort sind ... Nun ja, es wird so kommen, wie Gott es entscheidet.«

Ich weiß nicht, was er damit meint. Später habe ich es erfahren, und zu seiner Zeit werde ich davon berichten.

Der, den ich getreten habe, richtet sich wieder auf und sieht mich hasserfüllt und heimtückisch von unten herauf an. Sein ganzes Gesicht ist blutverschmiert, denn er blutet aus der Nase.

»Ich schenke dir dein Leben«, sage ich zu ihm, »weil dieser Araber sich darauf einlässt, dich als Sklaven zu nehmen. Folg deinem Schicksal, aber lass dir geraten sein, nie wieder nach Dschibuti zu kommen, denn trotz allem, was du dort erzählen magst, wird man dich immer noch beschuldigen, die dir anvertrauten Patronen gestohlen zu haben. Dann wirst du im Gefängnis verrotten, wo die Luft für Leute wie dich, die zu viel wissen, recht ungesund ist. Leicht holt man sich da eine böse Kolik, die einen ins Land all derer schickt, die keinen Mund mehr haben.«

Zum *nacouda* sage ich: »Nimm auch die zwanzig Kisten Munition, die den beiden gehören. Ich schenke sie dir, aber unter der Bedingung, dass du den Großen da, der nicht Französisch kann, nicht verkaufst. Bring ihn zu Cheik Issa und sage, der Mann steht in meinen Diensten. Er soll ihn bei sich behalten; ich hole ihn später ab.«

Ich habe für diesen Wilden etwas übrig, weil er mutig und stolz ist. Er hat wohl mit dem anderen mitgemacht, aber ohne so recht zu wissen, worum es ging. Er dachte nur, eine Kriegslist anzuwenden, was schließlich nicht verboten ist. Da er nicht feige ist, erachte ich ihn auch nicht als Spitzel.

Ich lasse ihn alleine zu mir kommen.

»Wie heißt du?«

»Makonen«, antwortet er grimmig.

»Pass auf, Makonen, du fährst jetzt auf die andere Seite des Meeres. Das muss so sein. Man bringt dich zu einem Freund von mir, der dich gut behandeln wird. Du sagst ihm, dass Abd-el-Haï dein Herr ist und dich holen wird, wenn es Zeit dafür ist. Danach wirst du frei sein.«

Er sieht mich aus seinen großen braunen Augen an, in denen sich ein Anklang an die rote Erde auf den Hochebenen seiner Heimat zu spiegeln scheint. Ein Ausdruck von Vertrauen erhellt sein hartes Gesicht. Da nimmt er mit einfacher Geste meine Hand und küsst sie auf beiden Seiten, als sei ich wirklich sein Herr.

Während ich diese Erinnerungen niederschreibe, steht er immer noch in meinen Diensten, in meinem Refugium in Harar.

Die *zaroug* ist inzwischen fertig beladen. In der sinkenden Sonne fahren wir gemeinsam in Richtung Arabien.

Die zwanzig Kisten Munition, die ich dem *nacouda* gegeben habe, garantieren mir, dass er nicht nach Dschibuti segeln wird. Sie sind eine Art Versicherung.

In der Nacht verliere ich sein Segel aus den Augen und fahre auf die Sowaba-Inseln zu, wo ich meine Waffen zu verstecken gedenke, diesmal aber in aller Ruhe.

11

Juli 1914

Einige Monate lang schien die Regierung sich meiner nicht mehr zu erinnern. Das konnte mir nur recht sein; dennoch ging ich stets mit großer Vorsicht zu Werke.

Ich verkaufte Waffen und Munition, und dieser Handel genügte mir. Bald aber wurde dieser Beruf an sich recht schwierig. Die Käufer machten sich rar. Unter dem Vorwand, befreundete Stämme zu unterstützen, verteilten die Engländer in Arabien Lee-Metford-Gewehre in Hülle und Fülle.

Nun macht der Verband der Waffenhändler von Dschibuti mir Avancen und bietet mir Zahlungserleichterungen an, so hart sind die Zeiten. So arbeite ich auf mehreren Fahrten zur Hälfte für den Verband, der seine Lagerbestände so rasch wie möglich abbauen möchte.

Juli 1914. – Die politische Großwetterlage steht auf Sturm.

*

Der große arabische Händler Salim Mouti, der bei der Regierung noch immer gut angesehen ist, lässt bei mir vorfühlen, ob ich mich auf eine Zusammenarbeit mit ihm einlassen würde.

Der Verband vertraut mir auf Kredit zweihundert Kisten Munition an, für die ich nur die Ausfuhrgebühren zu entrichten habe. Salim Mouti erklärt sich zum Kauf der Waffen bereit, falls ich sie ihm nach Ras el-Ara an der arabischen Küste liefere, etwa zwanzig Meilen östlich von Perim. Sein Bruder Hassen Mouti soll bei mir an Bord gehen und mir am Ziel über die gelieferten Waffen eine Quittung ausstellen, gegen die Salim mich in Dschibuti bezahlen wird.

Bei solchen Transaktionen wird in der Regel im Voraus gezahlt, doch bin ich in diesem Fall nicht besorgt, da ich es mit so ehrbaren Händlern zu tun habe.

Wie üblich begleitet mich die Küstenwache bis Obock. Dort teilt der immer noch diensthabende Sergent Chevet mir mit, soeben habe man ihn per Telegraf von der Mobilmachung informiert. Wir schreiben den 25. Juli 1914.

Ich bitte Chevet, an Gouverneur Deltel zu kabeln, ob ich meine Fahrt noch fortsetzen soll. Lieber würde ich mit meiner Ladung nach Dschibuti zurückkehren und dort erst mal abwarten.

Deltel antwortet, aus Dschibuti ausgeführte Munition könne nur wieder eingeführt werden, wenn dafür erneut Zollgebühren entrichtet würden. Diese abwegige Vorschrift zwingt mich zum Weiterfahren. Es wäre auch möglich gewesen, sie wegen der politischen Ereignisse nicht anzuwenden, doch vielleicht hofft man, mich in den Ruin zu treiben. Und schließlich ist Mobilmachung nicht gleichbedeutend mit Krieg. Wie beim Panthersprung nach Agadir wird sich wohl alles wieder legen.

Noch am Abend segle ich los.

Gegen Morgen bin ich in Sichtweite von Ras el-Ara. Um diese Jahreszeit ist der Ankerplatz vor den Nordwestwinden, die so heftig über das Rote Meer fegen, gut geschützt. Die Winde werden noch nicht nach Westen abgelenkt, parallel zur Küste, wo sie sich mit dem großen Monsun des Indischen Ozeans vereinigen. Beim Überqueren dieses von der Sonne aufgeheizten Zipfels der Halbinsel verwandeln sich die Winde in den Giftwind Samum voller Sandwolken.

Der sehr abschüssige Kieselstrand fällt ins Meer ab wie eine Böschung. Der Kiel eines Schiffes kann sich dort ohne Weiteres abstützen, ohne dass ein Auflaufen zu befürchten ist. Ich bringe einen Anker an Land aus, da das Wasser zu tief dazu ist.

Nach Sonnenaufgang wird der Wind ungeheuer heftig, und die ganze Küste verschwindet in einer Staubwolke. Durch die

Böen hochgeschleuderte Kiesel prasseln aufs Deck. In der fortwährend pfeifenden Takelage verhängen sich aufgewirbeltes Gestrüpp und trockene Gräser.

Es verwundert mich nicht, dass der Strand, an dem wir erwartet werden sollten, bei solchem Wetter verlassen ist.

Hassen will trotz des Sturms sofort los ins nächste Dorf, um zu erfahren, wie es steht: eine Stunde Fußweg, sagt er. Ich weiß, was das aus dem Mund eines Einheimischen zu bedeuten hat, und schließe daraus, dass er mindestens vier bis fünf Stunden unterwegs sein wird. So rechne ich kaum damit, dass er vor Einbruch der Nacht zurückkehrt. Er nimmt ein paar Datteln und eine *gerba* Wasser mit und verschwindet im Sandnebel.

Als ich nach dem Mittagessen das Windgeheule im Mastwerk satthabe, beschließe ich, mir trotz des heißen Windes ein wenig an Land die Beine zu vertreten. Vom Bugspriet springe ich auf die Kiesel. Nur Abdi begleitet mich. Ich lasse ein wenig Kette, damit das Schiff nicht so nahe am Ufer ist.

Für den höchst unwahrscheinlichen Fall, dass wir eine Gazelle sehen sollten, nehme ich ein Gras-Gewehr und sechs Patronen mit. Angetan bin ich einzig und allein mit einem Lendenschurz, denn ich mag es, wenn der Wind mir rau über die nackte Haut streicht.

Wir erklimmen die Kieselböschung, die das Festland gegen das Meer zu verteidigen scheint, und gelangen auf eine mit grauen Büschen bewachsene weite Ebene, die sich im rötlichen Nebel verliert. An ihrem Saum erblicke ich ein kubisches, mit jenem sehr reinen Kalk geweißtes Gebäude, den die Araber aus der Kalzinierung von Meeresschnecken gewinnen. Das Weiß ist so strahlend, als spiegelte es den Himmel wider, und zur Mittagszeit glänzen die Kuppeln solcher Grabmäler wie leuchtende Kugeln.

Dieses hier gleicht vielen anderen: ein Kubus von vier Metern Kantenlänge mit hochgezogenen Rändern und einer Kuppel obenauf, die wie ein aufgestelltes großes Ei aussieht. Auf der gegenüberliegenden Seite wölbt sich eine Nische heraus, als buckelte ein Rücken gegen den Wind.

Ins Innere dringen die Geräusche von draußen nur gedämpft, und das geheimnisvolle Dunkel steht in seltsamem Kontrast zur strahlenden Sonne und dem Wüten des Windes.

Der Boden ist mit einer Palmenmatte bedeckt, und unter einem dunklen Gewölbe markiert ein Rechteck aus weißen Kieseln, wo der Scheich begraben liegt. In einer Ecke steht ein mit Asche gefülltes tönernes Gefäß.

In Mauerritzen stecken lauter winzige, aus verschossenen Tuchfetzen geknotete Päckchen, allesamt im gleichen Staubkleid. Es sind Opfergaben: etwas Weihrauch, ein bisschen Duftholz, ein paar Reiskörner.

Für den Reisenden sind diese hier und da an einsamen Stränden errichteten Grabmäler wahre Zufluchtsstätten. Er betet dort, spricht für den Scheich eine Fatiha, legt sich auf die Matte und schläft friedlich neben dem unbekannten Toten, der über ihn wachen wird, so wie er schon seit Jahrhunderten über alle wacht, die zwischen Wüste und Meer hier vorbeiziehen.

Sobald man in dieser wilden, vom heißen, pfeifenden Wind durchfegten Buschsteppe inmitten der aufs Meer hinauswehenden Sandwirbel eines dieser einsamen Grabmale betritt, umfängt einen die besänftigende Ruhe seines Dunkels.

Die vier Steinmauern sperren die feindliche, unzugängliche Natur aus. In der Stille dieses Refugiums wird man von respektvoller Andacht ergriffen, als trete man unter den Schutz einer geheimnisvollen Macht.

Das Gefäß mit der längst erloschenen Glut, die verstaubten Opfergaben in den Mauerritzen, all diese Armseligkeiten, die von der Frömmigkeit und Schwäche einsamer Menschen zeugen, wirken so rührend wie das naive Gebet des Beduinen mitten in der Wüste.

Aus meiner sinnenden Betrachtung reißt mich Abdi heraus und deutet auf fünf Männer, die im Sandnebel am Meer entlanggehen. Vier von ihnen sind mit Gewehren bewaffnet und tragen eine Art Uniform. Es sind Araber von der türkischen Garde.

Unsere Dhau ist durch die Staubwolken hindurch kaum mehr zu erkennen und scheint sich vom Ufer zu entfernen. Höchstwahrscheinlich hat Mohamed Mussa beim Anblick des kleinen Trupps die ganze Ankerkette abgelassen, um so weit wie möglich wegzukommen.

Auf Höhe des Schiffs bleiben die Männer stehen und winken, um es zurückzubeordern.

Mir sieht das stark nach einer Patrouille aus. Nach allem, was ich vor der Abfahrt über die Mobilmachung gehört habe, sind mir die Absichten dieses Trupps suspekt. Ich muss an den deutschen Offizier zurückdenken, der in Mokka als Türke verkleidet war, und mir scheint, falls ich den Leuten dort mit meiner Ladung in die Hände fiele, würde ich ohne viel Federlesens gefangen genommen. So bleibe ich in der Moschee verborgen. Mein erster Gedanke ist es, auf die Störenfriede zu schießen, doch bin ich arm an Munition. Bestimmt würde ich beim ersten Schuss treffen, denn sie stehen still und sind ohne Misstrauen. Danach allerdings würden sie auseinanderlaufen und ein schlechtes Ziel abgeben. Ich würde sie verfehlen, und dann säße ich ohne Munition in dieser Moschee wie eine Ratte in der Falle.

Ich sage zu Abdi: »Hoffentlich kommen sie auf dem Schiff auf die Idee, fortzusegeln und erst am Abend wiederzukehren, wenn die Männer weg sind.« Kaum habe ich den Satz ausgesprochen, sehe ich, wie einer der Soldaten unsere Spuren im Sand bemerkt, die hinauf zur Moschee führen. Sofort kommen sie auf uns zu.

Mit einem Sprung ist Abdi draußen und weg. Die Soldaten erblicken ihn und laufen ihm nach. Ich kann nicht sehen, wohin er rennt, doch aus der Richtung, die seine Verfolger nehmen, schließe ich, dass er einen Haken über den Busch schlagen und dann ans Meer hinunterwill, ganz im Vertrauen auf seine Schnelligkeit.

Ein Soldat kniet hin, legt an und schießt; die anderen tun es ihm nach. Das trockene Knattern der Mauser-Gewehre tönt zu mir herüber. Ich hoffe, dass Abdi ihnen zwischen den Büschen entkommt. Sie haben ihn wohl verfehlt, da sie die Verfolgung wieder aufnehmen. Ich traue ihm allerdings zu, dass er in seinem Leichtsinn aus der Deckung herausgeht und vor der Nase der Soldaten aufs Meer zurennt, das ihn so anzieht, als wäre es sein natürliches Element und das einzige, wo er sich wirklich heimisch und sicher fühlt.

Es gibt kein Zögern mehr, denn ich darf nicht zulassen, dass der Unglückliche erschossen wird. So ziele ich auf die Verfolger, doch bevor es so weit kommt, dass ich durch einen Schuss auf mich aufmerksam mache, steigt vom Schiff Rauch auf, und mit kurzer Verzögerung höre ich das Krachen einer Salve. Die auf offenem Terrain überraschten Soldaten werfen sich flach auf den Boden, kriechen auf Deckung bietende Grasbüschel und Unebenheiten zu und eröffnen das Feuer auf das Schiff.

Keiner denkt mehr an die hinter ihnen liegende Moschee, sodass ich ungesehen herausschlüpfen und mich dahinter verstecken kann. Ich steige auf das Gewölbe über dem Grab und schwinge mich von dort auf das Dach. Zwischen der Kuppel und der kleinen Brüstung, die die vier hochgezogenen Ecken verbindet, strecke ich mich aus. So kann ich aus einiger Entfernung unbemerkt beobachten. Auch hinterlasse ich, anders als bei einer Flucht durch den Busch, keine verräterischen Spuren und kann in der Nähe bleiben, um einzugreifen, falls es mit dem Schiff Probleme geben sollte.

Ich sehe, wie Abdi sich ins Meer stürzt und zwischen den Wellen verschwindet. Die Türken schießen ihm hinterher, ihre Kugeln lassen das Wasser aufspritzen. Erst nach einer Ewigkeit taucht er ganz kurz wieder auf, um Luft zu holen. Je weiter er hinauskommt, umso mehr schützt ihn das Sandgestöber. Nun ist er außer Gefahr. Die türkischen Soldaten stehen vom Schiff her noch immer unter Beschuss und können sich nicht aufrichten, um näher ans Meer zu gehen.

Unser Schiff stellt sich nun quer zum Wind und treibt aufs Meer hinaus; der Anker wurde gekappt. Vermutlich haben sie Abdi gesehen und versuchen, auf ihn zuzusteuern. Auf einmal geht das Segel hoch, und innerhalb einer Minute verschwindet das Schiff im Dunst.

Die Soldaten stehen auf und gehen zur Moschee hoch. Da wird mir klar, dass mein Beobachtungsposten doch keine so gute Idee war. Die geringste Bewegung kann mich nun verraten.

Die fünf stehen vor dem Eingang. Einer inspiziert das Innere, die anderen lehnen ihre Gewehre an die Mauer und kauern sich auf der windgeschützten Seite auf den Boden.

Da sind sie nun unter mir, in kaum drei Metern Entfernung. Ich höre sie sprechen, verstehe sie aber nicht, da sie sich im Djebeli-Dialekt unterhalten, mit dem ich nicht vertraut bin.

Die Haltung, in der ich verharren muss wie eine Schaufensterpuppe, wird mir schnell höchst unbequem. Ich frage mich, worauf sie warten. Falls es sich tatsächlich um eine Patrouille handelt, müssten sie weiterziehen. Aber nein, sie schicken sich an, ein Feuer zu machen, als wollten sie die Nacht hier verbringen. Einer steigt auf einen Sandhügel und späht ins Landesinnere, als ob er jemanden erwartete. Ich schnappe den Namen Hassen auf. Beunruhigt frage ich mich, ob jener etwa verhaftet worden ist. Sollte man die Soldaten, auf Hassens Geständnis hin, etwa nach mir ausgesandt haben?

Die Sonne versinkt in rotem Dunst. Die Soldaten gehen einer nach dem anderen ans Meer, um ihre Waschungen vorzunehmen. Ich warte auf einen günstigen Moment, um diesen ungemütlichen Ort zu verlassen, an dem ich ein wahres Martyrium durchstehe, doch sieht stets einer von ihnen in meine Richtung. Nach den Waschungen betreten sie gemächlich die Moschee, um das Maghreb-Gebet zu verrichten.

Aus dem Mund desjenigen, der das Gebet leitet, vernehme ich deutlich den Wortlaut der Fatiha. Ein Rakat, also eine Gebetseinheit, darf ein Muslim niemals unterbrechen.

So geräuschlos wie möglich verlasse ich daher mein Freiluftgefängnis. Mit meinem eingeschlafenen rechten Arm habe ich dabei größte Mühe. Am Boden angelangt, gehe ich um das Gebäude herum und schnappe mir die vier an die Mauer gelehnten Gewehre. Erst will ich ins Landesinnere flüchten und die Waffen dort verstecken, doch würden meine Spuren im Sand mich gewiss verraten. So lege ich rückwärtsgehend die Strecke bis zum Kieselstrand zurück, sodass meine Spur vom Meer her zu kommen scheint. Dann laufe ich etwa hundert Meter am Strand entlang und werfe die Gewehre ins Meer. Nun kann ich in den Busch zurück, um zu beobachten, was sich bei der Moschee tun wird. Ganz entfernen will ich mich nicht, denn in der Nacht wird bestimmt das Schiff zurückkommen.

Auf einmal höre ich Rufe und Schreie: Die Soldaten haben das Verschwinden ihrer Waffen bemerkt. Sehen kann ich die Männer nicht, da es inzwischen fast völlig dunkel ist. Ich feuere zwei Schüsse ab, so schnell wie möglich hintereinander, aber von zwei verschiedenen Stellen aus, um mehrere Schützen vorzugaukeln. Die türkischen Soldaten sollen an einen Angriff von Beduinen glauben, die ihnen die Waffen gestohlen, aber dann – um kein Sakrileg zu begehen – erst gewartet haben, bis sie die Moschee verlassen, um über sie herzufallen. Entwaffnet und in der Einbildung, von einer ganzen Bande verfolgt zu werden, bleibt ihnen nichts übrig, als sich so weit wie möglich in den Busch zu verkriechen und zu ihrer Kaserne zurückzukehren.

Meine Hoffnung trügt mich nicht, denn bald ist nichts mehr zu hören. Ich kehre zurück zur Moschee. Sie ist leer. Dennoch bleibe ich auf der Hut und halte mich lieber in Ufernähe auf, wo ich aus dem Schutz der Kieselböschung heraus nur eine Richtung zu überwachen habe. Die vier Patronen, die ich noch übrig habe, verleihen mir etwas Sicherheit.

Der Wind hat sich beruhigt. Die Nacht klart auf, und endlich ist der Meereshorizont deutlich zu sehen.

Stunden vergehen, doch kein Segel erscheint. Jeden Augenblick kann türkische Verstärkung eintreffen. Gewiss ist, dass am nächsten Morgen, also in wenigen Stunden, auf der Suche nach den vermeintlichen Gewehrdieben die ganze Gegend durchkämmt wird. Ohne Wasser und Lebensmittel werde ich mich der Fahndung nicht lange entziehen können.

Da erscheint zu meiner Linken eine schwarze Masse auf dem Wasser. Ich will schon losschießen, da erkenne ich unsere Piroge. Abdi und Mohamed Mussa sitzen darin. Mit der Dhau wollten sie nicht heranfahren, da Segel und Mast auch in der Nacht von Weitem zu sehen sind. Ohne eine Sekunde zu verlieren, rudern wir los. Bis zu der Dhau, die auf hoher See liegt, brauchen wir fast eine Stunde.

Jeder kommentiert nun, was sich am Nachmittag ereignet hat. Übereinstimmend sind wir der Meinung, dass Hassen uns an die türkischen Soldaten verraten hat, die nach alter Sitte einen lukrativen Raubzug nie verschmähen. Vielleicht ist das Ganze sogar von Salim Mouti eingefädelt worden, dem ich solche Machenschaften durchaus zutraue. Für geraubte Waffen braucht er schließlich nicht zu bezahlen.

Ich bin ziemlich ratlos. Nach einer Weile beschließe ich, nach Dubab zu fahren, einen kleinen Ort im Roten Meer etwa zwanzig Meilen nördlich vom Bab el-Mandeb. Dort hält sich im Allgemeinen Cheik Issa auf. Wenn ich das Glück habe, ihn anzutreffen, wird er die von Hassen gespielte Rolle sicher trefflich zu deuten wissen. Auch die kompromittierende Ware hoffe ich dort loszuwerden.

Der Wind steht zu dieser Jahreszeit für eine Einfahrt ins Rote Meer nicht günstig, denn er weht aus Nordwest. Ich muss die ganze Nacht kreuzen und bin am Morgen zu meiner Überraschung nur zehn Meilen von Ras el-Ara entfernt.

Zum Glück wird uns die Passage durch das Bab el-Mandeb durch den gerade vorherrschenden Flutstrom erleichtert. Um diesen auszunützen, muss ich allerdings hart an der arabischen Küste entlangfahren. Die steilen Basaltfelsen von Cheik Saïd ragen über uns empor, und das am Gipfel verborgene türkische Fort scheint durch seine Schießscharten auf uns herunterzuspähen wie eine auf der Lauer liegende Raubkatze.

Erst gegen fünf Uhr abends kann ich unter dem Hügel Zi, der den Ankerplatz von Dubab vor dem Nordwestwind schützt, vor Anker gehen.

Erstaunlicherweise sehe ich kein einziges Segelschiff. Der eine Viertelmeile entfernte Strand liegt einsam da, und die am Meer entlang aufgereihten Hütten sehen verlassen aus. Zur Landspitze von Zi ist es näher hin, knapp zweihundert Meter. Als ich gerade die Piroge ausbringen lasse, kommt hinter einem Felsen ein Mann zum Vorschein, steigt ins Wasser und schwimmt in kräftigen Zügen auf uns zu. Ich schicke ihm die Piroge entgegen. Während ich beobachte, wie er an Bord der Piroge klettert, schwenke ich das Fernglas zufällig zum hinterhalb des Strandes gelegenen Hügel von Dubab hinüber und erblicke einen ganzen Trupp von Menschen, die zur Küste herunterlaufen. Augenblicklich lasse ich den Anker auf Kurzstag hieven und die Rute hissen, auf der das Segeltuch nur mit Bastschnüren festgebunden ist, damit wir sofort auslaufen können.

Kaum sind diese Manöver beendet, höre ich auf dem Wasser ein »Plop, plop«, danach setzt ein Pfeifen ein, und am Mast erklingt es, als hätte man ihm mehrere Hammerschläge versetzt. Als ich dann Sekunden darauf das verzögerte Krachen einer Salve höre, weiß ich Bescheid: Man schießt auf uns aus modernen Waffen mit rauchlosem Pulver und großer Reichweite. Der Mast ist an mehreren Stellen durchschossen. Dabei sehe ich an Land keinen Menschen mehr. Die Schützen sind hinter Dünen versteckt. Man weiß nicht, wohin man zurückschießen soll.

Meine Männer sind alle unter Deck gestürzt, wo sie unter der Wasserlinie geschützt sind. Ich liege bäuchlings oben. Es muss da drüben ein hervorragender Schütze sein, denn trotz einer Entfernung von wohl mehr als sechshundert Metern ist der Mast drei Mal in Höhe des Fallblocks getroffen worden, also versucht man, das Segel abzuschießen. Mir ist etwas Seltsames in Erinnerung geblieben: Als all die Kugeln um mich herumpfiffen, versuchte ich, nur meinen Bauch zu schützen. Kopf und Brust schienen mich nicht zu kümmern.

Beim ersten Schuss sind meine beiden Männer, die mit dem Unbekannten in der Piroge saßen, ins Meer gesprungen. Ich sehe, wie sie schwimmen und dabei die halb vollgelaufene Piroge als Schutzschild hinter sich herziehen. Endlich gelangen sie hinter die Dhau und ziehen sich an Bord.

Voller Sorge sehe ich zu dem Hügel hinüber, der wie eine natürliche Festung über uns hinausragt, und ich denke daran, wie übel es um uns bestellt wäre, sollten dort Schützen sich einnisten. Fortwährend überwache ich den Zugang zum Hügel, und bald sehe ich tatsächlich drei Männer auf diesen strategischen Punkt zulaufen.

Dazu müssen sie allerdings freies Gelände überqueren. Ich lasse sie herankommen. Von unserem Stillhalten ermutigt, wagen sie sich ohne Vorsichtsmaßnahmen in die gefährliche Zone, die von unserem Schiff nur etwa vierhundert Meter entfernt ist, also in akzeptabler Reichweite meiner uralten Gras-Gewehre mit Schwarzpulver. Auf der Brücke liegend, die Waffe auf das Schandeck gestützt, eröffne ich das Feuer auf die drei Männer, die dem Hügel entgegenstürzen. Der Vorderste, auf den ich gezielt habe, fällt wie vom Schlag getroffen zu Boden. Die beiden anderen ergreifen erschreckt die Flucht und suchen nach Deckung. Die Kugeln, die ich ihnen hinterherschicke, lassen um ihre Beine herum den Staub aufwirbeln. Es gilt nun, keine Zeit zu verlieren, denn die Besetzung des Hügels habe ich nur hinausgezögert.

Ich lasse das Ankertau kappen und mit einem Schlag auf die Schot das Segel setzen. Während wir aufs offene Meer hinausfahren, schießen wir aufs Geratewohl mit unseren sechs Gewehren in Richtung Land. Ich weiß genau, dass diese Schüsse keine Wirkung tun, doch muss auf das heimtückisch lästige Gepfeife, das man andauernd um die Ohren hat, einfach etwas erwidert werden. Der Knall von Gewehren, die man selbst abfeuert, der Rauch und der Pulvergeruch sind unerlässliche Hilfsmittel gegen die Angst. Sie flößen Mut ein und verhindern, dass eine Gruppe von Panik angesteckt wird.

Die feindlichen Kugeln plumpsen nun ins Wasser. Wir sind außer Reichweite. Erst jetzt kann ich mich darum kümmern, was an Bord geschieht. Ich suche nach dem Mann, der in die Piroge gestiegen war, und finde ihn am Bug liegend an, mit einem blutgetränkten Tuch auf der Schulter. Er lächelt mich an, um mich zu beruhigen, und zeigt mir seine Wunde. Da erkenne ich Makonen, den früheren Spitzel von Ato Joseph, den ich mit dem arabischen *nacouda* zu Cheik Issa gesandt hatte.

Er geniert sich, im Mittelpunkt zu stehen, und entschuldigt sich fast für seine Verletzung. Eine Kugel ist ihm in den Schultermuskel gefahren, als er, auf die Piroge gestützt, schwamm. Ich untersuche die Wunde, die zum Glück nicht tief ist.

Während ich ihm einen notdürftigen Verband anlege, erzählt er mir, dass die Türken schon vor mehreren Tagen aus dem Landesinnern gekommen sind und alle Küstendörfer besetzt haben. Cheik Issa ist nach Taizz gefahren, wohin der Wali ihn dringend berufen hatte.

Das alles lässt mich befürchten, dass der Krieg ausgebrochen ist und die Türken mit den Deutschen gemeinsame Sache machen. Ein solches Bündnis scheint mir sehr wahrscheinlich, da der deutsche Generalstab überall seine Offiziere hat, wie ich etwa in Mokka gesehen habe.

Am Morgen seien alle Kreuzmanöver meines Schiffes von Reitern beobachtet worden. Man habe herausfinden wollen, wo ich anlegen würde. Als ich bei Dubab vor Anker ging, habe man beschlossen, mich an Land gehen zu lassen, um mich festzunehmen. Auf Makonens Versuch hin, zu mir an Bord zu gelangen, hätten die Türken das Feuer eröffnet, da sie sich wohl schon dachten, dass er uns warnen wolle.

Hassen Mouti sei nach Dubab gekommen und habe den Trupp Soldaten informiert, der sich daraufhin zu unserem gestrigen Ankerplatz bei Ras el-Ara begeben habe. Seine Aufgabe sei es gewesen, mich an Land zu locken.

Sobald Makonen mein Schiff erkannt habe, sei er zur Landspitze von Zi gegangen, um mich zu warnen und aus diesem Land zu fliehen, in dem er sich trotz der guten Behandlung durch Cheik Issa wie ein Gefangener gefühlt habe.

Angesichts einer derart verwickelten und heiklen Lage sehe ich mich gezwungen, in französische Gewässer zurückzukehren.

Es wäre zu gefährlich, mit einer solchen Ladung auf See zu bleiben, ohne über die Ereignisse Bescheid zu wissen, die sich an Land überstürzen.

In dieser Gegend des Roten Meeres, in der so viele europäische Völker vertreten sind, weiß ich nicht, wer Freund und wer Feind ist.

Zuerst fahre ich direkt nach Maskali.

Ich treffe Lavigne noch an, doch sagt er mir, am 10. August müsse er sich in Dschibuti einfinden. Er wird in die Brigade eingezogen, die Leutnant Depuis zur Verteidigung der Stadt aufgestellt hat. Gegen wen aber? Lavigne und ich sind eher der Ansicht, diese groteske lokale Mobilmachung diene keinem anderen Zweck, als die Abkommandierung des jungen Offiziers an die Front so lange wie möglich hinauszuzögern. Unter dem lächerlichen Vorwand, Dschibuti zu verteidigen, hält der Leutnant dort die Franzosen zurück, die ihre vaterländische Pflicht tun wollen. Fast alle fahren also heimlich ab und werden von Depuis zu Deserteuren erklärt! Dass in Marseille sie dann niemand hindert, an die Front zu gehen, versteht sich von selbst.

Lavigne ging diesen Weg und gab sein Leben für Frankreich.

Man ist allgemein der Auffassung, der Krieg werde nicht lang dauern. So halte ich es für zweckmäßig, meine Munitionskisten einstweilen im Sand von Maskali zu vergraben. Die Leute vom Verband, denen die Kisten gehören, bestärken mich darin, diese zu lassen, wo sie sind, da sie nach dem Krieg mehr als doppelt so viel wert sein sollen.

Als Lavigne und ich in Dschibuti eintreffen, widert uns das lächerliche Schauspiel an, das Leutnant Depuis aufführt. Er spielt mit der Bevölkerung Soldat und hat sie bewaffnet, um die harmlosen Beduinen, die Brennholz oder Heuballen bringen, »zurückzudrängen«.

An der Reede liegt ein Schiff der Reederei *Chargeurs Réunis*. Lavigne will damit weg. Ich verkleide ihn als rußverschmierten Heizer und helfe ihm in der Nacht, über die Ankerkette an Bord zu gelangen, wo er sich im Frachtraum versteckt.

Nach der Abfahrt wird er beim Kapitän vorstellig und erläutert ihm die Gründe für seine heimliche Einschiffung. Aus Angst, von den madegassischen Kulis bestohlen zu werden, zu denen man ihn ohne Bett und ohne Decke steckt, vertraut er dem Kapitän auch die etwa zweitausend Francs an, die er bei sich hat.

Bei der Ankunft in Marseille behält der Kapitän das Geld kurzerhand als Preis für die Überfahrt ein. Er verweigert ihm sogar hundertfünfzig Francs für die Zugfahrt nach Lyon, wo Lavigne seinen alten Vater umarmen will. So geht mein Freund zu Fuß zu dem Amt, wo Franzosen aus den Kolonien rekrutiert werden, und verschwindet in der Menge all derer, die morgen der Unbekannte Soldat sein werden.

Jener achtbare Kapitän aber bleibt an Bord seines Schiffes und wird bald einem Kommuniqué entnehmen, dass sein früherer Passagier für Frankreich den Heldentod gestorben ist.

Ich habe den Namen jenes Mannes vergessen, und würde ihn doch so gerne nennen.

Am Tag nach der Abfahrt meines Freundes treten die Militärbehörden von Dschibuti unter dem Vorsitz von Depuis zusammen und beschuldigen mich der Mittäterschaft bei der Desertierung des Soldaten Lavigne. Zum Glück bin ich noch nicht von der Mobilmachung erfasst, was mir die Härten erspart, die man mir gewiss auferlegt hätte, wäre ich zu dem Zeitpunkt schon in Uniform gewesen.

12

Die letzte Fahrt

Die letzten freien Wochen, die mir noch verbleiben, bis ich eingezogen werde, will ich ausnützen, um die Waffen loszuschlagen. Ich will nichts hinterlassen, wenn es an mir selbst ist, in diesen Krieg zu ziehen, den ich für ein großes Abenteuer halte.

Salim Mouti ist von meiner Rückkehr überrascht und richtet es so ein, als würden wir zufällig aufeinandertreffen. Vor allem möchte er wissen, wo die Munition geblieben ist, die er zweifellos für die Türken gekauft hatte und umsonst zu bekommen hoffte, indem er eine Plünderung inszenierte.

Mit einigen Abwandlungen erzähle ich ihm, was in Ras el-Ara und in Dubab vorgefallen ist, und gebe mich dabei so, als hegte ich keinerlei Verdacht. Dass ich mit einem leeren Schiff zurückkomme, erkläre ich ihm so, dass ich die Ladung ins Meer werfen musste, um einem englischen Kreuzer zu entkommen.

Mir scheint, dass er darauf nicht hereinfällt, aber er tut so, als würde er mir glauben; eine Haltung, die mich hätte beunruhigen müssen, wäre ich erfahrener gewesen.

Aus Angst, Ato Joseph zu begegnen, weigert Makonen sich, von Bord zu gehen. Wegen seiner Wunde, die sich zu entzünden droht, macht ihm die Hitze unheimlich zu schaffen.

Er hat sich die Haare und eine Bartkrause wachsen lassen und ist somit unkenntlich genug, um den Zug nach Abessinien nehmen zu können. Dort wird er in die Hochebene von Harar zurückkehren, wo ich ihn zehn Jahre später wiedersehen werde.

Ich bin ratlos, was mit meinen Waffen geschehen soll. Arabien ist wegen der türkischen Besatzung nunmehr Feindesland und mir somit verboten.

So erwäge ich, mich mit den somalischen Stämmen am Kap Gardafui in Verbindung zu setzen. Sie bekämpfen derzeit Mohammed Abdullah und brauchen sicher Munition. Mohammed Abdullah ist eine Art religiöser Führer oder gibt sich zumindest als einer aus. Unter dem Vorwand, den Stämmen eine orthodoxe Ausübung ihrer Religion zu verschaffen, massakriert und plündert er sie nur.

Die Warsengelis, die die ganze Gegend nördlich von Gardafui bewohnen, sind wohlhabend und wenig zahlreich und damit bevorzugtes Ziel marodierender Banden.

Mohamed Mussa stellt mir einen großen, hellhäutigen Somalier vor, der sich als Verwandter des Sultans von Bender Lascoraï bezeichnet. Er versichert mir, dass ich ihm meine Munition verkaufen kann, und überzeugt mich schließlich, die Fahrt zu wagen. Ich soll sogleich die gesamte auf Maskali versteckte Ladung mitnehmen, doch erscheint es mir ratsamer, zunächst eine Erkundungsfahrt zu unternehmen, um den Sultan kennenzulernen und einen Vorschuss zu kassieren. Ich nehme nur zwei Kisten als Muster mit.

Die *Fat el-Rahman*, so der Name meines Schiffes, liegt ablegebereit vor Anker.

Seit mein armer Lavigne nicht mehr da ist, bin ich sehr einsam und sehr traurig. Jeder von ihm hinterlassene Gegenstand erinnert mich an ihn, und was mich an eine seiner Schrullen denken lässt, die ich früher belächelte, bringt mich nun zum Weinen. Erst jetzt begreife ich, wie sehr ich diesen hilfsbereiten, herzlichen Jungen mochte, der mir trotz der Verachtung meiner Landsleute und der Böswilligkeit der Behörden in das Paria-Leben folgen wollte, das ich mir auserkoren habe.

In dem Häuschen, das mein einziger Freund verlassen hat, lastet die ganze seelische Einsamkeit auf mir, unter der ich inmitten von meinesgleichen, inmitten meiner Rassenbrüder leide, von denen keiner mich versteht.

Dagegen zieht es mich in die Abgeschiedenheit der Natur. Dort spüre ich tiefe Kräfte in mir erwachsen, die durch das Herdendasein geknebelt werden.

Das ist wohl auch der Grund für mein Leben unter den Schwarzen. Diese Menschen sind fern genug von mir, um nur ein Element der ewigen, gleichgültigen, unerbittlichen Natur zu sein, so wie das Meer und die Wüste.

Während ich über derlei nachsinne, schaue ich in der Nacht auf die fernen Lichter der Stadt und den leuchtenden Glanz eines Passagierschiffes an der Reede. Es bringt Post aus Europa, und ich warte noch mit dem Auslaufen, bis das Boot zurückkommt, das ich zu dem Schiff geschickt habe, ob es nicht Briefe von jenen dabeihat, an die ich so oft denke, von meinem Vater und meiner Frau. Im Krieg sind alle Ängste erlaubt.

Endlich kommt das Boot zurück. Gierig lese ich die beiden ersehnten Briefe. Sie entführen meinen Geist nach Frankreich, während mein Körper allein auf dem Korallenplateau bleibt, in der Stille der vom Meer aufsteigenden schwülen Dämpfe.

Es ist Zeit zur Abfahrt. Ich schärfe Abdi noch einmal alles ein, worauf er in Abwesenheit von Lavigne beim Bewachen der Insel und der Perlenzucht aufzupassen hat.

Diese sesshafte Wächterrolle behagt ihm gar nicht. Ich spüre, wie traurig er ist, dass die *Fat el-Rahman* ohne ihn ablegen wird.

Als Begleiter lasse ich ihm Ahmed zurück, den Sohn des alten Bakel, der noch ein paar Wochen im Krankenhaus verbringen muss, da ihm eine Hand amputiert wurde.

Kurz bevor ich an Bord gehe, nimmt Abdi mich beiseite und sagt sorgenvoll: »Iss nie bei Leuten, die du nicht kennst. Ich bin *Midgan* und weiß, wozu die Adeligen imstande sind.«

Die *Midgan* sind Unberührbare bei manchen somalischen Stämmen. Sie betreiben Jagd, arbeiten als Metzger und rühren Gift für die Pfeile an. Heimlich bereiten sie auch Gift für andere Zwecke. Sie heiraten nur unter sich und essen abseits von den anderen. Abdi ist ein *Midgan*, den ich zu mir genommen und dadurch aus seinem Status befreit habe. Ich muss ihn bis zu meinem Tod behalten, und er sieht sich als mein Sklave. Mit den »Adeligen« meint er die Somalier, die weder *Midgan* noch *Tomal* (Schmiede) oder Diener sind.

Seine Warnungen beunruhigen mich zwar ein wenig, doch machen sie das Abenteuer, auf das ich mich da einlasse, noch reizvoller!

*

Meine Besatzung ist sehr gemischt. Da ist zunächst Ali Omar, ein Araber mit somalischem Einschlag, ein blendend aussehender, breitschultriger Zwanzigjähriger, sehr intelligent, mutig bis hin zur Waghalsigkeit.

Mohamed Ali, ein spitzzähniger Issa.

Djamma, der Warsengeli, der angeblich mit dem Sultan verwandt ist. Ich erinnere mich wieder, dass er einst schon Matrose bei mir war. Er ist ein ausgezeichneter Seemann und wird uns bei seinem Stamm als Führer dienen. Seit jeher stört mich aber seine unterwürfige Art.

Awad, ein Mischling aus Swahili und Sudanese, ein aus Arabien entflohener ehemaliger Sklave. Er ist von athletischem Körperbau, dabei aber außergewöhnlich furchtsam.

Dann sind da noch, für Routinearbeiten, zwei von Mohamed Mussa vermittelte Somalier, die ich erst kurz vor der Abfahrt anheuere, und nicht zu vergessen der junge Firan (die Maus), ein zehnjähriger Dankali, ein winziger, stiller Kerl, listig und wachsam wie eine Ratte. Er spricht sämtliche Sprachen der Region und hält mich völlig unauffällig über alles auf dem Laufenden, was an Bord geschieht oder in meiner Abwesenheit gesagt wird. Nie lächelt er, und aus seinen übergroßen Augen sieht er einen unverwandt an wie eine Eidechse. Wegen der beiden waagrechten Striche auf jedem Backenknochen, die er sich mit dem Dolch hat tätowieren lassen, weist sein eckiges Gesicht erst recht Ähnlichkeit mit der Bordkatze auf, seinem einzigen Freund. Die beiden schlafen zusammen, und in seinen Mußestunden amüsiert er die Katze mit an Fäden gebundenen Kakerlaken. Wie die Katze verzieht auch er sich in die unwahrscheinlichsten Winkel, wenn er Gefahr wittert; wenn er nämlich irgendeinen Schnitzer begangen hat und Schläge befürchtet.

*

Nach zwei Tagen mit wechselndem Wetter, mit Flauten und Meeresbrisen, habe ich den Golf von Aden quer durchsegelt und bin an der Somaliküste angekommen. Hinter einer ganz mit Mimosen bewachsenen, sanft ansteigenden Ebene erheben sich imposante Berge wie ein riesiges Bollwerk. Da mein Kurs hart am Wind fast parallel zur Küste verläuft, kann ich die grandiose Landschaft lange betrachten.

Die in der Ferne mauerartig emporragenden Basaltplateaus sind mit hochwachsender Vegetation bedeckt. Baumsilhouetten heben sich vom Himmel entlang eines Abgrunds ab, der den Wald abrupt aufgehalten zu haben scheint.

Tiefe Risse in dem vulkanischen Gestein bilden steile, wilde Schluchten voller violetter Schatten. Durch diese Breschen in der somalischen Festung scheinen die Wälder von der Hochebene herunterzusteigen und sich über die Ebene bis ans Meer hin zu verbreiten.

Nur zwei Kabellängen vom Küstenriff entfernt, gegenüber von Kor Soreh, luven wir.

Ein Felsvorsprung wie eine Steilklippe aus Basaltprismen rundet sich um eine vom Meer bedrängte Mulde. Das Küstenriff ist durch die Gezeiten erodiert, die in diesem kleinen See ein- und ausfließen. Das smaragdgrüne, klare Wasser scheint geradezu zu leuchten, so stark ist der Kontrast zu dem braunen Basalt und dem dunkelblauen Meer. Ein Mangrovengürtel fasst den See goldgrün ein.

Nur bei Flut können Schiffe von weniger als einem Meter Tiefgang einfahren.

Bei Ebbe stehen Frauen mit über die Schultern geworfenen Kleidern und nackten Oberschenkeln im Wasser und fischen nach *bilbil.* Man findet dort stark glänzende, aber sehr bunte Perlen.

Auf Steuerbordbug segeln wir dann aufs offene Meer hinaus, das sich endlos blau vor uns kräuselt.

Mit der Schleppangel fangen wir riesige fleischfressende Fische, wahre Ungeheuer in Regenbogenfarben, mit entsetzlichen Kiefern. Mit der Eisenstange bekommen sie einen Schlag auf den knochigen Kopf, der mächtige Schwanz drischt auf das blutbesudelte Deck ein, während der Perlmuttglanz ihrer Schuppen im Todeskampf allmählich erstirbt.

Ein Mann schlitzt sie gleichgültig auf und reißt ihnen, während sie noch zucken, die Fleischfetzen aus dem Leib, aus denen wir Köder machen. In einem letzten Aufbäumen quetschen sie ihre Eingeweide heraus.

Trüben Auges liegen sie dann auf dem Vorderdeck, starr und fahl.

Das Land ist weit hinter uns, ein schmaler, undeutlicher Streifen am Horizont. Gegen Mittag luven wir in Richtung Kontinent, und am Abend haben wir Ankor vor uns. Die große Mauer der Warsengeli-Berge glänzt golden in der untergehenden Sonne.

Schlafend liegen die wenigen Basthütten des Weilers Ankor am Wasser. Der Wind fährt durch die goldbraunen Palmen eines Dattelwäldchens. Ein kleines, weißes Steingebäude mit Flachdach und Schießscharten wirft seinen Schatten auf den Strand. Nach dunkelblauer Meeresmonotonie und von Pflanzendüften unbelecktem Wind erscheint uns diese Oase herrlich und das warme Sonnenlicht in den Bäumen besonders reizvoll.

Als wir herannahen, treten Männer aus dem Dattelwäldchen und versammeln sich am Strand. Sie scheinen auf uns zu warten. Ich bin versucht, an diesem hübschen Ort zu ankern, wo alles so lieblich und einladend wirkt. Meine Warsengelis raten mir aber, nicht näher heranzufahren.

Das weiße Gebäude sei eine Festung der Leute Mohammed Abdullahs; womöglich befinde er selbst sich gerade darin. Es wage keine Dhau sich mehr in diese Gegend, seit der fanatische Bandit sich dort eingenistet habe.

So mag es umso seltsamer erscheinen, dass wir uns dem gefürchteten Schlupfwinkel so arglos nähern.

Mohamed Mussa wird immer unruhiger. Er warnt mich, man werde auf uns schießen, falls wir noch weiter heranführen. Schüsse habe ich in letzter Zeit zur Genüge gehört, sodass ich eine halbe Meile vor der Küste Befehl zum Abdrehen gebe. Die Menschen, die uns erwarteten, wirken enttäuscht.

Die ganze Nacht über weht eine schwache Brise, und aus dem Osten rollt eine lange Dünung heran. Gewiss stehen uns heftige Winde bevor.

Wir langen vor dem unter Seeleuten verrufenen Golf von Raguda an. Abdi hat dort einst drei Tage und drei Nächte mit dem Meer gekämpft, und gerettet hat ihn nur ein wie vom Himmel gesandter Hühnerkäfig, den irgendwann einmal jemand von einem Schiff auf dem Weg nach Indien über Bord geworfen hatte. So stand also geschrieben, dass die Geste eines Küchenjungen eines Tages in achthundert Meilen Entfernung Abdi das Leben retten sollte. Dass er keine Finger- und Zehennägel mehr gehabt habe, als er völlig erschöpft an Land angekommen sei, berichtet er einem so lachend, als erzählte er einen harmlosen Streich.

Schon wird die Dünung höher, und der Wind frischt rasch auf. Die Zeichen stehen auf Sturm. In der Umgegend des Golfes ist kein Schutz zu erhoffen. Eigentlich müssten wir zurück, doch kein Seemann kann sich dazu durchringen, den mühsam gegen den Wind zurückgelegten Weg so einfach zu opfern.

So halte ich mich bis zum Abend in der Nähe des Kontinents auf.

In der Nacht fahren wir bei sehr bedrohlichem Wetter auf die offene See hinaus. Vor uns liegt die ganze Breite des Ozeans, und ein Schiff fürchtet einzig das Land … Die Wellen sind riesig. Trotz des kleinen Sturmsegels, durch das ich die Rute sehr niedrig halten kann, habe ich ständig Angst, sie könne zerbersten, wenn das Schiff in ein Wellental hinunterstürzt. Ich muss abwettern, mich also in jenem Abwehrkampf üben, in dem das Schiff die Schläge einsteckt wie ein Boxer, der sich schont und seinen Gegner somit ermüdet.

Ich bin krank, vielleicht seekrank. Gischtüberströmt steht Ali Omar allein am Steuer. Die Männer schöpfen das Wasser, das ohne Unterlass über uns hereinbricht. Ich habe Schüttelfrost, klappere mit den Zähnen, und mir ist schwindlig. Alles wird mir gleichgültig. Ich verkrieche mich unter das Vorderdeck, an den einzigen Ort, wo man vor der Gischt geschützt ist. Ich höre Sturzwellen auf das Vorschiff krachen und in den Frachtraum hinunterrauschen.

Der Rumpf bekommt die Wellen vorne an Backbord ab und ertönt dumpf unter den Schlägen. Ich warte nur darauf, dass er zerbirst und alles vorbei ist.

Im abgrundtiefen Dunkel wird gerufen und geschrien. Der Wind, der in der Takelage heult wie eine Bande entfesselter Dämonen, treibt immer wieder weiße Gischtfetzen vorbei. Über meinem Kopf hören ich nackte Füße über das Deck trampeln. Irgendetwas bricht. Es ist mir egal.

Das halb abgerissene Segel knattert so laut im Wind, dass es alle anderen Geräusche übertönt. Ein Mann versucht, es zu erhaschen, und bekommt dabei einen derartigen Schlag, dass er in den Frachtraum torkelt. Soll das Segel doch zum Teufel gehen!

Fall und Hals werden gekappt, und das Segel fliegt davon wie ein verrenktes Gespenst und lässt dabei die Lieke pfeifen. Dann klatscht es auf das Meer und verschwindet augenblicklich.

Als im Morgengrauen der Wind erträglicher wird, komme ich mühsam aus meinem Schlupfloch hervor. Ich kann mich kaum auf den Beinen halten und fühle mich elendiglich schlecht. Nicht Seekrankheit ist es, sondern ein heftiger Malariaanfall.

Auf der Karte suche ich eine Stelle an der Küste, an der wir die nächste Nacht verbringen können, denn in meinem Zustand und mit einer völlig erschöpften Besatzung kann ich das Schiff unmöglich steuern.

Mir scheint, dass der Wind günstig genug steht, um uns im Anliegekurs nach Haïs zu bringen.

Das Dörfchen Haïs ist an einem Kieselstrand erbaut. Es liegt am Fuße einiger trockener Hügel, die ganz seltsam in allen möglichen Rot- und Gelbtönen gefärbt sind. Dahinter erhebt sich in der Ferne das in der Morgenröte zartlila leuchtende Warsengeli-Massiv.

In die Hügel hinter Haïs haben sich sich tiefe, steile Schluchten hineingeschnitten, deren weißes Kieselbett weit in das Bergmassiv vordringt. Haïs scheint an einer dieser Öffnungen stehen geblieben zu sein. Man könnte meinen, das Dorf sei aus der Schlucht herausgetreten und habe sich dann, vom Meer überrascht, nicht weiter vorgewagt. Ein paar sehr weiße arabische Häuser stehen aus der Herde der Schilfhütten heraus, als wären sie deren Hirten.

Etwa eine Viertelmeile vom Strand entfernt ragen auf einem Inselchen steile Felsen empor, die, so heißt es, als Zitadelle dienen.

Als Mohammed Abdullah über die Gegend herfiel, sollen die Einwohner sich auf das Inselchen geflüchtet und die Angreifer so lange mit ein paar alten Flinten in Schach gehalten haben, bis sie eines Nachts von einer Dhau befreit wurden.

Dorf und Hinterland sind nunmehr von Majerteens bewohnt, einem zumindest teilweise Mohammed Abdullah ergebenen somalischen Stamm.

Sie müssen mein Schiff längst bemerkt haben, da ich so hart am Wind nicht schnell vorankomme.

Trotz all meiner Bemühungen bin ich abgetrieben und muss ziemlich weit vom Dorf vor Anker gehen, etwa eine Viertelmeile leewärts des Inselchens.

Es ist ein stürmischer Ankerplatz, doch meinen Matrosen ist das lieber als eine zu große Nähe zu dem Inselfort, hinter dessen schwarzen Felsen sich Schützen verbergen können.

Viele Einheimische kommen an den Strand und winken uns zu, wir sollen an Land gehen. Ich zähle ein gutes Hundert, viele davon sind bewaffnet.

Ich bin drauf und dran, weiterzufahren, doch der schlechte Zustand meiner Segel und der wieder heftigere Wind lassen mich zögern.

Da wir offensichtlich partout nicht an Land wollen, schwimmen vier Männer zu uns herüber. Unmittelbar habe ich nichts von ihnen zu befürchten, doch werden sie die anderen über unsere geringen Verteidigungsmittel unterrichten. Dann könnten sie versucht sein, uns zu behelligen, und ich muss wieder hinaus aufs Meer. Krank, wie ich bin, und mit von der letzten Nacht übermüdeten Männern, vermag die Aussicht auf eine stürmische Nacht auf hoher See mich nicht zu erbauen.

So lasse ich auf dem Achterkastell zwei Petroleumkisten aufstellen und befestige daran ein Rundholz. Über das Ganze breite ich ein Segeltuch, sodass man sich darunter gut und gerne eine Kanone vorstellen kann. Vervollständigt wird die Szenerie durch Gewehre, die ich der Besatzung zum Reinigen gebe.

Dann hisse ich die englische Flagge, denn die drei Farben unserer Republik sind in der Gegend eher unbekannt, während man sehr gut die englischen Farben kennt. Sie wehen auf vielen Schiffen der Küstenwache, und sogar auf Dhaus wie der meinen, denn die Regierung stattet sie damit aus, um Teile der Küste zu überwachen, die für hochbordige Schiffe unzugänglich sind.

Derart als Vertreter Seiner Majestät getarnt, empfange ich die Schwimmer. Sie sind völlig nackt und halten sich aus Höflichkeit beim Besteigen des Schiffes die linke Hand vors Geschlecht. Wir geben ihnen Tücher, in die sie sich notdürftig hüllen können. Sogleich fällt ihnen die imposante Kanone auf, die den Blicken Unbefugter entzogen ist, und ihre Haltung wird respektvoll.

»Ihr habt nichts zu befürchten«, sage ich auf Arabisch zu ihnen und bemühe mich dabei um einen englischen Akzent. »Ich will mich nur vergewissern, ob alles ruhig ist und ob sich englische Schutzbefohlene hier befinden, die nach Aden möchten. Darüber hinaus brauche ich Brennholz, Fleisch und Fisch.«

Auf ihre schnelle Art schwimmen die vier wieder davon, um den an Land Wartenden Bescheid zu geben. Dank dem Prestige Englands zerstreut sich bald darauf das drohende Häuflein, der Strand leert sich, und alle kehren in ihre Hütten zurück. Einige Stunden später treffen unsere Vorräte ein. Diesmal bringe ich die Piroge aus und lasse sie holen. Natürlich will kein »englischer Untertan« mit mir mitfahren.

In der Nacht weht von den Bergen herunter eine Landbrise. Wir nützen die Gelegenheit, um an der Küste entlang gen Osten zu fahren.

Am Tag kommen wir an einer kleinen weißen Moschee vorbei, die an einem einsamen Strand zwischen Felsen und Meer steht. Es ist das Grabmal eines Scheichs. Meine Somalier stehen alle der Moschee zugewandt da und rezitieren die Fatiha.

Hier liegt Cheik Isaaq begraben, der Urahn der Somalier.

In ein Tuch gewickelt, wird etwas Reis, Tabak und Zucker als traditionelle Opfergabe ins Meer geworfen, ein bisschen Süßwasser wird hinterhergeschüttet. Ich lasse mir erklären, was diese Sitte bedeutet.

Isaaq und sein Bruder Darod gelangten beim Elefantenberg auf afrikanischen Boden und benannten so das Land *arde el fil.* Sie kamen aus jenem fernen Land, in dem auf den Bergen, die den Himmel stützen, jeden Tag die Sonne von Neuem geboren wird. Ihr Schiff lenkten sie auf der Route, die abends von der Sonne auf dem Meer gezeichnet wird, während dahinter sich die Nacht erhebt.

Die beiden gründeten je einen Stamm, die Isaaqs und die Darods. Alle heutigen Somalier gehören einer dieser beiden großen Familien an; die Habar Yunis, die Habar Awal, die Habar Ja'lo den Isaaqs, und die Warsengelis, die Majerteen und so weiter den Darods.

Der muslimischen Architektur nach zu schließen, dürften die Somalier erst nach der Hidschra eingewandert sein, doch kann das Gebäude auch nach dem Übertritt der somalischen Stämme zum Islam errichtet worden sein, um den Urahnen mit einer Grabstätte nach den Gesetzen des Propheten zu bedenken.

Während ich diesen alten Legenden lausche, die von den heldenhaften Zeiten der Völkerwanderungen künden, fahren wir bei auffrischendem Wind aufs Meer hinaus. Der tiefblaue Himmel ist wolkenlos.

Da taucht vor uns, wie ein riesiger gelber Dickhäuter, eine große Felseninsel auf. Je näher wir kommen, umso imposanter ragt sie aus dem Meer. Das vordere Ende sieht aus wie ein auf das Wasser gelegter Kopf, der über einen mit Spitzen bewehrten Hals mit dem Körper verbunden ist. Die Umrisse von Schulterblättern und Kruppe werden durch Schluchten markiert. Der Rücken des steinernen Ungeheuers ist von einem weißen Mantel bedeckt, als habe ein wundersamer Schnee der Sonne widerstanden.

Dies ist die Insel Maït, die tote Insel. Sie ist mit Guano bedeckt, den im Lauf von Jahrtausenden nistende Meeresvögel hinterlassen haben. Bei unserem Herannahen fliegen die Vögel in dichter Wolke auf, was aus der Ferne wirkt wie Rauch, der aus einem Krater aufsteigt. Direkt vor der Insel gellt uns das Gekreische in den Ohren, das die um uns herumwirbelnden Vögel pausenlos von sich geben.

Die Insel ist etwa zwei Kilometer lang und vierhundert Meter breit. Ihre Felswände ragen senkrecht aus dem Meer auf, und der bucklige Rücken des Ungeheuers kulminiert in hundert Metern Höhe. Der weiße Mantel ist von schwärzlichen Streifen befleckt, die sich striemenartig bis auf den rötlichen Felsengrund herabziehen.

Nähert man sich leewärts, schnürt einem ein starker Ammoniakgeruch die Kehle ab.

Ein Ankern ist nirgends möglich, so abgründig fallen die Felsen hier ab.

Der winterliche Ostwind lässt die Wellen so heftig an den Tierkopf prallen, dass die Gischt wütend aufspritzt, als ob das

Ungeheuer schwimme und das Meer durchpflüge wie der Steven eines Schiffes.

Bis zum Festland sind es nur wenige Meilen. Maït ist aus der Ferne durch den dunklen Fleck eines Palmenhains kenntlich. Es ist ein eigenartiges Dorf mit ansehnlichen Bauten arabischer Machart, wie sie wohl seinerzeit von jemenitischen Händlern errichtet wurden, als man Weihrauch und Myrrhe noch mit Segelschiffen transportierte. So hieß denn auch die ganze Region bis zum Kap Gardafui in früheren Zeiten das Kap der Gewürze.

Über die aus Stein und Ton errichteten würfelförmigen Häuser ragt ein großes, dem Meer zugewandtes Gebäude hinaus, zwei etwa dreißig Meter breite, durch eine Zinnenmauer mit Spitzbogenportal verbundene Türme nämlich, und dahinter, noch darüber hinausstehend, ergänzt eine Art gekalktes Minarett den Gebäudekomplex.

Früher residierte in diesem burgähnlichen Bau der Sultan, doch dieser ist heute nur mehr ein somalischer Dorfvorsteher, sodass der feudale Wohnsitz vor allem als Schafstall und Karawanserei genützt wird.

Mir fällt eine in Strandnähe liegende Dhau auf; es ist die erste, die wir sehen, seit wir diese Küste entlangsegeln.

In der Hoffnung, dass auch wir vor Anker gehen, hat sich vor der Fassade des ehemaligen Palastes eine ansehnliche Menschenmenge versammelt. Seit Mohammed Abdullah die Gegend in Angst und Schrecken versetzt, ist das Eintreffen eines Schiffes ein seltenes Ereignis. Es tut mir zwar leid, dass ich die gelangweilte Bevölkerung um diese Zerstreuung bringen muss, doch drehe ich ab und fahre wieder aufs Meer hinaus.

Bis zum Abend kreuze ich, um gegen den Wind möglichst weit in Richtung Osten zu kommen. Als sich bei Anbruch der Nacht schlechtes Wetter ankündigt, begebe ich mich in den natürlichen, wenn auch unzuverlässigen Schutz einer Sandzunge des Ras Katib. In einem Land, dessen Bewohner Krieg führen, ist mir diese Wüsteneinsamkeit gerade recht.

Im Ausguck lasse ich einen Mann Wache halten, der nach vier Stunden abgelöst wird. Über seine Aufmerksamkeit mache ich mir keine Sorgen, denn alle Somalier meiner Besatzung, und Djamma als Allererster, haben eine Heidenangst vor Mohammed Abdullah, von dem sie seit drei Tagen unentwegt reden. Ich teile ihre Befürchtungen durchaus nicht und schlafe in so unsagbarer Glückseligkeit ein, wie nur ein Seemann sie empfinden kann, dessen Schiff in sicherem Hafen liegt; barmherzig denkt er an jene, die draußen mit den Wellen kämpfen, und je schlechter das Wetter, umso lustvoller die Glückseligkeit.

Ein Schuss lässt mich hochschrecken. Djamma hat ihn abgefeuert, der gerade erst, nach Mitternacht, die Wache übernommen hat. Er behauptet, auf das Schiff sei jemand zugeschwommen. In heller Aufregung deutet er auf den geheimnisvollen Feind, der angeblich gerade ans Ufer zurückschwimmt.

Ich sehe absolut nichts. Je länger wir alle ins Wasser starren, umso mehr hat jeder den Eindruck, selbst einen Schwimmer wahrzunehmen, doch da jeder ihn woanders sieht, halte ich ihn für eine Einbildung. Ali Omar ist auch meiner Meinung, und mit der ganzen Verachtung des Arabers für die Afrikaner zuckt er nur die Schultern.

Um einem erneuten Fehlalarm vorzubeugen, nehme ich dem allzu empfindlichen Wächter die Patronen weg und versuche, wieder einzuschlafen.

Bei Sonnenaufgang gehen wir an Land, um aus dem Sand zu lesen, ob es Wahrheit oder Trugbild war.

Ich muss zugeben, dass Djamma recht hatte. Auf dem Sand sind ganz frische Spuren zu sehen. Ohne jeden Zweifel ist jemand ans Ufer gekommen und wieder weggegangen.

Die mit Quellern und sehr niedrigen bläulichen Büschen bewachsene Küste ist völlig flach. Ich kann alles überschauen und habe keine unliebsamen Überraschungen zu befürchten. Die Fußspuren kommen vom Dorf Maït her und führen auch dorthin zurück. Kriminelles schien der nächtliche Besucher nicht im Schilde zu führen, sonst hätte er seine Spuren verwischt. Wenn er aber in guter Absicht kam, warum hat er uns dann nicht vom Ufer aus zugerufen, anstatt sich in der Nacht heranzupirschen, auf die Gefahr hin, von uns abgeknallt zu werden?

Bis das Rätsel sich auflöst, werfe ich einstweilen zwischen die Fischschwärme, die in der Morgenkühle in Ufernähe schwimmen, eine Stange Dynamit. Während wir herrliche Barsche in die Piroge laden, die nach der Explosion mit dem Bauch nach oben im Wasser treiben, kommt vom Dorf her in der Ferne ein Mann auf uns zu.

Wir erwarten ihn. Es ist ein alter Somalier, dessen schartiger Krummsäbel ihn als Dorfvorsteher ausweist. Es wird begrüßt, dann kauern wir uns sogleich in den Sand, um zu palavern.

Er sei in der Nacht gekommen und habe gerufen. Von unserem Ankerplatz bis zum Ufer ist es weiter, als ich gedacht hatte, und es kann durchaus sein, dass wir ihn einfach nicht gehört haben. Doch behauptet er, nicht zum Schiff geschwommen zu sein, was angesichts seines Alters und seines unsportlichen Aussehens plausibel wirkt. Nach dem von Djamma abgefeuerten Schuss sei es ihm ratsamer erschienen, bei Tageslicht wiederzukommen, obwohl er uns seinen Besuch lieber im Schutz der Nacht abgestattet hätte.

Er ist der Scheich von Maït. Gestern habe er unser Schiff vorbeifahren sehen und sogleich begriffen, dass es ein ausländisches sein müsse, ein englisches wohl, wegen des grauen Anstrichs, der bei arabischen oder somalischen Küstenschiffen ziviler Natur nicht üblich sei.

Er berichtet, wie sehr sein ganzer Stamm unter der Tyrannei Mohammed Abdullahs leide. Man hungere, denn von keinem Schiff werde das Land mehr versorgt, das einzig und allein weißes Ebenholz für die Spanten von Dhaus produziere. All sein Erzählen läuft darauf hinaus, dass er von uns Reis, Datteln und Durra erbettelt. Da wir unsererseits Wasser und Brennholz benötigen, schlage ich einen Tausch vor.

Solche Verhandlungen sind wohl eine der Hauptfunktionen dieses Würdenträgers, denn alles scheint vorbereitet zu sein.

Kaum ist unser Gespräch beendet, da treten auf ein Zeichen des Alten hin aus den Büschen zahlreiche Frauen hervor und bringen uns gefüllte Wasserschläuche und Holz.

Ihre leichte Kleidung lässt bedauerlicherweise nur den Blick auf die verbrauchten Körper alter Ehefrauen zu. Eine Jüngere, die anscheinend nicht zum Trupp des alten Scheichs gehört, trägt ein Bündel langer Stangen aus weißem Ebenholz, um die meine Männer sich sogleich wählerisch streiten, als hätten sie ganz besonderen Wert. Es sind dies die Stangen, die der Einheimische bei langen Fußmärschen auf den Schultern trägt, um darauf die Arme abzustützen. Auch hängt man daran die mit Wasser gefüllte Ziegenhaut und die Dattelration auf. Mit einer Lanzenspitze wird ein Speer daraus, den die Somalier hinter einem Busch hervor lautlos in den Rücken eines Feindes zu werfen wissen. Als das Tauschgeschäft beendet ist, ziehen die Frauen sich zurück, und der Alte lässt sich von mir auf einen Tee an Bord einladen.

Ich frage ihn über Mohammed Abdullah aus, um zu erfahren, wo dieser sich tatsächlich aufhält, doch gibt er nur Ungefähres und verworrene Geschichten zum Besten. Ich werde nichts aus dem Mann herausbekommen, der vor allem zu begreifen sucht, was wir in der Gegend wollen. Er scheint mir eher ein von Mohammed Abdullah entsandter Spitzel zu sein denn jemand, der uns aus freien Stücken und auf eigene Gefahr hin seine Dienste anbieten wollte.

Als Djamma ihn zurückbringt, hüpft der Schiffsjunge Firan mit in die Piroge, angeblich, um an Land Brennholz zu spalten, da ich doch immer klage, die Axtschläge dröhnten durch das ganze Schiff.

Firan kann Djamma nicht leiden und scheint ihn zu überwachen.

Danach berichtet Firan mir, Djamma und der Alte hätten sich lange unterhalten und darauf geachtet, dabei nicht gehört zu werden. Firan hält die beiden für alte Bekannte.

Das erscheint mir höchst merkwürdig, und so nehme ich mir vor, in der Nacht das Segel zu setzen.

Ich warte auf eine günstige Stunde zur Abfahrt und schlummere dabei auf dem Achterdeck ein. Ein heftiges Handgemenge lässt mich hochschrecken, und da sehe ich zwei Männer ins Wasser fallen. Es sind Ali Omar und Awad, die sich geprügelt haben. Einer der beiden wird ertrinken, denn beide versuchen, den Kopf des Gegners unter Wasser zu halten. Um meine Flüche und Drohungen scheren sie sich nicht. Keiner will nachgeben, aus uraltem Rassenhass. Um sie zur Räson zu bringen, muss ich rund um sie herum ins Wasser schießen. Da lassen sie endlich voneinander ab. Ali Omar kommt zurück an Bord, während Awad, der sich ans Ufer flüchten will, von zwei Männern eingeholt wird.

Rücken an Rücken werden die beiden an den Mast gefesselt, wo sie erbittert schweigen. Es gilt die Regel, dass jegliche Prügelei an Bord bestraft werden muss, bevor die Kontrahenten überhaupt zum Grund ihres Streits befragt und beurteilt werden. Nach alter Sitte müsste ich sie zwölf Stunden lang angebunden lassen, selbstverständlich ohne Essen und Trinken. Diese Zeitspanne wurde anscheinend für nötig befunden, um erhitzte Gemüter zu beruhigen.

Ich muss es allerdings kürzer machen, da die Zeit drängt. Nach zwei Stunden lasse ich die Männer losbinden, um den Anlass für ihre Auseinandersetzung zu erfahren. Es geht, ganz banal, um Zucker: Ali hat Awad dabei ertappt, wie er mit einem gebogenen Nagel die Proviantkiste aufgeschlossen hat. Jeden Tag stahl Awad etwas von der Zuckerration der Besatzung.

Völlig nackt wird er wieder an den Mast gefesselt, wobei Rücken und Pobacken seinen geschädigten Kameraden zugewandt sind, die ihm mit einem Tau Schläge versetzen dürfen.

Der Gedanke an den bitteren Tee, der die Besatzung seit acht Tagen grummeln lässt, verleiht ihren Armen eine Kraft, die ich mäßigen muss.

Als die Zeremonie vorbei ist, geht Awad wieder seinen Beschäftigungen nach und nimmt seinen Platz unter den Kameraden ein, als sei nichts vorgefallen.

Dieser an sich harmlose Zwischenfall sollte sich als das erste Glied einer ganzen Reihe fataler Ereignisse erweisen, die schließlich zum tragischen Ausgang dieser Geschichte führten. Ich musste dabei erfahren, wie sehr die Feigheit des Menschen ein Garant für die Zählebigkeit seiner Rachegelüste ist.

Die Nacht ist weit fortgeschritten; Zeit, das Segel zu setzen.

Mit dem Wind draußen auf dem Meer ist gut fertig zu werden, doch als die Sonne aufgeht, wird er wieder heftig wie zuvor. Ich bin entschlossen, um jeden Preis durchzuhalten, denn ich will endlich nach Bender Lascoraï.

Zu meiner Überraschung sehe ich in der Ferne eine ebenfalls kreuzende Dhau. Halten wir beide unseren Kurs ein, werden wir uns mit kleinem Abstand begegnen.

Es ist stets ermunternd, bei stürmischem Wetter ein anderes Schiff zu erblicken. Meine letzten Zweifel, ob bei so starkem Wind zu kreuzen sei, sind nun zerstreut. Warum aber ist das Segelschiff bei solchem Wetter auf See?

Mir scheint dies nämlich so gar nicht den Gewohnheiten der Einheimischen zu entsprechen. Diese gehen in der Regel jeden Abend vor Anker, um sich nie von einem Sturm überraschen zu lassen, und es kann sogar vorkommen, dass sie wochenlang an einem geschützten Ort verharren und auf günstiges Wetter warten.

Aus ihrer gegenwärtigen Position zu schließen, hat die Dhau die Nacht auf dem Wasser verbracht, und sie scheint entschlossen, trotz dieses sehr harten Wetters weiterzukreuzen.

Endlich ist sie in Rufweite. Ihre Besatzung besteht aus Warsengelis, die die meinen kennen. Neben dem Steuermann sitzt ein Mann, den Kopf in einen kräftigfarbenen Turban gehüllt. Laut Djamma ist dies ein gewisser Osman Hourre, ein Vertrauter des Sultans der Warsengelis, Mahmoud Ali Chera, zu dem wir nach Lascoraï unterwegs sind.

Ali Omar findet, die Dhau ähnele sehr jener anderen, die vor Maït geankert hatte; Djamma dagegen versucht mit schlagenden Argumenten zu beweisen, dass es nicht dieselbe sei. Habe der Kapitän nicht gesagt, er komme aus Berbera? Er hat auch gesagt, dass er ebenfalls nach Bender Lascoraï wolle, und tatsächlich vollführt er nun die gleichen Kreuzschläge wie wir.

Das Meer wird allerdings gröber und gröber, und nach der Landspitze von Haschau geraten wir in einen wahrhaftigen Sturm. Führe nicht das andere Schiff mit uns, so würde ich den Kampf aufgeben und dorthin zurückkehren, wo wir am Morgen aufgebrochen waren. Doch hat man schließlich seinen Stolz. Immer wieder sehe ich zum Fall hinauf, das die Rute festhält. Ich weiß, wie abgenutzt es ist, und fürchte ständig, durch das Stampfen des Schiffes könne es irgendwann reißen.

Da sehe ich, dass bei den Rollen am Masttop eines der Kardeele des Taus tatsächlich gerissen ist. Die restlichen drei werden auch nicht mehr lange halten. Unter diesen Umständen hartnäckig weiterzumachen, wäre unverantwortliche Tollkühnheit und könnte zu irreparablen Havarieschäden führen.

So lasse ich rasch das Segel einholen und drehe ab, um unter einem Sturmsegel vor dem schlechten Wetter zu flüchten.

Unser Begleiter tut es uns sofort gleich; auch er wollte wohl aus Stolz nicht als Erster aufgeben.

Innerhalb einer Stunde legen wir vor dem Wind die zehn Meilen zurück, die wir uns seit Mitternacht so mühsam gegen den Wind erobert hatten. Ein hartes Opfer. Bei den Arabern heißt es, der Weg vor dem Wind sei billig, der Weg hart am Wind aber teurer als Gold.

Der erste Ankerplatz leewärts ist Ras Katib, von wo wir herkommen. Zusammen mit der somalischen Dhau legen wir dort an. Sogleich kommt der Passagier mit dem bunten Turban mit der Piroge zu mir herüber. Als er an Bord steigt, hält er sein Gesicht mit einem Ende des Turbans bedeckt. Meine Matrosen küssen ihm die Hand, wie es einer hochgestellten Persönlichkeit gebührt.

Er begrüßt mich und kauert dann, noch immer maskiert, auf dem Hinterdeck nieder, dem besonderen Passagieren oder dem Stab vorbehaltenen Teil eines Schiffes.

Djamma sieht mir meine Überraschung an und klärt mich über das seltsame Gebaren des Gastes auf. Osman sei bei einem Kampf gegen Mohammed Abdullah verwundet worden, und zwar durch einen Hieb mit der *djembia*, mit dem ihm eigentlich, nach hiesiger Sitte, ein anderer Körperteil hätte abgetrennt werden sollen. So gingen die Nase und ein Teil der rechten Wange verloren. Nun enthüllt sich der Mann, und ich sehe das Furchtbare. Die Wunde ist noch nicht vernarbt und verbreitet einen entsetzlichen Geruch.

Osman erzählt, er habe sich nach Berbera geflüchtet, wo ein englischer Arzt mit der Behandlung begonnen habe, doch habe er weiterziehen müssen und jene *zaroug* gemietet, um seinen Herrn, den Sultan, vor einem Angriff zu warnen, den Mohammed Abdullah für den fünfzehnten Tag des Mondes gegen ihn geplant habe.

Ich lege dem Unglücklichen, der wohl schon lange nicht mehr behandelt wurde, einen provisorischen Verband an.

Den Tag verbringen wir damit, die Takelage zu reparieren, die von dem schlechten Wetter der letzten Zeit in bedauernswerten Zustand versetzt wurde. Die Männer erzählen sich beim Segelflicken Geschichten von Massakern, während durch das Mastwerk der Wind pfeift. Die Böen sind außerordentlich heftig, sodass ich einen zweiten Anker ausbringen muss. Das ist ein gutes Zeichen, denn so verschleißt der Sturm seine Kräfte. Bei Sonnenuntergang lässt der Sturm noch immer nicht nach, also gibt es Hoffnung, dass das schlechte Wetter endlich endet. Und tatsächlich wird es gegen Mitternacht ruhig, und um zwei Uhr morgens nehmen wir die Düfte des Festlands wahr, denn von den Bergen strömt eine Brise herab.

Voll überschäumender Freude nützen wir diesen segensreichen Wind aus und fahren raumschots mit vollen Segeln an der Küste entlang Kurs Osten.

Die somalische Sambuke ist vor uns aufgebrochen, und da sie besser besegelt ist, verschwindet sie schon bald in der Nacht.

Firan macht mich darauf aufmerksam, dass Awad nicht mehr

an Bord ist. Sollte er heimlich an Land gegangen sein? Höchst unwahrscheinlich, denn er ist hier nicht zu Hause und könnte umgehend versklavt werden. So kann er nur auf der anderen Dhau sein. Die Schläge mit dem Tau hat er wohl nicht verwunden. Ich habe das vage Gefühl, vom Pech verfolgt zu sein. Seit meiner Abfahrt geht alles schief. Ich kämpfe, um meinem Missgeschick Herr zu werden, doch wird mir das auf Dauer gelingen?

Die Erfahrung hat mich noch nicht gelehrt, dass man im Leben manchmal harte Zeiten zu durchstehen hat, in denen man sich am besten verkriecht und nichts unternimmt. In solchen düsteren Perioden führt der kleinste Zwischenfall zu einer Katastrophe. Ich glaube aber noch nicht an solche Dinge, die der Verstand sich nicht zu erklären weiß, und missachte die Warnungen des Unbewussten. Ich will mein Unternehmen fortführen, obwohl es weiser wäre, darauf zu verzichten.

Djamma redet mir gut zu. Was könne Awad schon machen? Er sei bestimmt auf der Dhau seines Freundes, und bei der Ankunft in Bender Lascoraï werde er in Ketten gelegt.

Kurz vor Sonnenuntergang kommen wir an einem Palmenhain vorbei, in dessen Mitte ein paar Hütten und etliche Steinhäuser stehen. Das ist noch nicht Bender Lascoraï, sondern ein kleiner Ankerplatz, an dem Schiffe bei starkem Ostwind sicherer sind. Die somalische Sambuke hat dort schon angelegt, und man winkt uns herbei.

Der Strand füllt sich bei unserem Herannahen mit Einheimischen. Osman erwartet uns mit großem Gefolge. Als ich an Land gehe, werde ich angestaunt. Viele dieser Menschen haben noch nie einen Europäer gesehen, und mein Aufzug entspricht nicht der Vorstellung, die sie sich anhand der Silhouetten aus großer Ferne betrachteter Kolonialherren wohl gemacht haben.

Horden nackter Kinder schwirren lärmend um uns her, als Osman uns zu einem größeren Haus am Eingang des Palmenhains führt.

Ich wundere mich über die Vielzahl der Kinder, und man erklärt mir, alle Frauen und Kinder der umliegenden Dörfer hätten sich hierher geflüchtet, während die Männer Krieg führen. Etwas abseits sehe ich denn auch viele Gruppen von Frauen oder vielmehr Mädchen, denn sie tragen die anmutige Zopffrisur, die Jungfrauen vorbehalten ist. Djamma meint zu mir, aus Mangel an Männern seien die Frauen um fast nichts zu haben, und wer heiraten wolle, dem böten sich hier wahre Gelegenheiten.

Das große zweistöckige Steinhaus, das wir betreten, scheint Djamma schon zu kennen, denn auf der ins Mauerwerk eingebauten engen, gewundenen Treppe geht er mir voraus. Mir scheint, das Haus sei unbewohnt und für meinen Besuch in aller Eile notdürftig vorbereitet worden. Die Treppe endet auf einen mit Ledersandalen übersäten runden Absatz. Ich stelle fest, dass es in allen Ländern der Welt unangenehm ist, im Dunkeln auf Schuhe zu treten.

Schließlich gelange ich in einen durch kleine ladenlose Fenster erhellten Raum. Ein Dutzend Somalier sitzt, an die Wand gelehnt, auf vor Dreck starrenden Kissen. Obwohl durch die Fenster ein heftiger Wind hereinbläst, geht von der Versammlung ein ranziger Geruch aus.

Auf dem Ehrenplatz sitzt ein alter Somalier von etwa sechzig Jahren mit hennagefärbtem Bart. Sein nackter Oberkörper weist eine rötliche, von einer Vielzahl kleiner Falten durchzogene Haut auf, unter der sich ein schlaffes Fleisch erahnen lässt. Der Bauch wölbt sich in Wülsten bis unter den Lendenschurz, der die angezogenen Beine verdeckt. Um den Hals trägt der Mann eine Gebetskette mit schwarzen Kugeln und einem elfenbeinernen Motiv in der Mitte, das aussieht wie eine Bewässerungskanüle. Am kleinen Finger seiner hennaroten rechten Hand steckt ein riesiger Silberring. Die tief liegenden Augen scheinen neblig verschleiert wie bei einem Blinden. Die Nase ist groß, leicht gekrümmt, doch von schönem Zuschnitt. Der rasierte, butterglänzende Schädel schließlich scheint zu groß für das kegelförmige weiße Mützchen zu sein, das unten einen Dreckrand aufweist, als saugte es das ganze Fett auf diesem Kopf in sich hinein.

Dabei bemüht sich der Mann um ein herablassendes, majestätisches Auftreten. Mir ist dieser lächerliche Buddha auf der Stelle unsympathisch, und so gebe ich mich bei der Begrüßung so schroff und unhöflich wie nur eben möglich. All die Männer, die ihre Sandalen vor der Tür gelassen haben, sind nichts weiter als Staffage, hastig zusammengetrommelte Beduinen, die dem aufgeblasenen Alten als Hofstaat dienen sollen.

Mir ist sogleich klar, dass der Mann nicht Sultan Mahmud ist, denn jenen hat Abdi mir als mager, schwungvoll und vor allem als etwa Vierzigjährigen beschrieben, was alles in keiner Weise auf den Alten zutrifft, den man mir da präsentiert.

Nach einem sehr nachlässigen *nabat,* dem somalischen Gruß, frage ich also: »Wie geht es deinem Sultan? Wo ist er?«

Djamma wechselt mit dem Alten einen kurzen Blick und sagt dann zu mir auf Arabisch: »Aber ... da ist er doch.«

»Nein, das ist nicht Mahmud.«

»Richtig«, wirft der Alte ein, »aber ich bin sein Bruder und vertrete ihn derzeit. Er ist in den Bergen und kämpft gegen Mohammed Abdullah.«

Seine Antwort quittiere ich mit einem geheimnisvollen Lächeln, das bedeuten kann, dass ich mich nicht täuschen lasse, jedoch aus Höflichkeit so tue, als glaubte ich ihm, auch für den Fall, dass er nicht einmal der Bruder Mahmuds sein sollte.

Durch diese Klarstellung ist die feierliche Inszenierung um ihre ganze Wirkung und der angebliche Sultansvertreter um seine Selbstsicherheit gebracht.

Es wird Tee serviert, sehr süß, nach somalischem Geschmack, dann kommt ein Gespräch zustande, mit Djamma als Dolmetscher, denn der Alte muss zugeben, dass er kein Arabisch versteht.

Das würdevolle Gehabe, das die Statisten zur Schau tragen mussten, verliert sich allmählich; der Kautabak nimmt wieder seinen angestammten Platz ein, und der Tabaksaft wird gezielt durch die engen Fenster oder in dunkle Ecken gespuckt.

Osman, der nun anstelle des Pseudosultans das Wort führt, drängt mich dazu, die beiden Munitionskisten, die ich an Bord habe, an Land zu bringen.

»Hast du Geld?«, frage ich ihn. »Ich will im Voraus bezahlt werden.«

Osman unterhält sich kurz auf Somali mit Djamma, dann geht er hinaus, um, so sagt er, das Geld zu holen. Ein Großteil der Statisten folgt ihm, in der Meinung wohl, dass sie ihre Rolle lang genug gespielt haben. Als Osman zurückkommt, ist er von einem Kuli begleitet, der einen Sack Rupien auf den Boden plumpsen lässt. Es wird gezählt. Von der Gesamtsumme fehlen noch zwanzig Prozent. Auf diese Art des Feilschens war ich eingestellt.

Man habe nicht mehr zusammengebracht, denn alles Geld sei bei Mahmud, der sich in den Bergen versteckt halte, und so weiter und so fort.

Der Alte lächelt mich an, fasst mich am Kinn, erklärt, dass ich sein Vater sei, und verspricht mir, den Unterschied zu begleichen, sobald wir über meine auf Maskali verbliebenen Bestände handelseinig würden. Um dem Schauspiel ein Ende zu bereiten, lasse ich mich darauf ein.

Daraufhin wird *mogma* serviert, ein traditionelles somalisches Gericht aus mit Zucker bestreutem Trockenfleisch. Ziegen- oder Hammelfleisch wird in kleine Würfel geschnitten und in Butter gebraten, bis es völlig austrocknet. In amphorenförmigen Körben, die mit Leder bedeckt werden, kann es dann monatelang aufbewahrt werden. Krieger essen es, weil es angeblich sowohl Kraft als auch Mut verleiht.

Djamma schickt sich an, die Munitionskisten zu holen, kehrt aber noch einmal um und bittet mich, ihm meinen Ring zu überlassen. Es ist ein silberner Ring, in den mein arabischer Name eingraviert ist. Ich verwende ihn als Siegel. Nicht ohne Berechtigung verweist Djamma darauf, dass Ali Omar, in dessen Obhut das Schiff gerade liegt, ohne einen Befehl von mir nichts herausgeben wird. Jemandes Siegel bei sich zu tragen, erhebt einen nach orientalischer Sitte in den Stand eines Bevollmächtigten.

Bald darauf werden die Kisten von Kulis herbeigeschafft, und Djamma eilt mit bestürzter Miene herein.

»Ich habe deinen Ring beim Schwimmen verloren! Er war an meinem Finger und muss mir im Wasser heruntergerutscht sein.«

Ich bin zornig darüber, denn mir lag viel an dem Ring. Dennoch hüte ich mich, mir das anmerken zu lassen, denn Wut gilt als Schwäche, wie sie eines Mannes und eines wahren Gläubigen nicht würdig ist. Unvermeidliches oder vollendete Tatsachen hat man stets voller Ruhe und ohne Empörung hinzunehmen.

Dieser Zwischenfall bedrückt mich und löst in mir eine unbestimmte Angst aus.

Darüber hinaus ist Awad unauffindbar. Er hat Osmans Dhau gleich bei der Ankunft verlassen und ist seither verschwunden. Vergeblich lasse ich nach ihm suchen. Ali Omar sieht in dem Verschwinden ein schlechtes Zeichen, und ich teile seine Besorgnis.

Ich möchte wirklich nicht mehr an dieser Küste bleiben, wo ich vom Pech verfolgt bin. Die Klugheit geböte eine sofortige Abfahrt. Djamma aber überredet mich zum Bleiben. Das Geld für die von mir verlangte Vorauszahlung sei schon bereit.

Zur Sicherheit will er am Abend mit Osman mitgehen, und in vierundzwanzig Stunden sei er gewiss zurück. Am Tag darauf könnten wir dann nach Maskali fahren.

Ich willige ein.

Bei Sonnenuntergang bricht er in voller Ausrüstung auf, mit Ledersohlen an den Füßen, einem Dolch am Gürtel und der Lanze auf den Schultern, an der der Wasserschlauch und ein Päckchen *mogma* mit Datteln hängen. Zwei Männer mit Gewehren begleiten ihn.

Ich verbringe die Nacht an Bord. Die Dhau, die Osman hergebracht hat, legt gegen neun Uhr abends lautlos ab. Das ist nicht weiter verwunderlich, denn sie ist aus Berbera und hat nur ihren Passagier transportiert. Ihrer nächtlichen Abfahrt messe ich keine besondere Bedeutung bei.

Obwohl Djamma mir versprochen hat, in vierundzwanzig Stunden zurück zu sein, rechne ich mit ihm nicht vor zwei Tagen.

Im Lauf des Tages werde ich geholt, um mir einen Verwundeten anzusehen, der hergebracht wurde oder sich vielmehr selbst hergeschleppt hat. Er hat einen Lanzenstich in die Magengrube abbekommen.

Da ich nichts Besseres zu tun habe, gehe ich mit.

In einer dunklen, mit dem Rauch von Dufthölzern angefüllten Hütte liegt der Verwundete auf einer Pritsche. In dem kleinen Hof davor wacht ein seltsamer Somali über eine Mischung, die in einem breiten Tongefäß köchelt. Es ist ein *iberi,* ein Hexer.

Er ist noch recht jung. Mit einer Fülle von Gebetsketten, Amuletten und Talismanen, die bei jeder seiner Bewegungen klappern und klirren, ist sein ansonsten freier Oberkörper so gut wie angezogen. Auf sein fülliges Haar hat er viel Sorgfalt verwendet; die mit Kalk gebleichten Kraushaare haben eine blonde Färbung angenommen, sodass sie wirken wie ein Heiligenschein. Ein rotes Lederstirnband ergänzt die Frisur zu einer harmonischen Silhouette, die das feine, längliche Gesicht aufs Vorteilhafteste einrahmt. Die Augen des Mannes wirken unnatürlich groß. Sie sind von verwirrender Tiefe und strahlen, ohne zu blinzeln, einen faszinierenden dunklen Glanz aus.

Die Eltern des Verwundeten sind herbeigeeilt. Man wartet spürbar auf etwas.

Wurde ich erwartet? Zu Anfang habe ich diesen Eindruck, doch werde ich mich hüten, den Arzt spielen zu wollen, zum einen, weil bei den Einheimischen dieser Beruf den Unberührbaren vorbehalten ist, und zum anderen, weil ich neugierig bin, wie der seltsame Mensch draußen beim Operieren vorgehen wird. Ein Eingreifen meinerseits würde die chirurgische Zeremonie nur stören.

Dass ohnehin nicht ich erwartet wurde, begreife ich beim Eintreffen eines großen, wie ein Läufer gebauten Somaliers. Er scheint von weit herzukommen, und bestimmt hat er in der Nacht eine lange Strecke zurückgelegt. Er hat eine Flasche dabei, die auf den ersten Blick leer erscheint, doch enthält sie an ihrem Boden große braune Ameisen, die an der Flaschenwand nicht emporklettern können. Es sind Termiten, und zwar vom Typus Soldaten. Sie haben gehörnte, korngroße Köpfe und sind mit Mandibeln bewaffnet, die sich wie Zangen drohend öffnen, sobald sich ihnen ein Hindernis bietet.

Ich frage mich, was für ein Heilmittel man aus diesen Tieren anfertigen will. Trotz meiner Neugier stelle ich keinerlei Fragen, denn die Manie des ständigen Fragens wird von diesen Menschen, die wir Wilde nennen, als lächerlich angesehen und nur bei Kindern, Frauen und Verrückten toleriert. Der überlegene Mann beobachtet still, und nichts darf ihn erstaunen, denn ein Phänomen ist nur das wert, als was es erscheint. Gottes Wille nivelliert alles und tritt an die Stelle dessen, was wir als Ursachen bezeichnen. So lässt sich die Welt wie ein Gemälde betrachten, allein an der Oberfläche. In der Tiefe liegt nur der Wille Gottes, der überall der gleiche ist, sodass es unsinnig wäre, seine Geheimnisse ergründen zu wollen. Ich habe schon oft gedacht, dass diese Sehensweise mehr wert ist als die Metaphysik.

Auf diese Ameisen also wurde gewartet. Zwei Männer heben den Verwundeten hoch und legen ihn mitten auf den Hof. Seine Arme und Beine werden an den Pfosten des *angareb* festgebunden.

Der Hexer taucht die Finger in die köchelnde Flüssigkeit, um die Temperatur zu prüfen. Es ist einfach geschmolzene Butter, die nun so heiß ist, dass die Hand nicht darin verweilen kann. Eine Frau verbrennt unter dem *angareb* Weihrauch und hüllt den Verwundeten damit ein, um die bösen Geister zu vertreiben, die in seinen Körper eindringen könnten.

Wir würden Antisepsis dazu sagen.

Mit einem Palmwedel verscheucht sie anmutig die Fliegen.

Die seidige Haut ihrer Schultern glänzt bronzen in der Sonne, und jede ihrer Gesten wird vom Klimpern ihrer Armreife begleitet.

Der Hexer deckt die Wunde auf und spricht dabei die ersten Worte der Fatiha.

Der Patient schließt die Augen. Es sieht aus, als zöge er sich in sich selbst zurück, um einen aller Gefühle ledigen Körper zu hinterlassen.

Mit leichter Geste zückt der Chirurg den blitzenden Stahl seiner *djembia*, eines Dolches mit flacher, handbreiter, etwa dreißig Zentimeter langer und leicht gekrümmter Klinge. Mit dem Daumen prüft er die Schärfe und schleift dann die Klinge auf seinem nackten Oberschenkel.

Er taucht Hände und Messer in die geschmolzene Butter. Dann gießt er mit einem Holzlöffel das heiße Fett über die Wunde. Der Patient gibt ein kurzes, ersticktes Grunzen von sich und strafft seinen Körper; er weiß, dass die Tortur beginnt.

Mit der Spitze des riesigen Messers schneidet nun der Chirurg ungeheuer geschickt den Bauch des Patienten etwa fünfzehn Zentimeter lang auf. Auf das ausströmende Blut gießt er sogleich wieder Butter, um es zu stillen.

Die *djembia* zwischen den Zähnen, taucht er wie ein Metzger, der ein Schaf ausnimmt, die fettglänzende Hand in die blutende Wunde.

Mir wird schwindlig, und ich muss mich setzen, um nicht das Gleichgewicht zu verlieren.

In aller Gemächlichkeit gibt der Mann einem seiner Helfer ein Zeichen, worauf dieser mit einem Strohhalm die Ameisen aus der Flasche holt und sie ihm hinhält.

Aus der Wunde wird ein weißliches Organ hervorgeholt: der vom Lanzenstich durchbohrte Magen. Ein zweiter Helfer packt die Ränder der Verletzung und hält sie aneinander.

Der Hexer ergreift behutsam eine Ameise am Bauch. Ich sehe, wie das Tier zwischen seinen blutigen Fingerspitzen drohend die Mandibeln aufsperrt. Die natürliche Zange wird an die zu verbindenden Hautstellen gehalten, und sobald das Insekt zubeißt, knipst ihm der Chirurg mit dem Fingernagel den Bauch ab. Der Kopf bleibt in die Haut verbissen und bildet den ersten Stich der Naht; etwa zwanzig weitere folgen über die ganze Länge der Wunde.

Während dieses Vorgangs ist das Gesicht des Patienten fahlgrau geworden. Der Mann ist schweißüberströmt, durch seine Glieder gehen Zuckungen. Die Atmung ist hechelnd und stoßweise. Jedoch kein einziges Stöhnen vernimmt man, als sei der Arme in einem Zustand der Hypnose.

Der Hexer schließt nun die äußere Wunde mit Mimosendornen.

Der Patient öffnet die Augen und sagt seufzend: »Gott sei gelobt.« Man bindet ihn los, bedeckt ihn mit einem Tuch und bringt ihn in die Hütte zurück, wo er abwarten wird, bis Gott den Rest erledigt.

Die für die innere Naht verwendeten Termitenköpfe dienen als Catgut und werden sich von selbst auflösen.

Die Szene hat bei mir einen tiefen Eindruck hinterlassen, doch mehr als das blutige Geschehen an sich haben mich die Gleichgültigkeit der Anwesenden und die absolute Ruhe des Chirurgen fasziniert.

Das stoische Verhalten des Patienten erscheint diesen Leuten völlig natürlich. Sie selbst würden es nicht anders machen. Mit meinen empfindlichen Nerven komme ich mir daneben vor wie ein kleiner Junge.

Ich bin allerdings der Ansicht, dass es zwischen uns und diesen Schwarzen bestimmte physiologische Unterschiede geben muss, denn ansonsten wäre ein solcher Operationsschock kaum zu ertragen. Es liegt wohl an einem Mangel an Vorstellungsvermögen; das Gehirn beschränkt sich darauf, die Körperempfindungen wahrzunehmen, ohne auch noch die Folter der Einbildung hinzuzufügen.

Mir wird berichtet, dieser Hexer, nennen wir ihn Chirurg, habe aus dem Bauch eines Patienten die Eingeweide herausgenommen, um irgendeinen Tumor zu entfernen, und wie er dabei vorging, ist erzählenswert.

Das Besondere liegt in den Vorsichtsmaßnahmen, um derart empfindliche Innereien nicht zu lädieren. Solange die Eingeweide außerhalb des Abdomens sind, ruhen sie auf dem Bauchfell einer frisch geschlachteten Kuh, das über eine mit lauwarmer Butter gefüllte Schüssel gespannt wurde. Vor dem Berühren der Eingeweide hüllt der Chirurg wiederum die Hände in das Bauchfell eines Ziegenkitzes.

Diese bei den Iberi überlieferten traditionellen Praktiken rühren vermutlich von dem Wissen einer früheren, heute längst vergessenen Zivilisation her.

Auch von einer Kataraktoperation durch Enukleation der Linse oder von Pockenimpfungen könnte ich berichten, doch würde das zu weit von meiner eigentlichen Erzählung abschweifen, zu der ich nunmehr zurückkehren möchte.

Mein Schiffsjunge Firan hat sich unterdessen mit den somalischen Kindern des Dorfes angefreundet. Erst beäugten sie ihn etwas misstrauisch, doch als er ein paar von ihnen mit Zucker aus der Bordration bedachte, war das Eis schnell gebrochen. Durch diese Großzügigkeit ist er zur wichtigen Persönlichkeit geworden.

Am Abend kommt er zu mir aufs Hinterdeck und berichtet mir, was er von den Kindern erfahren hat. An Bord der Dhau, die in der Nacht abgelegt hat, seien Djamma und Awad gewesen. Die Dhau sei keineswegs in Berbera gemietet worden, sondern es handle sich sehr wohl um dasselbe Schiff, das wir vor Maït gesehen hatten. Der alte Somalier, der sich als Scheich des Dorfes ausgab, sei ganz einfach ein Freund Djammas, und die beiden hätten ausgeheckt, dass die Dhau mit Osman an Bord uns folgen solle.

Es ist also irgendetwas im Busch. Ich weiß zwar noch nicht, was genau, doch gebietet die elementarste Vorsicht, dass wir hier nicht länger verharren.

Ali Omar, dem all die verfügbaren Mädchen den Kopf verdreht haben, versucht bei ihnen sein Glück. Erst recht spät gelingt es mir, ihn wieder an Bord zu bringen, und dann segeln wir sofort los. Ich habe genug von diesem Land, in dem mir das Pech an den Fersen klebt.

13

Das Glück verlässt mich

Wegen einer ganzen Reihe anhaltender Flauten brauchen wir bis Maskali vier Tage. Es ist auf dem Meer eine grundsätzliche Regel, dass der Wind stets nachlässt, wenn er wehen soll.

Schließlich kommen wir gegen zehn Uhr abends vor Maskali an. Dank der Flut kann ich über das Riff hinweg direkt auf die Stelle zufahren, an der mein Haus steht.

Ich entzünde ein bengalisches Feuer, erhalte aber keine Antwort.

In meinem Haus scheint alles zu schlafen. Als ich rufe, kommt nur die Katze miauend heraus und läuft mit aufgestelltem Schwanz bis zum Rand des Riffvorsprungs. Das beginnt mich zu sorgen.

Ich gebe einen Schuss ab. Daraufhin tut sich endlich etwas. Die Tür öffnet sich, und während ich an Land gehe, hasten Schatten auf den Strand zu. Ein schlaftrunkener Abdi erscheint, gefolgt von einer Frau mit einer erloschenen Laterne in der Hand.

»Ich habe schon gedacht, du bist tot. So also passt du auf die Insel auf, wenn ich nicht da bin. Wer ist die Frau?«

»Das ist die Frau von Daole, dem früheren Boy von Lavigne.«

»Was, Daole ist hier? Du weißt doch, dass ich ihn für immer fortgejagt habe.«

»Nein, er ist nicht hier, nur seine Frau. Ich habe sie aus Dschibuti mitgebracht, als ich Wasser geholt habe. Sie hat gesagt, ihr Mann habe sie verlassen. Und da sie aus meiner Heimat stammt …«

»Aha! Und ihr habt beide so fest geschlafen, dass man schießen muss, um euch wach zu kriegen. Aber – was hast du da am Finger?«

»Na, deinen Ring.«

Nun bin ich völlig verblüfft. Tatsächlich ist das mein Ring, jener, den Djamma angeblich verloren hatte. Mir kommt ein schrecklicher Verdacht.

»Hat etwa jemand die Kisten abgeholt?«

»Ja, Djamma hat sie vorgestern geholt und dabei deinen Ring vorgewiesen. Das wusstest du nicht?«

»Du dreifacher Hornochse!« In meiner Wut zerbreche ich auf seinem Rücken einen Paddelstiel. Dann schleife ich ihn ins Haus, wo er mir, vor Angst zitternd, erzählt, was geschehen ist.

Es ist ganz einfach. Die somalische *zaroug* hat in der Nacht meiner Ankunft Lascoraï verlassen und ist unter Awads Führung hierhergekommen. Djamma ist Abdi als Träger meines Ringes als regulärer Bevollmächtigter erschienen, sodass er vermeinte, meine Anweisungen zu befolgen, als er Djamma die Patronen überließ.

Sie haben jedoch nicht alles mitgenommen. Ein unerwartet in östlicher Richtung auftauchendes Segel hat Djamma vermuten lassen, ich sei ihm auf den Fersen, worauf er sich mit einhundertvierundzwanzig Kisten davongemacht hat. Jene Dhau war nur ein harmloses Küstenschiff unterwegs nach Aden.

Im ersten Augenblick halte ich jene Ablenkung, durch die ein Teil meines Lagers gerettet wird, für einen Segen, doch bald werde ich einsehen müssen, dass auch sie das Schicksal nur beschleunigt. Diese Patronen mussten auf der Insel verbleiben, damit die sich ankündigende Katastrophe auch wirklich eintreffen konnte.

Der arme Abdi ist am Boden zerstört. Er zeigt mir die Stelle, von der er die Kisten hat abtransportieren lassen. Es hat ihn danach, so ganz alleine, viel Mühe gekostet, den Sand wieder einzuebnen, um die Spuren des fatalen Eingriffs zu verwischen. Djamma hat auch sämtliches Süßwasser mitgenommen, worauf

Abdi welches aus Dschibuti holen musste. Bei der Gelegenheit hat er verhängnisvollerweise Daoles Frau mitgebracht.

Aus Furcht vor einer Rückkehr der somalischen Piraten, die gut und gerne versuchen können, auch den Rest der Patronen zu stehlen, wechseln wir deren Versteck. Der Transport von achtundsiebzig Kisten ans andere Ende der Insel ist äußerst kräftezehrend. In meiner Unbedachtheit verkenne ich, wie leicht die fremde Frau den neuen Standort mitbekommen kann.

Als wir fertig sind, beschließe ich, nach Dschibuti zu fahren, um Neues über den Krieg zu erfahren. Daoles Frau bittet mich, mitkommen zu dürfen, da sie noch Sachen abzuholen habe. Nun, sie ist eigentlich noch recht ordentlich und kann in der Einsamkeit der Insel gute Dienste leisten.

In Dschibuti höre ich nur schlechte Nachrichten; im Krieg steht es nicht gut um uns.

Die Engländer beklagen sich, dass die Araber alle mit Gras-Gewehren ausgerüstet sind. Natürlicherweise und völlig zu Recht beschuldigen sie Dschibuti, diese Waffen verkauft zu haben. Dem Gouverneur wird daraufhin angekreidet, dem Schmuggel Vorschub geleistet zu haben, als ob man im Kolonialministerium nicht genau gewusst hätte, womit Französisch-Somaliland sich seit zehn Jahren bereicherte.

Mit der ganzen Komödie soll nur so getan werden, als sei in Dschibuti noch nie auch nur eine einzige Waffe verkauft worden. Dem Intelligence Service erscheint diese Ausflucht wohl reichlich dürftig.

Die erhebliche Menge an Gras-Gewehren in Arabien ist jedenfalls eine Tatsache. Dafür braucht es einen Schuldigen. Und der bin ich.

*

Letztendlich geht die Sache ganz banal vor sich. Daole wird bezahlt, um mich zu denunzieren. Seine Frau macht gemeinsame Sache mit ihm und versorgt ihn mit Informationen, sodass er nur noch, als ich einmal nicht da bin, eine Zollpatrouille zu schicken braucht.

Ich werde sofort verhaftet und ohne jeden Kontakt in eine Zelle gesperrt.

Ich will hier nicht im Einzelnen ausführen, zu welchen Niederträchtigkeiten sich ein Staatsanwalt und ein Untersuchungsrichter hergegeben haben. Dies soll vielmehr in den zweiten Band meiner Memoiren einfließen, in dem ich enthüllen werde, was man am liebsten durch meinen Tod für immer vertuscht hätte.

Nur auf einzelne Dinge möchte ich hier eingehen, wie sie in unseren fernen Kolonien noch heute toleriert werden. Wer sich ans Kolonisieren macht, sollte über derlei Bescheid wissen.

Ein Beschuldigter hat kein Recht auf einen Anwalt und auch keinen Zugang zu den Ermittlungsakten, denn das entsprechende Gesetz aus dem Jahr 1897 ist in Dschibuti ganz einfach nicht verkündet worden.

So war ich dem Untersuchungsrichter ausgeliefert. Als Untersuchungsrichter ist man aber in diesen Kolonien ein subalterner Beamter, der sich einen Aufstieg nur erhoffen darf, wenn er beim Chef der Kolonie in Gnaden steht.

Wohl am schlimmsten aber ist, dass der Untersuchungsrichter, der den Erstbesten für schuldig erklären darf, ohne dies irgendwie beweisen zu müssen, danach die Robe wechselt und zum Vorsitzenden des Gerichtes wird, das denjenigen, gegen den er selbst ermittelt hat, schließlich verurteilt.

Es lässt sich leicht begreifen, wie weit die Tyrannei eines Gouverneurs gehen kann, wenn er einen mit solchen Befugnissen ausgestatteten Beamten unter sich hat.

Nach drei Monaten Haft in einem luftlosen Kerkerloch, in dem ich trotz der Scharen von Mücken nackt verharren muss, um im heißesten Land der Welt nicht vor Hitze umzukommen, vernehme ich die gegen mich ausgesprochenen Gerichtsurteile, die mich ruinieren sollen.

Aus einem Verfahren werden zwei gemacht, nämlich ein zivilrechtliches, das eine Beschlagnahmung meines Schiffes und der Munition sowie eine Geldstrafe in Höhe des gleichen Wertes nach sich zieht, und ein Strafverfahren, das mir sechs Monate Haft ohne Bewährung einträgt. Staatsanwalt Longue nützt meinen desolaten Gemütszustand aus und fragt mich, ob ich in den Krieg ziehen wolle. Die restlichen drei Monate Gefängnis werde man mir erlassen, falls ich schriftlich darauf verzichte, Berufung einzulegen.

Ich kann im Krieg fallen. Sollten nach meinem Tod unparteiische Stellen sich meines Falles wieder annehmen, wäre die Regierung durch meine schriftliche Erklärung aus dem Schneider.

Angewidert und am Ende meiner Kräfte lasse ich mich auf alles ein, um nur so schnell wie möglich wegzukommen. Ein Passagierschiff soll am nächsten Morgen auslaufen. Sofort bekomme ich einen Einberufungsbefehl, um an Bord des Schiffes zu gehen.

Da wird durch ein Ereignis, das ich nie vergessen werde, die Sache auf die Spitze getrieben.

Mein Hab und Gut ist bereits beschlagnahmt und verkauft, damit ich meine Strafe bezahlen kann. Nur ein paar persönliche Gegenstände sind mir verblieben. Staatsanwalt Longue ist jedoch der Überzeugung, dass ich eine Geldsumme habe retten können. So denkt er sich eine Falle aus.

In der Nacht vor meiner Abfahrt kommt es in der Banque d'Indochine zu einem Einbruch reichlich kurioser Natur, da die Wache nichts davon bemerkt. Im Kassenraum findet man neben dem aufgebrochenen Tresor einen Stoffhut, so wie auch ich einen trage. Es handelt sich dabei um ein gängiges Modell, wie es in der Stadt zu kaufen ist. Zudem habe ich meinen eigenen Hut noch immer auf dem Kopf.

Ich stehe schon auf dem Vorderdeck des Schiffes, das mich nach Frankreich bringen soll, in der Menge der mobilisierten Einheimischen neben meinem Koffer und blicke, vielleicht das letzte Mal, traurig auf den weiten Horizont des Meeres, dessen Brise nur noch besudelt vom Gestank aus Latrinen und Frachtraum zu mir dringt. Da tritt im Auftrag des Staatsanwalts Polizeikommissar Vernier auf mich zu. Er habe Befehl, mich zu durchsuchen und für den Fall, dass ich Geld bei mir habe, sogleich festzunehmen. Trotz seiner Befugnisse schämt sich der Mann für die Rolle, die zu spielen man ihn nötigt. Als er mir die Sache mit dem Stoffhut erzählt, begreife ich die ganze Schändlichkeit dieses Versuches der letzten Stunde.

Zu meinem Glück war es mir nicht vergönnt gewesen, aus meinem Desaster etwas zu retten. Einzig einen Scheck über zweihundert Francs habe ich dabei, den ein Freund von mir, der Postbeamte Chabot, mir noch gegeben hat.

Tief getroffen von dieser letzten Demütigung, trete ich inmitten so vieler anderer die Reise nach Frankreich an. So bitter ist mir ums Herz, dass mir scheint, es sei nicht unser Vaterland, das zu verteidigen wir uns anschicken, sondern die Stellung und die Privilegien der Leute, die ich hier zurücklasse.

Doch ich weiß schon, dass ich eines Tages wiederkommen werde, und ich schwöre mir: Ich werde meinen Feinden beweisen, dass ich diese Niederlage nie und nimmer hinnehme.

Worterklärungen

Angareb niedere Bettstatt mit geflochtener Tragfläche
Askari Soldaten und Polizisten der europäischen Kolonialherren
Barockperle unregelmäßg geformte Perle
Bilbil kleine Perlenmuschel ohne Perlmuttmantel
Cawadja Europäer
Chamsin heißer Wüstenwind
Dallai Makler
Dankali, Plural Danakil nomadisches Volk, das im sogenannten Afar-Dreieck im Osten Eritreas, im Nordosten Äthiopiens und in Dschibuti lebt
Dhau einmastiger Segelschifftyp mit trapezförmigem Segel, der in allen Ländern um den Indischen Ozean zu finden ist
Djembia eine Art Krummdolch
Durra Hirse
Fatiha Gebetsritual, erste Sure des Koran
Fes kegelförmige Kopfbedeckung aus rotem Filz
Hakim Arzt
Issa Volksgruppe der Somali
Kabellänge zehnter Teil einer Seemeile, ca. 185 Meter
Karronade kurze Schiffskanone
Kawassin Perlmutttaucher
Klampe Vorrichtung zum Befestigen von Tauwerk
Krängung Schlagseite, bezeichnet Neigung von Schiffen zur Seite
Kurzstag Einhieven der Ankerkette auf etwa doppelte Wassertiefe, sodass der Anker eben noch hält
Moufa vertikaler Ofen in Form einer Amphore

Muscharabie Gitterfenster
Nacouda Schiffsführer
Nagadi Karawanenführer
Resident Vertreter der Kolonialverwaltung beim Herrscher eines Gebiets unter ausländischer Oberherrschaft
Rouban Lotse
Sadaf Perlenmuschel
Samum Sandsturm, auch Giftwind genannt
Schandeck waagerechte Bordleiste, die bei offenen Holzbooten um das ganze Schiff reicht
Schot Leine zum Bedienen eines Segels
Serinj Vertreter des Schiffsbesitzers
Tanika Wassergefäß
Wali Gouverneur
Warsengeli somalischer Volksstamm
Zaranig Piratenstamm aus dem Yemen
Zeberged arabischer Name für den Edelstein Peridot

Über Henry de Monfreid

Henry de Monfreid wird am 15. November 1879 in Leucate (Departement Aude) in Frankreich geboren. Sein Vater, George-Daniel Monfreid, ist Maler und Kunstsammler. In Henrys Elternhaus verkehren unter anderem Henri Matisse und Paul Gauguin, mit denen der Vater eng befreundet ist.

Auf Drängen des Vaters versucht Henry, die Ingenieurslaufbahn einzuschlagen, scheitert aber und hält sich mit verschiedenen Tätigkeiten über Wasser, bis er 1911 als Angestellter einer Kaffee- und Lederhandelsfirma nach Abessinien zieht. Im Mai 1913 kündigt er, lässt sich in Dschibuti nieder und befährt mit seiner eigenen Dhau das Rote Meer. Damit beginnt sein Leben als Abenteurer, Perlentaucher, Schmuggler von Waffen und Haschisch, das er in seinem autobiografischen Werk erzählt. Am 23. Dezember 1914 wird er in Dschibuti wegen Waffenschmuggels und Verstoßes gegen die Zollbestimmungen verhaftet und bleibt bis März 1915 im Gefängnis. Nach kurzem Fronteinsatz in Europa kehrt er im Juli ans Rote Meer zurück, wo seine Kenntnis der Region bei Spionageeinsätzen gegen England mitten im Weltkrieg nun sehr willkommen ist. Nach dem Krieg baut er sich ein Haus direkt an der Meeresküste in Obock, wo er sich mit seiner französischen Frau und den Kindern, fern von den Behörden in Dschibuti und der Küstenwache, niederlässt.

1923 schmuggelt er zwölf Tonnen Haschisch am englischen Zoll vorbei nach Ägypten, vom Erlös kauft er sich ein Elektrizitätswerk und eine Müllerei in Äthiopien.

In dreitausend Briefen an Freunde hat Henry bereits seine Abenteuer geschildert, als der französische Schriftsteller Joseph Kessel ihn überredet, doch endlich ein Buch zu schreiben. Als dann 1931 *Die Geheimnisse des Roten Meeres* erscheint, der erste Band seiner autobiografischen Abenteuer, wird er auf einen Schlag zum erfolgreichen Autor.

Am Vorabend des Zweiten Weltkriegs lässt er sich in Äthiopien nieder und arbeitet mit den italienischen Truppen während ihres Abessinienfeldzugs zusammen. Nach der Niederlage Mussolinis wird er von den Engländern nach Kenia deportiert, wo er an den Hängen des Mount Kenya in einer Hütte von Jagd und Fischfang lebt. Diese Jahre sind ihm die Inspiration zu einem Zyklus von Romanen vor afrikanischem Hintergrund.

1947 kehrt Henry nach Frankreich zurück, residiert in einem herrschaftlichen Haus in Ingrandes in Zentralfrankreich, schreibt, spielt Klavier, raucht täglich sein Opiumpfeifchen, pflegt seine Freundschaften mit Künstlern, Schriftstellern und Musikern und wird bald zu einer mythischen Gestalt.

Seine Werke werden in Frankreich in zahlreichen Ausgaben immer wieder neu aufgelegt und wurden mehrmals verfilmt. Am 13. Dezember 1974 stirbt Henry de Monfreid im Alter von 95 Jahren.

Der Übersetzer

Gerhard Meier, geboren 1957, aufgewachsen in Landshut, studierte in München Romanistik und Germanistik und erlangte an der Universität Mainz/Germersheim ein Übersetzerdiplom für Französisch und Italienisch. Nebenbei erlernte er die türkische Sprache. Seit 1986 lebt er bei Lyon, wo er literarische Übersetzungen aus dem Französischen (Amin Maalouf, Henri Troyat, Jules Verne, Jacques Attali) und aus dem Türkischen (Hasan Ali Toptaş, Orhan Pamuk, Murat Uyurkulak) anfertigt. Daneben gibt er Deutschunterricht an Lyoner Hochschulen. Er ist verheiratet und hat zwei Töchter.

Bildnachweis

Umschlagbild Henry de Monfreid, eigenhändig auf der Glasplatte aquarellierte Fotografie.

(1) Porträt von Henry de Monfreid.

(2) Henry de Monfreid, Aquarell, *Houri dans le vent (Dhau unterm Wind),* 1936.

(3) Frédéric Morellec, Fotografie von Henry de Monfreid, aus der Privatsammlung von Guillaume de Monfreid.

(4) Henry de Monfreid, eigenhändig auf der Glasplatte aquarellierte Fotografie.

(5) Henry de Monfreid, Aquarell, Selbstporträt.

(6) Henry de Monfreid, Aquarell, *La Mosquée de Hamoudi,* Dschibuti, 1923.

(7) Henry de Monfreid, Selbstporträt mit seinen Seemännern, eigenhändig auf der Glasplatte aquarellierte Fotografie.

Abenteuer zur See im Unionsverlag

Andreas Kollender *Teori*

Johann Georg Forster ist siebzehn, als er mit James Cook am 13. Juli 1772 den Hafen von Plymouth in Richtung Tahiti verlässt. Die Reise in der engen Kabine der »Resolution«, mitten unter den Seeleuten und Forschern der Expedition, führt in unbekannte Welten. Für kurze Zeit wird aus Georg Teori, wie ihn die Eingeborenen der Südsee nennen. Das größte Abenteuer seines Lebens macht ihn zum Mann, zum Wissenschaftler und zum freiheitlichen Humanisten, der sein Jahrhundert prägt.

Dudley Pope *Leutnant Ramage*

Man schreibt das Jahr 1796: Auf allen Weltmeeren ist die britische Marine mit Napoleon und seinen Verbündeten in blutige Gefechte verstrickt. Nicholas Ramage ist Leutnant auf der Fregatte »Sibella«, die vor der italienischen Küste von einem französischen Linienschiff versenkt wird. Ramage übernimmt das Kommando über die Schiffbrüchigen und rettet auch die bezaubernde italienische Adlige Marchesa di Volterra. Das erste Abenteuer der berühmten Serie um Leutnant Nicholas Ramage.

Rafael Sabatini *Der Seefalke*

Sir Oliver Tressilian wird fälschlicherweise des Mordes an Peter Godolphin, dem Bruder seiner Verlobten Rosamund, beschuldigt. Lionel, sein eifersüchtiger Halbbruder, ist der wahre Mörder. Zu feige jedoch, um zu seiner Tat zu stehen, lässt er Sir Oliver als Sklaven auf eine spanische Galeere verkaufen. Als die Korsaren von Algier die spanische Galeere überfallen, schließt sich Sir Oliver ihnen an. Er wird zum gefürchteten »Seefalken«. Er kehrt an die Küste von Cornwall zurück, um sich an seinem Bruder zu rächen und Rosamund zurückzugewinnen.

6

7

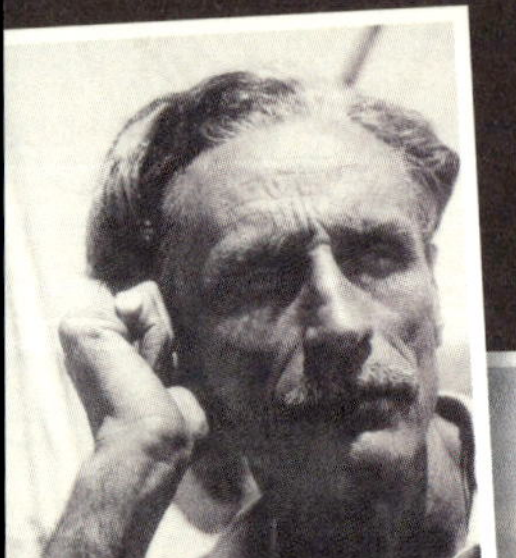

1

2